중국
선시禪詩
108수

류성준 역저

명문당

흔히 '인생은 짧다'라고 하나, 때론 '인생은 길다'라고도 한다. 삶의 여향餘響이 얼마나 오래 울리느냐에 따라서 삶이 길 수도 있고, 짧을 수도 있을 것이다. 육신의 삶은 유한하지만, 정신의 삶은 무한하다고 할 수 있기 때문이다. 그리 본다면, 선시禪詩는 정신적으로 무한한 삶을 이어오며 불심을 일깨워준 시인의 작품이다. 그래서 더욱 소중하고 본받을 만하다.

필자는 젊은 시절에 석박사 논문이 시불詩佛 왕유王維(701-761)의 시와 연관되어있어, 불교 경전과 선 사상에 깊은 관심을 가졌고, 그에 상당히 심취해왔다. 우둔하여 신앙적으로 불심을 깨닫지 못했지만, 그간 중문학도로서 선시를 깊이 음미하며, 그 속에서 자신을 돌아보는 세월을 적지 않게 지내왔다. 그것이 이 책을 꾸미게 된 동기가 되지 않았나 한다.

선시는 스님의 시와 문인의 시로 구분되는데, 스님은 수행하면서 깨달음을 시로 묘사한 오도시悟道詩이고, 문인의 시는 속인으로서 불심을 깨달아 읊거나, 선적인 흥취를 표현하는 경우가 많다. 스님의 선시로 당대 선종 육조六祖인 혜능慧能(638-713) 대사의 〈법게를 얻다得法偈〉(≪六祖壇經≫)를 본다.

　보리란 나무 본래 없고
　밝은 거울도 경대가 아니다.

부처님 불성 항상 청정하시니
어디에 먼지가 일겠는가.
菩提本無樹, 明鏡亦非臺. 보리본무수 명경역비대
佛性常清淨, 何處惹塵埃. 불성상청정 하처야진애

선사가 돈오頓悟의 경지를 읊고 있는 오도시다. 그리고 문인의 선시
로 송대 소식蘇軾(1037-1101)의 〈여산의 안개비廬山煙雨〉(≪蘇軾詩
集≫ 卷23)를 본다.

여산 안개비와 절강의 밀물을
와 보기 전엔 아쉬움 많았다네.
보고 돌아오니 색다른 건 없고
여산 안개비와 절강의 밀물이네.
廬山煙雨浙江潮, 未到千般恨不消. 려산연우절강조 미도천반한불소
到得還來無別事, 廬山煙雨浙江潮. 도득환래무별사 려산연우절강조

독실한 불교 신자인 소식이 여산에 내리는 안개비를 보며 읊은 선시
다. 깊은 도를 깨달음을 표현한 오도시로, 언어로 표현할 수 없는
깨달음의 세계를 보여준다. 우리나라 성철性徹(1912-1993) 종정이
「산은 산이요, 물은 물이로다.」라고 설파한 법어 그 자체의 불심을
담고 있다. 송대 혜명慧明 선사 등이 편찬한 ≪오등회원五燈會元≫
(卷17 青原惟信禪師條)에 기록된 송대 청원유신青原惟信(?-1117) 선
사의 게송과 일치된 설법이다.

노승이 삼십 년 전 참선하지 않았을 때, 산을 보면 산이고, 물을
보면 물이었다. 뒤에 가까이 고승을 뵙고, 깨달은 것이 있고서,
산을 보니 산이 아니요, 물을 보니 물이 아니었다. 이제 마음 쉴

곳 얻어, 전처럼 산을 보니 산일 따름이고, 물을 보니 물일 따름
이다.

老僧三十年前未參禪時, 見山是山, 見水是水. 及至後來, 親見知識,
有個入處, 見山不是山, 見水不是水. 而今得個休歇處, 依前見山只
是山, 見水只是水.

책을 준비하는 과정에서, 선시를 선정하여 각각의 시에 담긴 깊은
뜻을 이해하는 데, 많은 시간을 보내며 고심하고 주저하기도 하였다.
중국 고전시를 오랫동안 가까이해 온 터인데, 다른 전원이나 산수에
관한 시와는 그 차원이 사뭇 다르기 때문이다. 선시의 선정은 첫째
불교 교리를 담은 시, 둘째 참선의 불심을 읊은 시, 셋째 불사佛寺
등을 대상으로 한 흥취를 노래한 시, 넷째 유선遊仙이나 산수 전원
의 시로 시인의 선심禪心이 깃든 시 등의 기준에 맞추어 골랐다. 그
리고 '시선교융詩禪交融'(시와 선의 조화)의 관점에서, 비교적 문학
적 가치가 높게 평가되는 작품을 중시하였다.

책 제목은 불가의 '백팔번뇌百八煩惱' 법어를 본받아 ≪중국 선시
108수≫로 정하고, 그 내용은 108 시제의 113수로 하였다. 시대적
으로 당대 선시 59제 59수를 중심으로, 진대와 남북조 선시 10제
10수, 송대 선시 25제 29수, 원·명·청대 선시 14제 15수를 각각
골랐다. 시인들의 생애 및 선시의 해설 부분에서 그 내용을 설명하
기 위해, 시 40수와 9연구를 추가로 인용하여 실었다. 책 첫머리에
는 독자의 이해를 보태기 위해, '선시'의 어원과 개념을 간략하게 기
술하고, 중국 조대朝代 별로 나타난 선시의 특성을 예시例詩와 함께
서술하였다.

책을 쓰며 늘 뇌리에 "감히 내가 이것을 하다니"라는 부끄럽고 두려
운 마음이 떠나지 않았다. 불심이 없는 속심俗心으로 선시를 대하는
자세가, 스스로 가당치 않다고 여겼기 때문이다. 시 번역상의 오역

이 적지 않을 것이고, 해설에서도 설명이 부족한 점이 있을 것이다. 삼가 제현의 가르침을 정중히 바란다.

책을 펴내며, 지인들의 격려와 지교指敎를 많이 받았다. 그분들에게 깊은 감사의 마음을 전한다. 원문의 번역에 대해서 윤문과 교정을 돌봐준 의사며 시인인 유형준 박사, 고견을 제시해 준 조규백 박사, 고문 해독에 밝은 김규선 박사, 문맥을 전반적으로 살펴준 류신 박사, 여러분의 노고에 경의를 표하며 감사드린다. 각박한 출판계의 현실 속에서 백 년 전통을 잇고 있는 명문당 김동구 사장님의 각별한 후의에 감사드린다.

2024년 8월
아산 음봉에서   류성준柳晟俊

머리말 • 3

중국 선시禪詩와 그 시대별 흐름 • 13

Ⅰ. 진晉 · 남북조南北朝 선시 35

Ⅱ. 당唐 선시 71

119

IV. 원元 · 명明 · 청淸 선시 421

중국 선시禪詩와 그 시대별 흐름

1. 선禪과 선시禪詩는 무엇인가

선은 심신을 가다듬어 나 자신을 잊고, 매우 조용한 경지에 도달하는 정신 집중의 수행방법이다. 선을 수행하는 것은 명상과 정신 통일을 통하여, 번뇌를 끊고 진리의 원칙을 체득하는 일이다. 선가에서 「선은 부처님의 마음이며, 교는 부처님의 말씀이다. 선은 가섭에게 전해졌고, 교는 아난에게 전해졌다.(禪是佛心, 教是佛語. 禪傳迦葉, 教傳阿難.)」라고 하여 불교의 선禪과 교敎에 대한 의미와 초기의 전교를 설명하고 있다.

선은 본래 범어 디야나dhyana의 음역어이고, 선나禪那의 줄임말로, 다양한 의미의 용어로 쓰인다. 첫째는 침사沈思(마음을 가라앉힘), 정려精慮(정밀하고 자세히 생각함), 기악棄惡(악한 것을 버림), 사유수思惟修(마음과 생각을 다스림), 공덕취림功德聚林(참선하여 그 힘을 얻어서 유익함을 모음) 등으로 의역하며, 마음을 하나로 밝혀, 밝은 지혜가 나타나도록 하는 수행이다. 둘째는 좌선과 참선을 줄인 말로, 마음속에 번뇌와 망상을 끊고, 깨끗하고 티 없는 열반의 세계에 들어가서, 일체의 생각이 분별되지 않는 상태인 '원적무별圓寂無別'(마음속에 번뇌와 망상을 끊고, 맑고 정결한 열반의 세계에 들어가서 일체의 사량思量 분별이 사라진 상태)한 본연에 이르게 하는 것이다. 셋째는 선종禪宗의 약칭으로, 교종敎宗에 대한 선종을 요약하여 이르는 말이다. 넷째는 잡념을 버리고 한 가지에만 마음을 집중시키는 경지가 정定(samadhi, 삼매三昧)이라면, 선은 정의 경지에서 나아가 고요한 마음을 가지런하게 지키는 상태다.

선 사상은 아리아인Aryan이 인도에 이주하기 시작한 BC 1300년경에 요가yoga의 수행으로 초자연적인 신통 능력을 얻는 데서 영향받았다. 요가는 심사深思와 묵상默想에 의해 마음의 통일을 구하는 방법으로, 심신의 이원론적 입장에서 육체를 괴롭힘으로써, 정신의 자유를 얻으려는 고행 사상과 결부되어 있었다. 부처는 출가 후에 이런 요가의 수련법에 근거하여, 심신여일心身如一(몸과 마음이 하나같음)의 정신으로, 일상생활 속에서 해탈을 실현하려는 선정禪定을 터득하였다. 선이 부처의 제자인 마하가섭摩訶迦葉에게 전수되어 28조祖를 이어오다가, 북조北朝 위魏나라에서 활동한 천축天竺 승려 보리달마菩提達磨가 중국으로 전래하여, 선종이 성립되었다.

그 후에 선종은 개조인 달마達磨로부터 혜가慧可, 승찬僧璨, 도신道信, 홍인弘忍을 거쳐서, 당대에 육조인 혜능慧能의 남종南宗과, 신수神秀의 북종北宗으로 분파되었다. 이들 종파는 교학을 중시하는 교종敎宗과는 달리, 주관적인 체험을 중시하였다. 선종은 석가모니불이 영산회상靈山會上에서 말없이 꽃을 들자, 제자인 가섭迦葉이 그 뜻을 알았다는 데서 연유한 불립문자不立文字(불도의 깨달음은 문자나 말로써 전하는 것이 아니라, 마음에서 전함), 교외별전敎外別傳(부처의 가르침을 말이나 글에 의하지 않고 바로 마음으로 전하여 진리를 깨닫게 함), 직지인심直指人心(직접 마음을 교화하고 수행함), 견성성불見性成佛(자기 본연의 천성을 깨달아 부처가 됨) 등을 종지로 삼는다.

중국의 선은 중국인의 현실 중심주의 위에 지관止觀(마음을 고요히 하여 진리의 실상을 관찰함)과 여래선如來禪(부처의 경지에 머물며 중생을 위해서 묘법의 일을 행함) 등의 영향으로, 일상생활 속에서 대중에게 실천하여 자각할 수 있는 수행법인 생활선生活禪으로 전개되었다. 선 체험을 설명하기 어려운 점, 개별성을 중시하는 입장에서 중국선은 사자師資(스승과 제자)의 관계가 중시되었다. 사자 간의 대화는 공안公案(화두話頭: 참선하는 이가 도를 깨달을 수 있도록 하는 과제)을 낳게 하였다.

이 공안을 참구參究(사무치게 들어감)하는 선을 간화선看話禪이라 한다. 선의 방법은 화두선話頭禪·묵조선黙照禪·염불선念佛禪 등 세 가지가 있다. 화두선은 간화선이라 하며, 화두에 대한 의단疑團(의심 덩어리)을 참구하는 선이다. 묵조선은 화두 없이 자성불심自性佛心(본래 가지고 있는 성질을 깨우쳐서 부처의 마음을 가짐)을 조용히 관조하는 선이다. 그리고 염불선은 자심自心(자신의 마음)을 비롯한 일체 존재가 본래 부처며, 우주의 실상이 곧 정토淨土(깨끗한 부처의 세계)라고 보는 선이다.

심묘한 '선禪'의 정신세계가 '시詩'라는 형식과 만나서 '禪 + 詩 = 禪詩'를 낳게 되었다. 그리하여 선시는 선종의 사상과 수행, 그에 따른 정신적 경지를 시로 표현하여, 시문학의 중요한 장르가 되었다. 선시는 크게 시승詩僧의 시와 문인의 시로 구분된다. 시승의 시는 선가에서 선지禪旨를 표현하기 위한 방법으로, 시라는 형식을 택한 것이다. 그 내용은 선사가 수행하면서, 깨달음을 시로 묘사하므로, 일종의 오도시悟道詩다. 시승의 선시는 중생을 제도하기 위해서, 선과 진리의 세계를 시라는 형식으로 게시해주는 시법시示法詩와, 조사祖師의 공안公案(話頭)을 시로 묘사하는 공안시公案詩(話頭詩), 그리고 종교적인 포교 목적은 아니지만, 선의 의취를 담고 있으면서 문학성이 짙은 선기시禪機詩 등으로 나눌 수 있다.

문인의 선시는 선가의 이치나 교리를 시로 읊은 선리시禪理詩와 선에 대한 고사나 사실, 그리고 참선하는 자세와 주어진 환경을 주제로 묘사한 선경시禪境詩, 선의 요체인 정려靜慮(고요히 생각함)와 선의 해탈적인 흥취를 시로 읊은 선취시禪趣詩 등으로 나눌 수 있다. 이 중에서 선기시와 선취시가 선시에서는 시선교융詩禪交融(시와 선의 만남과 조화)의 입장에서 비교적 문학적 가치가 높다고 할 것이다. 시는 절제된 언어로 주어진 율격에 따라 묘사하고, 선은 직관直觀을 중시하고 언어를 초월하여, 시에서의 선과 선에서의 시라는 관계 설정이 긴밀하다. 따라서 선은 시를 통해 문학이 되고, 시는 선을 통해 사상과 격조 높은 시로 창작된다.

2. 초기 선시의 현학玄學과의 연계 — 위·진·남북조

선시는 중국 고전 시가의 일부분으로, 불교가 후한後漢 명제明帝 시기에 전래되기 시작하면서 태동하였다. 후한과 위대魏代 초에 인도 승려들이 전교하고, 한인들이 배불拜佛하면서, 기복양재祈福禳災(복을 기원하고 재앙을 물리침)를 간구하였으나, 그 교의教義를 중시하진 않았다. 위·진대에 중국에 현학이 크게 흥기하고 입국한 호승이 많아져서, 도읍인 낙양洛陽의 불사는 10여 개에 이르고, 중국 사족士族 중에도 출가하여 학불學佛하는 사족이 나왔다. 그 예로 송사행宋士行은 위대 감로甘露 5년(260)에 우전국于闐國에 20년간 유학하며 불경을 번역하고, 대승大乘 교의를 선양하였다. 돈황敦煌에 거주하던 월지인月支人 축법호竺法護는 서역에 유학하여 많은 양의 불경을 구해, 귀국 후 전심으로 불경을 번역하니, 서진西晉 역경인譯經人 중에 최고의 인물이 되었다. 그들은 불법을 당시 유행하던 노자老子·장자莊子 사상을 논하는 현학玄學 청담淸談 사상과 접목시켜, 불교 선교의 기반으로 삼았다.

서진西晉의 팔왕八王의 난(291-306)은 불교의 독립적인 발전에 기회를 제공하였으니, 유불도현儒佛道玄 즉 유교·불교·도교·현학 등 네 사상이 혼재한 가운데 국가 간의 투쟁이 극심하던 혼란기였기 때문에, 피세避世와 은둔적인 사조가 팽배하였다. 오호십육국五胡十六國 혼란기(304-439)에 피난처로서의 통로로 불교가 터전을 잡으니, 대표적인 고승인 불도징佛圖澄과 도안道安 등이 해박한 불학 사상으로 선교를 주도하였다.

동진의 현학 사상이 남쪽으로 확대되며, 승려들도 현학을 담론할 수 있게 되니, 지둔支遁(314-366)은 ≪장자莊子≫ 소요편逍遙篇을 주석하고 ≪소요론逍遙論≫을 저술하여, 스님이면서 현학가로 명성을 떨쳤다. 혜원慧遠(334-415)은 육경六經을 익혔고, 삼례三禮와 모시毛詩에 정통하여, 송문제宋文帝가 세운 사학四學에서 유학을 주관했던 뇌차종雷次宗은 혜원의 제자기도 하였다. 혜원은 ≪상복경喪服經≫에서 「안팎의 도리가 합하여서 밝아질 수 있다.(內外之道, 可合而明.)」라고 하여, 현학과 불교의 융합 사상을 내세웠다. 순수한 불교시라기보다는, 현학의 영향을 받은 선시가 유행하게 되니, 혜원의 <여산의 동림사廬山東林雜詩>(≪全漢三國晉南北朝詩≫ 全晉詩 卷7)를 다음에 본다.

높은 바위는 맑은 기운 토해내고
깊은 토굴에는 신선의 자취 깃드네.
고요 속에 온갖 소리 연주하니
낙숫물 지는 소리 울려 퍼지네.
나그네 홀로 생각하며 노닐다가
마침내 갈 길을 잊네.
손을 들어 구름 낀 문 만지니
신령한 관문 어디서 열릴까.
마음 조용히 문빗장 두드리니
지극한 이치 깨달아 막히지 않네.
누가 하늘 높이 날아오르나
힘들이지 않고 하늘 끝에 닿도다.
오묘한 이치 같아 흥취 절로 통하니
한번 깨달으면 세 유익한 벗보다 좋네.

崇巖吐淸氣, 幽岫棲神跡.　숭암토청기 유수서신적
希聲奏群籟, 響出山溜滴.　희성주군뢰 향출산류적
有客獨冥游, 逕然忘所適.　유객독명유 경연망소적
揮手撫雲門, 靈關安足闢.　휘수무운문 령관안족벽
流心叩玄扃, 感至理弗隔.　류심고현경 감지리불격
孰是騰九霄, 不奮冲天翮.　숙시등구소 불분충천핵
妙同趣自均, 一悟超三益.　묘동취자균 일오초삼익

　　이 시의 마지막 시구 '삼익三益'은 ≪논어論語≫ <계씨季氏>에, 「공자가 말씀하기를, 유익한 벗 셋이 있고, 해로운 벗 셋이 있다. 정직한 사람을 벗하고, 신실한 사람을 벗하며. 견문이 많은 사람을 벗하면, 유익하다.(孔子曰 : 益者三友, 損者三友. 友直, 友諒, 友多聞, 益也.)」라는 구문에서 유래한다. 혜원은 여산에서의 수도 생활 30여 년간, 많은 불제자를 양성하여, 남방 불교의 수령이 되었다. 사후에 아미타여래阿彌陀如來의 극락정토에서 태어난다는 '왕생미타정토往生彌陀淨土'를 제창하여, 정토종淨土宗을 남방에 전파케 하였고, 제자들은 많은 불교 경전을 번역하였다. 남북조 시대에 불교가 성행하여, 양무제梁武帝 시기에는 남조의 불교가 최고봉에 이르게 되었다.

3. 혜능慧能과 성중당盛中唐의 선시 — 당대

　당대(618-908) 300년은 중국 시가의 황금기며 금자탑을 쌓은 왕조다. 유儒 · 불佛 · 선仙 3교가 조화롭게 융화하여 문화예술을 발전시켰고, 안녹산安祿山의 난 등 많은 전란으로 문단에 낭만 은일적인 사조를 일게 하였다. 이 시기에 불교계에는 종파 형성의 대변혁이 있었으니, 달마達磨(?-528) 대사가 중국에서의 선종 개창 이래, 선종의 완전한 중국화와 전파에 선구자라 할 수 있는 혜능慧能(638-713)의 출현이다. 그의 속성은 노盧, 원적은 범양范陽(지금의 북경北京 서남쪽)이고, 신주新州(광동성廣東省 신흥新興)에서 출생하였다.
　고종高宗 함형咸亨 3년(672)에 황매현黃梅縣 동선사東禪寺에 들어가서 선종 오조五祖인 홍인弘忍에 참여하니, 홍인이 곡식 방아 찧는 일을 명하여, 사람들이 그를 노행자盧行者라 불렀

다. 홍인이 법의를 전수하려고, 상좌인 신수神秀(606-706)에게
<게偈>(≪景德傳燈錄 卷4≫)를 짓게 하였는데,

　　몸은 보리수며
　　마음은 밝은 거울 같네.
　　늘 털어버리기를 힘써서
　　먼지 끼지 않게 하라.
　　身是菩提樹, 心如明鏡臺.　신시보리수 심여명경대
　　時時勤拂拭, 勿使惹塵埃.　시시근불식 물사야진애

라고 지었으나, 선리禪理가 미진하여 혜능이 게송偈頌을 개작하
여 다음과 같이 지었다.

　　보리란 나무 본래 없고
　　밝은 거울도 경대가 아니다.
　　부처님 불성 항상 청정하시니
　　어디에 먼지가 일겠는가.
　　菩提本無樹, 明鏡亦非臺.　보리본무수 명경역비대
　　佛性常淸淨, 何處惹塵埃.　불성상청정 하처야진애

(≪六祖壇經≫)

　이에 홍인이 보고서 밤에 법의를 수여하고, 남방에 은거할
것을 명하니, 혜능은 소주韶州 조계曹溪에 은거하였다. 10여 년
후에 혜능이 광주廣州 법성사法性寺에서 수계受戒하고, 소주 조
계산曹溪山 보림사寶林寺(후에 남화사南華寺)에서 중생에게 설법
하기를 36년, 수많은 제자가 따르니, 남방에 널리 전도되었다.
선천先天 2년(713)에 신주 국은사國恩寺에서 졸하니, 헌종憲宗

이 대감선사大鑑禪師의 시호를 내렸다. 문인들이 그를 선종 제6조로 추대하여 불교 남종선南宗禪의 창시자가 되었다.

혜능의 선법은 '정혜定慧'를 근본으로 삼고, '견성성불見性成佛'의 돈오頓悟 법문法門을 선양하여, 신수의 북종선의 점오설漸悟說과 달리하였다. 신수의 무상게無相偈와 혜능의 자성게自性偈는 선과 시의 만남을 의미하고, 각자의 종지와 교의를 밝힌 시법시示法詩라 할 것이며, 후에 선종사에 적지 않은 영향을 주었다. 중국의 선 사상이 신라 말기에 전해져, 고려 초기에 구산선문九山禪門이 성립되었다. 고려 중기에 보조普照 국사 지눌知訥에 의해 조계종曹溪宗이 창립되어, 한국 불교는 선종 중심의 불교로 이어오고 있다.

혜능에 의한 선종 전파는 성당 시기(713-765) 문단에 큰 영향을 주어, 문인마다 선시 창작이 일반화되는 풍토를 조성하였다. 초당(618-712) 시기를 거쳐, 성당 시기에 중국 시를 대표하는 시선詩仙 이백李白(700-760), 시불詩佛 왕유王維(701-761), 시성詩聖 두보杜甫(712-770) 등 세 명의 대시인이 같은 시기에 탄생하였다. 이 시기는 정치와 경제의 안정과 번영을 누렸으나, 여러 전란으로 인해 시인의 마음과 현실이 이율배반적인 처지에 놓였다. 자연히 시도 성정 위주의 낭만적이고 은일적 풍조로 흐르게 되어, 선종의 선 사상의 영향을 받게 되었다. 이백의 <산스님을 찾아갔으나 만나지 못하고尋山僧不遇作>(≪全唐詩≫ 卷182)를 본다.

돌길 따라 붉은 골짜기에 드니
솔문은 푸른 이끼로 닫혀 있다.
한가한 섬돌에 새 발자국 있고

참선하는 방은 문 여는 이 없다.
창문에 엿보이는 하얀 먼지털이
벽에 걸린 채 먼지 수북하다.
공연히 한숨 소리 내며
가려다가 다시 머뭇거린다.
향기로운 구름 온 산에 일고
꽃비는 하늘에서 내린다.
하늘에 울리는 고운 음악 소리
구슬피 우는 푸른 원숭이 소리.
깔끔하게 세상일 다 끊고
여기서 한가로이 지내리라.

石徑入丹壑, 松門閉靑苔.　석경입단학 송문폐청태
閑階有鳥迹, 禪室無人開.　한계유조적 선실무인개
窺窗見白拂, 挂壁生塵埃.　규창견백불 괘벽생진애
使我空歎息, 欲去仍裵回.　사아공탄식 욕거잉배회
香雲遍山起, 花雨從天來.　향운편산기 화우종천래
已有空樂好, 況聞靑猿哀.　이유공악호 황문청원애
了然絶世事, 此地方悠哉.　료연절세사 차지방유재

　　이백은 산을 넘고 개울을 건너, '山僧'을 찾아갔다. 사찰은
'松門' 즉 소나무가 문이 되고, 푸른 이끼가 자욱이 덮여서 사
람이 드나든 흔적이 없다. 시인은 어렵사리 심방한 사찰에서, 찾
아온 목적을 이루지 못하였다. 이런 묘사에서 산에 거주하는 청
정한 불심을 읽게 된다. 그리고 스님의 탈속과 선취의 극치를
느낀다. 불자의 본령인 마음의 위로와 해탈을 부지불식간에 감
지케 한다. 시어로 '香雲'과 '花雨'는 불교 용어로서 불심을 자
아내게 하니, ≪화엄경華嚴經≫에서, 「음악 소리가 온화하고 기

쁘고, 향기로운 구름은 밝게 빛난다.(樂音和悅, 香雲照耀.)」라고
하고, ≪심지관경心地觀經≫에서는 「여섯 욕정이 하늘에서 내려
공양하고, 하늘의 꽃이 어지러이 떨어져 골고루 허공에 날린다.
(六欲諸天來供養, 天花亂墮遍虛空.)」라고 한 불경 설문을 통해
확인하게 된다.

　다음에 왕유의 <향적사를 찾아서過香積寺>(≪王右丞集箋注≫ 卷
7)를 본다.

　향적사 어딘지 몰라
　몇 리나 구름 자욱한 산봉우리로 드네.
　오래된 나무에 오솔길도 없고
　깊은 산 어디서 종이 울리나.
　샘물 소리 뾰족한 돌에 부딪쳐 울고
　햇빛은 푸른 솔에 비추어 차네.
　해 질 녘 텅 빈 연못가에서
　편안히 좌선하며 헛된 번뇌 떨치네.
　不知香積寺, 數里入雲峰.　부지향적사 수리입운봉
　古木無人徑, 深山何處鐘.　고목무인경 심산하처종
　泉聲咽危石, 日色冷青松.　천성열위석 일색랭청송
　薄暮空潭曲, 安禪制毒龍.　박모공담곡 안선제독룡

　이 시는 탈속과 선정禪定의 경지를 묘사하였다. 말연은 바로 '앉
아서 자신을 잊고 참선에 들어감(坐忘入禪)'의 높은 선경을 그려내
어, 내적으로 몽경을, 외적으로 환영을 보는 듯하니, 왕유에게 볼
수 있는 입신入神의 시정詩情이다. 이어서 시성 두보의 <도솔사에
올라上兜率寺>(≪杜詩詳注≫ 卷12)를 본다.

도솔사는 이름난 절
부처님 참된 마음 깨달으려 법당에 모이네.
강산은 파촉 땅에 속해 있고
절 용마루와 지붕은 제량 때에 지었네.
유신의 고향 그리는 슬픔 오래되었지만
하옹은 절 좋아하여 잊지 않았네.
흰 소 수레 멀든 가깝든 다 가니
자비심 항해 길에 오르려네.

兜率知名寺, 眞如會法堂.　도솔지명사 진여회법당
江山有巴蜀, 棟宇自齊梁.　강산유파촉 동우자제량
庾信哀雖久, 何顒好不忘.　유신애수구 하옹호불망
白牛車遠近, 且欲上慈航.　백우거원근 차욕상자항

　　두보가 광덕廣德 원년(763)에 지은 시로, 도솔사는 재주梓州
에 있다. 시에서 '眞如'는 불법의 본체로서 선종에서 추구한다.
시어 구사의 공교함을 강조한 시로, 두보의 시구에서 언외적言
外的인 의취意趣를 볼 수 있다.
　　중당시 시기(766-835)는 크게 대종代宗 대력大歷(766-779)에
서 덕종德宗 정원貞元(785-804), 헌종憲宗 원화元和(806-820),
그리고 문종文宗 태화太和(827-835) 등 70년간의 시대로 구분된
다. 성당시의 풍격을 계승하며 현실주의적인 경향을 지닌 시기로
서, 노륜盧綸과 전기錢起 등이 중심이 되고, 유우석劉禹錫과 유장
경劉長卿, 한유韓愈와 유종원柳宗元, 백거이白居易 등이 유가적 바
탕 위에 참선을 가미하여, 격조 높은 시를 창작하였다. 그 사상은
후대 송대 문단의 바탕이 되기도 하였다. 이 시기에 시승의 출현이
많아지고, 그 격조도 높이 살만한 경지에 들었다. 대표적인 시승
교연皎然의 <광릉으로 돌아가는 변총 스님을 보내며送辨聰上人

還廣陵>(≪全唐詩≫ 卷818)를 본다.

    속세 배우지 말고 불법의 이치 배울지니
    깨달은 마음 모름지기 내 마음 같네.
    수나라 때 늙은 버들 몇 그루에서
    세상만사 헛된 것임을 알겠네.
    莫學休公學遠公, 了心須與我心同. 막학휴공학원공 료심수여아심동
    隋家古柳數珠在, 看取人間萬事空. 수가고류수주재 간취인간만사공

    이 시는 불문佛門의 '空' 관념을 선양하고 있다. 우주 만물은
사람을 포함해서 모두 인연으로 화합해서 나온다. 인연으로 화
합하여 나온 것은, 태어나기 전에 본래 그런 사물은 없고, 사라
진 후에도 그런 사물은 없다. 수隋나라 양제煬帝가 운하를 파고
심은 버드나무도 몇 그루만 초라하게 남아 있으니, 인간 만사가
'空'으로 돌아가는 것은 분명하다.
    만당대(836-906)에는 나라가 혼란하여 현실도피 의식이 만
연하여, 시도 유미적이며 퇴폐적인 풍격을 보이고, 선시에 있어
서는 은둔적인 탈속성을 보여준다. 대표적인 시인으로 사공도司
空圖(837-909)를 들 수 있다. 사공도는 시론 정립도 도교의 선
仙과 불교의 선禪 사상을 융합하여 ≪이십사시품二十四詩品≫이
라는 위대한 시론서를 지었다. 그의 시론은 송대 이후 청대까지
시학의 뿌리가 되다시피 하였다. 그의 시론서에서 시의 '함축含
蓄'에 대한 풀이를 보면,

    글자 하나 쓰지 않아도 풍류를 다 얻는다. 말이 자신과 어울리지
    않아도 근심을 이기지 못하는 듯하다. 이에 조물주가 있어 가라앉

고 뜨는 것을 같이한다. 녹주 술이 가득 넘치는 듯하고 꽃 피는 시
절이 오히려 가을을 맞는 듯하다. 아득히 하늘의 먼지 흩날리고
홀연히 바닷물에 거품이 일어난다. 얕고 깊으며 모이고 흩어져서
만 가지를 하나로 거둔다.

不著一字, 盡得風流. 語不涉己, 若不堪憂. 是有眞宰, 與之沈浮. 如
滿綠酒, 花時返秋. 悠悠空塵, 忽忽海漚. 淺深聚散, 萬取一收.

라고 하였다. 사공도의 <우두사牛頭寺>(≪全唐詩≫ 卷632)를 본다.

　종남산은 가장 아름다운 곳
　불경 소리 푸른 하늘에 울려 퍼지네.
　나무숲 우거진 그윽하고 고요한 곳
　엷은 안개 넓고 잔잔하게 펼쳤네.
　終南最佳處, 禪誦出靑霄.　종남최가처 선송출청소
　群木沈幽寂, 疏烟泛沈寥.　군목침유적 소연범혈료

　오언절구의 짧은 시지만, 고요한 필치로 우두사의 경치를 한
폭의 그림으로 그려놓고 있어, 송대 소식蘇軾이 왕유王維의 시
를 「시 속에 그림이 있다詩中有畵」라고 평한 어구에 적절하다.

4. 소식蘇軾과 강서시파江西詩派 그리고 시선일치詩禪一致
　　ㅡ 북송과 남송

후주後周의 공제恭帝를 폐위하고 전전도점검殿前都點檢이던

조광윤趙匡胤이 즉위하여(960) 송나라가 시작된다. 흠종欽宗 때 금인金人의 침략을 받아서(1126) 흠종이 금으로 잡혀가자, 이듬해 5월 임안臨安으로 천도하면서 고종高宗이 즉위하니, '남송南宋'이라 하고 그 이전을 '북송北宋'으로 분류한다. 북송 시기에 대문호 소식蘇軾(1037-1101)이 문단의 가장 높은 위치에 자리 잡고, 황정견黃庭堅(1045-1105)과 진사도陳師道(1053-1102) 등을 중심으로 한 강서시파가 문단을 주도하여, 성정性情 위주의 당시풍에서 논리적이며 이지적인 송시가 발달하게 되었다.

송대 사회의 관리 등용은 '文士'를 중용하는 정치풍토인데, 구양수歐陽修(1007-1072)의 「입을 열어 시사를 따지니, 의론이 빛나네.(開口攬時事, 議論爭煌煌.)」(〈鎭陽讀書〉) 구처럼, 문인이면서 관리인 '문사'들이 국정을 논하면서 문단을 관장하였다. 당대 한유韓愈와 유종원柳宗元의 '고문운동'을 계승하여 문체와 시체를 개혁하면서 의론議論 문체의 발달을 주도하여, 시도 '의론으로 시를 짓다以議論爲詩'의 풍조로 나아갔다.

소식과 황정견의 영향으로 형성된 강서시파의 논시論詩 특징은 다음과 같다.

첫째는 '존두종황尊杜宗黃', 즉 두보를 존숭하고 황정견을 본받았다는 점이다. 진사도는 ≪후산시화後山詩話≫에서 「시를 배움에 응당 두보를 스승으로 삼을지니 … 두보를 배우다가 그 경지에 이르지 못해도, 공교로움에 빠지진 않는다.(學詩當以杜子美爲師 … 學杜不成, 不失爲工.)」라고 하여 두보를 배워야 한다고 서술하였고, 유극장劉克莊은 ≪강서시파소서江西詩派小序≫에서 황정견을 「송대 시인의 으뜸(爲本朝詩家宗祖)」이라고 예찬하였다.

둘째는 '점철성금點鐵成金'(쇳덩이를 다루어서 황금을 만듦. 나쁜 시문을 고쳐서 좋은 시문을 만듦의 비유)과 '탈태환골奪胎換骨'(고인의 시문의 뜻을 따고 그 어구를 고치어 자기의 시문으로 하는 일)을 제창한 점이다. 송대 갈립방葛立方은 「시에는 환골법이 있으니, 고인의 뜻을 활용하여 그것을 모방하되 더 새롭게 하여, 더욱 공교롭게 하는 것이다.(詩家有換骨法, 謂用古人意而點化之, 使加工也.)」(≪韻語陽秋≫ 卷2)라고 하니, 이 이론은 강서시파 시가 창작의 비결이 되고 강서파 시화를 많이 창작케 한다.

　　셋째는 조어造語(시어를 새로 만드는 것)와 연자煉字(글자를 다듬는 것)를 중시한 점이다. 시어의 섬세하고 논리적인 묘사에 주력하게 하여, 강서시파는 시가 창작에 있어 '한 자라도 출처 없는 것이 없음(無一字無出處)'과 '고사의 활용과 시운을 쓰는 기교(用事押韻之工)'를 강조하였다.

　　넷째는 오입悟入과 활법活法을 강조한 점이다. '悟入'의 경지는 학시學詩 단계에서 시율법을 지키면서, 부단한 입신적入神的 자세로 공부하는 중에 자득自得하는 창작세계를 말하며, '活法'은 시를 짓는데 시율을 엄격히 지키며, 격식을 활용할 것을 강조한 것이다. 북송 문단에서 선시 작가라면 불심이 깊었던 소식이 대표적이다. 그의 <동림사 총 장로께 드리다贈東林揔長老>(≪蘇軾詩集≫ 卷23)를 본다.

냇물 소리는 부처님의 넓고 긴 설법
산 풍경 부처의 청정한 법신이 아니리오.
밤새 들은 부처의 팔만 사천 법문을
훗날 어떻게 사람에게 다 보여줄까나.
溪聲便是廣長舌, 山色豈非淸淨身.　계성변시광장설 산색기비청정신
夜來八萬四千偈, 他日如何擧似人.　야래팔만사천게 타일여하거사인

소식이 신종神宗 원풍元豐 7년(1084) 여산廬山을 유람하면서 지은 선시다. 소식은 총 장로에게서 정이 있는 사람의 설법인 '유정설법有情說法'만 듣고, 정이 없는 무정물이 설법을 말하는 '무정설법無情說法'은 듣지 못하냐는 가르침을 받았다.(≪五燈會元≫ 卷16) 여산에 흐르는 냇물 소리(溪聲)를 듣고, 산의 풍경(山色)을 보면서, 순간적으로 깨달음에서 읊은 오도송으로 이 시를 남긴 것이다.

남송은 송나라가 여진女眞 금金나라의 침입으로 도읍을 변경汴京에서 임안臨安으로 옮긴 시기(1127)인 고종高宗 건염建炎 원년부터 시작된다. 남송 문단은 북송의 연장 선상에서 하나의 송대 문단이 되지만, 문학사적으로 국운이 쇠미해져 가는 시기의 문학사상이므로 북송 시기와는 상당히 차별화되었다. 북송 말기에 진여의陳與義(1090-1138)를 중심으로 여본중呂本中(1084-1145)과 증기曾幾(1084-1166) 등이 강서시파江西詩派의 추종자로 활동하였다.

남송에 이르러 강서시파에 반대하고 비판하는 사조가 일며, 육유陸游(1125-1210), 양만리楊萬里(1127-1206), 범성대范成大(1126-1193), 우무尤袤(1124-1193) 등 남송사대가南宋四大家와 강기姜夔(1155-1209) 등이 바탕은 강서시파 시풍에 두며, 나름대로의 자립을 추구하게 된다. 후에 영가사령永嘉四靈이 등장하며, '상반당시上返唐詩' 즉 '당시로의 회귀'를 주장하게 된다.

같은 시기에 대복고戴復古(1167-?)를 선두로 강호파江湖派가 등장하여, 강호에 유랑하며 나라를 걱정하고, 시세時勢에 상심하거나 권귀權貴의 부패 풍자, 민생에의 동정 등의 내용을 지닌 시문을 지어, 왕조 말기적 현상도 보였다. 시와 종교 사상, 특히 불교의 참선 사상을 접목한 엄우嚴羽(1187?-1267?)의 ≪창랑시화

滄浪詩話≫가 출현하면서, 남송 시단은 시 창작관에 있어, 종교 사상 곧 선과 불가분의 관계를 설정하는 상황에 이른다.

엄우의 '이선입시以禪入詩'(참선하는 정신으로 시의 경지에 들어 감)의 흥취설興趣說은 원元·명明·청淸대를 거치며 중국 시론 의 근거가 되어, 명대 이동양李東陽, 청대 왕사정王士禎과 원매 袁枚로 이어지는 맥락의 원천이 되었다. 엄우의 '시선일치詩禪一 致'(시와 참선의 정신은 서로 통함) 논리를 ≪창랑시화≫ <시변詩 辨>의 일단에서 본다.

선가류에는 대승과 소승이 있고, 남종과 북종이 있으며, 사악과 정 의의 도리가 있으니, 배우는 자는 모름지기 최상의 승을 따라 바 른 안목을 갖추어 '첫째 뜻'(第一義)을 깨달아야 한다. 소승선이라 면 성문과 벽지 따위인데, 모두 바르지 않다. 시를 논함은 선을 논 함과 같으니, 한·위·진과 성당의 시가 즉 첫째 뜻이다. 대력 이후 의 시는 소승선이어서, 이미 '둘째 뜻'(第二義)으로 떨어져 있다. 만 당의 시는 성문과 벽지류이다. 한·위·진과 성당의 시를 배운 자 는 임제종 무리와 같고, 대력 이후의 시를 배운 자는 조동종 무리 와 같다. 대개 참선의 도리는 오직 묘오에 있으니, 시도는 묘오에 있는 것이다.
禪家者流, 乘有小大, 宗有南北, 道有邪正, 學者須從最上乘, 具正法 眼, 悟第一義也. 若小乘禪, 聲聞辟支果, 皆非正也. 論詩如論禪, 漢 魏晋與盛唐之詩, 則第一義也. 大歷以還之詩, 則小乘禪也, 已落第二 義也. 晚唐之詩, 則聲聞辟支果也. 學漢魏晋與盛唐詩者, 臨濟下也. 學大歷以還之詩者曹洞下也. 大抵禪道惟在妙悟, 詩道亦在妙悟.

엄우가 시를 논하는 정신으로 선禪에 비유한 '시를 논함은 선 을 논함과 같음(論詩如論禪)' 및 '시도는 묘오에 있음(詩道在妙

悟)'을 들 수 있다. '묘오妙悟'란 극치極致에 도달한 깨달음을 말한다. 엄우가 시의 정신세계를 선의 경지에 비유한 근거는, 만당의 사공도司空圖를 추대하고 강서파 시인에게 힌트를 받아 구체화한 이론이지만, 엄우에 이르러 시론으로 정립시켰다고 하겠다. 엄우의 윗글에서 선가의 상하 구별과 선리의 정점을 추구할 것을 밝히고, 시와 선의 동일 논리를 강조하고 있다. 선이 철학적·종교적 신비성을 지녔다면, 시는 문학 영역으로서 성정의 표출에 근거하여, 서로 속성이 다르지만, 감각의 직관直觀을 중시한다는 면에서 상통한다. 직관이란 직감直感에 사고 능력이 부과된 것이므로, 선종의 불립문자不立文字의 영역과 연관된다.

시와 선의 연관성을 설정할 때, 성정에서 나오는 시심은 참선의 선과 정신적 의식세계가 상통하게 되니, 그 시도詩道는 심득心得의 묘오에 있으며, 불도佛道가 도득道得의 묘오에 있는 것과 같다. 엄우가 '第一義'(첫째 뜻)를 오득悟得하기 위해서 '最上乘'(최상의 승)을 따라야만 가능하다 하고, 한·위·진과 성당 시풍을 그 예로 들었다. 감성이 도달할 수 있는 정신의 승화가 시와 선의 상통점으로 해명될 수 있다. 엄우가 시의 고차원적 의식세계를 추구하기 위해서는 '선禪'의 심오한 정신적 집중력을 빌려서 비교해야 하였다.

5. 외세와 선불禪佛 의식의 감소 ─ 원·명·청대

송대 이후의 중국 역사의 흐름은, 몽고족이 지배한 원대元代 (1260-1367)로부터, 중간에 한족의 명대明代(1368-1635)를 거쳐, 다시 만주족에 의해 지배된 청대淸代(1636-1911)까지 연속적인 변란기를 겪었다. 이 과정에 도교 및 유가 사상과 함께 불교 선禪 사상이 급격히 쇠락기를 맞았다. 예부터 살아온 삶의 터전을 잃고, 한족은 민족 이동이 있었고, 항전의 고통과 실의도 크게 받았다. 시대적인 변화에 맞추어 중국인의 민족성도 현실주의화 되어, 청대에 이르러서 실사구시實事求是(사실에 의거하여 진리를 탐구함)의 실학實學 사상이 주류를 이루게 되었다.

문단 풍토도 정신세계의 귀자연적歸自然的이나 영적靈的 희원을 추구하기보다는, 주어진 사회현실 문제를 주제로 하는 창작관이 중시되었다. 선시의 양적 퇴락과 질적 모호성은 당연한 현상이었다. 시인들은 적지 않은 선시를 남겼으니, 원대에는 조맹부趙孟頫, 양유정楊維楨, 예찬倪瓚, 유병충劉秉忠, 왕욱王旭 등을 들 수 있다. 명대에 당송문학으로의 복고復古운동이 전개되어, 원대보다 질과 양적으로 선시의 수준이 높아져, 유기劉基, 이동양李東陽, 하경명何景明, 당인唐寅, 고계高啟 등이 선시다운 시를 남겼다. 청대에는 전겸익錢謙益, 오가기吳嘉紀, 굴대균屈大均, 서위徐渭, 오위업吳偉業, 여류량呂留良, 정섭鄭燮, 요섭姚燮 등이 좋은 선시를 남기고 있다.

그러나 불심이 깊이 담긴 수작이라고 평가하기에는 당송대 선시와 등차가 있다고 할 것이다. 원대 조맹부(1254-1322)와 청대 정섭의 선시를 각각 본다. 먼저 조맹부의 <인 선사를 애도하며因禪師挽詩>(≪松雪齋集≫ 卷5)를 본다.

부처의 본성은 오고 감 따로 없거늘
중생들은 스스로 슬퍼한다.
깨우치면 크게 웃게 될지니

바르게 걸어가면 그 어리석음 보인다.
佛性無來去, 群生自爾悲. 불성무래거 군생자이비
達觀應大笑, 政足見渠痴. 달관응대소 정족견거치

　　이 시는 불가의 생사 열반 사상을 밝혀준다. ≪열반경涅槃
經≫에 「이 몸은 몸이 없거늘, 마음에 두지 않을 것이니, 마치
번개나 폭포수, 도깨비불 같은 것이다.(是身無身, 念念不住, 猶如
電光, 瀑水, 幻炎.)」라고 하였으니, 생사는 단지 하나의 환상일 뿐
이다. 그리고 정섭(1693-1765)의 <욱종 스님께 드리다 제3수贈
勖宗上人 其三>(≪鄭板橋全集≫ 卷3)를 본다.

　　맑은 시, 엷은 구름, 둘 다 사심이 없어
　　사람들 절로 청춘인데 불경 소리 절로 깊네.
　　마침 국화꽃 피는 중양절 지나
　　온 산 붉은 낙엽 저 쌀쌀한데 스님을 찾았네.
　　詩淸雲淡兩無心, 人自靑春韻自深. 시청운담량무인 인자청춘운자심
　　好待菊花重九後, 萬山紅葉冷相尋. 호대국화중구후 만산홍엽랭상심

　　이 시에서 스님의 모습은 「헤매다가 참선하여 성불의 경지로
돌아오고, 성불의 경지로 돌아와서 불법을 깨달아 얻다.(返迷歸
極, 歸極得本.)」(≪涅槃經集解≫)라고 한 그 자체다. 스님은 깊은
참선에 몰입하였고, 오직 성불의 경지에서 득도의 길을 추구하
고 있는 진면목을 보여준다. 중양절이 지나고 산이 붉은 낙엽으
로 물든 늦가을 저녁에 욱종 스님을 만나, 시인 자신도 스님과
함께 공감하는 선취를 만끽하고 있다.

Ⅰ · 진晉 · 남북조南北朝 선시

[지둔支遁] 감회를 읊다詠懷詩

빈둥대며 밥그릇이나 축내면서
해는 가고 달도 흘렀네.
젊어서 풍파에 시달리고
떠돌며 세상일에 쫓겨 다녔네.
살아가며 높은 운치 더하고
오묘한 이치 깊이 흠모하였네.
깊고 오묘한 이치 어디에 있는가
참된 진리 속에 노닐었네.
아무렇게나 나 하나 돌보며
한가로이 이리저리 거닐었네.
조용한 소리에 몸과 맘 밝아지니
비운 마음으로 자연을 비춰 보네.
힘쓰니 맺힌 정이 사라지고
환하게 비운 마음 새로워라.
머뭇대며 세상 풍물 살피니
이제는 소가 온전하게 보이지 않네.
짐승과 물고기 귀한 것이지만
진정 귀한 것은 통발을 잊는 데 있네. (제1수)

詠懷詩영회시

傲兀乘尸素, 日往復月旋. 오올승시소 일왕부월선

弱喪困風波, 流浪逐物遷.　약상곤풍파 류랑축물천

中路高韻益, 窈窕欽重玄.　중로고운익 요조흠중현

重玄在何許, 採眞游理間.　중현재하허 채진유리간

苟簡爲我養, 逍遙使我閒.　구간위아양 소요사아한

寥亮心神瑩, 含虛映自然.　료량심신영 함허영자연

亹亹沈情去, 彩彩沖懷鮮.　미미침정거 채채충회선

跙躊觀象物, 未始見牛全.　지주관상물 미시견우전

毛鱗有所貴, 所貴在忘筌.　모린유소귀 소귀재망전

(五首 中 其一, 《全漢三國晉南北朝詩》 全晉詩 卷7)

---

* 傲兀오올 - 오만하여 남에게 굽히지 아니함. 오안傲岸

* 尸素시소 - 시위소찬尸位素餐. 벼슬자리에 있으면서 그 직책을 다하지 못하고 녹祿만 타먹는 사람을 일컬음

* 弱喪약상 - 젊을 때부터 타향으로 유랑함

* 窈窕요조 - 얌전한 모양. 깊은 모양. 그윽한 모양

* 重玄중현 - 오묘하고도 오묘함. '玄'은 노장老莊(老子와 莊子)의 도덕. 《노자老子》 제1장 : 「오묘하고 또 오묘하니 모든 오묘함의 문이다.(玄之又玄, 衆妙之門.)」라 하니 이것이 '重玄'이다

* 採眞채진 - 우주 인생의 진제眞諦(불교 용어로 진실한 이치, 참된 법칙)를 터득하다

* 游理間유리간 - 이치, 이념의 세계에 노닐다

* 苟簡구간 - 일을 간단히 해치워 일시를 미봉함. 예절을 등한시함

* 逍遙소요 - 이리저리 거닐음. 바람을 쐼. 유유자적悠悠自適

* 寥亮료량 - 높은 음성이 명랑하게 울리는 모양

* 含虛함허 - 마음을 비움. 욕심이 없음

* 亹亹미미 - 부지런히 힘쓰는 모양. 나아가는 모양. 흐르는 모양. 달려가는 모양

* 沖懷충회 - 비운 마음. 깊은 생각. 겸손한 마음

* 踟躕지주 - 머뭇거리는 모양. 망설이고 잘 가지 못하는 모양
* 象物상물 - 물상物象. 유형물有形物의 형상. 물형物形. 자연의 풍경
* 牛全우전 - 소의 전체 모습
* 毛鱗모린 - 짐승 털과 물고기 비늘. 어육魚肉
* 忘筌망전 - 통발을 잊어버리다

[지둔支遁] 314-366. 서진西晉 시대 승려로서, 자는 도림道林, 속성俗姓은 관關, 진류陳留(지금의 하남성河南省 개봉開封)인이다. 25세에 출가하여 백마사白馬寺에 머물며, 허순許詢, 손작孫綽, 왕희지王羲之, 원굉袁宏 등과 교유하였다. 현리玄理를 탐구하여 반야학般若學 6대가의 한 사람이다. ≪즉색유현론卽色游玄論≫을 지어 '색즉시공설'色卽是空說을 주장하였다. ≪수서隋書≫ <경적지經籍志>에 ≪지둔집支遁集≫ 8권이 있다고 하나, 지금은 ≪전상고삼대진한삼국육조문全上古三代秦漢三國六朝文≫에 문文이 26편, ≪전한삼국진남북조시全漢三國晉南北朝詩≫에 시가 18수 실려 있다. 그의 시는 현언시玄言詩로, 경물 묘사의 명구가 많아 육조 시대 양대 사령운謝靈運 산수시에 영향을 주었다.

※ 해 설
'색즉시공色卽是空' 즉 '물질상의 사물은 본래 비어 있다'는 설을 주창한 지둔은 ≪장자莊子≫ 〈소요유逍遙游〉에 정통하여 ≪소요론逍遙論≫을 지어서, 「무릇 '이리저리 거닌다' 함은 지극히 높은 덕을 지닌 사람의 마음을 밝히는 것이다. 지극히 높은 덕을 지닌 사람이 하늘 속에 높이 올라, 매우 기분이 좋아서 한없이 노닐며 떠돌아다닌다. 사물은 사물이로되 사물이 아니니, 아득히 내가 아니다. 오묘하게 느끼어 아무것도 하지 아니하고, 빠르지 않아도 빨리 가서, 걸어서 가지 않는 곳이 없으니, 이것이 '이리저리 거닌다'는 까닭이다. (夫逍遙者, 明至人之心也. 至人乘天正而高興, 游無窮于放浪. 物物而

不物, 則遙然不我得. 玄感不爲, 不疾而速, 則逍然靡不適, 此所以爲逍遙
也.)」라고 하였다. 따라서 그의 사상은 현묘한 경지를 추구하고, 신
령하고 허무한 의식세계를 표현하여, 도교와 불교가 교차된 의취를
보여준다.

이 시에서 '중현重玄'이란 곧 오묘하고도 오묘한 초탈의식이며, '한
가로이 이리저리 거닐었네(逍遙使我閒)' 구는 '소요론'의 직접적인
체현體現([정신적인 것을] 구체적으로 실현함)이다. 그리하여 시의
제6, 7연은 마음이 밝고 몸이 빛나며, 담백하여 텅 비워진 시인의
진박한 정신적 경계를 표현한다. 시의 마지막 4구에서는 물고기를
잡되 통발은 잊고, 눈으로 소를 보되 전체를 보지 못하는 일종의 허
무한 무의식의 경지에 몰입하고 있다. 이 시는 지둔의 〈영회시〉 5수
중 제1수로, 그의 불법의 심오한 이치에 대한 깊은 이해를 엿볼 수
있다.

[혜원慧遠] **여산의 동림사**廬山東林雜詩

높은 바위는 맑은 기운 토해내고
깊은 토굴에는 신선의 자취 깃드네.
고요 속에 온갖 소리 연주하니
낙숫물 지는 소리 울려 퍼지네.
나그네 홀로 생각하며 노닐다가
마침내 갈 길을 잊네.
손을 들어 구름 낀 문 만지니
신령한 관문 어디서 열릴까.
마음 조용히 문빗장 두드리니
지극한 이치 깨달아 막히지 않네.
누가 하늘 높이 날아오르나
힘들이지 않고 하늘 끝에 닿도다.
오묘한 이치 같아 흥취 절로 통하니
한번 깨달으면 세 유익한 벗보다 좋네.

廬山東林雜詩여산동림잡시

崇巖吐淸氣, 幽岫棲神跡.   숭암토청기 유수서신적
希聲奏群籟, 響出山溜滴.   희성주군뢰 향출산류적
有客獨冥游, 逕然忘所適.   유객독명유 경연망소적
揮手撫雲門, 靈關安足闢.   휘수무운문 령관안족벽
流心叩玄扃, 感至理弗隔.   류심고현경 감지리불격

孰是騰九霄, 不奮冲天翮.　숙시등구소 불분충천핵
妙同趣自均, 一悟超三益.　묘동취자균 일오초삼익

(≪全漢三國晉南北朝詩≫ 全晉詩 卷7)

* 崇巖숭암 - 높은 바위
* 幽岫유수 - 깊고 그윽한 산굴. 산에 있는 바위굴
* 希聲희성 - 그윽해서 들리지 아니함. 소리 없는 소리의 본체. ≪노자
老子≫ :「들어도 들리지 않으니 이름하여 '희'라 한다.(聽之不聞名曰
希.)」또「큰 소리는 들리지 않는 소리다.(大音希聲.)」
* 群籟군뢰 - 여러 소리. 천지간에 나오는 자연의 소리. '籟'는 구멍이
셋 있는 퉁소
* 溜滴류적 - 떨어지는 물방울. 낙숫물 같은 것
* 冥游명유 - 고요한 정신세계에서 노닐다. 깊은 생각에 잠김
* 俓然경연 - 빠른 모양. 곧바로. 마침내
* 所適소적 - 갈 곳
* 雲門운문 - 구름이 자욱이 덮인 문. 높은 바위에 구름이 끼어 있는 모
습을 묘사
* 靈關령관 - 신령스러운 마음의 관문. 령부靈府 : 영혼이 있는 곳, 마음,
정신
* 闢벽 - 열다. 열리다
* 流心류심 - 방종放縱한 마음
* 玄扃현경 - 검은 문빗장, 출입구. 현묘玄妙한 도에 들어가는 입구. 현
관玄關
* 九霄구소 - 하늘. 구천九天. 아주 멀거나 높은 곳을 비유
* 天翮천핵 - 하늘 끝. 핵은 깃촉
* 三益삼익 - 삼익우三益友: 사귀어서 자기에게 도움이 되는 세 가지
벗

[혜원慧遠] 334-415. 진晉대 고승으로 속성은 가賈며, 안문雁門 루번樓煩(지금의 산서성山西省 영무寧武 부근)인이다. 고승 도안道安의 제자로서, 육경六經과 노장老莊에 정통하였다. 태원太元 연간에 여산 동림사를 세우고, 백련사白蓮社를 결사結社하였으며, 미륵彌勒 정토淨土 법문法門을 제창하였다. 후에 정토종淨土宗의 조종으로 추존되었다. 저술로는 ≪명보응론明報應論≫, ≪삼보론三報論≫ 등이 있다.

✳ 해 설

여산은 강서성江西省 구강九江 지역에 있는 산이고, 동림사는 동진東晉 효무제孝武帝 태원太元 11년(386)에 창건된 중국 정토 종조정宗祖庭의 하나다. 정토종의 창시자인 혜원이 여산에 절을 짓고 설법을 강론하면서 '깊은 산굴幽岫'에 은거하며 직접 쓴 ≪여산기략廬山紀略≫을 본다.

> 광속 선생이란 사람이 있었는데 은나라와 주나라 시기에 나왔다. 선인에게 도를 받아서 이 산에서 함께 노닐었는데, 마침내 집을 낭떠러지 굴에 의탁하니 곧 바위를 거처로 삼았다. 그리하여 당시 사람들이 그 머문 곳을 신선의 집이라 일컬어서 명산이 되었다.
> 有匡俗先生者, 出自殷周之際. 受道于仙人, 共游此山, 遂托室崖岫, 卽岩成館. 故時人謂其所止爲神仙之廬, 因以名山焉.

이러한 유서 깊은 곳을 주제로 지은 이 시의 앞 4구는 여산의 미려한 자연 풍광을 묘사한다. 여산 동림사 일대는 높은 바위에 구름이 깃들어, 맑고 푸른 산 기운이 가득하다. 그윽한 산골짜기는 마치 무수한 신선이 놀던 자취가 남아 있는 듯하여 시에서 '吐淸氣(맑은 기운 토해내다)'라 하고 '棲神跡(신선의 자취 깃들다)'이라 묘사한다.

오묘하게 들리는 희미한 소리는 단순한 하나의 소리가 아니라, 뭇 퉁소 소리가 합창하는 자연의 소리니, 바람이며 냇물이며 뭇 새 울음 등 마치 선종의 무정설법無情說法을 대하는 심경이다. 감정이 없는 산하 대지를 비롯하여 하늘, 바위, 바다 등이 설법을 한다.

시 중간 구절의 '冥游(고요한 세계에서 노닐다)'는 곧 신유神游(마음의 노닐음)다. 산에 노닐지만 심신心神이 산수에 있지 않고, 망아忘我(나를 잊음)의 의식세계에 몰입한다. 드디어 속세를 벗어나서 허공의 탈속 세계에 소요한다. 그 속에서 유산遊山하며 오도悟道한다. 그래서 시인은 「지극한 이치 깨달아 막히지 않네.」라고 불심을 고백한다. 뒤 4구에서 시인의 심사는 높은 하늘을 날며 참선의 흥취를 무한히 느낀다.

마지막 구의 '삼익三益'은 ≪논어論語≫〈계씨季氏〉의, 「공자가 말씀하셨다. 유익한 벗 셋이 있고, 해로운 벗 셋이 있다. 정직한 사람을 벗하고, 신실한 사람을 벗하며, 견문이 많은 사람을 벗하면, 유익하다.(孔子曰 : 益者三友, 損者三友. 友直, 友諒, 友多聞, 益也.)」라는 구문에서 유래한다.

혜원은 시에서 자신의 육체적 '신유身游'와 정신적 '신유神游'가 교차하는 의식 속에서, 불교의 묘취를 토로하고 있다. 단순한 유람시지만, 그 안에 담긴 불심은 청정한 불경佛境에 들게 하고, 불도의 오묘한 이치를 깨치고 있다.

[구마라십鳩摩羅什] **열 번 깨닫다**十喩詩

열 번 깨달아 빈 것(空)을 깨닫나니
빈 것(空)은 반드시 이러해야 깨달아지네.
말을 빌려 그 뜻을 깨닫거니
뜻이 사라지면 깨달을 곳도 없네.
이미 긴 그물에서 벗어났으나
여기 머물려 해도 머물 곳이 없네.
이 세계를 관조할 수 있다면
세상 만물이 생기고 사라지는 일 없네.

十喩詩십유시

十喩以喩空, 空必待此喩.　십유이유공 공필대차유
借言以會意, 意盡無會處.　차언이회의 의진무회처
旣得出長羅, 住此無所住.　기득출장라 주차무소주
若能映斯照, 萬象無來去.　약능영사조 만상무래거
　　　　　　　　　(≪全漢三國晉南北朝詩≫ 全晉詩 卷7)

* 十喩십유 - ≪대일경大日經≫에 '십유관十喩觀'이 있으니, 꿈과 그림
자, 그리고 물, 달 등으로 비유하여 불법을 크게 밝혀 미혹을 타파한다.
시에서 '十喩'는 열 개의 비유인지 열 번의 깨달음인지 애매하다
* 空공 - 모든 사물의 본질. 모든 사물이 다 공허하다. 공즉시색空卽是
色. (불교) 세상의 모든 물질 현상이 인연이 합하여 생겨나고 인연이 흩
어지면 사라진다. 따라서 찰나에 생겨나고 사라지는 속에 있지 않은 것

이 없다. 세상 만물 그 어느 하나라도 독립된 실질적인 것이 없으니, 이 것이 '空'의 개념이다

* 長羅장라 - 긴 그물. 세상일에 얽매임
* 住주 - 머물다. 존재하다. ≪유마힐경維摩詰經≫ 주注 : 「머무는 것은 곧 머무는 것이 아니니 즉 진정 머물음은 없다. 본래 머물음으로 존재를 삼는데 이제 머물음이 없으니 존재가 없고, 존재가 없으니 결국은 '빈 것'이다.(住即不住, 乃眞無住也. 本以住爲有, 今無住則無有, 無有則畢 竟空也.)」
* 斯照사조 - 이러한 관조觀照의 세계

[구마라십鳩摩羅什] 344-413. 구마라습, 구마라집이라고도 한다. 인도 승려 구마라염鳩摩羅炎과 구자국龜玆國(신강新疆 고차庫車) 왕 누이동생 지바Jiva 사이에서 구자국에서 출생하였다. 9세에 모친과 계빈국罽賓國 에서 반비달마槃毘達磨의 논서論書와 초기경전初期經典을 배우고, 사 차국莎車國 왕자 수리야소마須利耶蘇摩에게 중론中論, 석론石論, 십이 문론十二門論을 배웠다. 20세에 구자국 왕궁에서 구족계具足戒를 받고 사원에서 여러 대승경론大乘經論을 연구하였다. 학문의 명성이 중국에 알려져서, 382년 여광呂光이 구자국을 정벌하여 후량後涼을 세워서 구 마라십도 후량에 16년간 거주하였다.

후에 401년 후진後秦의 국사國師로 장안長安에 들어가 입적할 때까지, ≪대품반야경大品般若經≫, ≪법화경法華經≫, ≪금강경金剛經≫, ≪유 마경維摩經≫, ≪아미타경阿彌陀經≫, ≪미륵하생성불경彌勒下生成佛 經≫, ≪좌선삼매경坐禪三昧經≫, ≪대지도론大智度論≫, ≪성실론成 實論≫, ≪중론中論≫, ≪십이문론十二門論≫, ≪백론百論≫, ≪십송율 十誦律≫ 등 35종 294권을 번역하였다. 그는 역사상 진제眞諦, 현장玄 奘과 함께 중국 불교 3대 번역가로 불린다. 제자 중에 도생道生, 승조僧 肇, 도융道融, 승예僧叡 등은 십문사성什門四聖이라 불린다.

세상만사가 '무상無常'(덧없음. 일정하지 않음)하다. '無常'에 대해서
소승小乘과 대승大乘 불교가 각각 달리 이해하고 있다. 소승은 '생
멸生滅'(나고 죽음)의 시각에서, 대승은 '불생불멸不生不滅'(나지도
죽지도 않음)의 시각에서 각각 '無常'을 이해한다. 이 시는 대승의
교의에서 출발하여 '十喩'로 불문의 '무주無住'와 '공空'의 관념을 밝
히고 있다. 속세의 물질 때문에 곤혹스러워하는 사람들에게 속박에
서 벗어나, '자재自在'하고 '소요逍遙'하는 경계로 들어가게 한다. 그
리하여 열락의 '관조' 속에 정신적인 '피안彼岸'의 세계를 즐기게 한
다.

제2연은 '공空'의 오묘한 뜻을 비유한다. 空은 대승 반야학般若學의
세계관의 근본이며 반야학 중에서 가장 중요한 개념이다. 반야학에
정통한 시인의 심기를 알 수 있다. '般若'란 부처의 진여眞如를 깨친
완전한 지혜를 말한다. '眞如'는 사물이 망념에 의해 왜곡되지 않고
있는 그대로의 모습이다. 그러므로 반야는 사물의 있는 그대로의 모
습, 우주 만유의 본체인 평등하고 차별이 없는 절대의 진리를 일컫
는다. '長羅'는 속세의 인간을 지칭한다. 속세의 여러 예법은 모두
그물과 같아서, 지혜를 얽어매고 있으니, 이 '長羅'를 벗어나야 지혜
가 밝아진다.

제6구는 세상은 본래 헛되고 나도 변변치 않으니, 모두가 '空'이며
'無有'다. 진정한 지혜는 심신의 무존재, 즉 초탈에 있다. ≪금강경
金剛經≫에 「응당 머물음이 없어야 그 마음이 생긴다.(應無所住而
生其心.)」라고 하니 '無所住'는 '空'의 구체적인 표현이다.

[사령운謝靈運] 석벽정사에서 무호로 돌아오며 쓰다

石壁精舍還湖中作

아침저녁으로 날씨 변하더니
산천이 맑은 햇빛 머금고 있네.
맑은 햇빛에 이 마음 기뻐지니
나그네 맘 편안하여 돌아가길 잊네.
골짜기 나설 때 해 일찍 뜨더니
배에 오르니 해는 이미 어둑어둑.
숲 진 계곡에 저녁 햇빛 거두고
구름 놀 자욱한데 저녁 가랑비 그치네.
마름과 연꽃에 아롱대는 빛 갈마들고
부들과 피 서로 기대어 서 있네.
수풀 헤치고 남쪽 오솔길 따라가
기쁜 마음으로 동쪽 문가에 눕네.
마음 편안하니 경물이 절로 경쾌하고
뜻이 흡족하니 도리에 어긋남 없네.
도 닦는 나그네여
이 도리를 따라 하는 게 어떠하리.

石壁精舍還湖中作석벽정사환호중작

昏旦變氣候, 山水含淸暉.　혼단변기후 산수함청휘
淸暉能娛人, 游子憺忘歸.　청휘능오인 유자담망귀

出谷日尚早, 入舟陽已微.　출곡일상조 입주양이미
林壑斂暝色, 雲霞收夕霏.　림학렴명색 운하수석비
芰荷迭映蔚, 蒲稗相因依.　기하질영울 포패상인의
披拂趨南徑, 愉悅偃東扉.　피불추남경 유열언동비
慮澹物自輕, 意愜理無違.　려담물자경 의협리무위
寄言攝生客, 試用此道推.　기언섭생객 시용차도추

(≪全漢三國晉南北朝詩≫ 全宋詩 卷3)

* 湖中호중 - 호湖는 영가永嘉에 있는 무호巫湖
* 昏旦혼단 - 황혼과 아침
* 淸暉청휘 - 맑은 햇빛
* 游子유자 - 나그네. 여객. 놀고먹는 사람
* 憺담 - 편안하다. 움직이다
* 壑학 - 구렁. 두 산 사이의 오목한 곳. 골. 학곡壑谷
* 雲霞운하 - 구름과 놀
* 霏비 - 비나 눈이 오는 모양. 안개
* 芰荷기하 - 마름과 연. 그 잎을 엮어 옷을 만들어 은인隱人이 입음
* 映蔚영울 - 쌍성어雙聲語로 빛과 색이 서로 비추어 어울리다
* 蒲稗포패 - 부들과 피. 稗는 화본과禾本科에 속하는 일년초
* 披拂피불 - 초목의 가지나 잎이 바람에 흔들림
* 扉비 - 문짝. 집
* 慮澹려담 - 욕심 없이 마음이 깨끗함. 마음이 흔들리지 않음
* 意愜의협 - 뜻에 맞음. 마음이 만족함. 협의愜意
* 攝生客섭생객 - 마음을 가다듬어 흐트러지지 않는 사람. 시인 사령운 자신을 가리킴

[사령운謝靈運] 385-433. 남조南朝 송대宋代 진군陳郡 양하陽夏(지금 의 하남성河南省 대강大康)인으로 회계會稽(지금의 절강성浙江省 소흥

시紹興市)로 이적하였다. 18세(402)에 강락공康樂公을 세습하였기에 사강락謝康樂이라 부른다. 송무제宋武帝 영초永初 3년(422)에 영가태수永嘉太守로 임명되어, 산수를 유람하면서 정사에는 관심이 적었다.
그의 시는 시녕始寧과 영가 지방의 산수를 주로 묘사하였으니, 시 풍격이 미려하고 청신하다. 유협劉勰의 ≪문심조룡文心雕龍≫ 명시明詩에 「송대 초기에 문장이 읊어지고, 문체가 바뀌면서, 노자 장자의 신선 놀이 즉 유선遊仙 풍격이 물러나고, 자연의 산수를 읊은 시가 성행하였다.(宋初文詠, 體有因革, 莊老告退, 而山水方滋.)」라고 사령운 시를 평하였다. 그의 산수시는 동진東晉 시기 신선 사상을 담은 현언시玄言詩의 굴레를 벗기고, 순수한 산수시를 낳게 하였다. 당대 이전의 대표적인 산수시인으로, 전원시인인 도연명陶淵明(도잠陶潛)과 함께 당대 이백李白, 왕유王維, 두보杜甫와 송대 소식蘇軾, 황정견黃庭堅 등 당송 문인에 큰 영향을 주었다. ≪사강락집謝康樂集≫이 있다.

⊠ 해 설

시 제목의 '석벽정사石壁精舍'는 글자대로 풀이하면 '절벽 바위에 지은 절'인데, 이 절의 명칭은 초제정사招提精舍로서, '精舍'란 불제자가 수행하는 장소로 즉 사원을 말한다. ≪명의집名義集≫ 제7에 의하면, 「후위(북위) 태무 시광 원년(424)에 절을 지어 초제란 이름으로 창립하였다.(後魏太武始光元年造伽藍, 創立招提之名.)」라고 그 정사의 유래를 기록하고 있다. 이 정사는 시녕始寧에 위치하고, '湖中'의 '湖'는 무호巫湖로서 영가永嘉에 위치한다. 사령운의 ≪유명산지游名山志≫에 보면, 「호수 삼 면이 다 높은 산이고, 시내 굴이 무릇 다섯 곳 있는데, 남쪽 첫 번 계곡에, 지금 이른바 석벽정사가 있다.(湖三面悉高山, 溪洞凡有五處, 南第一谷, 今在所謂石壁精舍.)」라고 하여, 정사와 호수의 위치를 밝히고 있다.(졸저 ≪中國 詩歌論의 展開≫ 참고)
이 시는 사령운이 경평景平 원년(423)에 영가태수에서 물러난 후,

산수의 경치를 빌려서 선리禪理를 표현한 오언고시다. 시인이 이 정사를 찾은 때는, 시기적으로 보아 정사가 지어진 직후로 보인다. 경치와 설리가 교묘하게 조화되어, 시인의 정감과 자연의 경물이 서로 어울리고(정경교융情景交融), 도리와 예법이 막힘이 없다(이법무애理法無碍).

시에서 첫 4구는 정사에서 무호로 돌아가는 길에, 시인의 내심에 느끼는 자연 경물에 대한 즐거운 흥취를 묘사한다. 심지어 맑게 비치는 햇빛조차 가벼이 보지 않는다. 제5, 6구는 골짜기를 나와서 쪽배에 올라, 호수로 돌아오는 때를 묘사한다. 그리고 제7~제10구는 구름과 안개 자욱이 긴 저녁 경치를 그림처럼 그려놓고 있다. 그중에 '렴斂'(거두다)과 '수收'(거두다) 두 자는 객관적인 자연 경물 위에, 짙은 주관적인 색채로 칠해 놓고 있다. 마름과 연꽃, 부들과 피 등 풀이 마치 감성이 있는 사람처럼 의인화擬人化되어, 사물과 내가 한몸(물아일체物我一體)임을 느끼게 하니, 이것이 자연과 하나 된 합자연合自然의 경지가 아닐까!

시 끝부분에서 시인은 쪽배에서 내려 언덕에 오르고, 동쪽 문가에 누워, 기쁜 심회를 노래한다. 삶에 초탈한 듯한 심미적 태도가 보이니, 이것이 곧 선리다. 사령운이 이 시를 지은 시기는 대략 경평 원년 가을에서 원가元嘉 3년(426) 사이로 추정된다. 사령운이 영가태수를 사직하고, 고향인 시녕으로 돌아가는 시기다. 삶에 대한 속박이나 이해관계를 초월한 때에 지은 시다.

[사령운謝靈運] 구계 석실산에 들러 스님께 식사 대접 하고過瞿溪石室飯僧

아침 해 맞으며 가파른 고개 넘어
이슬 맺힌 길 따라 서수 가로 돌아간다.
불 지피며 산 나무 자르고
언덕 등지고 돌문에 흙질한다.
엮은 도리는 붉은 용마루 아니며
빌린 밭은 가시덤불 덮여 있다.
속세 떠난 스님과 노니니
흐릿한데 뭔가 보이는 듯하다.
맑은 하늘에 뿌연 안개 피어오르고
텅 빈 숲엔 절간 북소리 울린다.
세상 잊고 갈매기며 피라미랑 친하고
양생하며 외뿔 들소며 호랑이 길들인다.
먼 산 바라보니 영취산이 생각나니
마음 두어 깨끗한 세상 그리노라.
네 가지 불심의 경지에 오른다면
길이 중생의 삼종 세계를 벗어나리라.

過瞿溪石室飯僧과구계석실반승

迎旭凌絶嶝, 映泫歸澂浦.　영욱릉절등 영현귀서포
鑽燧斷山木, 掩岸墐石戶.　첩수단산목 엄안근석호
結架非丹甍, 藉田資宿莽.　결가비단맹 자전자숙망

同遊息心客, 曖然若可睹.　동유식심객 애연약가도
清霄揚浮烟, 空林響法鼓.　청소양부연 공림향법고
忘懷狎鷗鯈, 攝生馴兇虎.　망회압구조 섭생순시호
望嶺眷靈鷲, 延心念淨土.　망령권령취 연심념정토
若乘四等觀, 永拔三界苦.　약승사등관 영발삼계고

* 甌溪구계 - 영가군永嘉郡 영녕현永寧縣에 있다. 지금의 절강성浙江省 온주시溫州市
* 石室석실 - 영가군 영녕현에 있는 석실산石室山
* 飯僧반승 - 승려를 공경하는 뜻에서 재식齋食을 베푸는 행사. 齋食은 법회法會 때의 식사
* 映泫영현 - 이슬이 햇빛 받아 반짝임. 泫은 물방울이 흘러내리는 모양
* 漵浦서포 - 서수漵水의 물가. 서수는 호남성湖南省 돈가산頓家山에서 원수沅水로 흐르는 강. ≪초사楚辭≫ 구장九章 섭강涉江 : 「서수의 물가로 들어가서 나는 배회하나니, 헤매며 내 갈 곳을 모르네.(入漵浦余儃佪兮, 迷不知吾所如.)」 여기서는 구계의 물가를 가리킴
* 鉆燧첩수 - 불을 붙이다. 피우다
* 墐근 - 흙을 이겨 바르다
* 結架결가 - 도리를 엮다. 가架는 집 지을 때 기둥 사이에 얹는 나무
* 丹甍단맹 - 붉은 용마루. 화려한 건물의 비유
* 藉田자전 - 밭을 빌리다. '적전'이라고도 하니, 천자가 친히 가는 밭
* 宿莽숙망 - 겨울에 죽지 않는 풀
* 息心客식심객 - 속세의 마음을 버린 나그네. 여기서는 스님을 가리킴
* 曖然애연 - 침침한 모양. 흐린 모양
* 法鼓법고 - 부처의 설법. 북을 치는 것에 비유하여 이른 말
* 鷗鯈구조 - 갈매기와 피라미
* 攝生섭생 - 양생養生. 삶을 보신하다

* 兕虎시호 - 외뿔 들소와 호랑이
* 靈鷲령취 - 옛 인도 마게타摩揭陀국 왕사성王舍城 부근에 있는 영취산으로, 석가모니釋迦牟尼가 여기서 설법하였다
* 淨土정토 - 번뇌의 속박을 벗어난 깨끗한 세상
* 四等觀사등관 - 자애(慈)·동정(悲)·기쁨(喜)·버림(舍)의 네 가지 불심佛心
* 三界삼계 - 중생의 생사 윤회하는 3종의 세계. 욕계欲界·색계色界·무색계無色界라고도 하고, 과거·현재·미래를 가리키기도 한다

❈ 해 설

남조南朝 시인 중에서 사령운은 독실한 불교 신자다. 그는 명승名僧인 혜원慧遠과 혜림慧琳 등 승려들과 교유하였고, 스스로 《금강경金剛經》을 주석하기도 하였다. 시인은 구계의 작고 궁벽한 절에 들러 스님께 재식齋食을 베풀면서, 무념무상無念無想의 불심이 솟구쳐서 소탈한 소회를 적었다. '재식'은 정오가 지나면 음식을 먹지 않고, 이전에 음식을 먹는 법회法會 때의 식사다. 승려를 공경하는 뜻으로 재식을 베푸는 행사가 이 시 제목에서의 '반승飯僧'이니, 시인은 엄숙한 불심으로 석실산의 사찰에 홀로 거주하는 스님께 식사 대접을 한 것이다.

시에서 첫 6구는 절간의 빈궁하고 가식 없는 모습을 묘사하여, 세속과 대조적으로 순수하고 고결한 불심을 간접적으로 표현한다. '식심객息心客'인 스님과 동행하니, 은연중에 불심이 솟구친다. 시 중간 구절에서는 절 밖의 정경을 그리고 있다. 안개가 걷히고 법고도 울린다. 근심 다 잊고 갈매기와 물고기를 짝하니 만물이 순응한다. 궁벽한 작은 사찰이지만, 부처님이 설법한 인도의 영취산과 다르지 않고, 번뇌의 속박을 벗어난 깨끗한 세상인 정토淨土가 바로 이곳이다.

시의 끝 구절에서처럼 시인은 자애(慈)·동정(悲)·기쁨(喜)·버림(舍) 등 네 가지 불심인 사등관四等觀의 선취를 몸소 체험하고, 중생의 윤회하는 3종의 세계인 욕계欲界·색계色界·무색계無色界가 무엇인지를 깊이 인식한 것이다.

[유효작劉孝綽] **동림사**東林寺詩

달 뜬 불전에 붉은 깃발 빛나고
바람 부는 오륜탑엔 풍경 소리 딸랑인다.
아침에 원숭이 용마루에 지절대고
밤엔 냇물 소리 휘장에 깃든다.

東林寺詩동림사시

月殿耀朱幡, 風輪和寶鐸. 월전요주번 풍륜화보탁
朝猿響甍棟, 夜水聲帷箔. 조원향맹동 야수성유박

(≪全漢三國晉南北朝詩≫ 全梁詩 卷10)

* 東林寺동림사 - 강서성江西省 여산廬山에 있는 절
* 輪륜 - 윤탑輪塔. 오륜탑五輪塔. 오진五塵(중생衆生의 진성眞性을 더
럽히는 다섯 가지. '색色'·'성聲'·'향香'·'미味'·'촉觸')에서 생기는 '지
地·수水·화火·풍風·공空'의 오대五大(다섯 가지 요소)를 상징한 방
형과 원형의 다섯 개의 돌을 쌓아 만든 탑
* 寶鐸보탁 - (불교) 불당이나 탑의 네 귀퉁이에 걸려 있는 방울. 풍경
風磬
* 甍棟맹동 - 용마루
* 帷箔유박 - 휘장. 장막

[유효작劉孝綽] 481-539. 본명은 염冉, 자는 효작孝綽으로 팽성彭城(지
금의 강소성江蘇省 서주徐州)인이다. 양무제梁武帝 천감天監(502-519) 초

년에 저작좌랑著作佐郎을 지내고, 이어서 태자사인太子舍人과 상서수
부랑尙書水部郎을 지냈다. 양무제는 그를 칭찬하여,「가장 높은 관직에
는 마땅히 가장 뛰어난 사람을 등용한다.(第一官當用第一人.)」라고 하였
다. 양대 보통普通(520-527) 말년에는 소명태자昭明太子 소통蕭統을
도와서 ≪문선文選≫을 편찬하였다.

그는 재주를 믿고 오만하였고 방탕하였으나, 시문은 명성이 높아서, 작
품마다 전송되어 북조까지 전해졌다. 지금 전해지는 문은 17편, 시는
69수며, ≪유비서집劉祕書集≫이 있다.

�֎ 해 설

강서성 여산에 있는 동림사는 동진 태원太元 9년(384)에 혜영慧永
이 건의하여, 자사 환윤桓尹이 여산 동쪽 방전房殿을 세워 '동림사'
라 하였다. 양대 혜교慧皎의 ≪고승전高僧傳≫ 혜원전慧遠傳에 의하
면, 「혜원이 나부산으로 가려 하여 심양(지금의 구강九江)에 이르러
서, 여산 봉우리를 보니, 맑고 고요하거늘, 마음을 식히기에 족하다.
(慧遠欲往羅浮山, 及屆潯陽, 見廬峰淸靜, 足以息心.)」라고 하여, 혜
원이 여산 절에 머물렀음을 알 수 있다.

이 시는 간결하게 응축된 시어와 청신하고 명쾌한 격조로, 여산 동
림사에서의 탈속적인 감흥을 그려내고 있다. 밤에 달이 밝고 맑게
비추고, 서늘한 바람이 불당의 정토를 스쳐 지난다. 멀리 바라보니,
깃발이 나부끼고, 잔잔하게 풍경 소리가 딸랑댄다. 밤에 냇물은 졸
졸 흘러내리고, 아침에 원숭이는 용마루에 올라서 울어댄다. 불과
20자의 짧은 시지만, 그 구성이 한 폭의 흥취가 넘치면서 의경意境
이 그윽한 그림이다. 평담한 가운데 고매한 운치를 보여주고, 불교
선가의 '불성상청정佛性常淸靜'(부처의 본성은 항상 청정하시다)의
세계를 느끼게 한다.

이런 경지는, 소위 「겉으로 사물의 형상을 떠남을 참선이라 하고,

속으로 어지럽지 않음을 선정禪定이라 한다.(外離相曰禪, 內不亂曰定.)」(≪六祖壇經≫)라고 하니, '자성불도自成佛道'(스스로 부처의 가르침을 이룬다)의 불심 가운데 있어야만 묘사할 수 있다. 이 시는 한 편의 경물시지만, 경물 속에 의취가 깃들어 있으니, 시의 풍격이 '청수유광淸秀幽曠'(맑고 빼어나며 그윽하고 밝다)하여 '선미禪味' 즉 참선의 참다운 맛이 저절로 우러난다.

[소강蕭綱] 수중루 그림자水中樓影詩

물 밑에 그물 격자창이 드러나고
개구리밥 사이로 처마가 거꾸로 뜨네.
바람 일어도 색은 흩어지지 않고
물결 흘러도 그림자는 그대로네.

水中樓影詩수중루영시

水底罘罳出, 萍間反宇浮.　수저부시출 평간반우부
風生色不壞, 浪去影恒留.　풍생색불괴 랑거영항류

(≪全漢三國晉南北朝詩≫ 全梁詩 卷2)

＊罘罳부시 - 궁문 안에 대나무 따위로 엮어 세운 담. 궁문 밖에 있는
담에 낸 그물을 친 창. 참새나 비둘기 같은 새가 앉지 못하게 하려고 전
각殿閣의 처마에 치는 철망
＊萍間평간 - 개구리밥이 물 위에 떠 있는 곳
＊反宇반우 - 뒤집힌 처마, 집

[소강蕭綱] 503-551. 양대 간문제簡文帝. 자는 세찬世纘, 남난릉南蘭陵
(지금의 강소성江蘇省 상주常州)인이다. 양무제梁武帝 소연蕭衍의 셋째
아들로, 무제 태청太淸 3년(549)에 즉위하여, 대보大寶 2년(551)에 후경
侯景의 모반으로 살해되었다. ≪양서梁書≫ 본기本紀에 「나는 일곱 살
에 시를 매우 좋아하는 습성이 있었고, 커서도 게으르지 않았다.(余七歲
有詩癖, 長而不倦.)」라고 하니, 어려서부터 영민하고, 유서儒書를 널리

익혀서, ≪소명태자전昭明太子傳≫, ≪노자의老子議≫, ≪법보연벽法寶
連璧≫ 등을 저술하였다. 시는 화려하고 섬세하여 궁체시 발달에 영향
을 주었다.

✳ 해 설

물속에 거꾸로 드리워진 누각의 그림자를 묘사한 시다. 겉으로는 누
각 그림자가 수면에 거꾸로 반사된 광경이지만, 드리워진 그물 모양
의 격자창이 물 밑에 찰랑대고, 물속에는 개구리밥과 누각 그림자가
교차된다. 바람이 불어 물결이 일고, 그 속에 그림자도 어울려서 춤
춘다. 단편시지만 묘사가 섬세하고 정결하여 짙은 참선의 흥취를 느
끼게 한다.

시에서 '색色'과 '영影'은 불가에서 세상을 보는 독특한 관점이다. 제
3, 4구에서 '色'은 부실不實한 것이며 '影'은 허환虛幻한 물체다. '風
生'(바람이 불다) '浪去'(물결이 일다) '色不壞'(색이 흩어지지 않다)
'影恒留'(그림자는 늘 머문다) 등 시어는 선가에서 말하는 '자성청정
自性淸淨'(자신의 마음이 맑고 깨끗함)이며 '외물불침外物不侵'(밖의
사물이 침입하지 않음)의 감성이 아닐까! 선가에서는 어떤 '물아시
비物我是非'(사물과 나, 옳고 그름)라도 다 마음의 산물에 불과하니,
'명심견성明心見性'(마음을 밝혀서 깨달음)의 경지에 이르기만 하면,
일체가 불성의 체현이다. 짧은 시지만 평담平淡을 느끼게 하고, 그
평담 속에 삶의 참된 면을 돌아보게 한다.

[강총江總] 서하사 방에 조용히 누워 서 좨주를 기다리며 靜臥棲霞寺房望徐祭酒

속세를 떠나 세상에 아는 이 없고
마음 닦아 절로 깨끗해지네.
낭떠러지 따라 저녁 기운 모이고
빈 하늘에는 흙비 구름 자욱하네.
등나무에 누워 새로이 문 만지고
바위에 기대니 오래 섬돌이 되네.
나무숲 소리는 아무 뜻 없고
새들 노니니 근심 잊을 듯하네.
친구는 저잣거리와 친하니
숲과 골짜기랑은 마음에 들지 않겠지.
다만 향기로운 팥배나무 마주하길 좋아하니
진정 나의 동무 삼으리라.

靜臥棲霞寺房望徐祭酒정와서하사방망서좨주

絶俗俗無侶, 修心心自齋.　절속속무려 수심심자재
連崖夕氣合, 虛宇宿雲霾.　련애석기합 허우숙운매
臥藤新接戶, 欹石久成階.　와등신접호 기석구성계
樹聲非有意, 禽戲似忘懷.　수성비유의 금희사망회
故人市朝狎, 心期林壑乖.　고인시조압 심기림학괴
唯憐對芳杜, 可以爲吾儕.　유련대방두 가이위오제

(≪全漢三國晉南北朝詩≫ 全陳詩 卷3)

* 棲霞寺서하사 - 옛 금릉金陵(지금의 남경南京) 동쪽 교외의 섭산攝山 봉우리에 있는 절 이름
* 祭酒좨주 - 옛날에 회동會同 향연饗宴에 존장자尊長者가 먼저 술로 땅에 제사 지내던 일. 학정學政의 장관을 일컬음
* 齋재 - 재계하다. 제사 같은 것을 지낼 때 심신을 깨끗이 하여 부정한 일을 삼감.
* 虛宇허우 - 하늘
* 霾매 - 흙비
* 攲기 - 기울다. 기대다
* 忘懷망회 - 세상 생각을 잊다
* 故人고인 - 친구. 벗에 대하여 자신을 일컫는 말
* 市朝시조 - 사람이 많이 모이는 곳. 물건이 많이 모이는 곳
* 壑학 - 골짜기. 골
* 芳杜방두 - 향기로운 팥배나무
* 吾儕오제 - 우리. 나. 儕는 동배同輩, 무리

[강총江總] 519-594. 자는 총지總持로 제양濟陽 고성인考城人이다. 어려서 문재文才가 뛰어나서 주야로 힘써 독서하였다. 육조 시대 양梁·진陳·수隋 왕조에서 벼슬하다가, 진후주陳後主 때 복야상서령僕射尙書令을 역임하였고, 수나라에서는 개부開府 직책에 올랐다. 문집 30권이 있다.

※ 해 설

강총은 어려서부터 불법에 심취하였고, 20세 이후에는 종산鍾山 영요사靈曜寺에서 보살계菩薩戒를 받았다. 후경侯景의 난 때는 회계산會稽山 용화사龍華寺로 피난하여, ≪수심부修心賦≫를 짓기도 하였다. 후에는 관직에 나아가서, 태자첨사太子詹事와 상서령尙書令까지 지냈지만, 섭산攝山의 스님과 교류하였다.

시에서 속세와 절교하고 속세의 벗들을 멀리하면서, 스스로 몸과 마음을 절제하고 불심을 수행하는 삶의 자세를 보여준다. 수심修心하는 의지와 산방의 경물이 하나로 조화된다. 이것이 곧 경물 속에 정감이 깃들고, 정감 속에 경물이 들어 있음이다.(景中有情, 情中有景.) 친한 벗 서 쾌주는 세상 물정에 빠져서, 정결한 수행의 진의를 이해하지 못함이 안타깝다. 다만 눈앞에 서 있는 팥배나무를 가까이 벗하면서, 탈속의 경지를 누린다.

[음갱陰鏗] **개선사**開善寺

영취산에 봄빛 두루 비추고
왕성은 들판이 널리 트인다.
오르니 느껴오는 정취 그지없고
고요하고 한가한 흥취 한이 없다.
꾀꼬리는 집 문 나무에 깃들고
꽃은 산바람 따라 피어난다.
절 용마루 안에 흰 구름 돌아들고
창밖 지는 해는 붉게 물든다.
오랜 바위는 어느 해부터 누워 있고
메마른 나무 몇 봄을 헛되이 지났나.
오래 머물다 미처 가지 못해 아쉬운데
그윽한 계수나무는 꽃 풀숲에 서 있다.

開善寺개선사

鷲嶺春光遍, 王城野望通.   취령춘광편 왕성야망통
登臨情不極, 蕭散趣無窮.   등림정불극 소산취무궁
鶯隨入戶樹, 花逐下山風.   앵수입호수 화축하산풍
棟裏歸雲白, 窓外落暉紅.   동리귀운백 창외락휘홍
古石何年臥, 枯樹幾春空.   고석하년와 고수기춘공
淹留惜未及, 幽桂在芳叢.   엄류석미급 유계재방총

(≪全漢三國晉南北朝詩≫ 全陳詩 卷1)

* 開善寺개선사 - 원래 강소성江蘇省 남경시南京市 종산鍾山(지금의 자금산紫金山) 독룡부獨龍府에 있었는데, 송문제宋文帝 원가元嘉 연간(424-453)에 명승 담마밀다曇摩密多가 건립하였다
* 鷲嶺취령 - 인도의 영취산靈鷲山. 석가모니가 이곳에서 《법화경法華經》을 설법하였다. 여기서는 개선사가 위치한 종산을 가리킨다
* 遍편 - 두루. 널리
* 王城왕성 - 육조六朝 시기에 진陳나라가 건강建康(지금의 강소성 남경)을 수도로 삼아서 왕성이라 칭하였다
* 野望야망 - 들판을 바라보다
* 登臨등림 - 높은 곳에 올라가 아래를 내려다 봄
* 蕭散소산 - 조용하고 한가함
* 趣취 - 흥취. 기분
* 鶯앵 - 꾀꼬리
* 逐下축하 - 쫓아 내려가다
* 落暉락휘 - 지는 해. 석양夕陽
* 古石고석 - 개선사 동쪽 산에 돌이 있는데, 절벽에 서 있어서, 정심석定心石이라 하였다
* 淹留엄류 - 오래 머무름
* 惜未及석미급 - 미치지 못함이 아쉽다
* 幽桂유계 - 그윽하고 조용한 계수나무
* 芳叢방총 - 꽃이 피는 풀숲

[음갱陰鏗] ?-565. 무위武威 고장姑臧(지금의 감숙성甘肅省 무위武威)인이다. 어려서 총명하여 5세에 시부를 외웠고, 장성하여 사전史傳을 널리 익혀서, 오언시에 능하였다. 양조梁朝 상동왕湘東王 소강蕭絳의 법조참군法曹參軍을 지내고, 진문제陳文帝(560-565) 때는 시재가 출중하다 하여, 진릉태수晉陵太守와 원외산기상시員外散騎常侍 등을 역임하였다. 시는 정서가 미묘하고 시구가 자연스러우면서 신선하여 사령운

謝靈運 시풍을 이었다는 평가를 받는다. ≪음상시시집陰常侍詩集≫이 전해진다.

✳해 설

남경시南京市 교외에 있는 개선사는 1500년이 넘는 유서 깊은 사찰이다. 음갱이 찾았던 육조 시기에는 한때 태평흥국선사太平興國禪寺라고 개칭하기도 하였다. 시에서 '취령鷲嶺'은 인도의 영취산靈鷲山으로 불가의 성지로서, 여기서는 개선사가 서 있는 종산鍾山을 가리킨다. 시는 청신하고 유려한 문체로 종산 개선사의 봄 경치를 묘사한다. 시 첫머리에서 시인은 화창한 봄날 종산에 올라, '王城' 즉 건강建康(지금의 남경)을 멀리 바라보며 느끼는 밝고 즐거운 심경을 묘사한다. '野望' 두 글자는 개선사에서 내려다보이는 종산의 봄 경치를 그렸다.

푸르러지는 숲이 절을 감싸고, 꾀꼬리 우는 소리는 귓가에 들린다. 산바람은 청량하고 낙화는 휘날린다. 흰 구름은 유유하게 용마루에 맴돌고, 저녁 햇빛은 구름과 놀을 붉게 물들였다. 절 앞 절벽에 가로누운 '고석古石'(오랜 돌) 즉 정심석定心石(마음을 안정시켜 주는 돌)은 얼마나 긴 세월을 겪었으며, 메마른 나무는 얼마나 많은 나이테를 둘렀는가. 춘색春色과 춘심春心, 춘정春情과 춘경春景이 시의 원근법적 묘사 속에 담담히 흘러나온다. 제4구에서 조용하고 한가한 흥취가 한없이 우러나는 정경과 심태는 속세를 벗어나고 싶은 마음을 표현하는 것이 아니겠는가. 시 말미에서 시인은 자신을 꽃 풀 숲 속에 조용히 서 있는 그윽한 계수나무에 비유하고 싶었을 것이다.

[달마達磨] 부처 찬양 노래偈

나쁜 것 안 봐도 미운 맘 생기고
착한 것 안 권해도 힘써서 행한다네.
지혜를 안 버려도 우둔하게 살아가고
미혹을 안 떨쳐도 깨닫게 된다네.
큰 도리 깨우치면 널리 헤아리게 되고
부처님 마음 통하면 속세를 초월하네.
세속과 성명聖明 궤를 같이하지 않으니
초연히 이름하여 '조사'라 한다네.

偈게

亦不睹惡而生嫌, 亦不勸善而勤措.   역부도악이생혐 역불권선이근조
亦不舍智而近愚, 亦不抛迷而就悟.   역불사지이근우 역불포미이취오
達大道兮過量, 通佛心兮出度.   달대도혜과량 통불심혜출도
不與凡聖同躔, 超然名之曰祖.   불여범성동전 초연명지왈조

《景德傳燈錄》 卷3)

* 偈게 - 부처의 공덕을 찬양하는 노래. 범패梵唄
* 抛迷포미 - (불교) 미계迷界를 떠나다. 미혹을 버리다. 迷界 : 미망迷
妄의 세계, 중생계衆生界
* 就悟취오 - 불법을 깨달아 알다
* 出度출도 - 도세度世하게 되다. 度世 : 속세를 초월함. 중생을 구제함.
불법을 전하다

* 同躔동전 - 같이 운행하다, 밟는다, 처하다
* 祖조 - 조사祖師. 불교의 한 교파敎派를 창시한 사람. 선종禪宗의 달
마대사達磨大師 같은 이

[달마達磨] 북조 북위北魏에서 활동한 천축天竺(인도)의 중. 보리달마菩
提達磨의 준말. 남인도 향지국香至國의 셋째 왕자. 양무제梁武帝 때 금
릉金陵(지금의 남경南京)에 갔다가, 숭산嵩山의 소림사少林寺에서 9년
간 면벽 좌선하고, 오도하여 선종의 시조가 되었으며, 시호는 원각대사
圓覺大師다. 달마는 숭산 소림사에서 벽을 대하고 9년간 수도하면서,
혜가慧可에게 불법을 전수한 후, 우문禹門 천성사天聖寺에 거주하였다.
그 당시 태수 양현楊衒이 달마에게 '개시종지開示宗旨'(불법의 요지를
깨우쳐 열음)를 간청하니, 이 게송偈頌을 지어 보여주었다.

❈ 해 설
시의 전 4구는 「있음과 없음을 싫어하지 않고, 법도를 터득함이 없
고, 어질지도 어리석지도 않고, 미혹도 깨달음도 없다.(不厭有無, 于
法無取, 不賢不愚, 無迷無悟.)」(《景德傳燈錄》卷3)에 근거한다. 시에
서 '근조勤措'는 고생하며 수행하여 얻을 수 있는 것이며, 선종에서
'어리석음(愚)과 깨달음(悟)'의 어느 한쪽에도 치우치지 않는다. 후
4구는 득도하는 자의 관념이다. 선종에서 소위 조사는 '불법을 밝히
깨달은'(明悟佛法) 자다. 나 자신이 부처(佛)니 어찌 밖에서 구도하
겠는가. 그러므로 '평범平凡'도 '성명聖明'(천자의 고명한 덕)도 따로
없다.
「일체의 선악을 모두 깊이 헤아리지 말고, 자연스레 맑고 깨끗한 몸
과 마음으로, 즐거이 항상 적막의 경지에 들어, 항하의 모래(헤아릴
수 없는 무량의 수)를 오묘하게 활용한다.(但一切善惡都莫思量, 自
然得入淸淨心體, 湛然常寂, 妙用恒沙.)」라는 관념에서, 세상의 모든
번뇌를 초탈하는 불조佛祖가 된다. 달마의 게偈가 실려 있는 《경덕

전등록景德傳燈錄≫은 송대 도원道原이 진종眞宗 경덕景德 원년 (1004)에 편찬한 불서로, 석가모니로부터 달마까지 인도 선종禪宗 과 달마 이후 법안法眼의 법제자法弟子들의 중국 전등법계傳燈法係 를 밝힌 책이다.

권1~3에는 인도와 중국 33조사祖師를 서술하고, 권4~26에는 육 조六祖 혜능慧能에서 분파分派한 5가家 52세世에 관해 서술하였다. 권27에는 보지寶誌, 선혜善慧, 혜사慧思, 지의智顗 등 10명과 제방 諸方의 잡거雜擧, 징徵, 염拈, 대代, 별別을, 권28은 혜중慧中에서 법안法眼, 문익文益까지 12명의 광어廣語를, 권29에는 찬讚, 송頌, 시詩를, 권30에는 명銘, 기記, 잠箴, 가歌를 각각 수록하고 있다.

Ⅱ· 당唐

선시

[노조린盧照隣] **창화산 정사에서 노닐며**游昌化山精舍

보배로운 터 산꼭대기에 자리 잡고
향기로운 누대 하늘 높이 닿아 있네.
참된 길이 가까운 걸 느끼며
이제야 세상일 힘든 줄 알겠네.

游昌化山精舍유창화산정사

寶地乘峰出, 香臺接漢高.　보지승봉출 향대접한고
稍覺眞途近, 方知人事勞.　초각진도근 방지인사로

(≪幽憂子集≫)

* 昌化山창화산 - 절강성浙江省 창화昌化에 있는 산
* 寶地보지 - 훌륭한 좋은 땅. (불교) 절이 있는 땅
* 香臺향대 - 향기로운 누대. 향을 피우는 전대. 불전佛殿
* 漢한 - 하늘. 은한銀漢 : 은하수
* 稍초 - 점점. 적음
* 眞途진도 - 불가의 참된 수행의 길
* 人事인사 - 사람의 하는 일. 세상일

[노조린盧照隣] 630?-695? 자는 승지昇之, 호는 유우자幽憂子며, 유주
幽州 범양范陽(지금의 하북성河北省 탁현涿縣 탁주진涿州鎭)인이다. 신
도위新都尉를 역임하고, 손발이 마비되는 풍비증風痺症으로 고생하다
가 영수潁水에 투신하였다. 초당사걸初唐四傑의 한 사람으로 ≪유우자

집幽憂子集≫이 있다.

❋해 설

시 제목의 '창화산'은 절강성 창화昌化에 있고, '정사精舍'는 사찰의
별칭이다. 시인이 창화산 절에서 노닐며 보고 느낀 것을 쓴 기유시
紀游詩(여행이나 유람하면서 읊은 시)로, 속세를 초탈한 심경을 읊
고 있다.

첫 연의 '寶地'는 불사佛寺고 '香臺'는 불전佛殿의 별칭이다. 절이 산
정상에 자리 잡고 있어, 그 우뚝 서 있는 모습이 마치 하늘에 닿을
듯하다. 이 묘사에 담긴 뜻은 속세를 떠나 불계를 추구하는 시인의
심경이다. 시어 '乘'(올라타다), '接'(사귀다, 만지다)은 의인화 수법
으로, 정적인 경치를 활성화하여, 정이 없는 사물에 생명감을 불어
넣고 있다. 둘째 연의 '眞途'는 불가의 수행 길을 말하니, 불가에서
인간 세상은 고해苦海라고 하거늘, 시에서 '人事勞'(세상일 힘들다)
라 하여 각종 고통과 번뇌로 가득 찬 인생을 표현한다. 오직 불문에
들어서, 참선하여 불교의 도리를 배우고, 수행에 전심하여야만 해탈
의 경지에 도달할 수 있다.

노조린이 풍비증風痺症(중풍으로 인한 마비 증세)으로 고통을 겪었
기에, 불심에 의지하는 시적 표현이 더욱 절실하게 이해된다. 시인
은 10년 이상 병으로 걸을 수도 없는 처지를, 〈오비문五悲文〉을 지
어서 그 고통을 토로하였고, 스스로 호를 '유우자幽憂子'(깊이 근심
있는 사람)라 하였다.

[왕범지王梵志] 형상이 아니라고 형상 아닌 것이 아니다
非相非非相

형상이 아니라고 형상 아닌 것이 아니고
밝음이 없다고 밝음이 없는 것이 아니네.
형상은 망령으로부터 나오고
밝음은 어둠 속에서 생기네.
밝음에 통하면 곧 어둠이 사라지고
망령이 끊어지면 다시 형상이 맑아지네.
열반의 기쁨 알게 된다면
세상 만물 소리 절로 없어지네.

非相非非相비상비비상

非相非非相, 無明無無明.　비상비비상 무명무무명
相逐妄中出, 明從暗裏生.　상축망중출 명종암리생
明通暗卽盡, 妄絶相還淸.　명통암즉진 망절상환청
能知寂滅樂, 自然無色聲.　능지적멸락 자연무색성

(≪王梵志詩校注≫ 卷3)

* 相상 - 구체적인 사물의 모습. 선악善惡과 미추美醜 등 여러 가지 모습. ≪대승의장大乘義章≫ 권3 : 「모든 법의 형상을 일컬어서 상이라 한다.(諸法體狀, 謂之爲相.)」
* 非非비비 - 아닌 것이 아니다. 이중부정
* 無明무명 - '明'은 지혜智慧. '無明'은 치癡(어리석음)로, 불교 삼독三

毒(사람의 착한 마음을 해치는 세 가지 번뇌. 욕심·성냄·어리석음)의 하나. ≪대승의장大乘義章≫ 권4 :「불법을 아는 것이 밝으니, 그러므로 이름하여 명이라 한다.(知法顯了, 故名爲明.)」

* 無無무무- 없는 것이 없다. 이중부정

* 妄망 - 망상妄想, 망심妄心. ≪대승기신론大乘起信論≫ :「모든 사람은 망령된 마음이 있기 때문에 많은 생각이 나뉘어 생긴다.(一切衆生, 以有妄心, 念念分別.)」

* 寂滅적멸 - 번뇌의 경지를 벗어나 생사의 근심을 끊음. 죽음. 열반涅槃. ≪유마힐경維摩詰經≫ 불국품佛國品 :「일체의 법은 모두 다 적멸임을 안다.(知一切法皆悉寂滅.)」 승조주僧肇注 :「형상을 떠나니 그러므로 적멸이라 말한다.(去相故言寂滅.)」

* 色聲색성 - 세상 만물의 소리. 色은 색상色相이니, 육안肉眼으로 볼 수 있는 만물의 형상

[왕범지王梵志] 590?-660? 생평에 대해서는 추정할만한 사료는 없고, 다만 당대 풍익馮翊의 ≪계원총담桂苑叢談≫(<王梵志條>)과 범터范攄의 ≪운계우의雲溪友議≫(<촉승유蜀僧喩>), 그리고 송대 초 ≪태평광기太平廣記≫(卷82)에 그에 관한 간단한 일화가 몇 가지 기록되어 있을 뿐이다.

왕범지는 위주의 여양 사람이다. 수나라 문제 때, 여양성 동쪽 15리 밖에 사는 왕덕조의 집에 능금나무가 있었는데, 큰 혹이 나서 자루만 하였다. 3년이 지나 (그 혹이) 썩어 문드러지자, 덕조가 보고 곧 그 껍질을 가르니, 마침내 한 아이가 태를 안고 (나오니), 덕조가 주워다가 키웠다. 7세가 되어서야 말을 하게 되자 (물어) 말하기를, 「누가 나를 키웠나요? 또 이름이 무엇인가요?」라고 하기에, 덕조가 자세히 사실대로 일러주었다. 그리하여 이름을 '범천'이라 하였다가, 후에 범지라고 고쳤다. 말하기를 「왕씨 집이 나를 키웠으니, 성을 왕이라고 한다.」

라고 하였다. 범지는 시를 지어 남에게 보이니 심히 그 뜻이 깊었다.

王梵志, 衛州黎陽人也. 黎陽城東十五里有王德祖, 當隋文帝時, 家有
林檎樹, 生癭大如斗. 經三年朽爛, 德祖見之, 乃剖其皮, 遂見一孩兒抱
胎而(出), 德祖收養之. 至七歲, 能語(問)曰, 「誰人育我? 復何姓名.」 德
祖具以實語之. 因名曰梵天, 後改曰梵志. 曰 :「王家育我可姓王也.」 梵
志乃作詩示人, 甚有義旨.(≪太平廣記≫)

여기서 왕범지의 고향이 위주衛州의 여양黎陽(지금의 하남성河南省 준
현濬縣)이라는 것과 수문제隋文帝(581-604) 때 생존, 그리고 성명인 왕
범지王梵志의 의미 등을 파악할 수 있다. 이 자료로는 육조六朝 말에서
당대 초에 생존했음을 확인할 수 있으며, ≪돈황사본역대법보기敦煌寫
本歷代法寶記≫ 장권長卷 중에 무주화상無住和尙(774년 졸)이 왕범지
의 <지혜로운 눈은 빈 마음에 가까워慧眼近空心> 시를 인용하고 있는
점을 들어, 8세기에는 이미 왕범지의 시가 유행하였다는 확증 하에 왕
범지를 초당 시인에 넣고 있다. 그의 시는 송대 이후에 점차 산실되어,
청대에는 ≪전당시全唐詩≫에 한 수도 실리지 않았음은 매우 불가사의
한 일이다. 그의 시집은 돈황석굴敦煌石窟에서 필사본筆寫本으로 발견
되고(1899년), 대표적인 주석본으로 시앙추項楚의 ≪왕범지시교주王梵
志詩校注≫(上海古籍出版社, 1991)가 있다.(졸저 ≪初唐詩와 盛唐詩 硏
究≫ 참고)

왕범지 시의 특성을 보면, 첫째는 초당初唐 시인으로서는 많은 시를 지
었으니, 그의 시집 원서原序에서 「지은 시가 3백여 수.(制詩三百餘首.)」
라고 하니, 그의 시집에 수록된 시가 390수다. 둘째는 시가 유불儒佛의
규범에 바탕을 두고 있다. 그의 원서에서 「불교의 교리(佛敎敎法)」와 「내
가 없음은 텅 빈 것과 같다.(無我若空.)」의 두 문구는 불리佛理에 근원을
둔 시라는 것을 강조했다고 본다. 셋째는 시를 통한 사회현실의 묘사인
데, 이것은 바로 모순비판과 상통한다. 넷째는 미풍양속의 저해를 고발
하고 있다. 전통적인 유가 사상에 의한 예법과 관습이 변질되는 상황에

대해서, 시를 통하여 풍자하고 있다. 그의 풍자 대상은 가정의 불효, 연장자에 대한 불경不敬, 태만한 생활 태도, 그리고 음주 등 퇴폐적인 습관이다. 다음에 <형제는 모름지기 화목해야兄弟須和順>(≪王梵志詩校注≫ 卷4)를 본다.

형제는 모름지기 화목할지니
숙질간에 경멸하여 속이지 말라.
재물은 같은 상자에 둘 것이니
방에 사사로이 쌓아두지 말라.
兄弟須和順, 叔姪莫輕欺.　형제수화순 숙질막경기
財物同箱櫃, 房中莫畜私.　재물동상궤 방중막축사

이 시는 형제 화목과 친척 간의 정도正道, 그리고 재물로 불의不義하지 말기를 밝히고 있다. 그의 시는 촌철살인적寸鐵殺人的인 예리하고 아픈 맛을 주기 때문에 비흥比興보다는 직설적인 부부賦에 가까워서, 그것이 한산寒山이나 습득拾得에 비해 문학적인 가치 면에서 볼 때, 덜 중시될 수도 있다고 본다. 그러나 가식과 냉담을 배제하고, 진솔하고 열정 어린 독설적인 양심의 호소를, 윤리와 종교적 차원에서 토로한 고발의식은, 문학 이상의 사회 개혁적 관점에서 평가할 수 있다.

※ 해 설
이 시에서 시인은 불교의 모든 법리는 '공空'이라는 점을 밝히고 있다. 첫 연은 사실상 대승불교大乘佛教의 중관론中觀論이다. '相'은 만사 만물의 형상을 가리키고, '明'은 지혜다. '無明'은 치癡(어리석음) 즉 번뇌를 말한다. 불교 의리로 보면, 모든 법은 인연화합因緣和合의 가상假相(현재의 헛되고 거짓된 형상)이다. 따라서 '相'이 없다고 말할 수 없으니, '非非相'(형상 아닌 것이 아니다)이다. 그러나 진여眞如 열반涅槃으로 일체의 명색名色(명예와 색정)을 끊는다면,

인연화합의 가상은 진실이 아니니, '非相'이라고 말한다. '非相'과 '非非相'은 상대적이다. '無明'과 '無無明'도 이런 각도에서 보면 이치는 동일하다.

제2, 3연 4구의 의미는 첫 연을 잇고 있다. '妄'은 미망迷妄(사리에 어두워 진실을 가리지 못하고 헤맴)된 마음이다. 중생이 이 망심 때문에 허상에 집착한다. 번뇌를 버리면 지혜가 밝아지고, 미망이 끊기면서 집착되었던 가상이 맑아진다. 그리하여 마지막 연에서 불가에서 추구하는 최고의 경지인 열반涅槃, 즉 '상常'(永恒 : 늘 불변함), '락樂'(快樂 : 마음의 즐거움), '아我'(無我 : 자아를 버림), '정靜'(마음의 화평과 고요함) 등으로 송찬頌贊하는 '적멸락寂滅樂'(번뇌의 경지를 벗어나 생사의 근심을 끊음의 참된 즐거움)을 깨닫게 되고, '色聲' 곧 속세의 만사 만물에 집착하지 않게 된다.

[왕범지王梵志] 그림자 보면 본래 있지 않다觀影元非有

그림자 보면 본래 있지 않고
육신을 보아도 텅 비어 있네.
물 밑의 달을 따는 것 같고
나무 끝의 바람을 잡는 것 같네.
잡으려 하면 보이지 않고
찾아보면 끝 간 데 없네.
중생이 전생의 업보 따라 돎은
마치 꿈속에서 잠자는 듯하네.

觀影元非有관영원비유

觀影元非有, 觀身亦是空.　관영원비유 관신역시공
如採水底月, 似捉樹頭風.　여채수저월 사착수두풍
攬之不可見, 尋之不可窮.　람지불가견 심지불가궁
衆生隨業轉, 恰似寐夢中.　중생수업전 흡사매몽중

(≪王梵志詩校注≫ 卷3)

* 攬람 - 잡다
* 之지 - 여기서는 대명사로서 이것, 그것
* 尋심 - 찾다. 묻다. 잇다
* 業업 - 업보業報. 선악의 행업行業으로 말미암는 과업果業
* 寐夢매몽 - 몽매夢寐 : 잠을 자며 꾸는 꿈

해 설

왕범지의 시에는 종교인의 모순을 지적하는 것 외에, 초탈적 의식의 발로를 시로 표현한 것이 적지 않다. 선경禪境을 추구하여 육신을 꿈같이 허무한 의식세계로 승화시킨 시 세계 또한 매우 중요한 특성이다. 이 시는 단순한 삶의 초탈을 희구하는 허무 의식이 아니라, 속세의 현실을 보고 종교의 신앙적이지 않은 양상을 직시하면서, 현실적 갈등에서 자유로운 이상향을 향한 바람이 담겨 있다.

불교의 인생관을 보면, 중생은 살면서 인과응보因果應報에 의해, 삼세三世(전세前世 · 현세現世 · 내세來世) 중에 육도윤회六道輪廻를 겪는 존재다. 이것을 풀이하면, 세상의 만물을 이루는 근본이 되는 사대四大, 즉 땅〔地〕· 물〔水〕· 불〔火〕· 바람〔風〕의 네 가지로 형성되어 있는 것이 사람의 육신이다. 그 육신에는 나름의 독자적인 의식이 있으니, 언행에 있어서 선악의 응보에 의하여, 육도, 즉 지옥地獄 · 아귀餓鬼 · 축생畜生 · 수라修羅 · 인문人門 · 천상天上 등 여섯 세계를 부단하게 윤회하게 되고, 내세에 길흉화복의 갚음을 받게 된다. 그러므로 속세의 삶은 허무며 공空이다.

[혜능慧能] 법게를 얻다得法偈

보리란 나무 본래 없고
밝은 거울도 경대가 아니다.
부처님 불성 항상 청정하시니
어디에 먼지가 일겠는가.

得法偈득법게

菩提本無樹, 明鏡亦非臺.　보리본무수 명경역비대
佛性常淸淨, 何處惹塵埃.　불성상청정 하처야진애

(≪六祖壇經≫)

* 法偈법게 - 불가佛家에서 교법敎法을 설명하는 귀글
* 菩提보리 - 범어梵語 Bodhi의 음역. 불도佛道의 정각正覺, 불지佛智
* 明鏡명경 - 밝은 거울. 마음의 본체本體의 허명虛明함
* 佛性불성 - 부처의 본성本性. 진여眞如의 법성法性
* 淸淨청정 - 깨끗함. 정함. 속세의 번거로운 일을 떠나 마음을 깨끗하게 가짐. (불교) 마음이 깨끗하여 번뇌와 사욕이 없음
* 惹야 - 끌어당기다. 야기惹起 : 끌어 일으키다
* 塵埃진애 - 먼지. 티끌. 속세俗世

[혜능慧能] 638-713. 속성俗姓은 노로盧, 선종禪宗 육조六祖로서 원적은 범양范陽(지금의 북경北京 서남쪽)이고, 신주新州(광동성廣東省 신흥新興)에서 출생하였다. 고종高宗 함형咸亨 3년(672)에 황매현黃梅縣에 있

는 동선사東禪寺에 들어가서 선종 오조五祖인 홍인弘忍에 참여하니, 홍인이 곡식 방아 찧는 일을 명하니, 사람들이 그를 노행자盧行者라 불렀다. 홍인이 법의를 전수하려고 상좌 신수神秀에게 게를 짓게 하였는데, 선리禪理가 미진하여 혜능이 게를 개작하였다. 홍인이 보고 밤에 법의를 수여하고, 속히 남방으로 은거할 것을 명하니, 혜능은 소주韶州 조계曹溪에 은거하였다.

10여 년 후에 혜능이 광주廣州 법성사法性寺에서 수계受戒하고, 소주 보림사寶林寺에서 중생에게 설법하기를 삼십 년, 수많은 제자가 따르니, 남방에 널리 전도되었다. 선천先天 2년(713)에 신주 국은사國恩寺에서 졸하니, 헌종憲宗이 대감선사大鑑禪師의 시호를 내렸다. 그 문인들이 그를 선종 제6조로 추대하여 불교 남종선학南宗禪學의 창시자가 되었다.

혜능의 선법禪法은 '정혜定慧'(선정禪定과 혜학慧學을 병행하는 수행)를 근본으로 삼고, '견성성불見性成佛'(본성을 깨치면 부처가 됨)의 돈오頓悟 법문法門을 선양하여, 북종 선학의 점오설漸悟說과 달리하였다. 그의 문인이 《육조법보단경六祖法寶壇經》을 편찬하여 세상에 전하니, 지금 돈황본敦煌本, 혜청본惠聽本, 계숭본契嵩本, 종보본宗寶本 등이 전해진다. 그의 시게詩偈는 《전당시보편全唐詩補編》(권2)에 20수가 수록되어 있다. 《구당서舊唐書》(권191), 《경덕전등록景德傳燈錄》(권5), 《송고승전宋高僧傳》(권8) 등에 그의 전기가 있고, 일본에는 《당초본육조혜능전唐抄本六祖慧能傳》이 있다. 《전당문全唐文》에 왕유王維, 유종원柳宗元, 유우석劉禹錫 등이 쓴 혜능 비명碑銘이 수록되어 있다.

✳ 해 설

선종은 달마達磨가 초조初祖고, 후에 혜가慧可, 승찬僧璨, 도신道信, 홍인弘忍 등이 계승하여 혜능에 이르니, 그가 육조다. 혜능이 세 살 때 고아가 된 후, 빈궁하게 성장하면서 무학無學이었으나, '오성悟

性'만은 초인적이어서, ≪금강경金剛經≫을 한번 듣고 깊이 깨달아, 먼 길을 떠나 홍인 문하로 들어가니, 이때 이미 나이 34세였다. 홍인의 법제자로 수신하여, 신수神秀(606?-706)와 함께 불심이 심오한 경지에 이르렀다. 어느 날 신수가 게송 한 수를 지어 벽에 쓰니,

몸은 보리수며
마음은 밝은 거울 같네.
늘 털어버리기를 힘써서
먼지 끼지 않게 하라.
身是菩提樹, 心如明鏡臺.　신시보리수 심여명경대
時時勤拂拭, 勿使惹塵埃.　시시근불식 물사야진애

(≪景德傳燈錄≫ 卷4)

라고 하였다. 이 게를 본 홍인이 신수의 불심이 아직 승당升堂하지 못하고 문전에 와있을 따름이라 하였다. 신수의 게송偈頌은 일반 승도가 불법을 수행하는 구결로는 의미가 있었다. 그래서 홍인은 신수의 게송에 대해서, 「평범한 지아비가 이 게에 의해서 수행하면, 곧 떨어지지 않을 것이다. 이런 생각을 하여, 무상의 보리를 찾아본다면 곧 얻을 수 없다.(凡夫依此偈修行, 即不墜落. 作此見解, 若覓無上菩提, 即未可得.)」라고 비하한 것이다. 이 점에 대해서 현대 중국 철학자 평유란馮友蘭의 편견이겠지만, 신수의 시게詩偈에서 단지 개인의 마음(個人之心)만 보이고, 우주를 향한 마음(宇宙之心) 즉 홍인이 말한 자본성自本性, 곧 불성진여佛性眞如(부처님 본성의 절대의 진리)의 존재가 안 보인다고 하였다.(≪中國思想史≫) 혜능이 이 게송을 듣고, 곧 자신의 게송(위의 시)을 지어 읊고서, 홍인의 인정을 받은 것이다.

혜능의 이 시게는 신수의 게어偈語에서 발상한 것이지만, 혜능의 시게는 제3구 「부처님 불성 항상 청정하시니」에서 '佛性眞如'를 정확하게 인식하고 파악한 것이다. 후에 혜흔惠昕이 편찬한 ≪육조단경六祖壇經≫에는 시게의 제3구 「부처님 불성 항상 청정하시니佛性常淸淨)」를 「본래 물건이 하나도 없다(本來無一物)」라고 고쳤다가, 다시 원래대로 개찬하여 지금까지 유전되었다. 홍인이 이 게를 보고서, 혜능의 오성悟性이 신수보다 뛰어남을 알고서, 밤중에 은밀하게 법의를 내리고, 혜능을 계승자로 정하니, 선종禪宗 육조六祖가 되었다.

혜능은 법의를 받들고, 소주韶州(지금의 광동성 소관韶關) 조계曹溪 보림사寶林寺로 돌아가서 돈오頓悟(단번에 진심의 이치를 깨우침) 법문을 널리 펼치니, 북방에서 측천무후則天武后 시절 국사를 지낸 신수가 점오漸悟(점점 깊이 깨달음) 법문을 널리 전한 것과 대칭하여, '남능북수南能北秀'(남쪽은 혜능, 북쪽은 신수) 또는 '남돈북점南頓北漸'(남쪽은 돈오, 북쪽은 점오)이라고 부르게 되었다.

[한산寒山] 백 살도 못 사는 인생人生不滿百

백 살도 못 사는 인생
늘 천 년의 근심 품네.
자신의 병은 그러려니 하며
자손 걱정까지 한다.
벼 뿌리 흙을 내려다보고
뽕나무 가지 끝을 쳐다본다.
저울추가 동쪽 바다에 떨어져서야
비로소 삶이 그만이란 걸 안다.

人生不滿百인생불만백

人生不滿百, 常懷千載憂.　인생불만백 상회천재우
自身病始可, 又爲子孫愁.　자신병시가 우위자손수
下視禾根土, 上看桑樹頭.　하시화근토 상간상수두
秤錘落東海, 到底始知休.　칭추락동해 도저시지휴

(≪全唐詩≫ 卷806)

* 千載천재 ― 일천 년. 천재일우千載一遇: 천 년에 한 번 만나다. 매우
얻기 어려운 기회를 이름
* 禾根土화근토 ― 벼 뿌리의 흙. 지상의 모든 것을 비유
* 桑樹頭상수두 ― 뽕나무의 끝 가지. 공중의 모든 것을 비유
* 秤錘칭추 ― 저울대의 저울추. 저울대에 거는 쇠
* 到底도저 ― 마침내. 결국

[한산寒山] 성씨와 출신지, 생졸 연대를 모르는 승려 시인이다. 시인의 생존 시기에 대해서는 '비정관시인설非貞觀詩人說', ≪경덕전등록景德傳燈錄≫의 '삼전기三傳記' 등 여러 설이 있지만, 어느 것 하나 분명치 않다. 다만 태종太宗 정관貞觀 시대부터 현종玄宗 개원開元과 천보天寶까지인 642년에서 742년까지로 보고 있다.

그의 시는 ≪전당시全唐詩≫ 권806에 311수 수록되어 있다. 시 내용은 주로 불교의 인과윤회 사상을 선양하고, 도가道家에서 오래 살며 죽지 않는다는 황금의 정精으로 만든 환약을 먹고, 신기神氣를 수련하는 묘술妙術인 '복식금단服食金丹'을 서술하고 있다. 시의 풍격은 간명하고 속어를 많이 쓰고 있으며, 은일적인 흥취를 묘사하고 있다. 시의 특징은 불교의 참선적인 면과 도교의 구선적인 면으로 나누는 것이 타당하다. 참선적이라면 선전禪典(참선의 법전), 선리禪理(참선의 이치), 선취禪趣(참선의 흥취)로 나눌 수 있고, 구선적이라면 졸박拙朴, 고아高雅, 그리고 탈속脫俗을 생각할 수 있다.(졸저 ≪盛唐詩論≫ 참고)

❋ 해 설

시의 제1연 구절은 한나라 오언고시인 무명씨無名氏의 〈고시십구수古詩十九首〉 중 제15수를 인용하고 있다.

> 사는 나이 백 살을 못 채우며
> 늘 천 년의 근심 품네.
> 낮은 짧아 긴 밤이 안타까우니
> 어찌 촛불 들고 놀지 않으랴.
> 지금 즐기며 놀지니
> 어찌 내년을 기다릴 수 있으랴.
> 어리석은 자는 쓰기를 아끼다가
> 훗날에 웃음거리 되네.
> 신선 왕자교가 있거늘

그처럼 오래 살기 기대하기 어렵다네.

生年不滿百, 常懷千載憂.   생년불만백 상회천재우

晝短苦夜長, 何不秉燭游.   주단고야장 하불병촉유

爲樂當及時, 何能待來玆.   위락당급시 하능대래자

愚者愛惜費, 但爲後世嗤.   우자애석비 단위후세치

仙人王子喬, 難可與等期.   선인왕자교 난가여등기

(≪全漢三國晉南北朝詩≫ 全漢詩 卷3)

위의 고시 내용은 짧은 인생에 대한 도가道家 말류의 향락주의적 의
식을 묘사하였지만, 한산은 불가적으로 승화하여, '空'의 초탈적인 인
생 철리를 반영하고 있다.

한산의 시 제3, 4연을 보면, 위아래로, 그리고 땅 밑부터 하늘 끝까
지 아득한 공간은 무엇이란 말인가? 작은 저울추 하나가 넓은 동해
에 떨어져서 사라져 없어지듯이, 일체 만물은 흩어져 버린다. 공空
이며 무無의 정신적 경계를 추구하여, '사대개공四大皆空' 즉 세상의
땅〔地〕·물〔水〕·불〔火〕·바람〔風〕은 모두 빈 것, 즉 '空'이라는 불
심으로 영원한 극락세계를 추구하자는 것이다.

[한산寒山] 사계절은 멈추지 않고四時無止息

사계절은 멈추지 않고
한 해가 가고 한 해가 온다.
세상 만물이 때 따라 바뀌어도
높은 하늘은 망가지는 일 없다.
동쪽이 밝아지고 서쪽이 어두워지며
꽃이 지고 꽃이 핀다.
죽어서 떠나는 나그네만이
캄캄한 데로 가서 돌아오지 않는다.

四時無止息사시무지식

四時無止息, 年去又年來.　사시무지식 년거우년래
萬物有代謝, 九天無朽摧.　만물유대사 구천무후최
東明又西暗, 花落復花開.　동명우서암 화락부화개
唯有黃泉客, 冥冥去不回.　유유황천객 명명거불회

(≪全唐詩≫ 卷806)

* 止息지식 - 머물러 쉼
* 代謝대사 - 새것이 와서 묵은 것을 대신함. 변천함
* 九天구천 - 하늘을 중앙中央, 사정四正, 사우四隅의 아홉 분야로 나
눈 칭호. 하늘의 가장 높은 곳
* 朽摧후최 - 썩어서 꺾어지다
* 黃泉客황천객 - 죽은 사람. 黃泉 : 저승. 땅 밑의 샘

* 冥冥명명 - 어두운 모양. 먼 하늘

※ 해 설

한산 시는 겉으로는 평담하고 일상적인 언어 같아서, 별다른 시적인
맛이 없다. 그러나 그 평담한 뒷면에는 삶의 심각한 고난과 우환이
담겨 있다. 불가에서 생명은 한순간이 아니라, 수레바퀴 즉 '차륜車
輪'같이 부단하게 돌아서, 다시 시작한다는 것이다. 금생은 단지 전
생과 내생의 중간적인 고리일 뿐, 선을 다하면 선보善報 즉 선한 응
보應報가 있고, 악하면 악보惡報 즉 악한 응보가 있다는 것이다. 이
른바 인과응보因果應報다.

그러나 선악에 상관없이, 모두 영원히 윤회의 자격에서 벗어날 수
없다. 이런 선을 권장하고 악을 징벌하는 권선징악勸善懲惡의 논리
는 인류 사회를 조화롭게 발전시키는 정신적인 도덕 기준이 되었다.
시에서 시인은 자연계의 현상을 통하여 인생이 짧음을 비유하고 있
다. 짧은 인생에 대한 비애를 제4연에서 윤회적 개념과 달리, 인간
은 다만 떠나면 다신 돌아오지 않는다는 사실적 현상을 묘사하고 있
다. 이것은 왕범지의 다음 짧은 시 〈성 밖의 흙 만두城外土饅頭〉와
의미가 상통한다.

성 밖에는 흙 만두 있고
성안에는 소가 풀을 뜯는다.
한 사람이 하나를 먹어 보고서
맛이 없다고 말하지 마시오.
城外土饅頭, 餡草在城裏.   성외토만두 함초재성리
一人吃一個, 莫言沒滋味.   일인흘일개 막언몰자미

(《王梵志詩校注》 卷6)

[한산寒山] **한산 길에 오르니**登陟寒山道

한산 길에 오르니
한산 길 끝이 없네.
긴 냇물에 돌이 울퉁불퉁
습진 물가 풀에 가랑비 자욱하네.
이끼 미끄러운 건 비 때문도 아니요
솔바람 이는 건 바람 빌린 게 아니네.
누가 속세를 초월할쏘냐
함께 흰 구름 속에 앉아 있네.

登陟寒山道등척한산도

登陟寒山道, 寒山路不窮.   등척한산도 한산로불궁
谿長石磊磊, 潤闊草濛濛.   계장석뢰뢰 윤활초몽몽
苔滑非關雨, 松鳴不假風.   태활비관우 송명불가풍
誰能超世界, 共坐白雲中.   수능초세계 공좌백운중

(≪全唐詩≫ 卷806)

* 登陟등척 – 높은 데 오름
* 寒山한산 – 강소성江蘇省 동산현銅山縣 동남에 있는 산
* 谿계 – 시내. 산골짜기에서 흐르는 작은 물
* 磊磊뢰뢰 – 돌이 많이 쌓인 모양
* 潤闊윤활 – 물에 젖어 있음. 윤이 나고 반질거림
* 濛濛몽몽 – 가랑비가 자욱이 오는 모양. 어두운 모양

✳ 해 설

산수에 대한 소박한 정감으로, 속세를 초월하여 백운 속에 앉은 한산 자신의 시적인 묘취를 읊고 있다. 마치 청대 심덕잠沈德潛이 당대 시불詩佛 왕유王維(701-761)의 〈종남산終南山〉 시를 평하여, 「이제 그 시어의 뜻을 음미하니, 산이 멀리 보이는데 인적은 드물어서, 범상한 경물 묘사와는 비할 수 없다.(今玩其語意, 見山遠而人寡, 非尋常景可比.)」(≪唐詩別裁≫ 卷9)라고 한 의미와 상통한다. 오히려 그보다 더 탈속의 청결미를 짙게 준다.

제2연에서 시어 배치가 정연하여 「谿 - 長 - 石 - 磊磊, 潤 - 闊 - 草 - 濛濛.」의 구도니, 시의 평측平仄과 운율이 매우 조화롭다. 그리고 '磊磊'와 '濛濛'이란 쌍성어雙聲語로 섬세한 상황 묘사를 더하고 있다. 아울러 제3연에서도 제2연처럼 대구를 강구하여 「苔滑 - 非 - 關雨, 松鳴 - 不 - 假風.」으로 배열하고 있어, 율시의 정형적인 율격을 따르고 있다. 이 시와 비교해서, 왕유의 〈종남산終南山〉(≪王右丞集箋注≫ 卷7) 시를 본다.

> 태을산이 장안에 가까이 있어
> 늘어진 산자락 바닷가까지 이어 있네.
> 흰 구름 돌아보니 뭉쳐 있다가
> 푸른 안개 되어 들여다보면 없네.
> 하늘의 별자리가 중봉에서 나뉘고
> 흐리고 갠 날씨 봉우리마다 다르네.
> 사람 사는 곳에 머물까 하여
> 냇물 건너 나무꾼에게 물어본다네.
> 太乙近天都, 連山到海隅.　태을근천도 련산도해우
> 白雲廻望合, 靑靄入看無.　백운회망합 청애입간무

分野中峯變, 陰晴衆壑殊.　분야중봉변　음청중학수
欲投人處宿, 隔水問樵夫.　욕투인처숙　격수문초부

[송지문宋之問] 영은사靈隱寺

울창한 취령산 우뚝 솟고
용궁은 문 닫혀서 고요하다.
누대에서 넓은 바다 해를 보고
문에서 절강의 밀물 마주한다.
계수나무 씨는 달빛 속에 떨어지고
절 향불 향기는 구름 멀리 흩날린다.
덩굴 잡고 탑에 올라 멀리 보고
나무 깎아 먼 곳 샘물 뜬다.
살짝 내린 서리에 꽃이 활짝 피고
살얼음 덮힌 잎은 아직 지지 않네.
어려서부터 멀리 빼어난 경치 그리다가
이제야 찾으며 세상 근심 씻는다.
천태산 가는 길에 들어서면
내가 돌다리 건너는 걸 보리라.

靈隱寺영은사

鷲嶺鬱岧嶢, 龍宮鎖寂寥.　취령울초요 룡궁쇄적료
樓觀滄海日, 門對浙江潮.　루관창해일 문대절강조
桂子月中落, 天香雲外飄.　계자월중락 천향운외표
捫蘿登塔遠, 刳木取泉遙.　문라등탑원 고목취천요
霜薄花更發, 冰輕葉未凋.　상박화갱발 빙경엽미조

夙齡尙遐異, 搜對滌煩囂.　숙령상하이 수대척번효
待入天台路, 看余度石橋.　대입천태로 간여도석교

(≪全唐詩≫ 卷53)

* 靈隱寺령은사 - 지금의 절강성浙江省 항주杭州 서호西湖 서쪽에 있
는 절
* 鷲嶺취령 - 동진東晉 성제成帝 함화咸和 원년(326)에 인도 승 혜리慧
理가 서호西湖 무림산武林山 아래에 이르러, 높이 솟은 산을 보고, 「이
산은 천축국 영취산의 작은 산이니, 어느 해에 날아왔는지 모르겠는데,
부처님이 세상에 계실 때에 선령이 많이 숨어 지냈네.(此天竺國靈鷲山
之小嶺, 不知何年飛來, 佛在世日, 多爲仙靈所隱.)」라고 말하고, 그곳에
절을 세우고 이름을 '영은靈隱'이라 하였다
* 岧嶢초요 - 산이 높은 모양
* 龍宮룡궁 - 용왕龍王이 불조佛祖에게 설법을 강해하여 주길 청하였다
고 하니, 여기서는 영은사를 지칭함
* 天香천향 - 영은사에서 태우는 향촉香燭의 향기
* 捫蘿문라 - 덩굴나무를 만지다, 잡다
* 刳木고목 - 나무 속을 파다
* 夙齡숙령 - 이른 나이. 어린 나이
* 遐異하이 - 멀고 빼어나다
* 煩囂번효 - 번잡하고 시끄러움
* 天台천태 - 절강성 천태현天台縣 서쪽에 있는 천태종天台宗의 성지인
산

[송지문宋之問] 656?-712? 자는 연청延淸, 일명 소련少連. 분주汾州 서
하西河(지금의 산서성山西省 분양汾陽)인이다. 상원上元 2년(675) 진사
급제하고, 천수天授 원년(690)에 낙주참군洛州參軍을 맡고, 상방감승尙
方監丞과 좌봉신내공봉左奉宸內供奉을 지냈다. 신룡神龍 원년(705)에

장역지張易之 사건에 연루되어 롱주참군瀧州參軍으로 좌천되었다. 경룡景龍 2년(707)에 고공원외랑考功員外郎을 거쳐 동 3년에 지공거知貢擧를 지냈다. 경운景雲 원년(710)에 전에 있었던 장역지와 무삼사武三思에 아부했다 하여 흠주欽州로 폄적되었다가 도중에 사사賜死되었다. 송지문은 궁정시인으로 응제시應制詩가 많다. 시풍은 화미華美하고 대구가 정교精巧하여 심전기沈佺期와 함께 율시律詩 형식의 정착을 주도하였다. ≪송지문집宋之問集≫이 있고 ≪전당시全唐詩≫(卷51-53)에 시 3권이 수록되어 있다.

❋ 해 설

영은사는 중국 강남江南 일대의 저명한 불교 승지로서, 시인은 이 불교 승지에 이르자, 문득 우러나는 흥취를 금할 수 없었다. 시 전체가 장관을 이룬 자연경관을 보면서 토로한 시구로 「누대에서 넓은 바다 해를 보고, 문에서 절강의 밀물 마주한다.(樓觀滄海日, 門對浙江潮.)」는 고금을 두고 인구에 회자하는 명구다. 그리고 제3연의 「계수나무 씨는 달빛 속에 떨어지고, 절 향불 향기는 구름 멀리 흩날린다.(桂子月中落, 天香雲外飄.)」구는 가을 풍경을 섬세하고 진실하게 묘사한 점이, 마치 월궁月宮의 환상적인 경치를 보는 것 같은 감흥을 자아낸다.

후대로 이어오면서, 수많은 문인들이 이 시구에 매료되어, 영은사를 찾아와 시를 남겼다. 백거이白居易의 〈영은사의 붉은 목련꽃을 광 스님에게 바치며題靈隱寺紅辛夷花戱酬光上人〉, 청대 장한張瀚의 〈영은사靈隱寺〉, 그리고 청대 여악厲鶚의 〈영은사 달밤靈隱寺月夜〉 등을 예로 들 수 있다. 다음에 여악의 시를 보기로 한다.

추운 밤 절간이 하얗고
냇물 모퉁이에 절 문이 통해 있다.
달은 뭇 봉우리 위에 솟고

샘물은 흩어진 잎 사이로 흐른다.
등불 하나에 모두 쉬며 고요한데
외로운 경쇠는 공중에 달랑댄다.
돌아오는 길 호랑이 만날까 두려운데
하물며 바위 밑엔 바람까지 쉭쉭 분다.
夜寒香界白, 澗曲寺門通. 야한향계백 간곡사문통
月在衆峰頂, 泉流亂葉中. 월재중봉정 천류란엽중
一燈群動息, 孤磬四天空. 일등군동식 고경사천공
歸途畏逢虎, 況聞岩下風. 귀도외봉호 황문암하풍

(≪樊榭山房集≫)

[장열張說] 옹호의 산사湖湖山寺

텅 빈 산 고요하니 참선할 마음 나고
빈 골짜기 거니니 들새 소리 들린다.
선방은 본디 세속 밖 모습이니
향 피우는 불전 어찌 속세의 마음이랴.
구름 사이로 천 길 산 솟아 있고
마을 안 남쪽 호수 한 조각 달 밝네.
소보와 허유가 이 마음 안다면
덩굴풀 비녀나 갓끈과 바꾸지 않으리라.

湖湖山寺옹호산사

空山寂歷道心生, 虛谷逍遙野鳥聲. 공산적력도심생 허곡소요야조성
禪室從來塵外賞, 香臺豈是世中情. 선실종래진외상 향대기시세중정
雲間中嶺千尋出, 村裏南湖一片明. 운간중령천심출 촌리남호일편명
若使巢由知此意, 不將薜蘿易簪纓. 약사소유지차의 부장벽라역잠영

(≪全唐詩≫ 卷86)

* 湖湖옹호 - 산동성山東省 조현曹縣에서 발원하여 동북으로 흐르다가
저수沮水와 합하여 황하로 흘러 들어가는 강
* 寂歷적력- 쓸쓸하고 고요함. 적막寂漠
* 逍遙소요 - 이리저리 거닒. 바람을 쐼
* 香臺향대 - 불전佛殿의 별칭
* 千尋천심 - 8천 척. 매우 높거나 매우 깊음을 이름

* 一片일편 - 한 조각. 한 편, 한 쪽
* 巢由소유 - 소보巢父와 허유許由. 소보 : 요堯임금 때의 고사高士. 산속에 숨어 세리世利를 돌아보지 않고, 나무 위에 집을 지어 거기서 잤다는 데서 이름. 천하를 양여하여도 받지 않았음. 허유 : 요堯임금 때의 고사. 요임금이 천하를 양여하려 했으나, 거절하고 기산箕山으로 들어가 숨음.
* 薜蘿벽라 - 덩굴이 뻗는 풀. 만초蔓草. 은자隱者의 옷
* 簪纓잠영 - 관리가 쓰는 관冠에 꽂는 비녀와 갓끈. 고관高官을 비유

[장열張說] 667-730. 자는 도제道濟, 조적祖籍은 하동河東(지금의 산서성山西省 영제永濟)으로, 14세에 부친을 잃은 후에 낙양洛陽(지금의 하남성河南省)으로 이사하여 '낙양인洛陽人'으로 불린다. 관직은 재초載初 원년(690) 태자교서太子校書를 시작으로, 만세통천萬歲通天 원년(696)에는 무유의武攸宜 막하에서 거란 토벌의 관기管記를 맡았고, 구시久視 원년(700)에는 《삼교주영三敎珠英》을 수찬하였다. 그해 7월 우보궐右補闕에 임명되고, 장안長安 원년(701)에는 우사右史와 내공봉內供奉에 임명되고, 동 2년에는 지고공공거사知考功貢擧事를 이어서 봉각사인鳳閣舍人을 지냈다. 중종中宗이 즉위하자, 병부원외랑兵部員外郞, 병부시랑兵部侍郞, 공부시랑工部侍郞 등을 역임하고, 예종睿宗이 즉위하여 중서시랑中書侍郞을 거쳐서 옹주장사雍州長史를 지내고, 개원開元 원년(713), 자미령紫微令이 되면서 연국공燕國公에 봉해졌다. 그후 개원 3년 악주자사岳州刺史, 동 6년 우우림장군右羽林將軍, 동 9년 병부상서兵部尚書, 동 11년 우승상右丞相, 동 17년 좌승상左丞相을 지내고 이듬해(730)에 졸하니, 시호는 문정文貞이다. 조정 중요 문서를 30년간 주관하여 허국공許國公 소정蘇頲과 함께 연허대수필燕許大手筆이라 불렀다.
시 풍격은 장중하여 응제應制와 봉화奉和 즉 궁정시가 많으나, 만년에는 악양岳陽에서 귀양살이하면서 시풍이 처량하게 변하니, 사람들은 '강

산의 도움江山之助'이라고 일컬었다. ≪전당시全唐詩≫에 시 5권(권85~89)이 수록되었고, ≪장연공집張燕公集≫ 30권이 전해진다.

※ 해 설

시인이 옹호 산상의 절을 대하고 그 경치를 묘사하고 있다. 참선의 경계가 느껴지는 칠언율시다. 고요한 공산空山에 서 있는 절간에 이르니, 저절로 선심이 일어난다. 절 주위에서는 새소리가 들리니, 정적인 느낌과 동적인 감흥이 더욱 적막감을 부각한다. 허정한 선실의 삶이 탈속의 참된 길이니, 세속인들이 어찌 이해할 수 있겠는가.

제3연에서 시인은 선심禪心의 극치를 토로한다. 구름을 뚫고 솟아 있는 높은 산에서 속세를 벗어난 오묘한 선취를 느끼고, 마을 호수의 청정한 광경에서는, 물에 비친 만물에 시인의 마음을 투영해주는 선심을 일게 한다.

그러니 요堯임금 시절의 소보巢父와 허유許由처럼 고결한 은자의 자세는 부귀영화를 누리는 고관들과는 비교할 수 없다. 초야에 묻혀 사는 삶의 흥취야말로 인생무상人生無常의 진의를 이해하는 지름길인 것을 나이 들어서야 비로소 깨닫게 된다. 그래서 마지막 구에서처럼 은자의 초탈 의식에는 덩굴풀이 소중하지, 고관의 갓끈이 무슨 쓸모 있겠는가. 모두가 공空이요 무유無有인 것이니까.

[맹호연孟浩然] 진중에서 가을을 맞아 원 스님에게 부치
며秦中感秋寄遠上人

언덕 한곳에 늘 눕고 싶어도
세 오솔길 마련할 돈조차 없네.
북쪽 땅은 나 바라는 곳 아니니
동쪽 숲에 계신 우리 스님이 그리워라.
돈은 계수나무 불 때느라 다 써버리고
큰 뜻은 해마다 시들어만 가네.
해 저물어 서늘한 바람 불어
매미 소리 들으니 슬픔만 더하누나.

秦中感秋寄遠上人진중감추기원상인

一丘常欲臥, 三徑苦無資.　일구상욕와 삼경고무자
北土非吾願, 東林懷我師.　북토비오원 동림회아사
黃金然桂盡, 壯志逐年衰.　황금연계진 장지축년쇠
日夕涼風至, 聞蟬但益悲.　일석량풍지 문선단익비

(《全唐詩》 卷161)

* 秦中진중 - 옛 진秦나라 땅. 섬서성陝西省 관중關中 일대로 장안長安
을 일컬음
* 一丘일구 - 언덕 한구석. 은자의 거처. 여기서는 고향 산천
* 臥와 - 눕다. 돌아와 은거하다
* 三徑삼경 - 세 개의 작은 길, 오솔길. 은사隱士의 문정門庭. 한漢나라

은사 장후蔣詡의 정원에 좁은 길이 셋 있던 고사에서 나온 말

* 北土북토 - 북쪽 땅. 여기서는 진중, 장안을 가리킴
* 東林동림 - 여산에 있는 동림사를 가리킨다. 진晉대 고승 혜원慧遠이 거처하던 절
* 然桂연계 - '然'은 '燃', 불타다. 돈 많이 들다. ≪전국책戰國策≫ 초책楚策 : 「초나라의 먹는 것이 옥보다 비싸고, 땔나무는 계수나무보다 비싸니, 지금 소신의 먹는 것은 옥이며, 불 때는 것은 계수나무입니다.(楚國之食貴於玉, 薪貴於桂, 今臣食玉炊桂.)」생활비가 비싸서 살기 어려움을 비유
* 壯志장지 - 웅대한 뜻. 장한 뜻. 장심壯心. 대지大志
* 逐年축년 - 해마다

[맹호연孟浩然] 689-740. 자는 호연晧然, 양양襄陽(지금의 호북성湖北省 양양襄陽)인이다. 40세 이전까지 양양 녹문산鹿門山에서 은거하다가, 40세 이후에 서울 장안에 와서 태학太學에서 시를 지으니, 그의 시재에 모두 감탄하여, 대시인 장구령張九齡과 왕유王維 등과 교유하였다. 왕유가 현종玄宗에게 벼슬을 추천하니, 현종이 맹호연의 <종남산으로 돌아가서歸終南山> 시를 읽다가, 「재주 없다고 성명하신 임금께서 버리시고, 온갖 병치레에 친구들 멀어지네(不才明主棄, 多病故人疎.)」시구에 대해 매우 불쾌히 여겨, 마침내 벼슬할 기회를 잃고 평생 야인으로 지냈다.

≪맹호연집孟浩然集≫이 있고, 전원과 은일 낭만 생활을 묘사하여 당나라 전원파 시인으로 분류한다. 그는 시선詩仙 이백李白, 시불詩佛 왕유王維, 시성詩聖 두보杜甫 등 수다한 문인들의 존경을 받았으니, 다음에 맹호연을 사모하는 두보의 시 <답답한 마음 풀며遣興> 제5수를 본다.

　나는 맹호연을 사랑하니
　홑적삼으로 긴 밤을 지새우네.

지은 시가 어찌 많이 필요하리오
늘 포조와 사령운을 능가하네.
맑은 강에는 공연히 물고기 놀고
봄비는 사탕수수를 적시네.
매양 동남쪽 구름을 바라보니
내 마음 어찌도 슬프게 하는지.

吾憐孟浩然, 短褐卽長夜.　오련맹호연 단갈즉장야
賦詩何必多, 往往凌鮑謝.　부시하필다 왕왕릉포사
淸江空舊魚, 春雨餘甘蔗.　청강공구어 춘우여감자
每望東南雲, 令人幾悲吒.　매망동남운 령인기비타

(≪杜詩詳注≫ 卷7)

❋ 해 설

맹호연이 고향인 호북성湖北省 양양襄陽을 떠나 섬서성陜西省 장안
長安(지금의 서안西安)에서 벼슬 없이 지내며, 가을에 여산廬山 동
림사東林寺에 있는 원 상인에게 부친 시다. 그가 언제 장안에 왔는
지는 분명치 않으나, 왕유王維가 개원 15년(727)에 숭산嵩山에 은
거하다가 장구령張九齡이 중서령中書令이 되어 왕유를 우습유右拾
遺에 발탁하여 장안으로 귀환한다. 그러므로 맹호연이 왕유를 만난
시기는 개원 15년 이후로 보니, 비교적 늦은 나이인 38세 전후에
장안으로 나온 것으로 본다. 양양에서 장안까지의 경로를 '양양襄陽
→ 채양蔡襄 →당성唐城 → 낙양洛陽 → 장안長安'(근거 : 陳胎焮의 「孟浩
然事蹟考」 참조. ≪文史≫ 四期, 中華書局)으로 본다면, 맹호연이 당성
唐城을 경유하면서 강서성江西省 여산에 위치한 동림사에서 원 스
님을 만났었을 것으로 추정할 수 있다.
그 후에 시인이 허탄虛誕한 심정으로 원 스님에게 부친 이 시를 쓰
면서, 이미 양양으로 귀향할 마음을 굳힌 때라 할 것이다. 실지로
왕유가 맹호연을 전송하며 지은 〈양양으로 돌아가는 맹호연을 보내

며 送孟六歸襄陽〉(≪王右丞集箋注≫ 卷15)를 지은 시기가 개원 16년
(728)이니, 맹호연이 이 시를 지은 시기도 장안을 떠나기 직전일 것
이다. 다음에 왕유의 〈양양으로 돌아가는 맹호연을 보내며 送孟六歸
襄陽〉를 본다.

　　　문을 닫고 밖에 나서지 않고
　　　오랫동안 세상과 멀리서 지내네.
　　　이를 좋은 방책으로 삼을지니
　　　그대에게 권하건대 옛집으로 돌아가기를.
　　　전원의 집에서 술 취해 노래하고
　　　웃으며 고인의 책 읽으시오.
　　　마침 일생에 할 만한 일이려니
　　　〈자허부〉를 바친 사마상여처럼 수고하지 마세요.
　　　杜門不欲出, 久與世情疎.　두문불욕출 구여세정소
　　　以此爲長策, 勸君歸舊廬.　이차위장책 권군귀구려
　　　醉歌田舍酒, 笑讀古人書.　취가전사주 소독고인서
　　　好是一生事, 無勞獻子虛.　호시일생사 무로헌자허

맹호연의 원 스님께 부친 시의 앞 4구에서는 고향으로 돌아가서 은
거하고 싶지만, 노자도 없는 신세다. '北土'는 장안을 비롯한 지금의
섬서성 관중關中 일대다. 시인은 장안에서 벼슬도 못하고 낭인처럼
사니, 「북쪽 땅은 나 바라는 곳 아니니」라고 표현한 것이다. '東林'
은 동림사를 의미하고, '我師'는 원 상인이다. 원 상인의 불심을 존
경하며 시인 자신도 장안을 떠나 탈속하고픈 강렬한 열망을 보여준
다. 뒤의 4구에서 장안의 물가가 비싸 살기 어렵고, 스스로 뜻을 펴
지도 못하는 처지에 처량한 가을을 맞아, 쌀쌀한 바람에 매미 소리
까지 더해지니, 삶의 고통과 허무를 절실히 느낀다.

시 제2구 「세 오솔길 마련할 돈조차 없네三徑苦無資」에서 '三'과 '苦'
에 담긴 의미를 맹호연 삶의 역정을 볼 때, 평생 세(三) 번의 괴로움
(苦)을 겪은 점을 말하고 싶다. 첫 번째 '苦'는 고향 산천 언덕 한 모
퉁이에 조용히 지내고 싶어도, 그 작은 전원조차 꾸밀 노자가 없어,
그 바람을 실현할 수 없음이다. 두 번째 '苦'는 빈곤을 면하기 위해
서라도 작은 벼슬자리라도 얻으려 왕유를 찾아갔다가, 「재주 없다고
성명하신 임금께서 버리시다不才明主棄」(〈종남산으로 돌아가서歸終
南山〉) 시구 하나로 인해, 구사求仕(벼슬을 구함)의 기회마저 잃음
이다. 그리고 세 번째 '苦'는 장안에 머무는 동안, 생활은 더 어려워
지고, 혹시 펴고 싶었던 웅심雄心과 장지壯志는 날로 사라지는 좌절
감이다.

[맹호연孟浩然] 융 스님의 절을 찾아서過融上人蘭若

산꼭대기 선방에 스님 옷 걸려 있고
창밖엔 아무도 없이 물새만 난다.
황혼이 나직이 물든 하산 길에서
샘물 소리 들으며 푸른 산 기운에 취한다.

過融上人蘭若과융상인난야

山頭禪室挂僧衣, 窓外無人溪鳥飛. 산두선실괘승의 창외무인계조비
黃昏半在下山路, 却聽泉聲戀翠微. 황혼반재하산로 각청천성련취미
(≪全唐詩≫ 卷160)

* 融上人융상인 – 융공融公. 상인上人은 승려의 존칭
* 蘭若난야 – 절. 사원
* 山頭산두 – 산꼭대기. 산정山頂
* 禪室선실 – 참선하는 방. 선방禪房
* 挂괘 – 걸다
* 溪鳥계조 – 시냇물에서 노는 새
* 翠微취미 – 푸른 산 기운

❈ 해 설
시인은 뛰어난 재능을 지니고서도, 평생 벼슬할 기회를 얻지 못하였
다. 오랜 세월 산림에 은거하고, 명산대천名山大川을 유랑하는 삶이
었다. 그러면서 산수를 통해 참선적인 흥취를 기탁하고 있다. 만당

대 피일휴皮日休가 맹호연을 두고, 「경치를 보면 시로 읊는데, 기이함에 전혀 얽매이지 않는다.(遇景入詠, 不拘奇挾異.)」라고 풍격을 평하였다.

시 제목의 '난야蘭若'는 아란야阿蘭若의 약칭으로 승려가 거처하는 곳을 가리키며, 그 뜻은 '텅 비고 맑고 한가롭고 조용함'(空淨閑靜)이다. 제1구 스님이 승복을 걸어놓음은 공과功課가 없이 한가롭고 자유로운 상태다. 제2구에서 시인이 눈을 창밖으로 돌리니, 인적은 없고 물새가 날아 오르내리며 재잘대는 소리만 들린다. 이 두 구절은 평정平靜과 청순淸純, 그리고 우미優美와 정취情趣가 넘치는 한 폭의 산속의 유한한 경치를 그려낸다.

제3, 4구에 이르러서 시인은 황혼이 낮게 드리운 산길을 걸으며, 깊은 탈속의 경계를 느끼고, 자연과 하나 된 흥취에 사로잡힌다. 말구는 푸른 산색이 시인과 조화된 것을 말한다. '翠微'의 뉘앙스와 연관하여, 남조 양대 시인 하손何遜의 〈조카와 영진남에게 바치며仰贈從兒與寧眞南〉 시에서 「먼 강에는 흰 물방울 흩날리고, 높은 산은 푸른 기운 넘친다(遠江飄素沫, 高山鬱翠微.)」 구는 더욱 운치 있는 느낌을 준다.

[맹호연孟浩然] 의공의 선방에 쓰다題義公禪房

의공 스님이 깊은 참선에 드니
초막 집 텅 빈 숲에 기대어 있네.
문밖에 우뚝 솟은 산봉우리
섬돌 앞엔 깊은 골짜기들.
석양에 이어진 비 발까지 차니
푸른 산 기운 뜰 그늘에 드리우네.
정결한 연꽃 가까이 보고서야
티끌 묻지 않은 마음 알겠네.

題義公禪房제의공선방

義公習禪寂, 結宇依空林.　의공습선적 결우의공림
戶外一峯秀, 階前衆壑深.　호외일봉수 계전중학심
夕陽連雨足, 空翠落庭陰.　석양련우족 공취락정음
看取蓮花淨, 方知不染心.　간취련화정 방지불염심

(≪全唐詩≫ 卷160)

* 義公의공 - 대우사大禹寺 고승高僧 이름. 의공의 사적은 알려지지 않
는다
* 禪房선방 - 사원. 좌선하는 방
* 禪寂선적 - 깊이 참선에 드니, 마음에 근심이 없다. ≪유마힐경維摩詰
經≫ 방편품方便品 :「마음 다하여 깊이 참선에 드니, 모든 어지럽고 악
한 것을 가다듬다.(一心禪寂, 攝諸亂惡.)」

* 結宇결우 - 집을 짓다
* 戶外호외 - 집 밖
* 衆壑중학 - 많은 골짜기
* 雨足우족 - 비가 충분히 내려 발에 차다
* 空翠공취 - 수목이 울창한 산중의 기운
* 庭陰정음 - 뜰 안의 초목에 드리운 그늘
* 蓮花淨련화정 - 연꽃이 향기롭고 정결하다. 부처의 청정淸淨하여 속세를 벗어남을 상징
* 不染心불념심 - 마음이 먼지(세속)에 물들지 않다. 의공의 참선하는 마음이 고결함을 말함

※ 해 설

이 시는 일명 〈대우사 의공의 선방에 쓰다題大禹寺義公禪房〉로, 경건한 스님을 찬미하면서, 시인 자신의 은일적이고 초탈적인 심정을 담고 있다. 시 전체가 의공 스님의 선방 주변의 산수 묘사, 의공의 고매한 품격과 절개, 그리고 맑은 덕성을 노래한다.

제1구의 '禪寂'은 불교 용어다. 불도가 고요히 앉아서 참선하며 세상의 정을 끊고, 마음을 가라앉혀 삼매경에 들어가면, 심신이 평안하고 조용하며 얽매이지 않고 자유로워진다. 이것을 이른바 「마음 다하여 깊이 참선에 드니, 모든 어지럽고 악한 것을 다스린다.(一心禪寂, 攝諸亂惡.)」(≪維摩詰經≫)라고 한다. 제2구의 '空林'은 아무도 없는 텅 비고 고요한 숲으로서, '空'은 세상 번뇌와 모순을 씻고, 탈속한 순정純淨과 희열喜悅을 상징한다. 제6구의 '空翠'의 '空'도 그런 의미를 담고 있다. 제7구의 '蓮花'도 불가어로 풀이한다. '蓮花' 곧 연꽃은 맑고 깨끗하며 향기로운 꽃이니, 불가에서 밝고 깨끗한 불안佛眼(부처님의 자비로운 눈)을 비유한다. 그래서 「눈이 마치 넓고 큰 푸른 연꽃 같다(目如廣大青蓮花)」(≪法華妙音品≫)라고 한다.

불국정계佛國淨界에는 연화장세계蓮花藏世界가 있다. 그곳은 불도

의 국토에 속한다. 그곳에는 무수한 풍륜風輪이 향수香水의 바다에서 돌아가고, 그 속에는 큰 연꽃이 있다. 그 연화장세계는 빛이 찬란하며, 불도가 성불하여 불성을 지니고 있다. '蓮花淨'은 불국의 연화장세계의 정결함을 상징한다. 의공 스님의 세속을 초탈한 불심과 시인 자신의 은일 의식을 동시에 표현한다.

[맹호연孟浩然] **저녁에 심양에 배 대고 향로봉 바라보며**晚泊潯陽望香爐峯

돛을 달고 몇 천 리 가도
명산일랑 구경도 못하였네.
심양 밖에 배를 대고서야
비로소 향로봉이 보이는구나.
이미 혜원 스님 전기 읽었으니
속세 밖 발자취를 오래 맘에 품네.
동림사 절에 가까이 가니
석양에 쓸쓸히 종소리 들린다.

晚泊潯陽望香爐峯만박심양망향로봉

挂席幾千里, 名山都未逢. 괘석기천리 명산도미봉
泊舟潯陽郭, 始見香爐峯. 박주심양곽 시견향로봉
嘗讀遠公傳, 永懷塵外踪. 상독원공전 영회진외종
東林精舍近, 日暮空聞鐘. 동림정사근 일모공문종

(≪全唐詩≫ 卷161)

＊挂席괘석 - 자리를 매어 건다의 뜻으로, 배에 돛을 다는 것을 이름
＊都도 - 모두. 모조리
＊潯陽심양 - 옛 현縣 이름. 지금의 강서성江西省에 있다. 또는 강 이름
으로 양자강揚子江이 심양현을 거쳐 흘러서 심양강이라고 한다
＊郭곽 - 성곽

* 香爐峯향로봉 - 여산廬山 북쪽 봉우리. ≪여산경략廬山經略≫ : 「향로
산 외딴 산봉우리가 빼어나서, 노니는 기운이 그 위를 가리면 성한 기운
이 마치 향기로운 안개 같고, 흰 구름이 그 밖을 덮으면 빛나면서 많은
산과 아주 다르다.(香爐山孤峯秀起, 游氣籠其上則氤氳若香烟, 白雲映其
外則炳然與衆山殊別.)」
* 遠公傳원공전 - 동진東晉 고승 혜원慧遠의 전기. ≪연사고승전蓮社高
僧傳≫ : 「법사 혜원은 유가의 육경을 널리 배우고, 노자와 장자를 더욱
깊이 익혔다. 심양에 이르러 여산의 넓은 들판을 보고 이에 절을 세웠다.
(法師慧遠, 博綜六經, 尤善老莊. 至潯陽, 見廬山間曠, 乃立精舍.)」
* 塵外踪진외종 - 세상(속세) 밖의 자취. 혜원慧遠을 가리킴
* 東林精舍동림정사 - 여산 동림사東林寺로 혜원이 건립

✳ 해 설

시인은 심양潯陽을 여행하던 저녁에, 심양강潯陽江 성곽 가에 배를
정박하고, 눈 앞에 펼쳐진 향로봉을 쳐다본다. 향로봉은 여산 북쪽
의 산봉우리다. 그곳 어딘가에 역사 깊은 사찰인 동림사東林寺가 있
다. 동림사인지는 모르나, 절에서 들려오는 저녁 종소리를 들으며,
자연스레 동진의 고승 혜원慧遠을 추념한다. 시인 맹호연 자신도 혜
원의 뜻을 따라 속세를 떠나고픈 심정이다.
시 전체가 어떠한 가식이나 꾸밈없이 매우 고아하게 묘사되어 있다.
송대 호자胡仔는 「맹호연 시에서 『돛을 달고 몇 천 리 가도, 명산일
랑 구경도 못하였네. 심양 밖에 배를 대고서야, 비로소 향로봉이 보
이는구나.』라고 하니, 이 글을 자세히 보면, 자연스러우면서 고매하
고 원대하다.(浩然詩, 『挂席幾千里, 名山都未逢. 泊舟潯陽郭, 始見香
爐峯.』但詳看此等語, 自然高遠.)」(≪苕溪漁隱叢話前集≫ 제15권)라고
칭찬하였다.

[이백李白] 도애 스님께 드리다贈僧崖公

예전에 낭릉산 동쪽에서
백미공에게서 참선을 배웠네.
대지를 거울처럼 밝히 살피니
풍륜에 의지하여 빙빙 돌아가는 것.
저 조물주의 힘을 잡아
나의 신통함으로 삼으리라.
저녁에 태산군을 찾아가
몸소 해 저무는 구름 속에서 보네.
밤중에 산에 뜬 달 아래 누워
옷소매 떨치고 세상 사람 피하네.
나에게 부처님의 불법 일러주시니
긴 세월에 처음 듣는 말.
오묘한 기운 하늘에 빛나니
홀로 밝게 더러운 기운 사라지네.
빈 배는 세상 물정에 매이지 않아
자연의 조화 보며 강가에 노니노라.

贈僧崖公증승애공

昔在朗陵東, 學禪白眉公.　석재랑릉동 학선백미공
大地了鏡徹, 回旋寄輪風.　대지료경철 회선기륜풍
攬彼造化力, 持爲我神通.　람피조화력 지위아신통

晚謁泰山君, 親見日沒雲.　만알태산군 친견일몰운
中夜臥山月, 拂衣逃人群.　중야와산월 불의도인군
授余金仙道, 曠劫未始聞.　수여금선도 광겁미시문
冥機發天光, 獨朗謝垢氛.　명기발천광 독랑사구분
虛舟不系物, 觀化游江濱.　허주불계물 관화유강빈

(≪全唐詩≫ 卷165)

* 崖公애공 - 도애道崖 스님
* 朗陵랑릉 - 산 이름
* 白眉公백미공 - 스님 이름
* 了鏡徹료경철 - 거울처럼 밝고 맑게 꿰뚫어 보다. 깊이 살피다
* 回旋회선 - 빙빙 돎
* 輪風륜풍 - 풍륜. 바람에 의해 회전하는 바퀴.
* 攬람 - 잡다. 쥐다
* 造化조화 - 창조 생육生育하는 일. 조물주. 천지를 이름. 우주
* 泰山君태산군 - '태산泰山'은 중국 다섯 명산인 오악五嶽의 하나로, 산동성山東省 봉안현奉安縣에 있는 산. '泰山君'은 태산부군泰山府君이란 사람의 생사生死를 맡았다는 신을 지칭
* 中夜중야 - 한밤중. 정밤중. 야반夜半
* 拂衣불의 - 옷소매를 떨침. 분기奮起하는 모양
* 金仙금선 - 석가여래釋迦如來를 아름답게 칭하는 말
* 曠劫광겁 - 매우 긴 세월. '劫'은 범어 kalpa의 음역音譯으로 가장 긴 시간. 광년曠年
* 冥機명기 - 그윽한 조짐. 깊은 기운
* 天光천광 - 맑게 갠 하늘의 빛
* 垢氛구분 - 먼지. 더러운 기운
* 虛舟허주 - 빈 배. 잡념이나 망상이 없는 마음
* 系物계물 - 사물을 잇다. 세상 물정에 매이다

* 觀化관화 - 천지 만물의 조화를 살피다
* 江濱강빈- 강의 물가

[이백李白] 700-760. 자는 태백太白. 서한西漢대 이광李廣의 후손이라
고도 한다. 사천성四川省에서 출생하여 25세에 산동성山東省 조래산徂
徠山 죽계竹溪에 은거하였다. 현종 천보天寶 초년에 절강성浙江省 래현
峽縣에서 오균吳筠을 만나 장안長安에 들어왔다. 재능에 대해 태자빈객
太子賓客인 하지장賀知章의 칭찬을 받고, '천하적선天下謫仙'(인간 세계
에 귀양 온 신선)이란 호칭을 들었고, 그의 추천으로 입궐하여 한림봉공
翰林捧供 관직을 맡았다. 천보 14년, 안사란安史亂으로 여산廬山에 은
거하다가, 영왕永王 이린李璘의 막부에 들어갔다. 이린이 실각하자, 이
백은 유랑하며 당도령當塗令 이양빙李陽氷에 기탁하다가, 보응寶應 원
년에 당도에서 60세로 생애를 마쳤다. 시문이 오묘하고 청일하여 세칭
시선詩仙이라 한다. ≪이태백집李太白集≫이 있다.
시선 이백 시는 예부터 시성詩聖 두보 시와 동등한 위상에 놓고 비교하
곤 한다. 그 대표적인 예로, 송대 장계張戒(?-1160?)의 논리는 객관적인
견해로 인정받고 있다. 장계는 그의 시론서 ≪세한당시화歲寒堂詩話≫
에서 「한위대 이후부터 시는 조식에 이르러 오묘해지고, 이백과 두보에
이르러 완성되었다.(自漢魏以來, 詩妙于子建, 成于李杜.)」(제10조)라고
하여 성취도를 대등하게 보고, 「조탁하는 나쁜 습관이 모두 깨끗하게 되
어야 비로소 조식과 유정, 그리고 이백과 두보의 시를 논할 수 있다.(鐫
刻之習氣淨盡, 始可以論曹劉李杜詩.)」(제10조)라고 하여 예술 기법상의
가치도 동등하게 보았다. 이처럼 장계는 중국 시가의 정통적 사조를 논
하는데, 반드시 이백과 두보를 동등하게 제시하고 있다. 장계는 그의 시
화 제1조 서두에서,

　건안칠자와 도잠(도연명), 완적 이전에는 시가 오로지 마음의 뜻을 드
　러내는 것이었고, 반악과 육기 이후에는 오로지 영물만을 일삼았다.
　이 두 가지를 겸한 사람은 이백과 두보다.

建安陶阮以前, 詩專以言志 : 潘陸以後, 詩專以詠物 : 兼有之者, 李杜也.

라고 하여 이백과 두보의 중국 시사詩史에서 차지하는 위상을 높이 칭
찬하고 있다.

✳ 해 설

세상을 초월하여 가벼이 흩날리며 편안함을 추구하는 풍격인 표일
성飄逸性은, 바로 이백 시의 특성이며, 시선詩仙이라는 칭호를 얻은
바탕이다. 「이백의 시풍은 흩날려 오르고 떨쳐서 거세어, 마치 뜬구
름이 바위를 감도는 것 같아서 기세를 막을 수 없다.(李白則飄揚振
激, 如浮雲轉石, 勢不可遏.)」라고 한 것이다. 이 시는 도교적인 요
소를 지닌 불교시다. 송대 장계張戒는 ≪세한당시화歲寒堂詩話≫에
서 이백 시를 평하기를, 「재능을 따라갈 수 없는 사람이 있으니, 이
백과 한유가 그러하다.(才子有不可及者, 李太白韓退之是也.)」(제4
조)라 하고 이어서, 「이백은 말하기를, 『흰 치아 끝내 드러내지 않
고, 고운 마음 아련히 절로 얻네.』구는 모두 ≪시경≫〈국풍〉에 비
해서 부끄럽지 않다.(李太白云 : 「皓齒終不發, 芳心空自得.」皆無愧
于國風矣.)」(제6조)라고 하여 이백 시의 준일駿逸(뛰어나고 빠름.
기세가 왕성함)하면서도 전통적인 시풍을 유지하는 그 탁월성을 설
명해준다. 그 예로 이백의 오언절구 〈상인의 노래估客行〉(≪全唐詩≫
卷162)를 본다.

바다 상인은 하늘 바람 타고
배로 먼 장삿길 떠나네.
마치 구름 속 새처럼
한번 떠나가 종적이 없구나.
海客乘天風, 將船遠行役. 해객승천풍 장선원행역

譬如雲中鳥, 一去無縱跡. 비여운중조 일거무종적

이 시는 악부樂府 청상곡사淸商曲辭 서곡西曲의 시제를 빌린 것이
다. 악부시 〈고객악估客樂〉은 제齊나라 무제武帝(재위 483-493)가
번주樊州와 등주鄧州를 유람한 후, 지난 일을 회상하며 지은 노래
다. 이백은 이 시제를 빌려서 상인의 형상을 묘사하면서, 자신의 청
신하고 표일한 심경을 표현하고 있다.
시에서 제11~16구는 도애 스님에게서 부처님의 가르침을 받아, 더
러운 기운 털고 허주虛舟 곧 잡념이나 망상이 없는 마음으로, 관화
觀化 즉 천지 만물의 조화를 살피는 경지에 든 이백 자신을 보여준
다. '觀化'의 어원에 대해서 ≪장자莊子≫ 〈지락편至樂篇〉을 보면,

지리숙과 골개숙이 명백의 언덕, 곤륜의 터, 황제의 쉬던 곳을 구
경하였다. 문득 왼쪽 팔꿈치에 혹이 생겼다. 그는 마음으로 놀라
며 싫어하였다. 지리숙이 말하였다. 「그대는 혹이 싫은가?」골개
숙이 말하였다. 「아니다. 내가 어찌 싫어하겠는가. 산다는 것은
(천지의 기를) 빌리는 것이다. 혹도 빌려서 생긴 것이다. 산다는
것은 먼지나 티끌과 같다. 죽고 사는 것은 낮과 밤과 같다. 또 내
가 그대와 만물의 변화를 보는데 그 변화가 나에게 미친 것이니
내가 또 어찌 싫어하겠는가.」
支離叔與滑介叔, 觀于冥伯之丘, 崑崙之虛, 黃帝之所休. 俄而柳生
其左肘. 其意蹶蹶然惡之. 支離叔曰 : 子惡之乎. 滑介叔曰 : 亡, 予何
惡. 生者, 假借也. 假之而生. 生者, 塵垢也. 死生爲晝夜. 且吾與
子觀化, 而化及我, 我又何惡焉.

라고 하니, '觀化'는 만물의 변화를 관조하며 자신의 감정과 판단을
개입시키지 않는 상태다. 그래서 이백은 시의 말4구에서 도를 터득

한 자의 호방豪放한 행적을 묘사한다. 이것은 ≪장자莊子≫⟨천지편天地篇⟩의 「홀로 천지의 정신과 왕래한다.(獨與天地精神往來.)」 구와 같은 의미다. 당대 사공도司空圖의 ≪이십사시품二十四詩品≫에서 '호방'을 서술한 글을 보면,

저 궁궐에서 꽃구경하며 먼 하늘의 기운을 마시고 토해낸다. 도리에 따라 원기로 돌아가고, (만물이) 미친 듯이 멋대로 생장한다. 하늘에서 바람 솔솔 불고, 바다와 산은 푸르다. 참된 힘이 가득하고, 만상이 옆에 있다. 앞에서 해와 달, 별을 만지고, 뒤에선 봉황새를 이끈다. 새벽에 여섯 거북을 채찍질해 부상에서 발을 씻는다.
觀花匪禁, 呑吐大荒. 由道反氣, 處得以狂. 天風浪浪, 海山蒼蒼. 眞力彌滿, 萬象在旁. 前招三辰, 後引鳳凰. 曉策六鼇, 濯足扶桑.

위에서 첫 구 외에는 '호방'이란 기품과 연관하여 해석하고 이해하는 데 어려움이 없다. 「관화비금觀花匪禁」 구에서 '觀花'냐 '觀化'냐를 놓고 주석상 의견이 분분하지만, '호방'이란 기본 관점에서 본다면 보다 쉽게 결론을 낼 수 있을 것이다. 일설에 의하면 '觀'은 명사로서 도교의 '도관道觀'으로 당대 장안長安의 '현도관玄都觀', '花'는 현도관 도사가 심은 '선도화仙桃花'라 하여, 「현도관 꽃을 묘사한 시는 금할 수 없다」라고 해석하기도 한다.
그러나 '豪放'이 양강陽剛의 미美에 속하므로 그 호방한 기상을 감안하면, '觀花'는 '꽃을 본다'로 풀이하고 '匪'는 '彼'와 같은 뜻이며, '禁'은 궁금宮禁, 금중禁中의 간칭簡稱이므로, 「저 궁궐에서 꽃구경한다」라고 풀이할 수 있다. 당대 신룡神龍 이후에 진사에 급제하면 장안 성내를 말 달리며 꽃구경하는 풍속이 있었으니, 새 진사의 호방한 기운과 연결된다.(졸저 ≪中國 唐宋詩話 解題 1≫ 참고)

[이백李白] 촉 땅 준 스님의 거문고 연주를 들으며

聽蜀僧濬彈琴

촉 땅 스님이 녹기 거문고 안고
서쪽으로 아미산 봉우리 내려왔네.
나를 위해 손 저어 한 가락 뜯으니
온 골짜기 솔 여울 소리 듣는 듯.
나그네 마음 흐르는 물에 씻으니
거문고 여운과 상종 소리 가슴에 스미네.
언뜻 푸른 산에 해 저무는데
가을 구름이 겹겹이 짙게 드리우네.

聽蜀僧濬彈琴청촉승준탄금

蜀僧抱綠綺, 西下峨眉峰.　촉승포록기 서하아미봉
爲我一揮手, 如聽萬壑松.　위아일휘수 여청만학송
客心洗流水, 餘響入霜鐘.　객심세류수 여향입상종
不覺碧山暮, 秋雲暗幾重.　불각벽산모 추운암기중

(≪全唐詩≫ 卷182)

＊濬준 - 촉 지방의 스님 이름. 이백 시 <선주 영원사 중준공에게 드림
贈宣州靈源寺仲濬公>의 중준공仲濬公으로 본다
＊綠綺록기 - 한漢나라 거문고 이름
＊峨眉峰아미봉 - 사천성四川省 아미현峨眉縣에 있는 산 이름
＊萬壑松만학송 - 글자 뜻으로는 '많은 골짜기의 소나무'. 악부樂府의

금곡琴曲 이름 '풍입송風入松'을 말한다
* 洗流水세류수 - 흐르는 물에 씻다. 몸과 마음을 깨끗이 하다, 정화淨化하다
* 霜鐘상종 - 해마다 첫 서리가 내리면 스스로 울리는 고대 종 이름

❋ 해 설

준 스님이 연주하는 거문고의 아름다운 소리를 묘사하였다. 선주宣州 영원사靈源寺 주지였던 중준공仲濬公을 만나, 감개무량한 심정과 고향을 그리워하는 애틋함을 표현하고 있다. 저작 시기는 안휘성安徽省 경정산敬亭山에 머물러 지내던 52세(752) 전후로 본다. 시의 끝 2구는 시인의 고향을 그리워하는 사향지심思鄕之心을 담고 있다.

'綠綺'에 대해서 부현傅玄의 〈금부서琴賦序〉를 보면, 「사마상여는 녹기를 가지고 있고, 채옹은 초미를 가지고 있으니, 모두 유명한 악기다.(司馬相如有綠綺, 蔡邕有燋尾, 皆名器也.)」라고 하니, '綠綺'는 촉나라 대문호 사마상여의 거문고 이름임을 알 수 있다. '萬壑松'에 대해서는 청대 유폐운兪陛雲의 ≪시경천설詩境淺說≫에, 「소나무의 바람에 물결치는 소리로 거문고 소리의 매우 맑음을 비유하고, 많은 골짜기로는 거문고 소리의 웅대함을 비유한다.(以松濤喩琴聲之淸越, 以萬壑喩琴聲之宏偉.)」라고 하니, 준 스님의 거문고 연주가 맑고 웅대한 곡조임을 말해 준다.

그리고 제5구의 '客心洗流水'는 나그네의 시름을 씻어주는 감흥을 말하니, 이백과 준 스님의 교감은 곧 음악 소리를 듣기만 해도, 그 심정을 깊이 이해하는 친분 사이인 지음지간知音之間인 것을 표현해 준다. 이 관계는 마치 옛 백아伯牙와 종자기鍾子期와 같으니, ≪열자列子≫ 〈탕문湯問〉에 「백아는 거문고를 잘 타고 종자기는 잘 알아들었다. 백아가 거문고를 타면 그 뜻이 높은 산에 오름에 있으니, 종자기가 말하였다. 『잘 타도다. 높고 높아 태산과 같으니, 뜻이 흐

르는 물에 있다.』종자기가 말하였다. 『잘 타도다, 넓고 넓으니 강산과 같다.』(伯牙善鼓琴, 鍾子期善聽. 伯牙鼓琴, 志在登高山, 鍾子期曰 : 善哉. 峨峨兮若泰山, 志在流水. 鍾子期曰 : 善哉, 洋洋兮若江山.)」라고 하였다.

제6구의 '霜鐘'에 대해서 ≪산해경山海經≫에 보면, 「풍산에 아홉 개의 종이 있는데, 이것들은 서리 내림을 알고 울린다.(豐山有九鐘焉, 是知霜鳴.)」라고 하고, 진대 곽박郭璞의 주석에는 「서리가 내리면 종이 울리므로, 서로 잘 안다는 것을 말한다.(霜降, 則鐘鳴, 故言知也.)」라고 하니, 이백 자신이 승려 준의 거문고 소리에 감동하여 지음知音과 만남을 비유한 것이다.

[이백李白] 호주 가섭 사마의 '이백은 누구인가' 물음에 답하며答湖州迦葉司馬問白是何人

청련거사는 하늘에서 귀양 온 신선
술집에 이름 감춘 지 삼십 년이네.
호주사마는 어찌 자꾸 물으시나
나는 유마힐 대사 금속여래 후신이라네.

答湖州迦葉司馬問白是何人답호주가섭사마문백시하인

靑蓮居士謫仙人, 酒肆藏名三十春. 청련거사적선인 주사장명삼십춘
湖州司馬何須問, 金粟如來是後身. 호주사마하수문 금속여래시후신

(≪全唐詩≫ 卷170)

* 湖州호주 - 지금의 절강성浙江省 호주시湖州市. ≪원화군현지元和郡
縣志≫(卷25) : 「수나라가 진나라를 평정하고 오흥군을 없앴다. 인수 2
년에 이곳에 호주를 두었다.(隋平陳, 廢吳興郡, 仁壽二年於此置湖州.)」
* 迦葉가섭 - 원래 석가모니釋迦牟尼 부처의 제자로 성이 가섭이며 서
역 천축인
* 司馬사마 - 주부州府의 막료로 종오품하從五品下. 여기서는 호주사마
湖州司馬로 있던 '迦葉'성을 가진 관리를 지칭. 사마는 본래 주대周代
에 주로 군대 일을 맡은 벼슬. 한대漢代의 삼공三公의 하나
* 靑蓮居士청련거사 - 이백의 자호自號. 거사는 집에서 수도하는 불교
도를 가리킨다
* 謫仙人적선인 - 선계仙界에서 인간 세상으로 귀양 와서 거주하는 선

인仙人. 태자빈객太子賓客이던 하지장賀知章이 이백에게 붙여준 이름

* 酒肆주사 - 주점. 술 파는 가게

* 三十春삼십춘 - 삼십 년. 삼십 번의 봄

* 金粟如來금속여래 - 유마힐維摩詰. 전설에 의하면 유마힐 거사의 전신이 '금속여래'라 한다. 유마힐은 반제般提의 아들로서 성불成佛하여 이름을 '금속여래'라 하였다

* 後身후신 - (불교) 윤회輪廻에 의하여 다시 태어난 몸. 전신前身의 대對

✳해 설

이 시는 명대 왕기王琦에 의하면 '謫仙人'이란 칭호로 보아, 현종 개원 18년(730)에 지었다고 하나, 제2구「술집에 이름 감춘 지 삼십 년이네」를 통해서, 이백이 안사란安史亂으로 선성宣城에서 섬섬剡 지방으로 피난할 때, 호주湖州를 지나면서 지은 것으로 고찰된다. 따라서 그의 나이 56~57세인 지덕至德 원년(757) 전후로 추정된다. 이백 자신이 초탈적 의식으로 표현한 시다. 이백의 자호自號인 '청련거사靑蓮居士'를 시어로 사용하고, '적선인'도 초당대 하지장賀知章이 붙여준 이백의 호칭이다. '금속여래'는 유마힐 대사大師로 '유마힐'이란 범어梵語는 '정명淨名'으로 의역한다. 도교와 불교어를 시에 차용하여 호방하면서도 탈속적인 초탈감을 느끼게 한다.

제1구에서 이백은 자신의 신앙이 도교라고 말하고, 제2구에서는 술을 좋아한다고 묘사한다. 그리고 제4구에서 자신이 불교도로서 금속여래, 즉 유마힐의 후신이라고도 밝힌다.

[이백李白] 산 스님을 찾아갔으나 만나지 못하고
尋山僧不遇作

돌길 따라 붉은 골짜기에 드니
솔문은 푸른 이끼로 닫혀 있다.
한가한 섬돌에 새 발자국 있고
참선하는 방은 문 여는 이 없다.
창문에 엿보이는 하얀 먼지털이
벽에 걸린 채 먼지 수북하다.
공연히 한숨 소리 내며
가려다가 다시 머뭇거린다.
향기로운 구름 온 산에 일고
꽃비는 하늘에서 내린다.
하늘에 울리는 고운 음악 소리
구슬피 우는 푸른 원숭이 소리.
깔끔하게 세상일 다 끊고
여기서 한가로이 지내리라.

尋山僧不遇作심산승불우작

石徑入丹壑, 松門閉青苔.　석경입단학 송문폐청태
閑階有鳥迹, 禪室無人開.　한계유조적 선실무인개
窺窓見白拂, 挂壁生塵埃.　규창견백불 괘벽생진애
使我空歎息, 欲去仍裴回.　사아공탄식 욕거잉배회
香雲遍山起, 花雨從天來.　향운편산기 화우종천래

已有空樂好, 況聞青猿哀.   이유공악호 황문청원애
了然絶世事, 此地方悠哉.   료연절세사 차지방유재

(≪全唐詩≫ 卷182)

* 石徑석경 - 돌 오솔길
* 丹壑단학 - (붉은 흙의) 깊은 골짜기
* 白拂백불 - 백옥白玉의 먼지를 털다. 하얀 먼지털이. 모기를 쫓는 데 사용한다
* 挂壁괘벽 - 벽에 걸다
* 塵埃진애 - 먼지. 티끌. 속세俗世
* 裵回배회 - 배회徘徊. 배회하다. 방황하다
* 香雲향운 - 꽃구름. 향기 있는 구름이라는 뜻으로, 꽃이 많이 필 때의 형용
* 遍山편산 - 산 전체. 온 산
* 花雨화우 - 꽃비. 꽃이 많이 피었다가 떨어지는 것을 형용
* 空樂공악 - 공문空門(불문佛門)의 음악. 하늘의 음악. 공중에서 들리는 새, 바람, 짐승 등 자연의 소리를 음악으로 비유
* 了然료연 - 분명한 모양. 명백한 모양. 요료了了. 요연瞭然
* 悠哉유재 - 한가한 모양. 침착하여 서두르지 않는 모양. 유연悠然

※ 해 설

이백은 유교와 불교 그리고 도교 세 종교에 깊은 조예가 있는 인물이다. 그는 산을 넘고 개울을 건너, '山僧'을 찾아갔다. 궁벽한 곳에 자리한 사찰엔 '松門' 즉 소나무가 문이 되고, 그나마 푸른 이끼가 자욱이 덮여서 사람이 드나든 흔적이 없다. 산승도 안 보인다. 다만 섬돌엔 새 발자국만 드문드문 보이고, 계단을 올라서 선실을 들여다보니, 산승은 안 보이고 먼지만 수북이 쌓여 있다. 스님이 방을 비운 지 오래된 것이다. 그러니 시인은 어렵사리 사찰을 찾아온 목적

을 이루지 못한다. 이런 시적 묘사에서 산에 거주하는 청정한 불심을 읽게 된다. 그리고 스님의 탈속과 선취의 극치를 느낀다. 불자의 본령인 마음의 위로와 해탈을 부지불식간에 감지하게 한다.

'香雲'과 '花雨'는 불교 용어로서 더욱 불심을 자아내게 하니, ≪화엄경華嚴經≫에서, 「음악 소리가 온화하고 즐겁고, 향기로운 구름은 밝게 빛난다.(樂音和悅, 香雲照耀.)」라고 하고, ≪심지관경心地觀經≫에서는 「여섯 욕정이 하늘에서 내려 공양하고, 하늘의 꽃이 어지러이 떨어져 고르게 허공에 날린다.(六欲諸天來供養, 天花亂墮遍虛空.)」라고 한 불경 설문을 통해 확인하게 된다. 이러한 경지에 이르러야, 선종 육조인 혜능慧能(638-713)의 다음 게송偈頌을 이해할 수 있지 않을까.

보리란 나무 본래 없고
밝은 거울도 경대가 아니다.
부처님 불성 항상 청정하시니
어디에 먼지가 일겠는가.
菩提本無樹, 明鏡亦非臺. 보리본무수 명경역비대
佛性常淸淨, 何處惹塵埃. 불성상청정 하처야진애

(≪六祖壇經≫)

[이백李白] **사리불**舍利佛

황금 밧줄로 경계 삼은 보배로운 곳
진귀한 나무는 요지 연못에 그늘지네.
구름 사이로 아름다운 소리 울려퍼지고
하늘 저 끝에선 법라를 불어대네.

舍利佛사리불

金繩界寶地, 珍木蔭瑤池. 금승계보지 진목음요지
雲間妙音奏, 天際法蠡吹. 운간묘음주 천제법려취

(≪全唐詩≫ 卷181)

* 舍利佛사리불 - 석가釋迦의 수제자로 지혜가 뛰어나서 지혜제일知慧
第一이라 칭송되었다. 舍利는 원래 불골佛骨(석가모니의 유골)이며, 舍
利佛은 당대 악부樂府의 곡명
* 金繩금승 - 황금으로 만든 밧줄
* 界계 - 경계 삼다
* 瑤池요지 - 곤륜산崑崙山에 있는 연못. 신선神仙 서왕모西王母가 연
회를 베푼 곳
* 法蠡법려 - 범패梵唄로 예부터 불교 의식에 쓰이던 악기. 법라法螺

🞧 해 설
시인이 산사山寺에 거주하면서 절의 성대한 불사佛事를 탈속적으로
묘사하였다. 이 시는 본래 송대 곽무천郭茂倩이 편찬한 ≪악부시집

樂府詩集≫(권78) 잡곡가사雜曲歌辭에 '무명씨無名氏'로 실려 있는 것을, 명대 왕기王琦가 ≪만수당인절구萬首唐人絶句≫에 의거하여 이백 시집에 수록하였다.

'舍利佛'에 대해서 런반탕任半塘은 ≪당성시唐聲詩≫ 하편下編에, 「사리불과 마다루자는 함께 부처의 큰제자다. 두 사람이 귀의한 발자취는 고대 범극에 편입되어, 성당 이전에 이미 중국에 흘러들어 왔다.(舍利佛與摩多樓子, 同爲佛之大弟子. 二人之歸依事跡編入古梵劇, 在盛唐以前, 已流入中國.)」라고 하였다.

제1구의 '金繩'에 대해서 ≪묘법연화경妙法蓮花經≫(권2)에, 「세존 석가모니의 나라 이름이 이대인데, 땅이 고르고, 맑고 깨끗하며 잘 꾸며져 있다. 유리로 땅이 되어 있고, 여덟 갈래의 길이 있으며, 황금으로 밧줄을 만들어, 그 옆을 경계로 삼는다.(世尊國名離垢, 其土平正, 淸淨嚴飾. 瑠璃爲地, 有八交道, 黃金爲繩, 以界其側.)」라고 기록하고 있다.

[왕유王維] 복부산 스님께 식사 대접하고 飯覆釜山僧

나이 들어 맑고 깨끗한 이치 깨달으니
날마다 세상 사람과 멀어지네.
먼 산 스님 오길 기다리며
먼저 날 잡아 누추한 집 쓸며 닦네.
정말 구름 낀 산 따라 내려오셔서
쑥대 무성한 나의 집 둘러보시네.
풀 깔고 앉아 송홧가루 드시며
향불 피우고 불경을 읊으시네.
등불 밝히니 날은 저물어가고
경쇠 울리니 어둔 밤이 깃드네.
이미 깨달아 번뇌 벗어 즐거우니
이 한 몸 한가롭고 여유롭구나.
돌아갈 생각 어찌 꼭 해야 하리
이 몸과 마음 여전히 텅 비어 있네.

飯覆釜山僧반복부산승

晚知清淨理, 日與人群疎.　만지청정리 일여인군소
將候遠山僧, 先期掃敝廬.　장후원산승 선기소폐려
果從雲峯裏, 顧我蓬蒿居.　과종운봉리 고아봉호거
藉草飯松屑, 梵香看道書.　자초반송설 범향간도서
燃燈晝欲盡, 鳴磬夜方初.　연등주욕진 명경야방초

已悟寂爲樂, 此身閒有餘. 이오적위락 차신한유여
思歸何必深, 身世猶空虛. 사귀하필심 신세유공허

(≪王右丞集箋注≫ 卷3)

* 飯반 - 식사 대접을 하다
* 覆釜山복부산 - ≪하남지河南志≫ :「복부산은 등주에 있는데, (솥을 엎어 놓은 것 같은) 모양이 산 이름을 닮았다.(覆釜山在鄧州, 以形似名.)」
* 淸淨理청정리 - 맑고 깨끗한 이치. 불교의 참선하는 도리
* 疎소 - 멀다. 트이다
* 敝廬폐려 - 낡은 집. 무너진 집. 자기 집을 낮추어서 이르는 말
* 蓬蒿봉호 - 쑥
* 藉草자초 - 풀을 깔고 앉다. 육조六朝 손작孫綽의 <천태산 유람 노래 遊天台山賦> :「무성한 잔풀을 깔고 앉고, 높게 자란 소나무 그늘에 든다.(藉萋萋之纖草, 蔭落落之長松.)」
* 松屑송설 - 송홧가루. 강엄江淹의 <원숙명에게 보내는 글報袁叔明書> :「아침에는 송홧가루 먹고, 밤에는 도교 경전 읽는다.(朝餐松屑, 夜誦仙經.)」
* 梵香범향 - 절에서 피우는 향불
* 磬경 - 경쇠. 옥이나 돌로 만든 악기의 하나
* 初초 - 초경初更. 하룻밤을 오경五更으로 나눈 첫째의 경. 오후 7시부터 9시까지
* 寂寂적적 - 세상 모든 번뇌를 끊은 상태. 적멸寂滅. 열반涅槃
* 身世신세 - 이 몸과 이 세상. 일평생. 생명
* 空虛공허 - 속이 텅 빔. 방비防備가 없음. 하늘. 허공

[왕유王維] 701-761. 자는 마힐摩詰이고 태원부太原府 기현祁縣(지금의 산서성山西省 기현祁縣)인이다. 불교신자로서 '시불詩佛'이라 칭하니, 시성詩聖 두보杜甫(712-770)와 시선詩仙 이백李白(700-760)과 함

께 성당盛唐 시대 대시인이다. 21세에 진사 급제하여 태악승太樂丞에 임명되고, 천보天寶 11년에는 급사중給事中에 임명되었으며, 우승右丞 직책에 올라, 그를 일명 '왕우승王右丞'이라 부른다.

안사란安史亂으로 고초를 당하였으며, 만년에는 송지문宋之問의 별장 이었던 망천별서輞川別墅에 은거하여 전원에서 생활하면서, 시우 배적 裵迪과 함께 5언 절구의 창화시唱和詩 20수를 지어 ≪망천집輞川集≫ 을 남겼다. 왕유는 화가로서 남종화南宗畵를 창시하였으니, 송대 소식 蘇軾은 그의 시와 그림을 평하기를, 「시 속에 그림이 있고, 그림 속에 시가 있다.(詩中有畵, 畵中有詩.)」(≪東坡志林≫)라고 극찬하였다. 문집 으로 ≪왕우승집王右丞集≫이 있다.

❈ 해 설

복부산 스님에 대한 이 시는 시불 왕유의 독실한 신심을 표현해 준 다. 그는 30세에 상처하고, 더욱 불자로서의 신앙에 정진하였다. 평 소 어육魚肉은 물론이려니와, 파와 마늘, 부추 등 훈채葷菜를 금하 고, 장안에서도 매일 10여 명의 스님에게 식사를 대접하였다. 그의 〈배적에게 보내는 서신與裵迪書〉에서 「산 스님에게 식사 대접하러 간다.(與山僧飯迄而去.)」라고 적고 있다.

만년에 왕유는 관직에서 물러나 오직 불법을 탐구하는 데만 매진하 였다. 불리佛理는 청정한 것이며, 그 불리를 통해 왕유는 성불成佛 의 경지를 스스로 깨우쳤다. 그는 혜능慧能 선사를 찬양하는 〈혜능 선사 비명 서문能禪師碑銘幷序〉에서 「손들고 발 드는 이 모든 것이 도장이니, 이 마음 이 본성이 함께 진리며 깨달음의 세계로 돌아간 다.(擧手擧足, 皆是道場, 是心是性, 同歸性海.)」라고 한 것은 그의 불 심의 경지가 어떠한가를 대변해준다.

시의 말미에 「이미 깨달아 번뇌 벗어 즐거우니, 이 한 몸 한가롭고 여유롭구나. 돌아갈 생각 어찌 꼭 해야 하리, 이 몸과 마음 여전히 텅 비어 있네.(已悟寂爲樂, 此身閒有餘. 思歸何必深, 身世猶空虛.)」
라고 묘사한 것은, 곧 시인 자신의 깊은 불심을 표현한 부분이다.

[왕유王維] 변각사에 올라登辨覺寺

대숲 외길 따라 절 입구에 드니
연화봉 위에 절이 솟아 있네.
창가에서 삼초 땅이 다 보이고
숲에는 구강이 잔잔히 흐른다.
부드러운 풀에 책상다리하고 앉아
높은 소나무에서 독경 소리 메아리친다.
맘 비우고 저 구름 먼 밖에 머물러
세상 바라보며, 생사의 참된 이치 깨우친다.

登辨覺寺등변각사

竹徑從初地, 蓮峰出化城.　죽경종초지 련봉출화성
窓中三楚盡, 林上九江平.　창중삼초진 림상구강평
軟草承趺坐, 長松響梵聲.　연초승부좌 장송향범성
空居法雲外, 觀世得無生.　공거법운외 관세득무생

　　　　　　　　　　　　(≪王右丞集箋注≫ 卷3)

＊辨覺寺변각사 - 절의 소재는 알 수 없으나 초楚 땅에 있었던 절
＊初地초지 - 불교의 보살 수행에는 초지初地부터 십지十地까지 있는
데, 초지는 환희지歡喜地다. 여기서는 절의 입구
＊蓮峰연봉 - 강서성江西省 여산廬山의 연화봉蓮花峰
＊化城화성 - 절. 사찰
＊三楚삼초 - 서초西楚·동초東楚·남초南楚의 총칭. 서초는 여남汝南

지역, 동초는 팽성彭城 동쪽인 동해東海, 남초는 장사長沙 지역을 말한다

* 九江구강 - 강서성 심양潯陽을 흐르는 강. 아홉 가닥으로 장강長江에 흘러 들어간다
* 趺坐부좌 - 책상다리하고 앉음. 결가부좌結跏趺坐 : 책상다리하고 앉는 법의 한 가지. 오른발을 왼쪽 넓적다리 위에 얹어 놓은 후에, 왼발을 오른쪽 다리 위에 올려놓음
* 梵聲범성 - 독경 소리. 범패梵唄 소리
* 空居공거 - 마음을 비우고 지냄. 허심거虛心居
* 法雲법운 - 보살菩薩 수행의 최종 단계인 제십지第十地. 구름을 비유
* 觀世관세 - 세상일을 관찰하다. 세상 이치를 깨닫다
* 無生무생 - 불교에서 남는 것 없고 사라짐도 없는 열반. 생명이나 존재의 무한한 변화와 순환에서 벗어나는 상태. 만물의 자성自性은 본래 공성空性이기 때문에 생겨날 것도 없고 사라질 것도 없음을 체득함

❊해 설

현종玄宗 개원開元 29년(741) 전후에 지은 시로 추정한다. 시에는 다수의 불교 용어가 인용되어 있으니, 제1구의 '初地'는 보살 수행의 10단계 중 첫 단계로서 환희지歡喜地다. 제2구의 '化城'은 지금은 사찰의 의미로 쓰이지만, 원래는 중생이 성불成佛의 세계인 진기하고 보배로운 곳(珍寶處)으로 들어가는 과정에, 험난한 길에서 게으르고 지친 상황에서 쉬게 하려고, 세운 성곽을 지칭한다. ≪법화경法華經≫에「사람들이 가는 길에 게으르고 물러서서 다시 나아가지 못하였다. 선사가 방편의 힘으로 험한 길에, 3백 유순(인도의 거리 단위)을 지나서, 성곽 하나를 세웠다.(衆人中路懈退, 不能復進. 導師以方便力, 于險道中, 過三百由旬, 化作一城.)」라고 기록되어 있다. 그리고 제5구의 '趺坐'는 결가부좌結跏趺坐며 제6구의 '梵聲'은 범패 소리고, 제7구의 '空居'는 ≪유마힐경維摩詰經≫에서,「모든 세상 사

물은 결국은 존재함이 없으니, 이것은 텅 빈 뜻이다.(諸法究竟無所有, 是空義.)」라고 하였고, '法雲'은 보살 수행의 최종 단계인 십지十地로서, 불법이 구름처럼 일체를 덮은 것을 비유한다. 보살의 불심이 구름이 덮인 듯 여래지如來地에 머물면서, 지혜의 경계에서 신통神通과 변재辯才를 부리어, 진여眞如의 실제實際와 대열반大涅槃의 경계, 그리고 구경究竟의 법을 터득하는 경지가 십지 즉 법운이다. ≪화엄경華嚴經≫에, 「뭉게구름이 두루 모든 것을 덮는다.(不壞法雲, 遍覆一切.)」라고 하니 바로 법운의 의미다.

제8구의 '觀世'는 속세를 관조하는 불심이며, '無生'은 ≪인왕경仁王經≫에서, 「모든 사물의 본성은 진실로 빈 것이니, 오지도 않고 가지도 않으며, 생김이 없고 죽음도 없다.(一切法性眞實空, 不來不去, 無生無滅.)」라고 한 불법을 말한다. 석가의 윤회설에 의하면, 인간의 과거·현재·미래 등 삼세를 설정한 위에 「정신이 항상 멸하지 않는 것을 알면 거칠고 누추한 것을 도야하고 신명을 닦아, 곧 생이 없는 불멸의 경지에 이르고 불리를 터득하게 된다.(識神常不滅, 陶冶粗鄙, 澡鍊神明, 乃致無生而得佛理.)」(劉維崇 ≪王維評傳≫)라고 한 것같이 '無生'이란 "마음을 맑게 하여 생각을 바르게 정함(淨心定思)"과 "악을 버리고 선으로 나아감(棄惡就善)"이라는 좌선의 하나로서, 불가의 형이상학적인 훈련이다.

왕유가 불가에 귀의한 개원 16년(728) 이후, 만년의 임종까지 30여 년간 '無生'을 극력 추구하였으니, 동생인 왕진王縉이 병부시랑兵部侍郎을 지내며, 왕유 사후에 집성한 ≪왕우승집王右丞集≫을 숙종肅宗에게 헌납할 때 드린 〈≪왕우승집≫을 바치는 글進王右丞集表〉을 보면, 「만년에 이르러, 더욱 불도에 정진하여, 빈 방에 단정히 앉아서, 이 무생을 생각하였다.(至於晩年, 彌加進道, 端坐虛室, 念玆無生.)」라고 하여 형인 왕유의 만년 생활이 역시 '無生'의 경지로 일관한 것을 설명하고 있으며, 왕유 시에서도 그런 면이 자주 보

인다.〈선 스님을 뵈옵고謁璿上人〉(≪王右丞集箋注≫ 卷3) 일단을 보면,

한마음이 오직 법문의 요체에 있으니
원컨대 열반의 이치로 중생을 권면하기를.
一心在法要, 願以無生獎. 일심재법요 원이무생장

라 하였고,〈소와 노 두 원외와 방장사에서 놀기로 약속하였는데,
소 원외가 오지 않아서 시를 지으며與蘇盧二員外期遊方丈寺而蘇不
至, 因有是作詩〉(≪王右丞集箋注≫ 卷9)에서는,

듣기로는 그대를 불러
절에서 묵기로 약속했다 하네.
어찌 알았으리, 오지 못함이
도리어 불생불멸의 이치를 깨닫게 해 줄 줄을.
聞道邀同舍, 相期宿化城. 문도요동사 상기숙화성
安知不來往, 翻以得無生. 안지불래왕 번이득무생

라고 하여 왕유가 깊은 불심 속에 '無生'의 진리를 터득하였음을 알
수 있다.

[왕유王維] 병환 중인 호 거사에게 공양미를 보내드리며胡居士臥病遺米因贈

땅·물·불·바람의 근원을 살펴보니
본래의 바탕이 어디에 있는가.
망령된 생각이 진실로 들지 않아
이 몸에 어찌 길흉이 따로 있겠는가.
보이는 사물들 나그네에게 무엇이며
인간 육신은 누가 또 지키는가.
헛되이 연꽃의 눈은 말하면서
어찌 버들 곁가지는 미워하는가.
이미 향적반을 배불리 먹고
성문주에는 취하지 않는다.
사물의 있고 없는 마음 다 끊고서
생사의 허무한 꿈을 받아들인다.
병이란 곧 실지의 모습이라
텅 빈 마음 따라서 미친 듯 달린다.
다 헛되니 참된 법 하나 없고
다 헛되니 나쁜 법 하나 없다.
거사는 본디 신통한 경지에 이르러
불법 따라서 잘 떨쳐 나간다.
침상에는 누울 솜털 요가 없으니
솥 속에 죽이라도 있는 건가.
재계할 때에 시주를 바라지 않으며

정시에 맞추어 양치질한다.
그런대로 공양미 몇 되 들고서
다시 중생을 구제하러 나선다.

胡居士臥病遺米因贈호거사와병유미인증

了觀四大因, 根性何所有. 료관사대인 근성하소유
妄計苟不生, 是身孰休咎. 망계구불생 시신숙휴구
色聲何謂客, 陰界復誰守. 색성하위객 음계부수수
徒言蓮花目, 豈惡楊枝肘. 도언련화목 기오양지주
旣飽香積飯, 不醉聲聞酒. 기포향적반 불취성문주
有無斷常見, 生滅幻夢受. 유무단상견 생멸환몽수
卽病卽實相, 趨空定狂走. 즉병즉실상 추공정광주
無有一法眞, 無有一法垢. 무유일법진 무유일법구
居士素通達, 隨宜善抖擻. 거사소통달 수의선두수
牀上無氈臥, 鍋中有粥否. 상상무전와 력중유죽부
齋時不乞食, 定應空漱口. 재시불걸식 정응공수구
聊持數斗米, 且救浮生取. 료지수두미 차구부생취

(≪王右丞集箋注≫ 卷3)

* 胡居士호거사 - 누구인지 불분명. 집에서 수도하는 도사道士를 거사
라 한다
* 了觀료관 - 잘 살피다
* 四大因사대인 - 땅[地]·물[水]·불[火]·바람[風] 네 가지는 사물을 이
루는 원소. 因 : 요인. 근원. 사물을 생산하는 중요한 조건
* 妄計망계 - 허망한 계획. 망념妄念
* 休咎휴구 - 아름다움과 나쁨. 길흉화복吉凶禍福

* 色聲색성 - 육안으로 볼 수 있는 만물의 형상. 색상色相
* 陰界음계 - 인간 육신의 총칭
* 蓮花目련화목 - 불교의 극락세계極樂世界의 눈. 정토淨土의 눈. 蓮花
目은 부처(佛)와 불법佛法을 비유. 蓮花는 길상吉祥과 정토淨土, 그리고
자비慈悲를 상징
* 楊枝肘양지주 - 버드나무 가지 끝. 세상의 질병과 번뇌를 비유
* 香積飯향적반 - 사찰 음식을 높여 부르는 말. ≪유마힐경維摩詰經≫
의 향적불품香積佛品에 나오는 말로, 진리를 깨달아서 오는 기쁨인 법
열法悅을 음식에 비유
* 聲聞酒성문주 - 聲聞은 불교의 삼승三乘인 성문聲聞·연각緣覺·보살
菩薩의 하나. 부처의 설교와 수행을 따라서 자신의 해탈解脫을 추구함
* 有無유무 - 불교에서 유견有見과 무견無見. 有見은 사물이 실지로 있
다는 견해에 집착하는 것이고, 無見은 사물이 실지로 없다는 견해에 집
착하는 것을 말함.
* 斷常見단상견 - 불교에서 단견斷見과 상견常見. 단견은 무견無見에 속
하는 것으로, 세간世間과 자아自我가 죽은 후에 사라진다는 견해. 상견
은 유견有見에 속하는 것으로, 세간과 자아가 죽은 후에도 없어지지 않
는다는 견해
* 生滅생멸 - 불교에서 생생은 사물의 생성과 형성. 멸滅은 사물의 괴멸
* 幻夢환몽 - 일체 사물이 변화하여 늘 그대로 있지 않으니, 허무虛無하
고 부실不實함을 비유
* 抖擻두수 - 손으로 물건을 끌어 떨다. 없애다
* 氈전 - 솜털로 만든 모직물
* 鬲력 - 굽은 다리 솥
* 齋時재시 - 재계齋戒하는 날. 齋戒 : 부정不淨을 꺼리고 몸을 깨끗이
함
* 漱口수구 - 양치질하다
* 聊료 - 애오라지(마음에 부족하나마 그런대로). 즐기다. 편안하다
* 浮生부생 - 덧없는 인생

✽해 설

시 전체가 불교 용어로 지어졌다. 그뿐 아니라 중생의 삼계화택三界
火宅 즉 중생이 생사와 윤회하는 과정에, 욕계慾界 · 색계色界 · 무색
계無色界 · 화택火宅 등 번뇌가 많은 세상에서, 인간 육신의 구성 요
소인 사대인四大因인 땅 · 물 · 불 · 바람이 집약된 상태로부터, '고苦'
를 해탈하여 망아의 열반 즉 불도를 이루어, 모든 번뇌와 고통을 끊
어서, 살지도 않고 죽지도 않는 불생불멸不生不滅의 법성을 깨우치
는 해탈의 경지를 상상하게 한다.

체념이 체득되며 속세에 빠지지 않는 불입속不入俗의 자세가 파악
되어, 불교의 기본적인 가르침인 사성제四聖諦인 '고집멸도苦集滅
道'의 수행이 된다. '苦'는 생로병사의 괴로움이며, '集'은 괴로움이
되는 번뇌의 모임이며, '滅'은 번뇌를 없앤 깨달음의 경계이며, '道'
는 그 깨달음의 경계에 도달한 수행을 의미한다. 시에서 제1, 2구는
'集'이며, 제11, 12구는 '滅'이며, 제13, 14구는 '道'의 심태며, '空'을
추구한 표현이기도 하다. 〈선 스님을 뵈옵고謁璿上人〉(《王右丞集箋
注》 卷3)에서 마지막 4구를 보면,

바야흐로 몸이 부처의 경지를 드러내니
저 멀리 천지간의 생기를 보이네.
한 마음이 오직 불법의 요체에 있으니
원컨대 열반의 이치로 중생을 권면하기를.
方將見神韻, 陋彼示天壤. 방장견신운 루피시천양
一心在法要, 願以無生獎. 일심재법요 원이무생장

라고 하여 피상皮相의 견見(사물에 집착하는 견해)을 떠난 진상眞
相의 관觀(진리를 추구하는 사념)으로 '空'(사물의 본질)과 '色'(볼

수 있는 만물의 형상)을 초탈한 신적 교분을 주는(神交) 경지를 표출하고 있다. 이것은 시선상유詩禪相喩(시와 참선의 마음이 서로 조화를 이룸)하는 시의 예로, 명대 위경지魏慶之가 「시를 배움이 온전히 참선을 배우는 것 같다.(學詩渾似學參禪.)」(≪詩人玉屑≫ 卷1)라 하고, 청대 서증徐增이 ≪이암시화而庵詩話≫(41조)에서 논하기를,

> 무릇 시는 글자 하나라도 함부로 쓸 수 없다. 선가에서 하나라도 들어 따지지 못하고 시 역시 하나라도 들어 따지지 못한다. 선은 모름지기 일가를 이루어야 하고 시도 일가를 이루어야 한다. 불가에서 배우는 자는 단 한 방으로 기존의 불조를 쳐낼 수 있어야 비로소 종문의 대가가 될 수 있으며, 시인은 붓 하나로 종래의 절구를 쓸어 낼 수 있어야 비로소 시의 대가가 될 수 있다. 작시에 있어 참선을 제외하고는 다시는 별다른 도리가 없음을 알 수 있다.
> 夫詩一字不可亂下. 禪家著一擬議不得, 詩亦著一擬議不得. 禪須作家. 詩亦須作家. 學人能以一棒打盡從來佛祖, 方是個宗門大漢子: 詩人能以一筆掃盡從來曰, 方是個詩家大作者. 可見作詩除去參禪, 更無別法也.

라고 한 바와 같이 선의禪意와 시교詩敎가 관련이 있으면서 분별되어 있어, 신운神韻적 표현에서 시와 선이 상호 역학적 상관성이 있음을 알게 된다.

[왕유王維] 향적사를 찾아서 過香積寺

향적사 어딘지 몰라
몇 리나 구름 자욱한 산봉우리로 드네.
오래된 나무에 오솔길도 없고
깊은 산 어디서 종이 울리나.
샘물 소리 뾰족한 돌에 부딪혀 울고
햇빛은 푸른 솔에 비추어 차네.
해 질 녘 텅 빈 연못가에서
편안히 좌선하며 헛된 번뇌 떨치네.

過香積寺과향적사

不知香積寺, 數里入雲峰.　부지향적사 수리입운봉
古木無人徑, 深山何處鐘.　고목무인경 심산하처종
泉聲咽危石, 日色冷靑松.　천성열위석 일색랭청송
薄暮空潭曲, 安禪制毒龍.　박모공담곡 안선제독룡

(≪王右丞集箋注≫ 卷7)

* 香積寺향적사 - 장안長安 동남쪽 종남산終南山에 있던 절. 지금의 섬
서성陝西省 서안西安 남쪽
* 人徑인경 - 사람이 다니던 자취가 난 길
* 危石위석 - 산골의 기암괴석奇巖怪石. 여기선 뾰족하게 생긴 돌
* 薄暮박모 - 해 질 무렵
* 潭曲담곡 - 연못가

* 安禪안선 - 불교 용어로 마음을 편안히 하고 좌선하여 명상에 잠기다
* 毒龍독룡 - 마음속에 헛된 생각이나 욕심을 상징

❈ 해 설

향적사는 섬서성 서쪽 장안현長安縣 휼하潏河와 호하滈河 두 강의 교차점인 향적촌香積村에 있었다. 이 절은 정토종淨土宗에서 기념으로 지은 사원으로, 절 안에는 당대에 지어 지금까지 남아있는 전탑磚塔이 있다. 기타 불전佛殿들은 모두 청대에 재건하였다. 왕유 당시에는 장안의 명승지로 수많은 시인이 시제詩題로 삼았던 사원이다. 왕유도 이 절을 시제로 불후의 선시를 남겼다.

이 시는 탈속과 선정禪定의 경지를 묘사하였는데, '泉聲'을 '咽'(울다), '石'을 '危'(뾰족하다), '日色'을 '冷'(차다), '松'을 '靑'(푸르다)이라고 묘사하는 관찰과 성정은 오묘하며, 말연은 바로 '앉아서 자신을 잊고 참선에 들어감(坐忘入禪)'의 높은 선경을 그려내어, 안으로는 몽경夢境을, 겉으로는 환영을 보는 듯하니, 왕유에게서 볼 수 있는 입신의 시정詩情이라 하겠다. 송대 엄우嚴羽가 ≪창랑시화滄浪詩話≫〈시변詩辨〉에서 '입신극치入神極致'(지극한 입신 경지)에 대해서 다음과 같이 서술하고 있다.(졸저 ≪중국 詩話의 이해≫ 참고)

> 시의 극치는 하나 있으니 바로 입신이라 하겠다. 시로써 입신하면 지극하고 다한 것이니 더 보탤 것이 없다. 오직 이백과 두보만이 이 경지를 터득하였으니 다른 이들은 그 터득함이 무릇 모자란다.
> 詩之極致有一, 曰入神. 詩而入神, 至矣, 盡矣, 蔑以加矣. 惟李杜得之, 他人得之蓋寡也.

입신은 용어상으로는 선경의 삼매와 상통하겠고, 흥취의 한 단계 높은 시격을 의미한다고 할 수 있다. '입신'이란 말의 어원은 ≪주역周

易≫〈계사繫辭〉의 '정의입신精義入神'(오묘한 이치를 깨달아 입신 지경에 이름)이란 말에서 나왔는데, 양대梁代 유협劉勰의 ≪문심조룡文心雕龍≫〈신사神思〉에 '신원神遠'이라 한 것과 뜻이 통한다. 시에서의 '입신의 경지(入神之境)'를 묘사한 예로, 청대 옹방강翁方綱이 왕유의 시를 평가한 것을 들 수 있다.

> 왕유의 오언시는 입신하여 형상 밖에 있으니 더 말할 필요가 없다. 이 「옛 벗은 보이지 않으니, 평릉 동쪽이 적막하다.」에 이르러서는 악부를 취하여 뜻을 나타내지 않음이 없다.
> 右丞五言, 神超象外, 不必言矣. 至此「故人不可見, 寂寞平陵東.」, 未嘗不取樂府以見意也. (≪石洲詩話≫ 卷1)

여기에서 「입신하여 형상 밖에 있음(神超象外)」이 그 의미가 된다. 시의 입신 풍격에 대해서 엄우는 이백과 두보 시를 내세우는 데 비해, 청대 왕사정王士禎과 옹방강은 왕유 시를 거론하였다. 왕사정이 신운설神韻說을 주창하고, 왕유와 맹호연孟浩然을 추종하여, ≪당현삼매집唐賢三昧集≫까지 편찬한 사실은 중국 시학의 큰 열매다. 단지 그 추종 대상에서 엄우가 이백과 두보를 택한 데 비하여, 왕사정과 옹방강은 성당의 왕유와 맹호연을 택했으니, 그 노선이 다를 뿐이다.
엄우가 「다른 이들은 그 터득함이 무릇 모자란다.(他人得之蓋寡也.)」라고 하여 이백과 두보 외에는 '참선의 정신으로 시의 경계에 들어감(以禪入詩)'의 묘경을 인정하지 않은 점은, 「시를 논함은 선을 논함과 같다(論詩如論禪)」의 논지에서 볼 때 편견이 있다고 본다. 왕사정이 엄우와 같은 바탕에서 신운설을 편 데 반하여, 추종 대상은 서로 다른 점에 대해 귀샤오위郭紹虞는 말하기를,

엄우의 흥취설은 마침 왕사정의 소위 신운과 의미가 같은데, 어째서 엄우는 이백과 두보를 거론하면서 왕유와 맹호연을 종주로 삼지 않았는가? 이 점에 모순이 있는 것 같으나 실은 이것이 엄우가 시를 논술한 요지다.

滄浪興趣之說, 正同於王士禎所謂神韻之義, 何以滄浪又標擧李杜, 而不宗主王孟呢? 此點似有矛盾, 實則也是滄浪論詩宗旨.(≪滄浪詩話校釋≫)

라고 하여 왕사정을 옹호한 반면에, 치엔종수錢鍾書는 이르기를,

엄우는 유독 신운으로 이백과 두보를 칭하고, 왕사정은 엄우를 본받아 배웠는데, 단지 왕유와 위응물만을 알고 ≪당현삼매집≫을 지으면서 이백과 두보를 취하지 않았으니, 대개 엄우의 뜻을 잃은 것이다.

滄浪獨以神韻許李杜, 漁洋號爲師法滄浪, 乃僅知有王韋, 撰唐賢三昧集, 不取李杜, 蓋盟失滄浪之意矣.(≪談藝錄≫)

라고 하여 왕사정은 엄우의 진의를 터득하지 못하였다고 평가하였다. 엄우와 왕사정의 주장이 각각 명확한 논지를 지닌 만큼, 추종 대상에 관한 시비를 가릴 수 없다 해도, 왕유 같은 시인의 작품에서 역시 입신의 경지를 느낄 수 있다.

[왕유王維] 가을밤 홀로 앉아 秋夜獨坐

홀로 앉아 희끗한 귀밑털에 슬픈데
텅 빈 마루에 밤이 깊어 가네.
비 내리니 산 과일 떨어지고
등불 아랜 풀벌레 우네.
센 머리 끝내 젊어지기 어렵고
황금도 얻을 수 없는 신세라네.
늙고 병든 몸 이기려면
오직 생사를 초탈한 이치 배워야 하리.

秋夜獨坐추야독좌

獨坐悲雙鬢, 空堂欲二更.　독좌비쌍빈 공당욕이경
雨中山果落, 燈下草蟲鳴.　우중산과락 등하초충명
白髮終難變, 黃金不可成.　백발종난변 황금불가성
欲知除老病, 唯有學無生.　욕지제로병 유유학무생

(≪王右丞集箋注≫ 卷9)

* 雙鬢쌍빈 - 양 볼에 난 귀밑털
* 二更이경 - 저녁 9시에서 11시
* 黃金황금 - 노란 금. 재물
* 老病로병 - 불가의 생로병사生老病死의 고통
* 無生무생 - (불교) 모든 법의 실상實相은 나고 없어짐이 없음. 모든
미로迷路를 초월한 경지. 생사生死를 초월하여 배울 만한 법도가 없는

경지. 나지도 않고 없어지지도 않는 열반涅槃. 존재하는 모든 것은 태어난 바가 없다는 깨달음을 확신한다는 불교 교리

✳ 해 설

시인은 선오禪悟의 과정을 묘사하고 있다. 시 제목부터 스님이 수양하기 위해 좌선한 정수적靜修的인 모습을 떠오르게 한다. 제1, 2연은 침사沈思(깊이 생각함)와 비애悲哀의 심정을 묘사한다. 가을비 내리는 밤에, 텅 빈 집에 앉아서 정심靜心(고요한 마음)으로 묵상하는 것이 마치 불승이 좌선하는 듯한 느낌이다.

제3, 4연에서 자연 만물은 반드시 변하고 사라진다는 무생적無生的인 불심을 드러낸다. 불교의 무생법인無生法忍이란 나지도 않고 없어지지도 않는 열반이니, 왕유 시에서의 '學無生'은 무생법인을 얻는 경지를 터득함이다. 그러면 '무생법인'이란 무엇인가? 태어나지도 않고 없어지지도 않는 불생불멸不生不滅을 체인體認함을 의미한다. 즉 오인五忍의 넷째 단계인 무생법인은 모든 사물과 현상이 무상無常함을 깨달아 마음의 평정平定을 얻는 단계다. 번뇌의 맺힘은 '나(我)'라는 것에 집착하기 때문이다. '나'에 집착함이 없어야 아집我執인 번뇌장煩惱障에서 벗어나니, 이것이 인공人空(나의 마음을 비움)을 얻는다는 것이다.

그리고 모든 현상에 불변하는 실체가 있다는 법집法執인 소지장所知障에서 벗어나니, 이것이 법공法空(사물에 대한 집착을 비움)을 얻는다는 것이다. 이들 인공人空과 법공法空을 다 얻는 것이 구공俱空(모두 비움)이니, 이 구공俱空까지 없어져야 마음에 일어나는 것이 없어져서, 마음이 고요하고 의식이 맑게 깨어있는 상태인 삼마지三摩地로부터 무생법인無生法忍을 얻는다. 따라서 왕유의 이 시에서 '學無生'은 성불成佛하는 신앙적인 최고 경지다.

이 시는 삶의 허망과 고뇌를 벗어날 길은 오직 불교 신앙이라는 확

신을 담고 있다. ≪육조단경六祖壇經≫에서 「도리를 모르고 헤매니 곧 부처님의 중생이고, 진리를 깨달으니 곧 중생으로서 부처가 되네.(迷卽佛衆生, 悟卽衆生佛.)」라고 하였듯이, 불심을 득도하느냐의 여부가 인간 삶의 정도를 좌우한다는 점이다.

[왕유王維] 여름날 청룡사에 들러 조 선사를 뵈옵고

夏日過靑龍寺謁操禪師

병들어 앓는 한 노인
천천히 걸어서 사찰 스님을 뵈었네.
어두운 마음 그 미혹을 묻고 싶은데
텅 빈 병 그 공허함을 벌써 아시네.
산과 강은 영험한 눈에 있고
이 세상은 불법을 깨우친 몸에 있네.
무더위 식히시는 것 기이하게 여기지 말지니
대지의 바람도 불어오게 하시네.

夏日過靑龍寺謁操禪師 하일과청룡사알조선사

龍鍾一老翁, 徐步謁禪宮.　룡종일로옹 서보알선궁
欲問義心義, 遙知空病空.　욕문의심의 요지공병공
山河天眼裏, 世界法身中.　산하천안리 세계법신중
莫怪銷炎熱, 能生大地風.　막괴소염열 능생대지풍

(≪王右丞集箋注≫ 卷7)

* 靑龍寺청룡사 - 장안長安 신창리新昌里 남문 동쪽에 있던 절
* 操禪師조선사 - 누구인지 불분명. 화상和尙
* 龍鍾룡종 - 노쇠한 모양. 늙어서 앓는 모양
* 禪宮선궁 - 선정禪定은 수행을 통하여 성불成佛되는 기본 공부功夫이
므로 사원寺院을 선궁이라 한다

*義心의심 - 의로운 마음. 불학佛學 술어로는 (진리에 어두워서) 미혹되고 의심스런 마음

*空病공병 - 불교에서는 만법萬法이 모두 텅 빈 것(空)이니 수행자는 空으로 모든 번뇌煩惱를 없앤다. 空은 청정淸淨하여 쌓인 번뇌가 없다

*天眼천안 - 보통의 육안肉眼으로 볼 수 없는 사물을 보는 안식眼識

*法身법신 - (불교) 삼신三身의 하나. 불법佛法을 깨달은 몸. 삼신은 부처의 본체本體인 법신法身과, 법신의 과보果報에 의하여 나타나는 중덕원만衆德圓滿의 몸인 보신報身과, 중생을 제도濟度하기 위하여 나타나는 몸인 응신應身

*炎熱염열 - 몹시 심한 더위. 염서炎暑

*大地風대지풍 - 불문佛門이 청정淸淨하여 마음이 정결하고 청량해지니, 마치 대지에 바람이 이는 것 같다

❋ 해 설

이 시는 도를 터득하여 세상일에 집착하지 않고, 마음을 두지 않음을 말해 준다. 왕유는 천보天寶 연간(742-756)에 배적裵迪, 왕창령王昌齡, 왕진王縉 등 시우와 함께 청룡사를 방문하여 고승을 만나고, 시회를 열곤 하였다. 청룡사에 대해서 ≪장안지長安志≫에, 「남문 동쪽의 청룡사는 본래 수나라 때 영감사다. 무덕 4년에 이르러 절이 없어졌다. 용삭 2년에 세워서 관음사가 되었다. 경운 2년에 고쳐 세워서 청룡사가 되었다.(南門之東靑龍寺, 本隋靈感寺. 至武德四年廢. 龍朔二年立爲觀音寺. 景雲二年改爲靑龍寺.)」라고 하여 절의 내력을 기록하고 있다.

시의 제1, 2구는 늙어 쇠약하나 불심이 더욱 우러나 선의 참모습을 깨닫고자 하는 마음을 묘사한다. 제3, 4구는 선사는 어떠한 형상에도 집착하지 않고, 공空을 추구할 것을 일러준다. ≪금강경金剛經≫에, 「무릇 존재하는 모든 형상은 다 허망한 것이다.(凡所有相, 皆是虛妄.)」라고 하였다. 제5, 6구는 세상 형상에 집착하지 않는 정신세

계를 묘사한다. '天眼'과 '法身'은 선사의 깊은 불심을 존숭하는 표현이다. 제7, 8구는 선사가 득도한 경지에서 나오는 영력을 찬양하면서 시인 자신의 기묘한 감수성을 표현하고 있다.

[왕유王維] 장맛비에 망천장에서積雨輞川莊作

장맛비에 텅 빈 숲 연기 더디 일어
명아주 삶고 기장밥 지어 동쪽 밭에 보내네.
아득히 넓은 논에 백로가 날고
푸른 여름 나무엔 꾀꼬리 울어대네.
산에서 조용히 수양하며 무궁화 보고
소나무 아래서 소식하며 이슬 맺힌 아욱 따네.
시골 노인 남들과 자리다툼 그만두었거늘
바다 갈매긴 어인 일로 의심하려 드나.

積雨輞川莊作적우망천장작

積雨空林烟火遲, 蒸藜炊黍餉東菑. 적우공림연화지 증려취서향동치
漠漠水田飛白鷺, 陰陰夏木囀黃鸝. 막막수전비백로 음음하목전황리
山中習靜觀朝槿, 松下淸齋折露葵. 산중습정관조근 송하청재절로규
野老與人爭席罷, 海鷗何事更相疑. 야로여인쟁석파 해구하사갱상의

(≪王右丞集箋注≫ 卷10)

* 積雨적우 - 오랫동안 내리는 비. 장맛비
* 輞川莊망천장 - 당대 송지문이 지은 별장. 왕유가 만년에 은거한 곳
* 烟火연화 - 밥 지을 때의 굴뚝 연기
* 蒸藜증려 - 명아주 나물을 삶다. 명아주는 잎은 나물로 먹고 줄기는 지팡이로 만드는 들이나 길가에 절로 나는 한해살이풀
* 黍서 - 기장

* 餉향 - 들판에 밥을 내다 줌
* 東菑동치 - 동쪽 밭
* 漠漠막막 - 광활하게 넓음
* 水田수전 - 논
* 陰陰음음 - 수목이 무성하여 그늘져 있는 모양
* 囀전 - 울다
* 黃鸝황리 - 꾀꼬리
* 習靜습정 - 조용한 마음으로 수양하다
* 朝槿조근 - 무궁화. 아침에 피어 저녁에 지는 무궁화의 속성에 따라 붙여진 별칭
* 淸齋청재 - 정결한 소식小食
* 露葵로규 - 이슬 머금은 아욱
* 野老야로 - 시골 늙은이. 왕유 자신을 말함
* 爭席쟁석 - 자리를 다투다. 명예나 지위를 다투다
* 罷파 - 끝나다. 하던 일을 다하다
* 海鷗해구 - 바다 갈매기
* 更相疑갱상의 - 또다시 의심하는가. 왕유는 부귀공명에 대한 욕망을 버렸는데, 남이 자신의 탈속을 다시 의심한다는 의미

해 설

송대 섭몽득葉夢得의 ≪석림시화石林詩話≫에는 이 시에 대해 다음과 같이 평하고 있다.(졸저 ≪中國 唐宋詩話 解題 1≫ 참고)

> 시에 쌍자雙字를 쓰기가 매우 어려우니, 모름지기 칠언과 오언에서 다섯 자와 세 자를 제외하고, 정신과 흥취를 두 글자에 온전히 드러내야만 기교가 있고 오묘한 것이 된다. 당대 사람이 「논에는 백로가 날아가고, 여름 나무에는 꾀꼬리 울어댄다.」는 이가우의 시를, 왕유가 몰래 취했다고 말하는데, 옳지 않다. 이 두 구의 좋

은 점은 바로 '漠漠'과 '陰陰' 네 자를 덧붙인 데 있으니, 이것은 곧 왕유가 이가우의 시를 더 다듬고 격조를 높여서, 자연스레 그 오묘함을 드러나게 한 것이다.

詩下雙字極難, 須是七言五言之間除去五字三字外, 精神興致全見于兩言, 方爲工妙. 唐人謂「水田飛白鷺, 夏木囀黃鸝」爲李嘉祐詩, 摩詰竊取之, 非也. 此兩句好處, 正在添漠漠·陰陰四字, 此乃摩詰爲嘉祐點化, 以自見其妙.

청대 옹방강翁方綱은 ≪석주시화石洲詩話≫에서 당대 이가우李嘉祐 시구 표절설에 대해,

옛사람이 말하기를, 이가우 시의 「논에는 백로가 날아가고, 여름 나무에는 꾀꼬리 울어댄다.」구에 왕유가 '漠漠', '陰陰' 네 자를 보태어 시의 발랄한 흥취가 몇 배가 된다고 하였다. 이 주장에 대해서 왕사정 선생은 잠꼬대라고 생각하였다. 대개 이가우는 중당 시인이니 왕유가 어떻게 미리 알고 '漠漠'과 '陰陰'을 쓸 수 있겠는가? 이것은 정말 어처구니없는 주장이다. 오직 왕유의 이 시구는 정신이 '漠漠'과 '陰陰'에 있다.

昔人稱李嘉祐詩:「水田飛白鷺, 夏木囀黃鸝.」右丞加漠漠, 陰陰四字, 精彩數倍. 此說阮亭先生以爲夢囈. 蓋李嘉祐中唐詩人, 右丞何由預知, 而可以漠漠陰陰耶? 此可大笑者也. 惟右丞此句, 精神全在漠漠陰陰上.

라고 강력히 부인하여 섭몽득의 이 논평에 동의하고 있다.

이 시는 한가한 정서를 묘사한 시로, 노년에 송지문宋之問의 별장이었던 곡강曲江 가의 망천장輞川莊에서 지었다. 섬서성陝西省 남전藍田 남쪽에 위치한 별장에 죽리관竹里館 등 20여 곳의 휴식처가

있어, 왕유가 친구 배적裵迪과 함께〈망천시輞川詩〉20수를 창화한 곳이다. 시에서 '積雨'와 '煙火'로 농가의 새참 먹는 광경을 연상시키고, 제2연에서 별장의 여름 경물을 묘사하고 있다. 제3연에서 산거山居 은일隱逸의 삶의 자세를 부각하고, '習靜', '淸齋' 등 시어를 구사하여, 시인이 세상과 다툼이 없고, 심기가 정화되어, 번뇌를 초탈한 안식의 경지를 토로한다.

[왕유王維] **종남 별장** 終南別業

중년에 불법을 자못 좋아하여
늦게 종남산 기슭에 살게 되었네.
흥이 나면 늘 혼자 나서니
그 즐거움 혼자 알 뿐이네.
다니다가 물 나는 샘터에 이르면
앉아서 저 구름 이는 곳을 쳐다보네.
우연히 숲속 노인을 만나
웃고 얘기하다 돌아가는 걸 잊네.

終南別業종남별업

中歲頗好道, 晩家南山陲.　　중세파호도　만가남산수
興來每獨往, 勝事空自知.　　흥래매독왕　승사공자지
行到水窮處, 坐看雲起時.　　행도수궁처　좌간운기시
偶然値林叟, 談笑無還期.　　우연치림수　담소무환기

(≪王右丞集箋注≫ 卷13)

* 中歲중세 – 중년의 나이
* 道도 – 불가의 이치
* 晩만 – 만년. 늙어서
* 家가 – 동사로 거주하다
* 南山陲남산수 – 종남산 산기슭
* 勝事승사 – 즐거운 일, 마음

* 水窮處수궁처 - 샘터. 물이 나오는 곳
* 値치 - 우연히 부딪치다
* 林叟림수 - 숲속에 사는 노인. 은거하는 사람

✻ 해 설

종남 별장은 망천輞川 별장을 말하는데, 왕유가 만년에 은거하던 곳이다. 왕유는 선仙과 선禪의 경지에서 탈속을 추구하는데, 선仙으로 보면 개원開元 11년에서 동 14년 사이에(726), 제주濟州로의 폄관 이후, 하남성河南省 숭산崇山에 은거할 때, 도가 사상의 영향을 받았다. 그리하여 시에서 '長嘯', '鍊丹' 등의 도가 특유의 시어를 구사하면서, 허무한 심정을 토로하였다.
〈죽리관竹里館〉(≪王右丞集箋注≫ 卷13) 제1연을 보면, 「홀로 깊은 대숲에 앉아, 거문고 타고 길게 휘파람 분다.(獨坐幽篁裏, 彈琴復長嘯.)」라는 구와 〈대산에서 깊은 숲 따라 도반곡에서 45리 걸어, 황우령에 이르러 국화를 보고自大散以往深林蹬道盤曲四十五里至黃牛嶺見黃花〉(≪王右丞集箋注≫ 卷4) 제4연을 보면, 「조용히 깊은 시내에서 말하고, 높은 산마루에서 길게 휘파람 부네.(靜言深溪裏, 長嘯高山頭.)」라는 구에서 각각 '장소長嘯'란 시어를 택하고 있다. '長嘯'(긴 휘파람. 일종의 단전丹田 호흡)는 도가에 있어 '치불사致不死' 즉 장생을 의미하는 것으로 도가道家에서 중요한 기본 수련법의 하나다.
선禪은 신운설神韻說을 대언한다고 하겠으니, 시詩와 선禪의 관계에 대해서 명대 호응린胡應麟은 다음에 서술하기를,

엄우의 선으로 시를 비유하는 이치는 아름답다. 선은 곧 한 번 깨우친 후에는 모든 법이 공空이니, 떠들며 노래하고, 노하여 소리 질러도, 이치에 맞지 않는 것이 없다. 시도 곧 한 번 깨우친 후에

는 모든 사물을 가만히 깨우치게 되니 신음과 기침만 해도 참된 도리에 맞는다. 선은 반드시 깊은 경지를 이룬 후에 깨달을 수 있고, 시는 깨달은 후에라도 여전히 모름지기 더 깊은 경지를 이루어야 한다.

嚴氏以禪喩詩, 旨哉, 禪則一悟之後, 萬法皆空, 棒唱怒呵, 無非至理 : 詩則一悟之後, 萬象冥會, 呻吟咳唾, 動觸天眞. 禪必深造而後能悟, 詩雖悟後, 仍須深造.(≪詩藪≫〈內編〉卷3)

라고 하여 시와 선을 불가분의 관계로 놓고, 시는 깨달음(悟)을 얻은 후에 깊은 경지로 들어가서 창작하는데, 선禪이 필수적인 관념의 힘이 된다는 것이다. 송대 위경지魏慶之의 다음 글을 보면,

시도는 불법과 같아서 대승과 소승으로 나뉘며, 불도에 어긋난 사마 같은 이단은 오직 아는 자만이 이것을 말할 수 있다.

詩道如佛法, 當分大乘小乘, 邪魔外道, 惟知者可以語此.(≪詩人玉屑≫ 卷5〈陵陽室中語述韓駒〉)

라고 하여 엄우嚴羽 이후에 중국 시론의 근간이 될 만큼 시와 선의 연결고리를 강조하고 있다. 그만큼 왕유 시와 선과의 연관은 중요하게 다루어진다. 청대 왕사정王士禎은 서술하기를,

엄창랑(엄우)은 선으로 시를 비유하는데, 나는 그의 말을 깊이 새기며, 오언시는 더욱 그에 가깝다. 왕유와 배적의〈망천절구〉같은 것은 글자마다 참선에 들어가 있다.

嚴滄浪以禪喩詩, 余深契其說, 而五言尤爲近之. 如王裴輞川絶句, 字字入禪.(≪帶經堂詩話≫ 卷3)

라고 하여 왕유의 〈망천절구輞川絶句〉를 참선하는 시로 비유하였
다. 왕유는 모친 최씨崔氏(박릉인博陵人)에게서 불교 신앙의 영향
을 많이 받았다. 이 시는 은거의 흥취를 묘사하였으니, 제1, 2구는
은거의 이유를, 제3, 4구는 속세와 무쟁無爭의 의식을 각각 표출하
고, 제5, 6구에 이르러서 경치 묘사와 참선의 기운(禪機)을 표현하
면서 말구에서 세속에 매이지 않은 심기를 그렸다.

이 시는 자연과 하나 된 '망아忘我'의 선경仙境을 묘사하였으니, 원
대 호자胡仔는, 「그 시를 보면 먼지 낀 세계에서 벗어나, 만물의 밖
에서 떠다니는 심정을 알게 된다.(觀其詩, 知蛻塵埃之中, 浮游萬物
之表者也.)」(≪苕溪漁隱叢話≫ 前集)라고 하였다.

[왕유王維] 사슴 울짱鹿柴

빈 산 아무도 안 보이는데
두런두런 말소리만 들릴 뿐.
저녁놀 빛 수풀 깊이 스며든 뒤
어느새 푸른 이끼에 비추네.

鹿柴록채

空山不見人, 但聞人語響.　공산불견인 단문인어향
返景入深林, 復照靑苔上.　반경입심림 부조청태상

(≪王右丞集箋注≫ 卷13〈輞川集二十首〉)

* 鹿柴록채 - 송지문宋之問의 별장이었던 망천장輞川莊 안에 있던 명승
지
* 返景반경 - 저녁놀 빛
* 靑苔청태 - 푸른 이끼

✳해 설

왕유는 30세(731)에 부인을 잃고 평생 혼자 살았는데, 그가 이부낭
중吏部郎中을 그만두고 당대 초기의 문인 송지문宋之問이 기거하던
망천장輞川莊에 은거한 것은 모친 최씨崔氏의 병환이 위중하였던
시기인 그의 나이 50세(751)로 추정된다. 이듬해에 모친상을 당했
으므로 그 후 3년상을 마칠 때까지 최소 3년 이상은 망천장에 칩거
하였을 것이다. 이 시기에 시우 배적裴迪과 함께 별장의 '망천이십

경輞川二十景'을 오언절구로 서로 읊어서 ≪망천집이십수輞川集二十首≫(≪王右丞集箋注≫ 卷13)를 남겼다. 그 시집의 병서並序에 명승지 명칭 20곳을 다음과 같이 열거하고 있다.

> 나의 별장은 망천 산골짜기에 있는데, 그 놀던 곳은 맹성요, 화자강, 문행관, 근죽령, 녹채, 목란채, 수유편, 궁괴맥, 임호정, 남타, 기호, 유랑, 난가뢰, 금설천, 백석탄, 북타, 죽리관, 신이오, 칠원, 초원 등이었고, 배적과 한가한 때에 각각 절구시를 지었다.
> 余別業在輞川山谷, 其遊止有孟城坳, 華子岡, 文杏館. 斤竹嶺, 鹿柴, 木蘭柴, 茱萸沜, 宮槐陌, 臨湖亭, 南垞, 欹湖, 柳浪, 欒家瀨, 金屑泉, 白石灘, 北垞, 竹里館, 辛夷塢, 漆園, 椒園等, 與裴迪閑暇, 各賦絶句云爾.

이 시는 적막감이 감돌고 있는 자연 그대로의 모습 속에 동화된 시인의 마음을 한 폭의 그림처럼 그려놓았다. ≪당시전주唐詩箋注≫에 이 시를 '인적이 없다'와 '사람의 말소리가 들린다'라고 평한 것은 숲이 깊기 때문이다. 숲이 깊어 햇빛이 덜 들면 이끼가 자라기 쉽다. 저녁에 되비치는 햇빛이 스며들고 텅 빈 산은 고요하니, 노루터 삼기에 좋은 곳이다. 시불詩佛인 왕유가 '시를 참선의 법리로 시 창작에 들어간다(以禪法入詩)'라는 마음으로 지은 전형적인 선시로, 시가 매우 섬세하다.

선종에서 '자성청정自性淸淨' 즉 본래부터 갖추어 있는 불성이 맑고 깨끗함을 강조하고, '인아집人我執' 즉 인간에게 불변의 실체가 있다는 집착과 '구별심區別心' 즉 너와 나를 구별하는 마음을 제거하면, 눈에 보이는 형상을 떠나있는 관조의 자세로 사물을 대하게 된다. 왕유는 이런 선리禪理로 '외물外物'(밖의 사물)과 '자심自心'(자신의 깨달음)을 관조하여, 외물의 참된 원리의 면모를 알게 된 것이다.

이런 자세는 「일체 중생과, 일체 초목과, 일체 정이 있음과 일체 정이 없음 등이 모두 다 윤택하다. 모든 강물이 오히려 큰 바다로 들어가고, 바다는 모든 물을 받아서 합하여 한몸이 된다. 중생의 본성은 반야의 지혜이니 또한 이러하다.(一切衆生, 一切草木, 一切有情無情, 悉皆蒙潤. 諸川衆流, 却入大海, 海納衆水, 合爲一體 : 衆生本性般若之智, 亦復如是.)」(≪六祖壇經≫ 敦煌本)라고 한 혜능 선사의 불경 논리와 상통한다.

그리고 요주饒州 천복사薦福寺 도영道英 선사가, 「머리 돌려 만나지 않고 눈에 보여도 상대가 없다. 하나의 마음으로 널리 보면 환하게 공허와 정적을 느낀다. 곧 깊이 알게 되어, 멀리 초월하게 된다.(回首不逢, 觸目無對. 一念普觀, 廓然空寂. 直下了知, 當外超越.)」(≪五燈會元≫ 卷48)라고 설파한 것처럼, 왕유의 이 시는 깨달음의 경지를 통하여, 독자에게 무궁한 운치韻致를 느끼게 하는 동시에, 선종의 어느 한 사물에 빠지지 않는(一物卽不中) 불심을 자아내게 한다. 이 시에 대한 역대 문인들의 평가를 보면 다음과 같다.

*시는 지닌 뜻 즉 이미지를 귀히 여기며, 그 뜻은 원대함을 귀히 여기고, 비근함을 귀히 여기지 않으며, 담백함을 귀히 여기고, 농염함을 귀히 여기지 않는다. 농염하면서 비근한 것은 알기 쉬우나, 담백하면서 원대한 것은 알기 어렵다. … 왕유의 「저녁놀 빛 수풀 깊이 스며든 뒤, 어느새 푸른 이끼 비추네.」 구는 담백하면서 더욱 농염하고, 비근하면서 더욱 원대하여 이해하는 자와는 말할 수 있으나, 속인들과는 말하기 어렵다.
詩貴意, 意貴遠不貴近, 貴淡不貴濃. 濃而近者易識, 淡而遠者難知. … 王摩詰返景入深林, 復照靑苔上, 淡而逾濃, 近而逾遠, 可與知者道, 難與俗人言.(明代 李東陽 ≪懷麓堂詩話≫)
*경치 있는 곳곳에 정감이 있고, 정감 있는 곳곳에 경물이 있다.

생각할 수는 있어도 본받을 수 없으니, 왕유는 정말 오언절구 시
에 있어 성인의 경지다.

景到處有情, 情到處生景. 可思不可象, 摩詰眞五絶聖境. (明代 吳瑞
榮 ≪唐詩箋要≫)

*사람이 보이지 않으면 이것은 있는 게 아니다. 사람의 말소리가
나면 이것은 없는 게 아니다. 사람의 말을 들을 수 있으니, 사람
이 반드시 멀리 있지 않은 것이다. 무릇 본다는 것은 나타난 모습
이고, 듣는다는 것은 보이지 않는 허공과 같거늘, 허공은 곧 둥글
어서 걸리는 게 없으니, 이로써 소리로 불교의 일을 행한다.

不見人, 是非有：人語響, 是非無. 人語可聞, 人定不遠. 蓋見落形質,
聞如虛空, 虛空則圓通無碍, 此方以聲音作佛事. (淸代 徐增 ≪而庵說
唐詩≫)

왕유의 시에 창화한 배적裵迪의 같은 제목의 시를 본다.

날 저물어 추운 산 보니
오롯이 홀로 길 떠난 나그네.
솔숲의 일 모르고
노루와 수사슴 발자국만 남았네.

日夕見寒山, 便爲獨往客.   일석견한산 변위독왕객
不知松林事, 但有麏麚跡.   부지송림사 단유균가적

(鹿柴 ≪王右丞集箋注≫ 卷13)

참고 : ≪오등회원五燈會元≫은 도원道原의 ≪경덕전등록景德傳燈錄≫, 도
원道原의 ≪천성광등록天聖廣燈錄≫, 이준욱李遵勗의 ≪건중정국속등록建
中靖國續燈錄≫, 오명悟明의 ≪연등회요聯燈會要≫, 정수正受의 ≪가태보
등록嘉泰普燈錄≫ 등 5책을 집약한 20권의 선종禪宗 역사서.

[왕유王維] **대숲 집**竹里館

홀로 고요한 대숲에 앉아
거문고 타고 길게 휘파람 분다.
깊은 숲 아무도 모르거늘
밝은 달이 찾아와 비춘다.

竹里館죽리관

獨坐幽篁裏, 彈琴復長嘯.　독좌유황리 탄금부장소
深林人不知, 明月來相照.　심림인부지 명월래상조

(≪王右丞集箋注≫ 卷13 ⟨輞川集二十首⟩)

* 竹里館죽리관 - 대숲 마을 집. 망천장의 명승지
* 幽篁유황 - 깊은 대나무 숲
* 彈琴탄금 - 거문고를 타다
* 長嘯장소 - 소리를 길게 빼어 읊음. 긴 휘파람 소리. 도교道敎의 단전
丹田 호흡의 하나

�֍ **해 설**

이 시는 시인이 죽리관에 홀로 앉아 있는 광경과 내면의 고독감을
묘사하고 있다. 시어가 평이하고 기이하지 않다. 그러나 시의 흥취
가 청대 시보화施補華의 말처럼, '청유절속淸幽絶俗'(맑고 그윽하며
속세를 벗어남)하다.(≪峴傭說詩≫) 불교어로 말하면, '자성청정自性
淸淨'(본래부터 갖추어 있는 불성이 맑고 고요함)이다. 이것은 '무념

無念'(무념무상無念無想 : 모든 생각을 떠남. 아무 망념이 없이 자기를 잊음)에서 가능하다. 선종에서의 '아집我執'(아견我見 즉 제멋대로의 생각에 집착함)과 '법집法執'(일체의 사물이 고유한 본체와 성격을 지니고 있다는 생각의 집착)을 버리면, '아공我空'(분별하는 인식에서 주관의 작용이 끊어진 상태)과 '법공法空'(만법의 실상을 깨달음)을 얻게 되고, '無念'의 경지에 도달한다. '無念'만 하면 자성청정自性淸靜할 수 있고, 절대 자유를 얻는 부처(佛)의 경계에 도달한다. 이 시에 대한 역대 문인의 평가를 보면 다음과 같다.

*숲 사이에서 느끼는 흥취를 사람들은 쉽게 알지 못한다. 밝은 달이 비춘다고 한 것은 깊은 뜻을 모아 담은 것 같다.
林間之趣, 人不易知. 明月相照, 似若會意.(明代 唐汝詢 ≪唐詩解≫)
*相자와 獨자를 대칭하였으나, 서로 비추는 것은 밝은 달이니, 그 홀로 있음을 더욱 잘 묘사하여, 시어로 표현한 것 이상의 한없이 깊은 뜻을 지닌다.
相字與獨字反對, 但相照者明月, 則逾形其獨也, 言外有無盡意味.
(淸代 王文濡 ≪唐詩評注讀本≫)

왕유의 시에 창화한 배적裴迪의 같은 제목의 시를 본다.

죽리관을 들락날락하며
날마다 법도와 가까이하네.
드나드는 건 산새들뿐
그윽하고 깊어서 아무도 없네.
來過竹里館, 日與道相親.   래과죽리관 일여도상친
出入惟山鳥, 幽深無世人.   출입유산조 유심무세인

(竹里館 ≪王右丞集箋注≫ 卷13)

위 2수의 망천시들은 전원 산수의 낭만 은일적인 감흥을 주면서, 고승처럼 평생 파와 마늘 등 훈채葷菜를 입에 대지 않고, 경건하게 살아온 시불詩佛답게 선심의 자세로 시심에 몰입하고 있다.

왕유 시의 풍격 특성의 하나인 '시중유화詩中有畵'(시 속에 그림이 있다)의 예로, 그의 〈망천시輞川詩〉 20수(≪王右丞集箋注≫ 卷13)에서 회화적인 기법을 다음에 살펴본다. 천보天寶 연간의 안사의 난 이후, 왕유는 소극적인 반관반은半官半隱(벼슬도 하고 은거도 함)을 지향하면서, 망천시를 통해 자신의 은거 생활의 사상 감정을 반영하였다. 망천시 20수를 내용에 따라서 다음과 같이 3분할 수 있다.(졸저 ≪初唐詩와 盛唐詩 연구≫ 참고)

현실의 불만과 관장 생활에의 싫증을 표현한 (가)류로 〈유랑柳浪〉·〈칠원漆園〉, 우미한 경색과 건강한 생활 흥취를 묘사한 (나)류로 〈문행관文杏館〉·〈근죽령斤竹嶺〉·〈목란채木蘭柴〉·〈수유편茱萸沜〉·〈임호정臨湖亭〉·〈남타南垞〉·〈기호欹湖〉·〈난가뢰欒家瀨〉·〈백석탄白石灘〉·〈북타北垞〉, 그리고 현실도피의 고독한 심정, 청량한 경색, 신선한 성향, 인생 허무의 감상 등 소극적 색채가 농후한 (다)류로는 〈맹성요孟城坳〉·〈화자강華子岡〉·〈녹채鹿柴〉·〈궁괴맥宮槐陌〉·〈금설천金屑泉〉·〈죽리관竹里館〉·〈신이오辛夷塢〉·〈초원椒園〉 등으로 분류된다.

이상의 3분된 시는 서로 밀접한 내재적인 연결을 지니고 있는데, 결구結構(시의 형식상의 구성)로는 (가)를 선색線索으로 삼아 (나)·(다)의 시를 관통하여 완정한 시의 구조를 형성하고 있다. 즉 시마다 각각 한 화면을 구성해서 그것을 집결하여 한 폭의 조화된 전경全景을 이룬다. 그리고 시의 회화적인 선재選材(시어와 시구의 기본 요소를 선택)로서, 시재詩材(시를 짓는 시어와 시구)의 선정에서 회화의 선재법을 어떻게 운용하고 있느냐 하는 문제가 또한 중요하다. 선재 활용은 시의 연의煉意(시어의 뜻을 다듬는 것)니, 어떤 특징

있는 사물을 선택하여 융통성 있게 다듬어서, 시 속에 담아내는 일
종의 흡인력 있는 의경意境(마음의 세계)을 표현함으로써, 주제의 표
현을 더욱 깊게 하는 것이다.

명대 동기창董其昌은 ≪화안畵眼≫에서 「보아서 익혀지면 자연히 마
음이 전해지고, 마음을 전한 자의 심성이 드러나니, 겉과 속이 서로
어울렸다가 잊혀졌다가 하면서, 마음의 기탁이 되는 것이다.(看得熟,
自然傳神, 傳神者心以形, 形與心手相湊而相忘, 神之所託也.)」라고 하
였는데, 이러한 회화적인 관찰과 체회體會(몸소 느껴서 얻음)의 공
력을 시 이면에서 표현하는 것이다.

왕유 시는 포착과 창조의 형상이 뛰어나서 자연의 경색景色(경치)
및 비경색非景色 작품에서 모두 구사되고 있다. 경색 작품으로 〈변
방에 가서使至塞上〉(≪王右丞集箋注≫ 卷9)의 일단을 본다.

　　사막의 외로운 연기 곧게 오르고
　　장강의 지는 해는 둥글구나.
　　大漠孤烟直, 長河落日圓.　대막고연직 장하락일원

위에서 변방의 경색에 대한 묘사에서 황량한 화면과 호방한 시적 기
품이 융화되어 츤영襯映(겉으로 드러나서 비추어 줌) 작용을 하고
있다. '孤烟直'(외로운 연기 곧게 오르다)의 세밀한 관찰과 '落日圓'
(지는 해는 둥글다)의 심묘한 체회는 즉 포착과 창조의 표징이다.
그리고 〈송별送別〉(≪王右丞集箋注≫ 卷3)의 일단을 본다.

　　먼 곳 나무에는 나그네가 서있고
　　외로운 성에는 지는 햇빛 드리운다.
　　遠樹帶行客, 孤城當落暉.　원수대행객 고성당락휘

위의 구에서 '帶'와 '當'자는 화중삼매畫中三昧(그림 속에 도취)에서 체득된 연의의 표현이다. 한편 비경색非景色 작품으로 〈소년의 노래 少年行〉(≪王右丞集箋注≫ 卷14) 제1수를 본다.

> 신풍의 맛 좋은 술 많기도 한데
> 함양의 의협 소년도 많기도 하다.
> 의기가 맞아서 그대랑 술 마시니
> 말 맨 높은 누대에 버들가지 드리우네.
> 新豊美酒斗十千, 咸陽遊俠多少年. 신풍미주두십천 함양유협다소년
> 相逢意氣爲君飮, 繫馬高樓垂柳邊. 상봉의기위군음 계마고루수류변

제1구의 '美酒'와 제2구의 '少年'을 제3구의 '意氣'와 유대시켜, '美酒'와 '少年'을 자연스럽게 결합시켰다. 그리고 '의기'는 제2구의 '遊俠'에서 표출되었다. 그리하여 시의 틀이 갖추어지고, 뜻이 전달되었다. 그러나 이 틀과 뜻을 어떻게 생동케 하느냐 하는 것인데, 이러한 생명력은 제4구에 낙점되어 있다. 즉 '繫馬'(말을 매다)의 동태에서 소년의 의기투합하는 신기한 자태를 보게 되는데, '馬'와 제2구의 '遊俠'이 연계되어 소년의 뛰어남을 제시할 뿐 아니라, 제3구의 의기에 대한 확실성을 표출하고 있다.

그리고 '버들가지 늘어진 높은 누대高樓垂柳邊'가 '繫馬'의 장소며, '高樓'는 주점이므로 제3구의 '그대를 위해 술 마심爲君飮'과의 장소를 밝히고 아울러 실감을 배증시킨다. 또한 '垂柳'의 자태와 '遊俠, 少年, 繫馬'의 동태는 상호 간에 츤영 작용을 하고 있어서, 시를 더욱 생동케 한다. 이런 묘사법은 사실적 표현의 바탕 위에 상상과 허실을 유도하여 동기창董其昌이 말한 전신적傳神的(마음을 전해 줌) 작용을 발휘한다.

다음으로 시어의 색채와 체감 의식(色·光과 態·聲의 조화)으로,

당대 은번殷璠은 ≪하악영령집河嶽英靈集≫에서 평하기를,

　　왕유의 시는 시어가 빼어나고 격조가 우아하며 의취가 청신하고
　　이치가 합당하니, 샘물에서는 진주가 되고 벽에 붙어서 그림이
　　된다. 한 자와 한 구에 그 뜻이 평상의 경지를 벗어나 있다.
　　維詩詞秀調雅, 意新理愜, 在泉爲珠, 著壁成繪, 一字一句, 旨出常
　　境.

라고 하였다. 이는 왕유 시어의 회화적 감각을 평한 것으로, 특히
왕유의 경색시景色詩 부분에서 사물에 대한 의경을 색채감각을 통
해 그려내고, 여기에 '성聲(소리) · 광光(빛) · 태態(모습)'의 입체의
식을 가미하는 특성을 보여준다. 〈사냥 보기觀獵〉(≪王右丞集箋注≫
卷8)의 일단을 보면,

　　바람이 세니 각궁이 우는데
　　장군은 위성에서 사냥한다.
　　風勁角弓鳴, 將軍獵渭城.　풍경각궁명 장군렵위성

라고 하여 '勁(세다)'과 '鳴(울다)' 자의 담긴 뜻을 보게 되면, '弓鳴
(활이 울다)'에서 '風勁(바람이 세다)'이 드러나고, 또 '風勁'이 있으
므로 활의 힘(弓力)이 나오니, 수렵狩獵의 형세를 체현해 낸 것이
다. 더구나 제2구의 '將軍'은 진박감을 더하는 수법으로서, 화의畫意
(그림 그리는 마음)와 시적 공능이 결합하여 '聲'과 '態'의 효과를 표
출한다. 그리고 〈망천 별장輞川別業〉(≪王右丞集箋注≫ 卷10)의 일단
을 본다.

　　빗속 풀빛이 푸르게 물들어가고

물 위에 복사꽃이 붉게 타오르려 하네.

雨中草色綠堪染, 水上桃花紅欲然. 우중초색록감염 수상도화홍욕연

위에서 앞의 구 3자와 뒤의 구 3자는 한 시어 속에 '色, 態, 光'이 융
합되어 있다. 즉 '綠', '紅' 두 자는 '色', '染'(물들어 있다), '然'(타고
있다) 두 자는 은근히 표현되는 '態', 그리고 이 '色'과 '態'는 '雨中',
'水上'과 조합 관계로 직접 나타나 있다.

[유장경劉長卿] 남계에 은거하는 상산 도인을 찾아가서
尋南溪常山道人隱居

외길로 가는 곳
이끼에 발자국 보이네.
흰 구름 고요한 물가에 기대고
봄풀은 한가로운 문을 가렸네.
비 그치니 소나무 색깔 밝아
산 따라가 샘터에 이르렀네.
냇가의 꽃과 참선하는 마음이 어울려
서로 마주하고서 말을 잊었네.

尋南溪常山道人隱居 심남계상산도인은거

一路經行處, 莓苔見履痕.　일로경행처 매태견리흔
白雲依靜渚, 春草閉閑門.　백운의정저 춘초폐한문
過雨看松色, 隨山到水源.　과우간송색 수산도수원
溪花與禪意, 相對亦忘言.　계화여선의 상대역망언

(≪全唐詩≫ 卷148)

* 莓苔매태 - 푸른 이끼
* 履痕리흔 - 신발 자국
* 靜渚정저 - 조용한 물가
* 溪花계화 - 냇물에 떨어진 꽃. 냇가의 들꽃
* 禪意선의 - 참선하는 마음

* 忘言망언 - 말로 표현할 수 없는 초탈적인 흥취를 느끼다

[유장경劉長卿] 709-790? 자는 문방文房이며 하간河間(지금의 하북성河北省 하간현河間縣)인이다. 현종 개원開元 21년(733)에 진사 급제하고, 숙종肅宗 지덕至德 연간에는 감찰어사監察御使를 지내고, 오중유吳仲儒에 무고당하여 소주蘇州에 하옥되고, 반주潘州 남읍위南邑尉로 폄적되었다. 후에 변명하여 목주사마睦州司馬가 되었다가, 수주자사隨州刺史로 생애를 마치니, 세칭 '유수주劉隨州'라고 부른다. 문집으로는 《유수주집劉隨州集》이 있다. 그의 관리 이력을 보면 기복이 심한 삶을 영위하였다.

시는 평실平實하면서도 엄정한 구사력을 지니고 있는데, 그것은 성중당대의 기풍이 혼합된 특성으로서, 중당의 기풍인 시율의 추구와 문자의 정밀한 조탁이 성당의 은일 낭만성에 가미되어 있기 때문이다. 그래서 시의 풍조는 성당의 특성이 엿보이는 표현이며, 그가 처한 역경의 정감 표출만은 아니다. 그 당시에 이백과 두보는 더 많은 역경을 겪은 시인인 점을 이해하면 가능하다. 명대 이동양李東陽은 《회록당시화懷麓堂詩話》에서 유장경의 시에 대해서 말하였다.

> 《유장경집》은 처량하면서 아름답고 매우 맑아서, 나그네와 원한 맺힌 선비의 생각을 다 표현하고 있는데, 대개 그 성정이 진실로 그러한 것이며 단지 좌천이나 귀양 때문만은 아니다. 비유컨대, 거문고에 상조商調가 있듯이, 절로 하나의 격식을 갖추고 있다.
> 《劉長卿集》悽婉淸切, 盡羈人怨士之思, 蓋其情性固然, 非但以遷謫故. 譬之琴有商調, 自成一格.

위에서 상조商調의 '商'은 계절로는 '추절秋節'이며, 방향으로는 '서방西方'이며, 의미로는 '살殺'에 해당한다. 그래서 상조는 원대 주덕청周德淸의 《중원음운中原音韻》에서 「상조는 처량하고 슬프며 원한이 있

다.(商調悽愴怨慕.)」라고 풀이하고 있으니, 처절한 시풍과 연관된다.

✳ 해 설

시 제목을 〈남계의 상 도사를 찾아서尋南溪常道士〉라고도 한다. 이 시는 봄날 도사를 만나러 남계로 찾아가는 과정에 자연의 풍취를 읊었고, 만난 후에 탈속과 참선의 경지를 체회하면서, 망아의 선취에 몰입하는 심정을 토로하였다. 시의 말연은 늦봄 낙화가 냇물에 흘러가는 광경을 보면서, 탈속적인 좌망坐忘(잡념을 버리고 나를 잊음)의식에 몰입하는 시심을 묘사한다. 이 장면은 한 폭의 그림으로, '시중유화詩中有畵'(시 속에 그림이 있음)인 것이다.

이 시와 연관하여 유장경의 다음 〈남쪽으로 유람가는 왕십일을 송별하며餞別王十一南遊〉(≪全唐詩≫ 卷147) 시도 참선의 의취가 넘친다.

안개 낀 강가에서 그대를 보며
손을 흔드니 눈물이 수건을 적시네.
날아가는 새 어디론가 사라지고
푸른 산만 우두커니 나를 바라보네.
장강에 돛배 하나 멀리 가는데
지는 해에 오호는 봄이로다.
얕은 물가에서 누가 보는가
흰 마름풀 보며 그대 그리는 마음.

望君煙水闊, 揮手淚霑巾.   망군연수활 휘수루점건
飛鳥沒何處, 靑山空向人.   비조몰하처 청산공향인
長江一帆遠, 落日五湖春.   장강일범원 락일오호춘
誰見汀洲上, 相思愁白蘋.   수견정주상 상사수백빈

친구 왕십일을 강가에서 전송하면서 읊은 송별시다. 중간 4구는 성정의 표현으로 '飛鳥'는 멀리 떠나는 벗을 암시한다. '靑山'은 전송하는 시인이다. 말구의 '相思'와 첫 구의 '望君'이 서로 호응하여, 시의 처음과 끝이 기세가 한결같다. 이 시는 시인의 의경을 묘사하였다. 시인이 찾아간 사람을 만나지 못하고, 지나온 경치를 읊으면서 선취 禪趣의 경지에 든 심정을 토로하였다.

[유장경劉長卿] **영철 스님을 보내며**送靈澈

녹음이 짙푸른 죽림사에서
아련히 저녁 종소리 들려온다.
삿갓을 등에 매고 지는 햇빛 받으며
푸른 산 깊은 곳으로 홀로 돌아간다.

送靈澈송영철

蒼蒼竹林寺, 杳杳鐘聲晩.   창창죽림사 묘묘종성만
荷笠帶斜陽, 靑山獨歸處.   하립대사양 청산독귀처

(≪全唐詩≫ 卷147)

* 靈澈영철 - 당대 시승詩僧(746-816). 속성은 탕湯이고 자는 원징源
澄, 또는 명영明泳이며, 회계會稽(지금의 절강성浙江省 소흥紹興)인이
다. 평생 시를 2000여 수 지었다고 하며, 그의 제자 수봉秀峯이 300수
를 선정하여 ≪철상인문집澈上人文集≫을 냈고, ≪전당시全唐詩≫(권
809)에 시 1권이 수록됨
* 竹林寺죽림사 - 지금의 강소성江蘇省 진강鎭江 남쪽에 있는 절
* 杳杳묘묘 - 어둡다. 아득하다. 멀리 있는 모양
* 荷笠하립 - 삿갓을 등에 매다

❊해 설
송별시로 그 대상은 영철 화상이다. 시의 내용에서 시어로는 송별의
묘사가 없고, 시인은 산속의 저녁 정경과 적막한 심정을 표현하고

있다. 다만 '蒼蒼'과 '杳杳' 등 첩어疊語를 써서 영철 스님이 멀리 떠나는 광경을 기탁하고 있다.

시승 영철은 어려서 운문사雲門寺에서 출가하였고, 숙종肅宗 시기(756-762)에는 엄유嚴維에게 시를 배웠다. 대력大歷 연간(766-779)에 양자강 이남 지역에 시명詩名이 널리 알려졌다. 대력 말년에는 오흥吳興 하산사何山寺에 거주하면서 시승 교연皎然과 교유하며 창화시를 많이 남겼다. 그 후에 여러 지역을 편력하며, 많은 문인과 교유하였으니, 그 유력한 시기와 교유한 문인을 보면 다음과 같다. (周祖譔 主編 ≪中國文學家大辭典≫ 唐五代卷 참조)

* 흥원興元 원년(784) - 장안長安에서 포길包佶, 이서李紓, 노륜盧綸 등과 교유.
* 정원貞元 초중 시기(785-795) - 여산盧山과 홍주洪州를 거쳐 회계會稽에 거주하며, 권덕여權德興와 교류하고, 수년 후에 숭양嵩陽에 은거하다가, 장안에 들어가 진우陳羽 등과 교유. 윤주潤州 죽림사竹林寺에 거주하며 유장경劉長卿 등과 교유.
* 정원貞元 후기(796-804) - 유우석劉禹錫, 유종원柳宗元, 한태韓泰, 여온呂溫 등과 친밀한 관계. 무고誣告로 정주汀洲에 유배.
* 원화元和 시기(806-816) - 사면되어 장안에 돌아와서, 동 4년에 여산 동림사東林寺에 거주하며, 이조李肇, 위단韋丹, 웅유熊孺 등과 친교하고, 호주湖州와 월주越州에 거주하며, 범전정范傳正, 이고李翺, 이손李遜 등과 교유. 동 11년에 선주宣州 개원사開元寺에서 입적.

위의 교유 관계에서 유장경이 송별시를 지은 때는, 영철이 윤주潤州(지금의 강소성江蘇省 진강鎭江) 죽림사竹林寺에서 잠시 만난 시기로 추정한다. 시의 앞 2구는 죽림사의 산색山色을 묘사하고 있다.

무성한 수풀이 짙푸르고, 석양이 드리운 사찰에는 종소리가 아득히 멀리까지 울려 퍼진다. 고요한 속에 종이 울리는 '정중동靜中動'(고요한 중에 움직임)이다. 그래서 사찰의 선적인 흥취를 더욱 느끼게 한다. 제2구의 '晩'자는 뒤 2구의 '斜陽'과 '獨歸'와 서로 연결되어서, 시간과 공간을 아우르는 감흥을 자아내게 하여, 두 사람의 진지한 우정을 극대화하고 있다.

뒤 2구는 영철 스님에 대한 모습을 묘사하여 시제와 연관시켜준다. 삿갓을 등에 맨 스님의 다소곳한 앞모습, 저녁에 홀로 길 떠나는 스님의 뒷모습, 시인의 송별하는 별정別情을 적절히 표현해준다. 그리고 탈속의 유연자득悠然自得(한가하게 스스로 깨달음)한 희열과 참선의 깨달음(禪悟)을 그 속에서 깊이 암시해준다.

[습득拾得] **반야주가 맑고 차네**般若酒泠泠

반야주가 맑고 차니
많이 마셔도 쉬이 깨네.
천태산에서 지내노니
어리석은 중생들 어찌 내 모습 보리오.
늘 깊은 산골 굴에 노닐며
끝내 세상일 좇지 않으리.
근심 없고 걱정도 없으며
욕됨이 없고 영화도 없네.

般若酒泠泠반야주령령

般若酒泠泠, 飮多人易醒.   반야주령령 음다인이성
余住天台山, 凡愚那見形.   여주천태산 범우나견형
常游深谷洞, 終不逐時情.   상유심곡동 종불축시정
無思亦無慮, 無辱也無榮.   무사역무려 무욕야무영

(≪全唐詩≫ 卷807)

* 般若酒반야주 - 술 이름. 반야탕般若湯. 반야般若 : 모든 세상의 헛된
생각을 떠난 그지없이 넓고 큰 지혜
* 泠泠령령 - 물의 맑은 소리. 바람의 맑은 소리. 신선한 모양. 찬 모양
* 天台山천태산 - 절강성浙江省 천태현天台縣 서쪽에 있는 산. 천태종
天台宗의 성지聖地
* 凡愚범우 - 평범하고 어리석음

* 那나 - 어찌. 어느
* 形형 - 모습. 몸
* 時情시정 - 그때그때에 일어나는 사정, 감정

[습득拾得] 생졸년과 출신지가 분명하지 않다. 대개 현종玄宗과 대종代
宗 연간(712-779)에 생존한 것으로 추정한다. 다만 어려서 적성赤城 길
가에 버려져서, 태주台州(지금의 절강성 천태산 일대) 국청사國淸寺 풍
간豊干 스님에 의해 양육되어 '拾得'이란 이름이 붙여졌다고 전해진다.
성장하면서 국청사 승려가 되고 한산寒山과도 교유하였으며, 보살화신
菩薩化身이 되었다고 한다.
시는 불교사상을 선양하고, 산림에 은거하는 내용을 담고 있다. 시가 게
어偈語 같아서 한산과 함께 후세에 '한산습득체寒山拾得體'라고 부른다.
≪전당시全唐詩≫ 권807에 시가 수록되어 있다.

※ 해 설

시인이 반야般若의 힘으로 시공時空의 얽매임에서 벗어나, 영욕에
초연하고, 세상 번뇌에 담백하여, 자유로이 노니는 정신세계를 표현
하였다.
≪육조단경六祖壇經≫에서 '般若'를 풀이하기를, 「반야란 당나라 말
로는 지혜를 말한다.(般若者, 唐言智慧也.)」라 한다. 정신을 맑게
해주는 '반야주般若酒'를 마시며 심신의 초탈의식을 더하고, 천태종
天台宗의 성지인 절강성 천태산에 머무는 자신을 승화하여, 「어리석
은 중생들 어찌 내 모습 보리오凡愚那見形」라고 묘사하고 있다. 세
상 물정을 다 잊고 오직 참선하는 불심을, 「늘 깊은 산골 굴에 노닐
며, 끝내 세상일 쫓지 않으리.」라고 노래한다.
세상 근심과 욕망을 초월한 심경을 '무사無思, 무려無慮, 무욕無辱,
무영無榮' 등 '사무四無'(네 가지가 다 없음)로 묶어서 진솔하게 노
래한다. '無'는 단순히 있다 없다의 세계가 아닌 절대적인 無(없음)

의 세계다. 절대적인 無의 세계에서 우주의 생명력을 얻을 수 있으며, 완전한 생명력이 나오게 하는 원기元氣를 얻는다. 철저한 無의 상태에서는 자만심, 이기심, 피해의식까지 사라지고, 심신이 신령스러워진다. 습득 스님이 시에서 표현한 '四無'는 곧 절대적인 無의 세계를 지향함이다.

[습득拾得] 평생 무엇을 근심하는가平生何所憂

평생 무엇을 근심하는가
세상 인연 따라 지낼 뿐이네.
가는 세월 흐르는 물결 같고
짧은 시간은 부싯돌 불이라.
저 천지의 조화에 맡겨 살지니
나 밝게 절벽 속에 앉아 있네.

平生何所憂평생하소우

平生何所憂, 此世隨緣過.　평생하소우 차세수연과
日月如逝波, 光陰石中火.　일월여서파 광음석중화
任他天地移, 我暢崖中坐.　임타천지이 아창애중좌

(≪全唐詩≫ 卷807)

* 隨緣수연 - 인연을 따르다. 인연대로
* 日月일월 - 해와 달. 시일의 경과. 광음光陰
* 逝波서파 - 흘러가는 파도(류파流波). 흘러가는 냇물. 서천逝川, 서수逝水
* 光陰광음 - 세월. 시간
* 石中火석중화 - 석화石火. 돌을 쳐서 나는 불. 몹시 빠른 것의 비유. 석화광중石火光中 : 매우 짧은 시간을 비유
* 暢창 - 마음씨가 부드럽고 밝음. 화락和樂함

※ 해 설

이 시는 삶에 있어서 불문佛門의 '제행무상諸行無常'의 진제眞諦(진실한 이치)와 세상과 다툼 없는 인생관을 표현하고 있다. '제행무상'이란 거처하는 우주의 만물은 항상 돌고 변하여서, 같은 모습으로 정착해 있지 않으니, 덧없는 현세를 말한다. 한평생을 근심 없고, 걱정 없이 살려면, 만사를 인연에 따라야 한다는 것이다. 세상일이 흔들리면 나도 흔들리고, 세상일이 평담平淡하면 나도 평담하니, 자연에 순응하며, 휘황찬란함을 사모하지 않고, 스스로 삶의 즐거움을 터득한다.

광음은 불같고, 세월은 물과 같아서, 순식간에 지나가고 사라진다. 실實(열매)도 없고 상常(변하지 않음)도 없으니, 어찌 한없이 번뇌하고, 계산하며, 버리기도 하고, 끌어안을 필요가 있겠는가. 산속에 앉아서, 맑은 바람에 머리 감고, 자연의 메아리 들을지니, 상전벽해桑田碧海(뽕밭이 푸른 바다로 변함) 같은 세상 변화로 분란 속에 헤매는 중생을 비웃는다. 세상 만물은 '제행무상'이니, '아집我執'(자아에 대한 집착)과 '법집法執'(차별 현상에 대한 집착)은 불성을 저버리는 것이다. 한산과 습득은 다음과 같이 문답하고 있다.

한산이 묻기를, 「남이 나를 매우 나무라고, 나를 잘못 속이며, 참을 수 없는 태도로 나를 대한다면, 나는 어떻게 해야 할까?」 습득이 대답하였다. 「응당 그를 피하고, 그를 참고, 그를 존경하고, 그를 두려워하고, 그에게 양보하고, 그 쪽에게 맡기고, 그가 어떻게 하는지를 보아야 합니다.」
寒山問 : 要是有人打罵我, 欺侮詑騙我, 用不堪忍受的態度對待我, 我該怎麼辦? 拾得回答 : 應該躲避他, 忍耐他, 尊敬他, 害怕他, 讓他, 任他的便, 看他怎麼辦.(《堅瓠二集》 卷1 寒拾問答)

이 글은 철저하게 다툼이 없는 태도로 세속에 대처하라는 소위 '수
연隨緣'을 강조한 문답이다. 그리고 명대 정선증鄭瑄曾은 말하기를,
「남들이 크게 말하면, 나는 작게 말하고, 남들이 많이 괴로워하면,
나는 적게 기억하며, 남들이 두려워하면, 나는 화내지 않는다. 마음
을 맑게 하여 아무 일도 하지 않으면, 신비로운 기운이 절로 가득해
지니, 이것이 오래 사는 약이다.(人大言, 我小語 : 人多煩, 我少記. 人
悸怖, 我不怒. 淡然無爲, 神氣自滿, 此長生之藥.)」(≪昨非庵日纂≫)라
고 하니, 이것이 바로 「저 천지의 조화에 맡겨 살지니任他天地移」를
실현하는 길이다.

[습득拾得] 일 없이 한가하고 즐거워 無事閑快活

일 없이 한가하고 즐거워
오직 은거하는 사람만 있을 뿐.
숲속의 꽃 길게 비단 같아
사계절의 경치 늘 새로워라.
때론 바위틈에 앉아서
잠시 달을 쳐다본다.
이 몸 기쁘고 편안해도
되레 세상 사람을 걱정한다.

無事閑快活무사한쾌활

無事閑快活, 唯有隱居人.   무사한쾌활 유유은거인
林花長似錦, 四季色常新.   림화장사금 사계색상신
或向岩間坐, 旋瞻見桂輪.   혹향암간좌 선첨견계륜
雖然身暢逸, 却念世間人.   수연신창일 각념세간인

(≪全唐詩≫ 卷807)

* 旋瞻선첨 - 돌며 쳐다보다. 언뜻 쳐다보다. 둘러 쳐다보다
* 桂輪계륜 - 달의 다른 호칭. 계월桂月, 계굴桂窟, 계백桂魄 등도 달의
다른 호칭. 달 속에 계수나무가 있다는 전설에서 나온 말.
* 雖然수연 - 비록 ~하더라도.
* 暢逸창일 - 몸과 마음이 시원하고 편안함

※ 해 설

숲속의 선자禪者(참선하는 수도자)는 심신이 기쁘고 편안하나, 그들은 진정 세인의 속정을 잊고 정화되었을까? 이 시를 읽으면 스스로 답안을 찾을 수 있다.

시의 첫 2구는 은거하는 자 즉 선자의 남다른 심경을 묘사해준다. '唯有' 두 자는 선자의 일상적인 쾌락을 강조하는 동시에, 세인의 일상적인 쾌락은 배척하고 있다. 세인은 욕망에 곤욕을 당하고, 스스로 미혹하여 물욕을 쫓느라 물욕의 노예가 되어, 고해苦海에서 허덕이며 헤엄쳐 나오지 못한다. 선자는 마음에 망념妄念(헛된 생각, 망상妄想)이 다 사라지고, 세속에 물들지 않고, 세사世事에 무심하다.

중간 4구는 은거자가 깊이 느끼는 자연 현상과 경치를 묘사한다. 비단 같은 숲의 꽃이며, 늘 새로운 사계절의 정취며, 선자의 안중에는 그 자체가 삶의 열락인 것이다. 바위틈에서 좌선하고, 밤하늘의 달구경을 하는 것도 범상한 일이 아니다.

끝 2구에서 선자는 기쁘고 편안한 심신이지만, 오히려 세인을 염려하고 가련하게 여긴다. 선자의 그 마음은 다음 ≪유마힐경維摩詰經≫ 〈문질품問疾品〉에 있는 법어로 귀결된다.

> 모든 중생이 병들기 때문에 나는 아프다. 모든 중생이 병들지 않으면 나의 병은 사라진다. 예를 들어, 어른이 아들 하나만 있는데 그 아들이 병들면 부모도 병든다. 아들이 병이 나으면 부모도 낫는다. 보살은 이와 같으니 뭇 중생을 사랑하기 아들같이 하니, 중생이 병들면 보살이 병들고, 중생이 병이 나으면 보살도 낫는다.
> 以一切衆生病, 是故我病. 若一切衆生得不病者, 則我病滅. 譬如長者唯有一子, 其子得病, 父母亦病. 若子病愈, 父母亦愈. 菩薩如是, 于諸衆生愛之若子, 衆生病則菩薩病, 衆生病愈菩薩亦愈.

[두보杜甫] 용문산 봉선사에서 노닐며游龍門奉先寺

한참 절에서 노닐다가
밤들어 절 경내에서 잠자네.
깊은 골짜기에 공허한 퉁소 소리 울리고
달빛 숲속엔 맑은 그림자 흩어지네.
천궐산 높아 해와 달, 다섯 별에 닿고
구름에 누우니 입은 옷이 차구나.
잠 깰 무렵 새벽종 들려와서
깊은 성찰을 자아내게 하네.

游龍門奉先寺유룡문봉선사

已從招提游, 更宿招提境.　이종초제유 경숙초제경
陰壑生虛籟, 月林散淸影.　음학생허뢰 월림산청영
天闕象緯逼, 雲臥衣裳冷.　천궐상위핍 운와의상랭
欲覺聞晨鐘, 令人發深省.　욕교문신종 령인발심성

(≪杜詩詳注≫ 卷1)

* 龍門룡문 - 용문 석굴石窟로, 이궐伊闕이다. 지금의 하남성河南省 낙양洛陽 남쪽 교외의 이하伊河 입구 두 언덕에 있는 용문산龍門山과 향산香山 사이에 있다
* 奉先寺봉선사 - 용문 석굴에 있는 절. 육조六朝 이래로 8개 좌座의 사원을 건조하였는데 그중에 봉선사가 가장 유명하다. 당대 절로는 규모와 예술 면에서 가장 크고 정교한 대표적인 석굴이다

* 更宿경숙 - 밤에 머물다. 숙박하다. 更은 해 질 녘부터 새벽까지 5등
분한 야간의 시각
* 招提초제 - 범어로 사원. 깨끗한 도량. 봉선사를 지칭. 사방에서 모이
는 승려가 쉬어가게 마련한 절
* 陰壑음학 - 깊은 산골짜기
* 虛籟허뢰 - 자연의 텅 빈 사이에서 나오는 갖가지 소리. '籟'는 세 구
멍 통소. ≪장자莊子≫에 자연의 소리를 천뢰天籟·지뢰地籟·인뢰人籟
로 구분
* 天闕천궐 - 용문산을 지칭. 산의 지형이 두 산봉우리가 마주 보고 솟
아 있어, 마치 문궐門闕과 같아서 붙인 이름
* 象緯상위 - 일월日月과 오성五星(金星·木星·水星·火星·土星)
* 逼핍 - 가깝다. 핍근逼近
* 覺교 - (잠에서) 깨다
* 深省심성 - 깊이 깨달아 반성하다

[두보杜甫] 712-770. 자는 자미子美며 원적은 호북성湖北省 양양襄陽
이다. 좌습유左拾遺와 검교공부원외랑檢校工部員外郞 등을 역임하였
다. 중국 문학사상 최고의 시인으로 시성詩聖이며 시사詩史의 칭호를
갖고 있다. 1400여 수의 시가 ≪두공부집杜工部集≫에 수록되어 있다.
명대 이동양李東陽은 ≪회록당시화懷麓堂詩話≫(제133조)에서 두보를
시가詩家의 집대성자로 추숭하여, 두보 시의 풍격을 다음과 같이 20종
의 특성으로 구분하고 있다.(졸저 ≪懷麓堂詩話≫ 참고)

두보 시는 매우 맑으니(淸絶), 「오랑캐 기마병 한밤에 북으로 도망가
고, 무릉 한 곡조는 남쪽 원정을 생각게 하네.」 구 같은 것이다. 부귀
하니(富貴), 「날 따뜻한데 깃발이 용뱀처럼 펄럭이고, 궁전에 산들바
람 부니 제비 참새가 높이 나네.」 구 같은 것이다. 고고하니(高古), 「이
윤과 여상과 맞먹을 만하고, 지휘는 소하와 조참보다 낫네.」 구와 같

은 것이다. 화려하니(華麗), 「꽃 지고 아지랑이 자욱한데 밝은 해는
고요하고, 비둘기와 어린 제비 우는데 푸른 봄이 깊구나.」 구와 같은
것이다. 벤 듯 산뜻하니(斬絶), 「저녁볕 강에 들어 바위벽을 뒤집어놓
고, 돌아가는 구름은 나무를 껴안아 산마을 안 보이네.」 구와 같은 것
이다. 기괴하니(奇怪), 「돌이 솟아 단풍 지는 소리 거꾸로 들리고, 노
를 저으니 국화 피는 것 뒤에서 보네.」 구와 같은 것이다. 맑고 밝으
니(瀏亮), 「초 땅 하늘에 끊임없이 사계절 비 내리고, 무협에는 길게
만 리 바람이 부네.」 구와 같은 것이다. 섬세하니(委曲), 「다시 후에
어디서 만날 줄 알리오, 문득 만남이 이별 자리로다.」 구와 같은 것이
다. 준일하니(俊逸), 「키 작은 복사꽃이 강 언덕에 서 있고, 가벼운 버
들 솜은 옷깃을 건드리네.」 구와 같은 것이다. 온화하고 윤택하니(溫
潤), 「봄물에 배는 하늘 위에 앉은 것 같고, 노년에 꽃을 안개 속에 보
는 것 같네.」 구와 같은 것이다. 감개하니(感慨), 「왕후의 집에는 모두
새 주인이요, 문무의 의관은 옛날과 다르네.」 구와 같은 것이다. 격렬
하니(激烈), 「새벽 오경에 북과 피리 소리 비장하고, 삼협의 은하수
그림자는 흔들거리네.」 구와 같은 것이다. 쓸쓸하니(蕭散), 「멋대로
잠자는 어부는 아직 둥둥 떠 있고, 맑은 가을의 제비는 예대로 이리저
리 나네.」 구와 같은 것이다. 침착하니(沈著), 「고난과 고통으로 서리
낀 귀밑털 성성한데, 늙어 느리게 막걸리 잔을 드네.」 구와 같은 것이
다. 잘 다듬으니(精鍊), 「나그네 문에 드니 달이 밝은데, 뉘 집 비단
다듬이 소리에 바람이 쓸쓸하네.」 구와 같은 것이다. 비참하니(慘戚),
「3년 동안 피리 속에 관산에 달이 뜨고, 온 나라 병사 앞 초목에 바람
부네.」 구와 같은 것이다. 충실하고 중후하니(忠厚), 「주의 선왕과 한
의 무왕은 지금의 왕의 지침이며, 효자와 충신은 후대에 본보기라네.」
구와 같은 것이다. 신묘하니(神妙), 「직녀의 베틀 실은 달밤에 텅 비
고, 돌고래의 비늘은 추풍에 움직이네.」 구와 같은 것이다. 웅장하니
(雄壯), 「몸을 부추겨 절로 신명이 나니, 마침 곧 조화옹의 공 때문이
네.」 구와 같은 것이다. 매우 매서우니(老辣), 「어찌해야 신선의 구절
지팡이를 얻어서, 부추겨 옥녀의 머리 감는 동이에 도달할 건가?」 구

와 같은 것이다. 이런 것들로 논하자면, 두보는 진정 시가의 집대성자라고 말할 수 있다.

杜詩清絕如「胡騎中宵堪北走, 武陵一曲想南征.」 富貴如「旌旗日煖龍蛇動, 宮殿風微燕雀高.」 高古如「伯仲之間見伊呂, 指揮若定失蕭曹.」華麗如「落花遊絲白日靜, 鳴鳩乳燕青春深.」 斬絕如「返照入江翻石壁, 歸雲擁樹失山村.」 奇怪如「石出倒聽楓葉下, 櫓搖背指菊花開.」 瀏亮如「楚天不斷四時雨, 巫峽長吹萬里風.」 委曲如「更為後會知何地, 忽漫相逢是別筵.」 俊逸如「短短桃花臨水岸, 輕輕柳絮點人衣.」 溫潤如「春水船如天上坐, 老年花似霧中看.」 感慨如「王侯第宅皆新主, 文武衣冠異昔時.」 激烈如「五更鼓角聲悲壯, 三峽星河影動搖.」 蕭散如「信宿漁人還汎汎, 清秋燕子故飛飛.」 沈著如「艱難苦恨繁霜鬢, 潦倒眞停濁酒杯.」 精鍊如「客子入門月皎皎, 誰家搗練風淒淒.」 慘戚如「三年笛裏關山月, 萬國兵前草木風.」 忠厚如「周宣漢武今王是, 孝子忠臣後代看.」神妙如「織女機絲虛夜月, 石鯨鱗甲動秋風.」 雄壯如「扶持自是神明力, 正直元因造化功.」 老辣如「安得仙人九節杖, 拄到玉女洗頭盆.」 執此以論, 杜真可謂集詩家之大成者矣.

두보를 시가의 집대성자라고 평가하는 근거는 다양한 격식과 풍격을 포괄하는 시성詩聖다운 시격을 지니고 있기 때문이다. 중당대 원진元稹은 두보를 존숭하여 <당대 고 공부원외랑 두보 묘지명 서문唐故工部員外郎杜君墓係銘並序>(≪元稹集≫ 卷56)에서 기술하기를,

두보에 이르러, 대개 소위 위로는 <국풍>과 <이소>를 가까이하고, 아래로는 심전기와 송지문을 두루 갖추었으며, 옛 소무와 이릉을 옆에 두고, 기풍은 조식과 유정을 머금고, 안연지와 사령운의 고고함을 덮었으며, 서릉과 유신의 유려함을 섞어서, 고금의 체제를 다 얻어, 지금 사람이 따를 수 없는 것을 두루 갖추고 있다.
至於子美, 蓋所謂上薄風騷, 下該沈宋, 古傍蘇李, 氣呑曹劉, 掩顔謝之孤高, 雜徐庾之流麗, 盡得古今之體勢, 而兼今人之所獨專矣.

라고 하여 두보 시를 시대를 아우르는 시사詩史의 자리에 올려놓았고, 송대 엄우嚴羽는 두보를 시의 집대성자라고 평가하여 ≪창랑시화滄浪詩話≫ <시평詩評>에서 논하기를,

> 두보의 시는 한위대를 본받고 육조에서 제재를 얻어 그 자신만이 터득한 오묘한 경지에 이르니, 이전 사람들의 것을 소위 집대성한 사람이다.
> 少陵詩, 憲章漢魏, 而取材於六朝, 至其自得之妙, 則前輩所謂集大成者也.

라고 하였다. 그리고 명대의 장우초張宇初도 「집대성한 사람은 반드시 소릉 두씨라고 말할 것이다.(集大成者, 必曰少陵杜氏.)」(≪峴泉集≫ 卷2 <雲溪詩集序>)라고 다시 강조하고 있다. 이같이 두보 시는 집대성자로서의 위대한 풍격을 지녔기에 중국문학의 시성으로 평가받고, 고금동서의 시인 중 시인으로 추앙된다.

❋ 해 설

이 시는 현종玄宗 개원開元 24년(736)에 두보가 낙양洛陽에서 과거 시험에 낙방 후, 24세에 낙양을 유람하다가, 봉선사에 올라가서 깊은 선취에 도취하여 지었다. 용문산龍門山의 용문 석굴에 위치한 봉선사는 그 규모나 예술성에서 가장 뛰어난 사원이다.

시 제목의 '游'와 시 제2구의 '宿'은 의미상으로 통하므로, 명대 왕사석王嗣奭은 「논다는 游는 마땅히 머문다는 宿이라 해야 한다.(游當作宿.)」(≪杜臆≫)라고 평하기도 하였다. 이런 평이 있지만, 노니는 건 노닒이며, 잠자는 건 자는 것이므로 구분되어야 한다. 선리상 '游'라는 어감이 더욱 깊은 느낌을 준다. 제2구의 '招提'는 제1구의 '招提'에 이어서 같은 시에서는 흔치 않은 시어 선택인데, 시성 두보는 교묘하게 겹쳐서 활용하고 있다. 그러면서 불도로서 사원이 주는 신

앙적 의미를 강조하였고, 봉선사가 갖는 역할을 분명히 해준다.

시의 제2, 3연은 봉선사의 야경에서 느끼는 선경과 그 속에서 느껴오는 심오한 선취가 조화를 이루게 묘사되어 있다. 그리고 제4연에서 시인은 새벽 종소리를 들으며, 진계塵界(속세)와 불계佛界의 교접점에서, 유정幽靜하고 공적空寂한 간회에 몰입하고 있다. 그래서 왕사석王嗣奭은 「불교 교리를 깨닫는 마음의 미묘함이, 문득 환하게 드러난다.(道心之微, 忽然豁露.)」(≪杜臆≫)라고 이 시를 평하고, 이어서 「불교 용어를 쓰지 않고도, 불교 이치를 깨달아 안다.(不用禪語而得禪理.)」(≪杜臆≫)라고 덧붙여서 평가하였다.

[두보杜甫] 귀한 분들과 자은사 탑에 올라同諸公登慈恩寺塔

높이 솟은 탑 푸른 하늘 위에 서 있어
매서운 바람 쉬지 않고 불어오네.
마음 넓은 사람 못된 나
여기에 오르니 온갖 근심 날아간다.
이제 불교의 자비로운 힘 깨달으니
능히 깊은 이치 찾을 수 있겠네.
용과 뱀같이 굽은 굴 뚫고 올라
겨우 어두운 버팀 기둥을 빠져나왔네.
북두칠성은 북쪽 문에 있고
은하수는 출렁이며 서쪽으로 흘러가네.
태양신 희화는 밝은 해를 채찍질하고
가을신 소호는 맑은 가을을 다스리네.
진산이 문득 무너져 쪼개어지니
경수와 위수를 구분할 수 없네.
내려다보니 오직 하나의 흐릿한 기운뿐
장안이 어딘지 어찌 알 수 있을까.
고개 돌려 순임금을 부르니
창오에 뜬구름이 진정 쓸쓸하구나.
아쉽구나 요지의 술자리
해는 곤륜 언덕에 저물고 있네.
고니는 쉬지 않고 날아서

슬피 울며 어디서 머물 건가.
그대는 보겠지 해를 따라 나는 기러기를
벼와 기장 이삭 주워 먹는 꾀를 지녔네.

同諸公登慈恩寺塔동제공등자은사탑

高標跨蒼穹, 烈風無時休.	고표과창궁 렬풍무시휴
自非曠士懷, 登玆翻百憂.	자비광사회 등자번백우
方知象敎力, 足可追冥搜.	방지상교력 족가추명수
仰穿龍蛇窟, 始出枝撑幽.	앙천룡사굴 시출지탱유
七星在北戶, 河漢聲西流.	칠성재북호 하한성서류
羲和鞭白日, 少昊行淸秋.	희화편백일 소호행청추
秦山忽破碎, 涇渭不可求.	진산홀파쇄 경위불가구
俯視但一氣, 焉能辨皇州.	부시단일기 언능변황주
回首叫虞舜, 蒼梧雲正愁.	회수규우순 창오운정수
惜哉瑤池飮, 日晏崑崙丘.	석재요지음 일안곤륜구
黃鵠去不息, 哀鳴何所投.	황곡거불식 애명하소투
君看隨陽雁, 各有稻粱謀.	군간수양안 각유도량모

(≪杜詩詳注≫ 卷2)

* 慈恩寺塔자은사탑 - 고종高宗 영휘永徽 3년(652)에 삼장법사三藏法
師 현장玄奘이 지은 탑. 일명 대안탑大雁塔. 처음엔 6층이었는데, 무측
천武則天 대족大足 원년(701)에 7층으로 증축. 지금의 섬서성陝西省 서
안西安 화평문和平門에 있다
* 高標고표 - 높이 우뚝 서 있는 표적. 대안탑大雁塔을 일컬음
* 蒼穹창궁 - 푸른 하늘. 하늘. 창천蒼天
* 翻번 - 날다. 뒤치다

* 象教상교 - 불교. 석가모니釋迦牟尼의 태몽이 흰 코끼리여서, 탄생 때
도 코끼리가 물을 뿌려 씻어주었다고 함. 코끼리는 초기 불교의 상징
* 冥搜명수 - 암중모색暗中摸索. 은밀히 찾다
* 龍蛇窟룡사굴 - 탑 내부의 나선형 좁은 계단 길. 길이 구불거려 마치
용이나 뱀 굴 같다
* 枝撑지탱 - 탑 안을 지탱해주는 버팀 기둥. 탑 꼭대기 출구
* 七星칠성 - 북두칠성北斗七星. 큰곰자리(대웅성좌大熊星座)에 속함
* 河漢하한 - 은하수. 은하銀河
* 義和희화 - 태양신. 태양 수레를 끄는 신. 굴원屈原 <이소離騷> : 「나
는 희화로 하여금 발걸음 머물게 하고, 엄자산을 바라보며 가까이 가지
않네.(吾令羲和弭節兮, 望崦嵫而勿迫.)」
* 少昊소호 - 가을의 신. 백제白帝
* 秦山진산 - 장안長安 남쪽에 있는 종남산終南山
* 涇渭경위 - 경수涇水와 위수渭水. 경수는 흐리고 위수는 맑다
* 皇州황주 - 장안長安. 서울
* 虞舜우순 - 고대 현명한 순舜임금. 시에서는 태종太宗을 비유. 성이
우虞, 유우有虞며 이름은 중화中華. 요堯임금의 뒤를 이어 태평성세를
이룬 임금
* 蒼梧창오 - 창오산蒼梧山. 호남성湖南省 영원현寧遠縣 동남쪽 산. 순
임금이 남방을 순행 중에 죽은 곳. 구의산九嶷山이라고도 함. 여기서는
태종이 구종산九嵕山에 묻힌 것을 비유
* 瑤池요지 - 신선 서왕모西王母가 주연酒宴을 연 연못
* 日晏일안 - 해가 저물다. 날이 어두워지다
* 崑崙丘곤륜구 - 곤륜산. 신선이 사는 곳. ≪산해경山海經≫ 서산경西
山經 : 「곤륜 언덕은 이곳은 실지로 천제가 내려와 도읍한 곳으로 신육
오가 다스렸다.(崑崙之丘, 是實惟帝之下都, 神陸吾司之.)」
* 黃鵠황곡 - 고니. 백조白鳥. 천아天鵝
* 隨陽雁수양안 - 해를 따라가는 기러기. 먹이를 찾아 가을에 남쪽으로
가는 철새 기러기. 이익에 따라서 몸을 움직이는 인간을 비유

* 稻粱謀도량모 - 벼와 기장 이삭을 주워 먹고 사는 새들의 방식. 잔꾀로 먹고사는 사람을 비유

❋ 해 설

이 시는 독자들에게 불교 명승지를 널리 알려주는 일종의 유람시다. 시제의 '諸公'이란 천보天寶 10년(752)에 두보가 고적高適, 잠삼岑參, 저광희儲光羲, 설거薛據 등 저명한 문인들과 장안 교외에 있는 자은사를 찾았던 인물들을 지칭한다. 두보는 자은사 탑인 대안탑에 올라 눈앞에 보이는 경관을 감상하며 불교의 힘에 감탄한다. 그윽한 선경을 시에서 그린다. 탑 안팎의 모양을 세밀하게 묘사한다. 그리고 그 당시의 정치 상황을 풍자한다. 현종 시기의 안사의 난을 간접적으로 풍유한다. 참선의 심태로 보는 속세의 현실은 양지를 찾아 떠나는 기러기와 같은 군상의 집합소다. 가소롭다, 슬프다. '稻粱謀'만 도모하는 속세의 군상들이 역겹기까지 하다.

이 시는 불교 용어보다는 신화적인 고사를 많이 쓰면서, 심오한 선취가 드러나 있다. 그래서 그의 시는 시로 쓴 역사, 즉 시사詩史다. 그 묘사 방법이 비유적이다. 순舜임금은 태종太宗을, '蒼梧'는 태종의 종말을, 그리고 어수선한 국가 위기에 현신賢臣이 필요한데, 오히려 그 현신인 '黃鵠'은 슬프게 날며 머물 곳이 없다. 시인 자신도 방랑의 삶을 살았다. 왜냐하면, 해를 따라가는 기러기처럼, 이익에 따라서 몸을 움직이는 인간, 즉 '隨陽雁' 같은 기회주의자들과 벼와 기장 이삭을 주워 먹고 사는 새들처럼, 잔꾀로 먹고사는 사람들, 즉 '稻粱謀'만을 꾀하는 역신들이 세상에 횡행했기 때문이다. 자은사 탑을 주제로 쓴 당대 장팔원章八元의 〈자은사 탑을 쓰다題慈恩寺塔〉(≪全唐詩≫ 卷281)는 탑에 오르는 감회를 꾸밈없이 실감 나게 묘사하고 있어서, 두보의 이 시를 이해하는 데 참고할 만하다.

십 층 우뚝 허공에 높이 솟아 있어
마흔 개 문 여니 사방에 바람 소리.
평지에 나는 새가 오히려 이상하고
공중에 나는 말이 절로 놀라워라.
층계 밟고 빙 도니 동굴 뚫는 듯하고
꼭대기에 오르니 새장을 나온 듯하네.
지는 해에 궁궐은 맑은 기운에 싸이고
온 성내 봄 숲엔 부슬부슬 가랑비 내리네.
十層突兀在虛空, 四十門開面面風. 십층돌올재허공 사십문개면면풍
却怪鳥飛平地上, 自驚人語半天中. 각괴조비평지상 자경인어반천중
回梯暗踏如穿洞, 絶頂初攀似出籠. 회제암답여천동 절정초반사출롱
落日鳳城佳氣合, 滿城春樹雨濛濛. 락일봉성가기합 만성춘수우몽몽

[두보杜甫] 도솔사에 올라 上兜率寺

도솔사는 이름난 절
부처님 참된 마음 깨달으려 법당에 모이네.
강산은 파촉 땅에 속해 있고
절 용마루와 지붕은 제량 때에 지었네.
유신의 고향 그리는 슬픔 오래되었지만
하옹은 절 좋아하여 잊지 않았네.
흰 소 수레 멀든 가깝든 다 가니
자비심 항해 길에 오르려네.

上兜率寺상도솔사

兜率知名寺, 眞如會法堂.　도솔지명사 진여회법당
江山有巴蜀, 棟宇自齊梁.　강산유파촉 동우자제량
庾信哀雖久, 何顒好不忘.　유신애수구 하옹호불망
白牛車遠近, 且欲上慈航.　백우거원근 차욕상자항

(≪杜詩詳注≫ 卷12)

* 兜率寺도솔사 - 재주梓州 처현郪縣 남쪽에 있는 절
* 眞如진여 - 진실하여 헛되지 않고 변하지 않는 마음. ≪원각경략소圓覺經略疏≫ 「석가여래의 깨달음인 본래 가지고 있는 참된 마음은 본래 거짓과 허망과 변화가 없는 것이니 곧 이것이 진여다.(圓覺自性, 本無僞妄變易, 卽是眞如.)」
* 巴蜀파촉 - 사천四川의 별칭. '巴'는 지금의 사천성 중경重慶 지방,

'蜀'은 사천성 성도成都 지방

* 棟宇동우 - 용마루와 지붕. 높고 좋은 집. 도솔사를 일컬음
* 齊梁제량 - 육조六朝 시대 제나라와 양나라. 도솔사는 수隋나라 개황開皇 연간에 지은 절인데, 시에서 '제나라 양나라부터(自齊梁)'라 한 것은 애매함
* 庾信유신 - 북주北周의 문인. 자는 자산子山, 표기대장군驃騎大將軍. 문장이 염려艶麗하여 서릉徐陵과 함께 서유체徐庾體라 일컬음. 「유신의 슬픔」은 고향을 그리워하며 지은 <애강남부哀江南賦>를 말함
* 何顒하옹 - 시에서 말한 하옹은 후한後漢 사람으로 불교와 관계없으니, 시의 뜻과 다르므로, 남조南朝의 주옹周顒이 아닌가 한다. 발음상으로 하(he)와 주(zhou)가 비슷하다
* 白牛車백우거 - 흰 소가 끄는 수레. ≪법화경法華經≫ : 「큰 흰 소가 있는데 살찌고 무거우며 힘이 세고, 몸이 매우 좋아서, 보배로운 수레를 끈다.(有大白牛, 肥重多力, 形體殊好, 以駕寶車.)」
* 慈航자항 - 청량선사淸凉禪師의 <반야경서般若經序> : 「반야란 괴로운 바다의 자애로운 항해며, 어두운 큰길의 커다란 촛불이다.(般若者, 苦海之慈航, 昏衢之巨燭.)」

✳ 해 설

두보가 광덕廣德 원년(763)에 지은 시로서, 도솔사는 재주梓州에 있다. 시에서 '眞如'는 불법의 본체로서 선종에서 추구한다. 유신庾信은 북주 시인으로 <강남을 슬퍼하는 노래哀江南賦>가 있고, 하옹何顒은 후한인後漢人으로 ≪후한서後漢書≫ <당고전黨錮傳>에 보이는데, 시의와 맞지 않아서 남조南朝 주옹周顒이 아닌가 한다.

주옹은 불리에 정통하며 청빈하고 과욕하였다. ≪남사南史≫에 「주옹의 시는 미려하고 불교 이치에 뛰어나니, 종산 서쪽에 정사를 세워서 쉬며 머리 감고 귀의하였다. 청빈하고 욕심이 적어서 종일 채소를 길렀고, 처자식이 있어도 홀로 산사에 살았다. 주옹의 악록과

도림 두 사원의 시에서 이런 것을 쓰고 있는데, 또한 하옹이라고도 하니, 대개 '周'와 '何'자가 서로 비슷해서 잘못된 것뿐일 것이다.(周顒音詞辯麗, 長於佛理, 於鍾山西立精舍, 休沐則歸之. 淸貧寡欲, 終日長蔬, 雖有妻子, 獨處山寺. 公岳麓道林二寺詩用此, 亦作何顒, 蓋周何字相近而訛耳.)」라고 하니, 참고할 만하다. 시어 구사의 절묘함을 강조한 시로서, 두보의 시구에서 함축적인 의취를 본다.

[잠삼岑參] 고적, 설거와 함께 자은사 불탑에 올라
與高適薛據登慈恩寺浮圖

탑 기세 땅 위에 솟아나 있는 듯
드높이 하늘에 우뚝 서 있네.
올라가 보니 이 세상을 벗어나서
돌다리 탑 길이 허공에 떠 있네.
높게 서서 온 나라를 압도하니
그 웅대한 기상은 귀신의 손재주 같네.
탑 네모진 곳 밝은 해를 가리고
칠 층 탑이 푸른 하늘에 닿아 있네.
내려다보며 하늘 높이 나는 새에 손짓하고
숙여서 들으니 바람 소리 거세네.
죽 이어진 산은 파도 치는 것 같아
세차게 뭉쳐서 동쪽으로 향한 듯.
푸른 회화나무는 큰길 양쪽에 서 있고
궁궐은 얼마나 곱고 밝은가.
가을빛이 서쪽에서 비추이고
날 저무니 어두운 기운 관중에 가득하네.
장안의 오릉 북쪽 언덕은
예부터 가랑비 뿌리듯 푸르구나.
맑고 깨끗한 도리 깨달아 알지니
그 좋은 인연을 일찍 높이 받들었네.
마음먹기를, 벼슬 떠나 갓 걸어 놓고

진리를 깨우치며 오래도록 지내려네.

與高適薛據登慈恩寺浮圖여고적설거등자은사부도

塔勢如湧出, 孤高聳天宮.　탑세여용출 고고용천궁
登臨出世界, 磴道盤虛空.　등림출세계 등도반허공
突兀壓神州, 崢嶸如鬼工.　돌올압신주 쟁영여귀공
四角礙白日, 七層摩蒼穹.　사각애백일 칠층마창궁
下窺指高鳥, 俯聽聞驚風.　하규지고조 부청문경풍
連山若波濤, 奔湊如朝東.　련산약파도 분주여조동
靑槐夾馳道, 宮館何玲瓏.　청괴협치도 궁관하령롱
秋色從西來, 蒼然滿關中.　추색종서래 창연만관중
五陵北原土, 萬古靑濛濛.　오릉북원토 만고청몽몽
淨理了可悟, 勝因夙所宗.　정리료가오 승인숙소종
誓將挂冠去, 覺道資無窮.　서장괘관거 각도자무궁

(≪全唐詩≫ 卷198)

* 高適고적 - 702-765. 자가 달부達夫며, 창주滄洲 발해渤海인이다. 대
표적인 변새邊塞시인으로 ≪고상시집高常侍集≫ 8권이 전해온다
* 薛據설거 - 701?-767? 하중河中 보정寶鼎(지금의 산서성山西省 영제
永濟)인이다. 관직은 대리사직大理司直에 올랐고, 고적高適, 잠삼岑參,
저광희儲光羲 등과 자은탑에 올라가서, 창화시唱和詩를 남겼다. ≪전당
시全唐詩≫ 권252에 시 12수가 수록되어 있다
* 慈恩寺자은사 - 지금의 섬서성陝西省 서안西安에 있는 절
* 浮圖부도 - 범문梵文의 불타佛陀의 음역. 후에 보편적으로 불탑佛塔
을 지칭
* 聳용 - 높이 솟다
* 天宮천궁 - 하늘

* 登臨등림 - 올라가다

* 磴道등도 - 탑 속에 있는 돌계단

* 突兀돌올 - 우뚝 솟다. 높이 솟은 모양

* 神州신주 - 중국中國 땅을 가리킴

* 崢嶸쟁영 - 높이 솟은 모양

* 鬼工귀공 - 인력으로 할 수 없는 놀라운 재주

* 蒼穹창궁 - 푸른 하늘. 천공天空

* 高鳥고조 - 하늘 높이 나는 새

* 驚風경풍 - 거센 바람. 대풍大風

* 連山련산 - 죽 이어진 산

* 奔湊분주 - 달리어 모임

* 馳道치도 - 천자天子가 다니는 큰길

* 玲瓏령롱 - 금옥金玉이 울리는 소리. 곱고 투명한 모양

* 蒼然창연 - 푸른 모양. 날이 저물어 어둑어둑한 모양

* 關中관중 - 지금의 섬서성의 지방 이름

* 五陵오릉 - 장안長安 북쪽에 있으며, 한漢나라 제왕帝王의 다섯 무덤
이 있음. 한고조漢高祖는 장릉長陵, 혜제惠帝는 안릉安陵, 경제景帝는
양릉陽陵, 무제武帝는 무릉茂陵, 소제昭帝는 평릉平陵

* 濛濛몽몽 - 가랑비가 자욱이 오는 모양. 어두운 모양

* 淨理정리 - 청정淸淨하고 적멸寂滅한 도리

* 勝因승인 - 불가어佛家語로 선한 결과를 가져오는 원인[善因]

* 挂冠괘관 - 갓을 걸다. 관직을 사직하다

* 覺道각도 - 불교의 도리를 깨달음

* 資자 - 응용하다. 보태다

[잠삼岑參] 715-770. 형주荊州 강릉江陵(지금의 호북성湖北省에 속함)
인이다. 명문 집안의 후손으로, 증조曾祖 문본文本, 백조伯祖 장천長倩,
백부 희의羲는 모두 재상에 올랐고, 부친 식植은 진주자사晉州刺史를 지
냈다. 천보天寶 3년(745) 진사 급제하고, 동 8년(750) 안서절도사安西節

度使 고선지高仙芝 막하의 장서기掌書記, 동 13년(755) 대리평사代理評事 등을 지냈다. 지덕至德 2년(757) 우보궐右補闕을 거쳐서, 건원乾元 2년(759)에는 괵주장사虢州長史를, 보응寶應 원년(762)에는 전중시어사殿中侍御史를, 광덕廣德 원년(763)에는 사부원외랑祠部員外郎, 영태永泰 원년(765)에는 가주자사嘉州刺史 등 직책을 두루 맡았다. 대력大歷 원년(766)에는 식방낭중職方郎中으로서 검남서천절도사劍南西川節度使 두홍점杜鴻漸을 따라서 촉蜀에 들어갔다가, 동 2년(767)에 다시 가주자사로 부임하니 세칭 '잠가주岑嘉州'라 한다. ≪잠가주시岑嘉州詩≫ 7권이 있다.
당대 은번殷璠은 그의 시를 평하여 「잠삼의 시는 시어가 기특하고 시체가 빼어나서 시에 담긴 뜻도 기특하다.(參詩語奇體峻, 意亦造奇.)」(≪河岳英靈集≫)라고 하고, 송대 엄우嚴羽는 「고적과 잠삼의 시는 비장하여 그 시를 읽으면 사람들을 감격케 한다.(高岑之詩悲壯, 讀之使人感激.)」(≪滄浪詩話≫ <詩評>)라고 서술하였다. 송대 계유공計有功은 ≪당시기사唐詩紀事≫에서 잠삼의 시 풍격을 다음과 같이 평하고 있다.

> 잠삼 시의 시어가 기특하고 시체가 빼어나서, 시의 뜻도 청신하고 원대하다. 「긴 바람이 흰 띠풀에 불어오고, 들불이 마른 뽕나무를 태운다.」 구에 이르러서는 매우 빼어나다고 말할 수 있다. 또한 「산바람이 텅 빈 숲에 불어와서, 쉭쉭 하는 소리가 마치 사람이 있는 듯하다.」 구는 곧 지극히 그윽하다고 하겠다.
> 參詩語奇體峻, 意亦新遠. 至如長風吹白茅, 野火燒枯桑, 可謂逸矣. 又山風吹空林, 颯颯如有人, 便稱幽致也.

해 설

잠삼은 천보天寶 10년(751) 안서절도사安西節度使 고선지高仙芝 막하의 장서기掌書記로 있다가, 장안으로 돌아와 두보杜甫, 고적高適, 저광희儲光羲, 설거薛據와 교유하면서, 동반하여 장안 교외의 자은사慈恩寺 불탑에 올라가서, 창화시를 남겼다. 이 시는 그중에 잠삼이 지은 것이다. 불탑에 오르면서 보이는 경치는 문득 불도를 깨닫게 한다. 부도의 외모는 귀공鬼工의 작품처럼 정교하고 신비롭다. 칠 층 탑은 하늘을 찌르듯 솟아 있어, 멀리 첩첩 산이 보이고 높이 천공에 닿을 듯하다. 사계절의 정취가 각각 색다르게 전개되어, 저절로 불도佛道를 깨닫게 한다.

잠삼과 고적은 당대 변새시인으로 유명하고, 설거薛據도 나름 산서성山西省 출신으로 장안長安에서 시명을 날리던 시인이다. 잠삼은 변새 지방의 관직을 자주 역임하여서, 그가 남긴 시 중에 변새시가 많아서, 고적과 함께 대표적인 변새시인으로 '고잠高岑'이라 불린다. 송대 육유陸游는 그의 시화에서 잠삼 시를 위응물 시와 비교하여 평하기를,

> 잠삼이 안서 막부에 있으면서 시에 이르기를, 「어찌 알겠는가 고향의 달이, 또 철문관 서쪽까지 찾아올 줄을.」라고 하였다. 위응물이 군현에 벼슬하고 있을 때, 또한 시가 있어 이르기를, 「어찌 알리오 고향의 달이, 오늘 저녁 서쪽 누대에 떠 있을지.」라고 하였다. 시의 어사 뜻이 다 같으나, 호방하며 담백한 흥취가 확실히 절로 다르다.
> 岑參在安西幕府, 詩云:「那知故園月, 也到鐵關西.」韋應物作郡時, 亦有詩云:「寧知故園月, 今夕在西樓.」語意悉同, 而豪邁閑淡之趣, 居然自異.(《老學庵詩話》)

라고 하여 잠삼 시의 호방하고 담백한 풍격을 높이 사고 있다. 그의 오언시를 '호방하고 가지런豪整'(《批點唐音》)하고, '격렬하고 장대한 소리多激壯之音'(《唐詩別裁》)라고 품평한 점도 덧붙인다. 잠삼은 도연명의 시 정신을 체득하고, 왕유王維, 맹호연孟浩然, 유종원

柳宗元 등의 자연시파 시인과도 병칭된다. 위의 육유의 시화에서 인용된 〈철문관 서쪽 집에 머물며宿鐵關西館〉(≪全唐詩≫ 卷199)를 본다.

> 말이 흘린 땀 밟아서 진흙탕 되니
> 아침부터 몇 만 발굽을 내달렸는가.
> 눈 속에서 땅끝까지 온 후에
> 먼 하늘 끝에 불 밝은 객사에 머무네.
> 변방이 멀어서 마음이 항상 두렵고
> 고향이 아득하니 꿈에서도 아련하네.
> 어찌 알겠는가 고향의 달이
> 또 철문관 서쪽까지 찾아올 줄을.
> 馬汗踏成泥, 朝馳幾萬蹄.   마한답성니 조치기만제
> 雪中行地角, 火處宿天倪.   설중행지각 화처숙천예
> 塞逈心常怯, 鄕遙夢亦迷.   새형심상겁 향요몽역미
> 那知故園月, 也到鐵關西.   나지고원월 야도철관서

위 시는 현종玄宗 천보天寶 8년(749), 잠삼이 포부를 품고 장안長安에서 안서도호부安西都護府로 가는 도중에, 언기焉耆(지금의 신강성新疆省 카라사르) 서쪽 관문인 철문관 객사에 투숙하여 지은 시다. 이 시에 대해 방회方回의 ≪영규율수瀛奎律髓≫에서 평하기를,

> 제5, 6구가 제3, 4구보다 뛰어나니, 의론이 있으나 자연스럽다.
> 말구는 매우 상쾌하고 준일하다.
> 五六勝三四, 以有議論而自然. 末句爽逸之甚.

라고 하여 시 구법의 운용이 탁월하다고 호평하고 있다.

[전기錢起] **일본으로 돌아가는 스님을 보내며**送僧歸
日本

인연 따라 중국 땅에 살았는데
오는 길이 꿈길 가는 것 같았지.
하늘에 떠서 넓은 바다 건너 먼 길 왔다가
이제 스님이 가벼운 쪽배 타고 떠나가네.
물속 달 보며 그대 깊은 선정禪定에 드니
물고기와 용이 그대 불경 소리 듣겠네.
오직 등불 밝혀 불법 전할 그대여
만 리 멀리서 지혜의 눈 밝게 빛내어라.

送僧歸日本송승귀일본

上國隨緣住, 來途若夢行.　상국수연주 래도약몽행
浮天滄海遠, 去世法舟輕.　부천창해원 거세법주경
水月通禪寂, 魚龍聽梵聲.　수월통선적 어룡청범성
惟憐一燈影, 萬里眼中明.　유련일등영 만리안중명

(≪全唐詩≫ 卷239)

* 上國상국 - 중국
* 隨緣수연 - 불가의 설법에서 일체 외계外界 사물이 우리 몸과 마음에
감촉되는 것을 '緣'이라 함. 이런 '緣'을 따라서 일어나는 동작을 '隨緣'
이라 함
* 浮天부천 - 하늘에 뜨다. 넓은 바다에서 배를 타고 바라보니, 마치 하

늘에 멀리 떠 있는 느낌

* 滄海창해 - 넓고 먼 바다

* 去世거세 - 중국을 떠나다

* 法舟법주 - 스님이 탄 배

* 水月수월 - 물속의 달. 물에 비치는 달

* 禪寂선적 - 선정禪定. 선나禪那. 마음을 조용히 가라앉히고 진리를 직
관하는 일

* 梵聲범성 - 불경 읊는 소리

* 一燈影일등영 - 등불 그림자. ≪유마경維摩經≫에 법문法門을 무진등
無盡燈이라 하여, 모든 어두운 것을 밝히니, 널리 불법佛法을 전한다는
뜻

* 眼中明안중명 - 눈에 지혜의 빛이 밝게 빛나다

[전기錢起] 720-780 전후. 자는 중문仲文, 오흥吳興(지금의 절강성浙江
省 호주시湖州市)인이다. 송대 우무尤袤의 ≪전당시화全唐詩話≫(권30)
의 '錢起'부분의 일단을 보면,

고중무가 말하였다. 원외 전기의 시는 체재와 풍격이 청신하고 기이
하여 이치가 맑고 화려하다. 과거 급제 후부터 문단을 주도하여 그 당
시의 문호 왕유는 그를 고아한 품격이라고 칭찬하였고, 왕유 이후에
전기가 으뜸이다. 육조의 제나라와 송나라의 지나친 수식을 없애고,
양나라와 진나라의 화려함을 깎아서, 멀리 홀로 서니 나란히 겨룰 자
가 없다.

高仲武云：員外詩, 體格新奇, 理致淸贍. 越從登第, 抵冠詞林, 文宗右
丞, 許以高格, 右丞以後, 員外爲雄. 芟齊宋之浮游, 削梁陳之靡嫚, 逈
然獨立, 莫之與京.

라고 높이 평가하고 있다. 전기의 시는 ≪전당시全唐詩≫ 권236에서 권

239까지 4권에 532수의 작품이 있고, 그중에는 <강 길 가며 무제시江行無題> 100수(권239)와 <남전 냇물 잡시藍田溪雜詠> 22수(권239) 등하나의 주제로 다량의 집영시集詠詩(여러 가지 사물을 읊어서 모은 시)를 짓기도 하였다. 그래서 그의 시가 지닌 독특한 성격을 다음 세 가지면으로 집약할 수 있다.

첫째는 정치 부조리 고발이니, 성당 시기의 사회 모습은 생활여건이 향상되었지만, 한편으론 빈부의 격차와 정치부패가 성행하였다. 그 예로 <관직을 떠나는 이명부를 보내며送李明府去官>(≪全唐詩≫ 卷239)를 본다.

> 헐뜯는 말 세 번 들은 후에
> 곧은 말로 탄식한들 무엇 하리.
> 오늘 남전의 냇물에는
> 밤낚시질 누군가 할 것이네.
> 謗言三至後, 直道歎何如.   방언삼지후 직도탄하여
> 今日藍溪水, 無人不夜漁.   금일람계수 무인불야어

시 제목의 '李明府'는 남전현령藍田縣令 이행보李行父로 '明府'는 관명이다. 이명부의 청렴하고 애민하는 치정治政을 칭찬하면서, 이러한 관리가 관직을 떠나야 하는 현실에 대해서 원망과 분개를 금치 못하고 있다. '三至'는 공자의 제자 증삼曾參의 모친이, 아들과 동명이인이 살인했다는 사실을 여러 사람이 반복해서 잘못 고하자, 그 일이 진실인 줄 알고, 베틀을 놓고 담 넘어 피한 고사에서 나온 시어다. 간신이 준동하므로 직언이 수용되지 않고, 「소인을 가까이하고 현신을 멀리함(親小人遠賢臣)」(諸葛亮 <出師表>)의 부패정치가 횡행하여 백성이 약탈당하는 현실을 폭로하였다.

둘째는 전쟁과 사회 혼란상 묘사다. 전기는 현종 천보天寶 개원開元 연간을 살며 안녹산安祿山과 사사명史思明의 난을 겪으면서, 사회가 혼란하고 민생의 고통을 직접 보고 체험하였으니, 그의 시에서 이 부분을 간과할 수 없다. 그의 시에는 내란상과 애국 사상을 찾아보고, 난리로 인한 방랑의 비애와 실의, 그리고 이들을 극복하고 승리를 고취하고 축하하는 소망의 심경을 담고 있다.

셋째는 민생의 고통을 대변한다. 광덕廣德 원년(763)에 안사安史의 난이 평정되고, 시국이 다소 안정되었지만, 민심은 현실 생활의 처절과 빈곤으로 인한 정치지도자들과의 이반離反 현상이 일어났다. 시인은 이런 백성의 생활상을 시에 담으려고 한 것이다.(졸저 ≪중당시와 만당시 연구≫ 참고)

❋ 해 설

당나라 때 일본 승려가 중국에 수도하러 많이 왔다. 시 전체가 '隨緣', '去世', '法舟', '通禪', '梵聲', '一燈' 등의 불교 용어를 사용하여, 선의禪意와 불취佛趣에 연결되어 묘사되어 있다. 시의 말미에 법주 위의 밝은 등불은 선등禪燈을 비유하니, 귀국하여 몽매한 중생을 밝게 깨우치는 등불 같은 고승이 되길 기원한다.

전기의 시풍에 대해서 당대 고중무高仲武는 ≪중흥간기집中興間氣集≫에서 「왕유 이후에 전기가 으뜸이다.(右丞以後, 員外爲雄.)」라고 하였고, 청대 시보화施補華는 ≪현용설시峴傭說詩≫에서 「대력 연간에 유우석과 전기는 고시가 또한 왕유 시에 가까우나, 맑은 기운 속에 때로는 공교하고 수려한 기품을 드러내니, 담澹(고요함)자, 원遠(원대함)자, 미微(미묘함)자는 모두 따라갈 수 없다.(大歷劉錢, 古詩亦近摩詰, 然淸氣中時露工秀, 澹字遠字微字皆不能到.)」라고 평하여 전기 시풍의 탁월함을 극찬하고 있다.

[상건常建] 파산사 뒤 선원에 쓰다題破山寺後禪院

맑은 새벽 옛 절에 드니
아침 햇살 높은 숲에 비춘다.
대숲 오솔길 고요한 곳에 이어져
참선하는 방엔 꽃나무 깊구나.
산 경치에 새들 마음 기쁘고
연못 그림자에 내 마음 비운다.
세상 온갖 소리 여기선 다 고요해
종과 경쇠 소리만 은은히 들려온다.

題破山寺後禪院제파산사후선원

淸晨入古寺, 初日照高林.　청신입고사 초일조고림
竹徑通幽處, 禪房花木深.　죽경통유처 선방화목심
山光悅鳥性, 潭影空人心.　산광열조성 담영공인심
萬籟此俱寂, 惟餘鐘磬音.　만뢰차구적 유여종경음

(≪全唐詩≫ 卷144)

* 破山寺파산사 - 지금의 강소성江蘇省 상숙현常熟縣 우산虞山 흥복사
興福寺
* 竹徑죽경 - 대나무 샛길
* 禪房선방 - 절 뒤에 있는 선원禪院. 스님이 머무는 곳
* 山光산광 - 산의 경치
* 鳥性조성 - 새들의 본성

* 潭影담영 - 연못에 드리운 그림자
* 萬籟만뢰 - 자연의 온갖 소리. 천뢰天籟·지뢰地籟·인뢰人籟를 합한 소리
* 鐘磬音종경음 - 종과 경쇠. 사원에서 불경을 암송할 때는 종을 사용하고, 노래가 멈추면 경쇠를 사용한다

[상건常建] 생졸년 불명. 신문방辛文房의 ≪당재자전唐才子傳≫에 장안長安(지금의 섬서성陝西省 서안西安)인이라 하나 근거가 없다. 현종玄宗 개원開元 15년(727)에 진사가 되어, 겨우 우이현盱眙縣의 현위縣尉에 머물렀다. 벼슬길이 여의치 않아 방랑하며 금주琴酒로 세월을 보내면서, 태백산太白山과 자각봉紫閣峰 등을 유람하여 은둔의 뜻을 적었다. 천보天寶 연간에 악저鄂渚에 은거하며, 왕창령王昌齡, 육탁陸擢, 장분張僨 등과 벗하였고 시 50여 수가 전한다. ≪전당시全唐詩≫ 소전小傳에 상건의 시를 속탈俗脫하고 편벽偏僻하다고 평하고 있다.

✳해 설
'파산사 뒤 선원에 쓰다'를 시의 제목으로 삼았는데, 파산사는 강소성江蘇省 상숙현常熟縣의 흥복사興福寺를 가리킨다. 이 시의 제2연까지는 시제의 설명 부분이며, 제3연은 감흥의 서술이고, 제4연은 정적이 깃든 경계를 묘사하고 있다. 참선의 경지에 이르러 속세를 벗어난 승화된 심정을 단적으로 표현하여, 독자에게 무한한 안위와 새로운 활력을 준다.
시의 요구拗救(平仄의 변칙을 구제)는 평측平仄의 부조화를 조화롭게 운영하기 위해서 강구하는 일종의 변칙이다. 이 시의 압운押韻(운을 다는 것)은 하평성下平聲 침운侵韻으로 일운도저一韻到底(처음부터 끝까지 한 운으로 압운)하여 운각韻脚이 '林, 深, 心, 音'이다. 시의 첫 연부터 대구를 쓰고 있으며, 「淸晨入古寺」와 「山光悅鳥性」 두 구는 '平平仄仄仄'이 되어 '下三仄'을 이루니 본래 요구할 수

없으나, 「潭影空人心」구가 '平仄平平平'이 되어 '下三平'을 이루어 요구하니, 고시古詩의 '삼평조三平調'와 같은 경우다. 그리고 「萬籟此俱寂」구가 '仄仄仄平仄'이 되어, 제4자가 '고평孤平'을 이루므로, 대구인 「惟餘鐘磬音」이 '平平平仄平'이 되어, 제4자가 '고측孤仄'이 되게 하여 요구하고 있다. 시의 제2연에서 '通'과 '花'가 요구를 이룬다는 말은 두 자가 모두 평성이므로, 위와 같이 다른 시구에서 요구를 강구한 것으로 풀이된다.

당대 은번殷璠은 ≪하악영령집河嶽英靈集≫에서 상건의 시를 첫 줄에 배열하기도 하였다. 송대 홍추洪芻는 ≪홍구보시화洪駒父詩話≫에서 이 시를 극찬하여 다음과 같이 평하였다.

> 은번은 「산 경치에 새들 마음 기쁘고, 연못 그림자에 내 마음 비운다.」구를 좋아해서 요점으로 삼았다. 구양수도 상건의 「대숲 오솔길 고요한 곳에 이어져, 참선하는 방엔 꽃나무 깊구나.」구를 좋아하여, 본받아서 몇 마디 글을 지으려 했으나, 끝내 얻을 수 없어서 한스러워했다. 나는 말하노니, 상건의 이 시는 전체가 다 공교하니, 이 두 연뿐만이 아니다.
> 殷璠愛其山光悅鳥性, 潭影空人心之句, 以爲警策. 歐公又愛建竹徑通幽處, 禪房花木深, 欲效作數語, 竟不能得, 以爲恨. 余謂建此詩, 全篇皆工, 不獨此兩聯而已.

그리고 ≪영규율수회평瀛奎律髓匯評≫에서 이 시에 대한 여러 문인의 평을 모아, 「풍반 : 글자마다 입신의 경지다. 기윤 : 흥취의 형상이 깊고 미묘하여, 붓 가는 것이 매우 오묘하니, 이것은 신이 오는 징후다.(馮班 : 字字入神. 紀昀 : 興象深微, 筆筆超妙, 此爲神來之候.)」라고 하였고, 청대 심덕잠沈德潛은 ≪당시별재唐詩別裁≫에서 「새의 마음이 기쁘니, 기쁨은 산 경치 때문이다. 사람의 마음이 텅 비니, 텅 빔은 연못 물 때문이다. 이것은 전도된 구법이다. 시 전체가 그윽하기 그지없다.(鳥性之悅, 悅以山光. 人心之空, 空因潭水. 此倒裝句法. 通體幽絕.)」라고 하여 그 심묘한 경지를 극찬하였다. 송대 오가 吳可는 ≪장해시화藏海詩話≫에서 상건의 시를 다음과 같이 평가하여, 그 시를 구체적으로 분석하고 있다.

소주 상숙현 파두산에 당대 상건의 시가 새겨져 있으니, 곧 「대숲 오솔길 깊은 곳에 이어져」이다. 대개 당대 사람이 요구를 쓰는데, 위 구에서 요구를 쓰고, 아래 구에서도 요구를 쓰고 있으니, 「참선하는 방엔 꽃나무 깊구나.」 구에 대해, '通'과 '花'는 모두 요구이기 때문이다. 그 시가 요즘 새겨져 사람들이 늘 본다.
蘇州常熟縣破頭山, 有唐常建詩刻, 乃是「竹徑通幽處.」 蓋唐人作拗句, 上句旣拗, 下句亦拗, 所以對「禪房花木深」, 通與花皆拗故也. 其詩近刻, 時人常見之.(제5조)

[대숙륜戴叔倫] **휘 스님의 독좌정**暉上人獨坐亭

쓸쓸히 마음을 세상 밖에 두고
오롯이 앉아서 홀로 참선하신다.
담쟁이 사이 달빛은 반석 위에 밝고
솔바람은 산골 샘에 불어댄다.
본성이 비어 있어 길게 선정에 드시니
깨달아 절로 깊은 이치를 깨우치신다.
떠남과 머묾 다 자취 없으니
청산에서 세상 인연을 끊으시었다.

暉上人獨坐亭휘상인독좌정

蕭條心境外, 兀坐獨參禪.   소조심경외 올좌독참선
蘿月明盤石, 松風落澗泉.   라월명반석 송풍락간천
性空長入定, 心悟自通玄.   성공장입정 심오자통현
去住渾無跡, 靑山謝世緣.   거주혼무적 청산사세연

(≪全唐詩≫ 卷273)

* 蕭條소조 - 쓸쓸한 모양. 한적한 모양
* 境外경외 - 지경 밖. 여기서는 속세 밖
* 兀坐올좌 - 꼼짝 않고 앉음
* 參禪참선 - 좌선坐禪을 함. 선도禪道에 들어가 선법禪法을 연구함
* 蘿月라월 - 담쟁이에 가린 달
* 盤石반석 - 넓고 편편한 큰 돌. 매우 견고함의 비유

* 澗泉간천 - 산골에 있는 샘

* 性空성공 - 물체의 본성이 원래는 공허하다

* 入定입정 - 선정禪定(마음을 조용히 가라앉히고 진리를 직관하는 일)
에 들어감

* 通玄통현 - 사물의 깊고 미묘한 이치를 깨달음

* 渾혼 - 온전히. 모두

* 謝사 - 끊다. 사양하다. 물러나다

* 世緣세연 - 이 세상의 인연. 속세와의 인연

[대숙륜戴叔倫] 732-789. 자는 유공幼公. 윤주潤州 금단金壇(지금의 강
소성江蘇省 단양현丹陽縣 남쪽)인이다. 성정이 온아하고 시에 능하였
다. 정원貞元 초에 무주자사撫州刺史를 지냈다. 시는 깊고 원대하며 문
집 10권이 있다. 중당대 대력재자大歷才子의 한 사람으로, 대력 시대란
대종代宗 대력大歷 원년(766)에서 동 14년(779)까지 14년간을 지칭한
다. 이 시기의 시단의 성향은 창작방법에 있어 박실朴實한 현실주의를
지향하여 사실적인 백묘白描(꾸미지 않고 순수하게 묘사) 수법을 많이
쓰게 되었고, 주제 취향에 있어서는 인륜에 대한 의식과 신변의 잡된 일
에 경도되어 있으며, 시의 정감을 읊기보다는 대인관계의 증정과 송별
을 노래하는 경향이 있었다.
대력 시대의 시인을 크게 두 부류로 구분하는데, 하나는 장안長安과 낙
양洛陽을 중심으로 활동한 작가군으로 전기錢起, 노륜盧綸, 한굉韓翃
등의 대력십재자 시인들이 있었고, 또 하나는 강동江東 오월吳越을 중
심으로 한 유장경劉長卿, 이가우李嘉祐 등이 있어 산수풍월을 묘사하는
경향을 보였다. 대숙륜의 활동무대는 후자에 속하였으니, 지방관 시인의
대표로 지칭되고 있다. 따라서 당대의 이조李肇는 「지위가 낮으나 이름
을 드러낸 사람은 이옹(이북해), 두보, 위응물(위소주), 대숙륜이다.(位卑
而著名者, 李北海, 杜甫, 韋蘇州, 戴叔倫.)」라고 분류하였고, 대숙륜은
지방관리로서 치적과 의기가 남달라서, 덕종德宗이 정원貞元 5년(789)
에 <중화절시中和節詩>를 하사하여 치하하였지만, 문달聞達(명성을 높

임) 의식을 버리고, 관리며 시인으로서 자족하였다.
현존하는 대숙륜의 시는 ≪전당시全唐詩≫(권273-274)에 283제 299수가 실려 있고, 지앙인蔣寅은 ≪대숙륜시집교주戴叔倫詩集校注≫에 279제 296수를 담았다.

⊠해 설

이 시는 휘 선사의 속세를 떠난 청결하고 초탈적인 선禪적인 풍골風骨을 찬양한다. 선종禪宗의 도행자로서 자아 정신의 해탈을 인생철학의 핵심으로 삼아, 담백하고도 청정淸淨하고 고아高雅한 생활 정취를 누린다.
제1연은 휘 스님이 독좌정獨坐亭에서 참선하고 입정하는 정경을 묘사한다. '蕭條'는 참선하는 환경의 청유淸幽함을 가리키고, 또 그 성정의 한일閑逸함을 가리킨다. 깊은 산과 그윽한 골짜기에서, 휘 스님은 일체의 잡사와 잡념을 떨쳐버리고, 청정한 심사로 세상 만물을 관조하며 법리法理를 깨달아간다. 선종에서 보면, 대천大千 세계는 본심의 산물이 아닌 게 없으니, 심량心量이 광대해지면, 주변이 법계法界가 되어, 외부의 일체는 모두 허망虛妄인 것이다. 그래서 기록되었으되,

> 해와 달 별들, 산천 대지, 샘물과 냇물, 초목 수풀, 악인과 선인, 악법과 좋은 법, 천당과 지옥, 일체의 큰 바다, 수미산 등 모든 산, 이 모든 것이 공空 안에 있다.
> 日月星宿, 山河大地, 泉源溪澗, 草木叢林, 惡人善人, 惡法善法, 天堂地獄, 一切大海, 須彌諸山, 總在空中.(≪六祖壇經≫ 般若品 第二)

라고 하였으니, 여기서 '空'은 진정 사람의 본심이며 본심은 허공과 같아서, 주변이 없다. 남종南宗에서는 정심淨心을 강조하여 오직 마

음에 망념妄念을 끊고 더러운 먼지에 물들지 않는다. 심물心物이 모두 '空'이어야 입정入定할 수 있다. 휘 스님은 이러한 환경에서 입정하였으니, 「쓸쓸히 마음을 세상 밖에 두고, 오롯이 앉아서 홀로 참선하신다.」라고 시인은 묘사하였다.

제2연은 휘 스님이 입정한 후에 물아구망物我俱忘(사물과 나 모두 잊음)의 선경禪境에 들어간 것을 묘사한다. 청명하고 정결한 달빛은 물 같고 안개 같아서, 성근 담쟁이 사이로 대지에 비친다. 그 빛은 평평한 반석에 비치고, 선사의 몸에도 비친다. 이 순간에 어느 것이 달빛이며 담쟁이 그림자인지, 어느 것이 스님이며 반석인지 분간되지 않는다. 다만 관념상으로 달빛이며 솔바람이 되어서, 온 산천에 가득히 비치고 또 맑고 깊은 산골 샘에 불어온다. 선사는 이러한 경계에서 돈오頓悟(문득 깨달음)에 든 것이다.

이런 심령의 허명虛明하고 청정淸淨한 상태는 쉽게 이루어지는 것이 아니다. 우리 삶의 현실은 참된 '空'이 아니다. 속세의 고난과 번뇌가 수시로 일어나고, 곤혹케 하며, 때로는 기쁘게도 하고, 때로는 두렵게도 한다. 사람이든 자연이든 사회든 하나같이 선정禪定의 심상을 지니기만 하면, 물아구망物我俱忘의 경계에 들어갈 수 있으며, 오직 물아교융物我交融(사물과 내가 서로 어울림)의 경계에 들기만 하면, 의식세계에서 순백한 공심空心을 얻을 수 있다. 일체의 시공時空과 물아物我, 그리고 인과因果를 초월한 경지에 든 휘 스님을 시인은 시 제3연에서 「본성이 비어 있어 길게 선정에 드시니, 깨달아 절로 깊은 이치를 깨우치신다.」라고 묘사한 것이다.

어느 한 곳에 매이지 않고 마음에 따라 머물러 지내다가 덧없이 떠돌아도, 오직 청정한 마음이 곧 부처니, 혜해慧海 선사의 답문答問에서, 『『어찌하면 해탈을 얻습니까?』 하니 선사께서 말씀하셨다. 『본래 절로 매임이 없거늘, 해탈을 구할 필요가 없고, 곧장 따라 행하면, 아무 그런 일이 없을 것이다.』」(云何得解脫? 師曰: 本自無縛,

不用求解, 直用直行, 事無等等.)(≪大珠禪師語錄≫ 卷下)라고 했듯이, 휘 스님은 청산青山과 한몸 되어, 세상과의 인연을 단절한 것이다. 부처님의 무궁한 불법을 진정으로 터득한 스님을 추앙한 시인의 시심이 또한 존경스럽다.

[장계張繼] 풍교에서 밤에 배를 대고楓橋夜泊

달 지고 끼마귀 울어 서리가 하늘에 가득한데
강가 단풍과 고기잡이배 불이 수심 어린 잠자리 대하네.
고소성 밖 한산사에선
한밤에 종소리가 나그네 뱃전에 들려오네.

楓橋夜泊풍교야박

月落烏啼霜滿天, 江楓漁火對愁眠. 월락오제상만천 강풍어화대수면
姑蘇城外寒山寺, 夜半鐘聲到客船. 고소성외한산사 야반종성도객선

(≪全唐詩≫ 卷242)

＊楓橋풍교 - 한산사寒山寺 근처 냇물에 놓인 다리
＊江楓강풍 - 강가의 단풍나무
＊漁火어화 - 고기잡이하는 배에 켜는 등불이나 횃불
＊姑蘇城고소성 - 지금의 강소성江蘇省 소주시蘇州市
＊寒山寺한산사 - 소주 교외 풍교楓橋 부근의 사원

[장계張繼] ?- 779? 자가 의손懿孫이며, 양주襄州(지금의 호북성湖北省 양번襄樊)인으로, 천보天寶 12년(753) 진사에 급제한 후, 강남江南에서 염철판관鹽鐵判官을 지내고, 지덕至德 원년(756)에 강좌江左 지방으로 피신하여, 월주越州, 항주杭州, 소주蘇州, 윤주潤州 등으로 유력하면서, 시승 영일靈一과 교우하였다. 대력大歷 초년(766년 전후)에 장안에서 시어사侍御史를 지내고, 동 4년엔 검교사부낭중檢校祠部郎中으로, 전

운사판관運使判官으로 나갔다가 홍주洪州에서 졸하니, 대략 대력 14
년(779) 경이다.

유장경劉長卿, 황보염皇甫冉 등과 교유하며 화답하였다. 그의 시는 백
묘白描(그림에서 짙거나 엷게 하지 않고 선만을 먹으로 진하게 그리는
일로, 꾸미지 않고 순수하게 묘사) 수법을 써서 경물 묘사가 아름답다.
≪당시기사唐詩紀事≫와 ≪당재자전唐才子傳≫에 그의 기사紀事가 실
려 있고, ≪전당시全唐詩≫(卷242)에 시 한 권이 수록되어 있다.

✳ 해 설

이 시는 객수客愁를 달래고 있다. 풍교楓橋는 지금의 강소성 소주에
있다. 강가의 다리에 배를 매고, 늦가을의 밤을 지새우며 읊은, 한
폭의 그림 같은 시다. 당시 가운데에 가장 인구에 회자하는 작품으
로, 청려하고 우미한 흥취는 정감과 경치가 하나로 조화된(情景合
一) 경지에 이르렀다고 하겠다. 시의 제4구에서 한밤의 종소리에 대
해서 송대 왕직방王直方은 그의 시화에서 다음과 같이 서술하고 있
다.

구양수 시화에 이르기를, 「시구가 아름답지만, 한밤중에 종을 울
릴 때가 아닌데 어찌된 건가.」라고 하였다. 그러나 내가 전에 고
소성에서 벼슬살이했는데 늘 3경이 지나고 4경 초에 온 절의 종
이 다 울려서 당대부터 이미 그런 건가 생각하였다. 후에 보니 우
곡은, 「이별 후에 집사람 기억나니, 구산의 한밤 종소리 멀리 들
리네.」라고 하며 백거이는, 「초가을에 소나무 그림자 드리우고,
한밤에 종소리 뒤에 들리네.」라고 하고 온정균은, 「느긋이 노를
저으며 자주 고개 돌리니, 더 이상 선창에는 한밤의 종소리 들리
지 않네.」라고 하였다. 옛사람들이 그것을 말하였으니 장계만이
말한 것은 아니다.

六一居士詩話謂 : 「句則佳矣, 奈半夜非鳴鐘時.」然余昔官姑蘇, 每

三鼓盡, 四鼓初, 卽諸寺鐘皆鳴, 想自唐時已然也. 後觀于鵠詩云:「定
知別後家中伴, 遙聽縹緲山半夜鐘.」白樂天云:「新秋松影下, 半夜鐘
聲後.」溫庭筠云:「悠然旅榜頻回首, 無復松窓半夜鐘.」則前人言
之, 不獨張繼也.(≪王直方詩話≫ 卷上)

구양수가 삼경 한밤에 절간의 타종이 풍습상 논리에 맞지 않는 시구
라고 이의를 제기한 것에 대해서, 왕직방은 당대 우곡于鵠, 백거이
白居易, 온정균溫庭筠 등이 '夜鐘'을 시에 담고 있어서, '한밤에 종
치는 것夜半打鐘'은 합당하다고 주장하고 있다.

[교연皎然] 육홍점을 찾아가 만나지 못하고尋陸漸不遇

집을 옮겨 성밖에 지내며
들 오솔길로 뽕나무 삼밭에 드네.
요즈음 울타리 국화 심었는데
가을인데 아직 꽃이 안 피었네.
문 두드려도 개가 짖지 않아
가려다가 서쪽 집에 묻네.
말하기를 산에 갔다가
매일 해 질 때에 돌아온다 하네.

尋陸漸不遇심육점불우

移家雖帶郭, 野徑入桑麻.　이가수대곽 야경입상마
近種籬邊菊, 秋來未著花.　근종리변국 추래미착화
扣門無犬吠, 欲去問西家.　구문무견폐 욕거문서가
報道山中去, 歸來每日斜.　보도산중거 귀래매일사

(≪全唐詩≫ 卷816)

* 陸漸육점 - 육우陸羽. ≪신당서新唐書≫ 은일전隱逸傳 : 「육우는 자가 홍점이며, 복주 경릉인이다. 천보 연간에 화문산에 기거하고 상원 초에는 다시 초계에 은거하였다. 자칭 상저옹이라 하여 문을 닫고 책을 쓰고, 때론 들판을 홀로 다녔다. 정원 말년에 죽었다. 육우는 차를 좋아하였고, 경서 세 편을 지었다.(陸羽, 字鴻漸, 復州竟陵人. 天寶中, 盧火門山. 上元初, 更隱苕溪. 自稱桑苧翁, 闔門著書, 或獨行野中. 貞元末, 卒.

羽嗜茶, 著經三篇.)」

* 雖수 - 비록. 오직
* 帶郭대곽 - 성곽 근처. 시내 변두리. 곽廓(둘레)과 같음
* 野徑야경 - 들판의 좁은 길. 오솔길
* 桑麻상마 - 뽕나무와 삼. 농촌을 비유
* 籬邊리변 - 울타리 가
* 著花착화 - 꽃이 피다. 개화開花
* 扣門구문 - 문을 두드리다, 노크하다
* 犬吠견폐 - 개가 짖다
* 西家서가 - 이웃집을 가리킴
* 報道보도 - 대답하다

[교연皎然] 생졸년 불명. 중당의 시승詩僧으로, 속성俗姓은 '사謝'이고, 자는 청주淸晝로 오흥吳興(지금의 절강성浙江省 오흥吳興)인이다. 남조 南朝 사령운謝靈運의 후손이며 천보天寶(742-756)에서 정원貞元(785-805) 사이에 주로 활동한 것으로 추정된다. 항주杭州 영은사靈隱寺에서 수계를 받았고, 나중에는 오흥의 저산杼山 묘희사妙喜寺에서 지냈다. 성품이 음영吟詠을 좋아하여 시명이 높았다. 복림福琳의 ≪교연전皎然傳≫에 보면, 교연이 세상에 나가 교유하면, 「서울에선 고관들이 중히 여기고, 여러 지방에서는 방백들이 흠모하였다.(京師則公相敦重, 諸郡則方伯所欽.)」라고 하였다. 안진경顔眞卿, 위응물韋應物, 고황顧況, 육우陸羽 및 영철靈澈 등과 교류하였다. ≪저산집杼山集≫(또는 ≪교연집皎然集≫이라고도 함) 10권이 있다.

그의 시는 옛것과 근대의 것을 두루 갖추고 있고, 시풍이 '청수담원淸秀淡遠'(맑고 빼어나며 담백함)한 것으로 유명하다. 송대 엄우嚴羽는 ≪창랑시화滄浪詩話≫에서 「석교연의 시는 당나라 모든 시승 중의 으뜸이다.(釋皎然之詩, 在唐諸詩僧之上.)」라고 칭송하였고, 우적于頔은 ≪석교연저산집釋皎然杼山集≫ 서序에서 서술하기를,

당대 오흥의 고승 석교연은 자가 청주며 사령운의 10세손으로서 시인의 오묘한 뜻을 터득하여 조상의 정화를 전하니 강남의 시인들이 모범으로 삼는다. 정에 어린 화려한 묘사에 뛰어나서 시어가 매우 향기롭고 윤택하다. 옛것을 본받아 체제를 세우니 율격이 청아하고 장대하다.

有唐吳興開士釋皎然, 字淸晝, 卽康樂之十世孫, 得詩人之奧旨, 傳乃祖之菁華, 江南詞人, 莫不楷範. 極于緣情綺靡, 故辭多芳澤 : 師古興制, 故律尙淸壯.

라고 그의 시를 적절히 평하고 있다. 교연이 지은 시화인 ≪시식詩式≫에 대해, 명대 허학이許學夷는 다음과 같이 평가하고 있다.

교연의 ≪시식≫은 잎이 무성한 연꽃을 지니고 있다. 꽃봉오리에는 물빛이 드리어 용과 범이 걷는 듯하다. 기상이 빼어나고 정감이 높아서 찬 솔에 병든 가지 같다. 바람에 반쯤 꺾이어 모두 깊이 파고들어 붙어 있는 것 같다. … 인용 시구에는 오류가 많다. 대개 시구를 논하고 시체는 논하지 않으니 그래서 제량시를 칭찬하고 대력시는 낮추고 있다.

皎然詩式有百葉芙蓉. 菡萏照水色, 龍行虎步. 氣逸情高例, 寒松病枝. 風擺半折例, 率皆穿鑿附會. …其所引詩句, 亦多謬妄. 大抵皆論句, 不論體, 故多稱齊梁而抑大歷耳.(≪詩源辯體≫ 卷35)

위의 총평에서처럼 ≪시식≫은 논시에 있어서 '자연自然'을 중시한다. 교연은 그의 시화에서, 「매우 험하면서 편벽되지 않고, 매우 기이하면서 어긋나지 않고, 매우 화려하면서 자연스럽고, 매우 고심하면서 자취가 없다.(至險而不僻, 至奇而不差, 至麗而自然, 至苦而無迹.)」라고 하여 '자연自然'(시의 순리성)과 '고사苦思'(시 창작의 고심)의 통합 작용을 주장하고 있다.

시가 의경의 결합과 창조를 의미하는 '경지를 취함取境'과, 좋은 시는 여러 가지 '품은 뜻含意'을 담아야 한다는 '문외지지文外之旨'(표현된 글 외의 뜻)를 중시했으며, 시가의 풍격을 '고高', '일逸', '정貞', '충忠', '절節', '지志', '기氣', '정情', '사思', '덕德', '계誡', '한閑', '달達', '비悲', '원怨', '의意', '력力', '정靜', '원遠' 등 19개로 나누었다. 이 중에 '情'을 해석하기를, '연경부진緣境不盡'(경계를 따라서 끝이 없음)이라고 하여, 시가 중의 '온자유심蘊藉幽深'(성정의 심오함)의 정서적 경계를 강조하니, 소위 '성정위주性情爲主'의 창작 의식세계를 강조하고 있다. 그리고 '遠'을 해석하기를, 「아득히 강물을 바라보고 멀리 산을 보는 것을 말하는 것이 아니라, 마음속의 심원함을 말하는 것이다.(非謂渺渺望水, 杳杳看山, 乃謂意中之遠.)」라고 하여, 시는 물색物色의 형상에 매이지 않고, 전체의 의경意境을 추구해야 함을 주장하고 있다.

❊ 해 설

다성茶聖 육우는 청정한 환경을 좋아하여, 평생 벼슬하지 않았다. 고향인 복주復州 경릉竟陵(지금의 호북성湖北省 천문天門)에서 성장하여 초계苕溪 부근(지금의 절강성浙江省 호주湖州)으로 거처를 옮겨서, 초가를 짓고 은거하였다. 교연이 육우를 찾았을 때는, 그는 산속에 차를 채취하러 간 것이다. 빈집 울타리에 꽃이 안 피었고, 개가 짖지 않아 이웃집에 물으니, 육우는 늘 해가 질 무렵에나 돌아온다는 대답뿐이다. 시승인 교연의 다른 시와 달리, 이 시에는 시어에 선어禪語가 한 자도 사용되지 않고 있다.

그러나 시의 흥취는 깊은 참선적인 느낌이다. 초탈적이며 피세避世적인 의식이 짙게 우러난다. 「글자 하나 쓰지 않았는데, 멋진 풍류가 다 드러나 있다.(不着一字, 盡得風流.)」라는 말처럼 고아한 풍격을 보여준다. 이 시에 대해서 ≪당시적초唐詩摘鈔≫에서 평하기를,

> 너무 담백하고 너무 진실하여 꼭 맹호연의 필치를 닮았다. 이 시

전체가 대구의 격식을 쓰지 않으니, 이백과 맹호연 시집에 그런 것이 많이 있다. 두 시인은 모두 고시의 대가로서 율격에 얽매이길 싫어하였으나, 단지 고시의 음절을 바꾸어서 이런 시체를 창안하였다.

極淡極眞, 絶似孟襄陽筆意. 此全首不對格, 太白浩然集中多有之. 二公皆古詩手, 不喜爲律所縛, 故但變古詩之音節而創爲此體也.

라고 하여 율시의 필수적인 대구법을 사용하지 않고, 오직 시인의 좌선적인 심성을 표현하였다고 하였다. 그래서 청대 유폐운兪陛雲이 ≪시경천설詩境淺說≫에서 「이 시의 맑고 산뜻하여 속세를 벗어난 맛이, 시의 구절 밖에 담겨져 있다.(此詩之瀟洒出塵, 有在章句外者.)」라고 평한 것으로 보인다.

[교연皎然] 선시禪詩

모든 법은 문이 따로 없거늘
어지러이 지혜가 혼미해지네.
다만 누구네 아들이라 칭하면서
천지의 근본을 홀로 세웠네.
진실로 또 무엇이 있는 건가
사물은 먼저 어찌 존재하는 건가.
모름지기 모든 생각 버릴 줄 알면
만 겹 속에 쌓인 근원이 비추어 나오리라.

禪詩선시

萬法出無門, 紛紛使智昏.　만법출무문 분분사지혼
徒稱誰氏子, 獨立天地元.　도칭수씨자 독립천지원
實際且何有, 物先安可存.　실제차하유 물선안가존
須知不動念, 照出萬重源.　수지부동념 조출만중원

(≪全唐詩≫ 卷820)

＊萬法만법 - 모든 현상. 인식된 모든 현상. 의식에 형성된 모든 현상
＊無門무문 - 불심佛心을 기리킨다. 큰길을 가는 데는 문이 없고, 바른
길로 나아가려면 꾸준히 정진하고 노력해야 함. 대도무문大道無門
＊紛紛분분 - 어지럽다. 혼란하다. 어둡다
＊誰氏子수씨자 - 부처. 석가모니釋迦牟尼를 일컬음
＊天地元천지원 - 우주 만물의 근원
＊不動念부동념 - 세상의 온갖 상념이 없음. 무념무상無念無想

* 萬重源만중원 - 만 겹 깊은 속에 있는 근원. 깊은 불심佛心을 비유

✳ 해 설

이 시는 직접 선리禪理를 서술하고 있다. 중생이 아집我執을 떨치고
어리석음을 벗고 진리를 구하며, 그 본원의 불문佛門(부처의 길)을
깨달으라고 한다. 대철대오大徹大悟(세상 번뇌를 벗어나 진리를 깨
달음)의 단계는 결코 가벼이 들어갈 수 있는 길이 아니다. 참선하는
과정에, 때로는 통찰하면서 각성하고, 때로는 몽롱하여 미혹되고,
또 때로는 의외의 광명을 보기도 하고, 때로는 답답한 중에 한 걸음
도 걷지 못하기도 한다.

시 첫 구에서 '無門'은 곧 불심이다. ≪종경록宗經錄≫ 권57에 이르
기를, 「능가경에 말하되, 일체의 모든 법문에서 불심이 으뜸이 된다.
또 말하기를, … 무문이 법문이다.(楞枷經云 : 一切諸度門, 佛心爲第
一. 又云 : … 無門爲法門.)」라고 하니, 불심은 단지 평상심일 따름
이며, 불안佛眼(五眼의 하나로 불교 이치를 깨달은 자의 안목과 식
견) 중에 있기 때문에, 「일체 중생은 모두 불성을 지니고 있다.(一
切衆生, 皆有佛性.)」(≪梵網經≫)라고 한 것이다.

그리고 제3, 4구는 석가모니가 태어날 때의 상황을 상기시킨다. 석
가모니는 한 손으로 하늘을 가리키고, 다른 한 손으로는 땅을 가리
키며, 주위를 일곱 보 걷고서, 사방을 둘러보며, 「하늘 위와 하늘 아
래에서 오직 나만이 홀로 존귀하다.(天上天下, 唯吾獨尊.)」(≪五燈會
元≫ 卷1, 七佛)라고 한 것이다.

마침내 시는 제7, 8구에서 '不動念'이란 근본이 되는 청정법계淸淨法
界(맑고 깨끗한 불법 세계)로 회귀하여 지혜로 관조하면, 법신法身
의 해탈 경지인 상적常寂(부처님의 진신眞身이 상주하는 열반의 세
계)의 본원자심本原自心(근본이 되는 자신의 마음)이 비추어 드러
나고, 내외가 명철해질 수 있다는 것이다.

[교연皎然] 광릉으로 돌아가는 변총 스님을 보내며
送辨聰上人還廣陵

속세 배우지 말고 불법의 이치 배울지니
깨달은 마음 모름지기 내 마음 같네.
수나라 때 늙은 버들 몇 그루에서
세상만사 헛된 것임을 알겠네.

送辨聰上人還廣陵송변총상인환광릉

莫學休公學遠公, 了心須與我心同. 막학휴공학원공 료심수여아심동
隋家古柳數珠在, 看取人間萬事空. 수가고류수주재 간취인간만사공

(≪全唐詩≫ 卷818)

* 休公휴공 - 속세의 현실 사물 비유
* 遠公원공 - 불법의 깊은 이치 비유
* 了心료심 - 환히 깨달음. 료오了悟
* 隋家수가 - 수隋나라
* 珠주 - 옥구슬. 여기서는 주株(그루)의 뜻. 발음(zhu)이 같으므로, 좋은 뜻의 글자로 가차假借한 것

�֍ 해 설
이 시는 불문의 '空' 관념을 선양하고 있다. 우주 만물은 사람을 포함해서 모두 인연으로 화합해서 나온다. 이미 인연으로 화합하여 나온 것은, 태어나기 전에 본래 그런 사물은 없고, 이미 사라진 후에

도 그런 사물은 없다. 그러니 태어난 후부터 사라지기 전까지의 시간 내에서는 단지 가상假相일 뿐이다.

인간을 놓고 볼 때, 사람은 본래 일체의 유위번뇌有爲煩惱(여러 가지 인연에 의하여 생기는 번뇌)를 취하는 '색色(인간의 육근六根 즉 눈〔眼〕·귀〔耳〕·코〔鼻〕·혀〔舌〕·몸〔身〕·뜻〔意〕을 가짐), 수受(색온色蘊에 의한 감수 기능), 상想(인간의 상상), 행行(인간의 행동), 식識(인간의 마음, 의식)' 등 다섯 가지인 오온五蘊이 화합하여 태어나니, 그중에 '色'은 '地·水·火·風'인 사대四大가 화합하여 존재한다. 그리고 '오온' 중에서 나머지 네 가지는 망상에서 분별하여 나온 것이니, 모두 실체가 없는 무실체無實體다. 따라서 세상 온갖 사물은 단지 한바탕의 허환虛幻일 따름이다. 증조曾肇의 ≪부진공론不眞空論≫에서,

있다 해도 없으니 이른바 있는 것이 아니다. 없다 해도 있으니 이른바 없는 것이 아니다. 이러하니 사물이 없는 것이 아니다. 사물이 진짜 사물이 아니므로, 어찌 사물이라 할 수 있겠는가?
雖有而無, 所謂非有 : 雖無而有, 所謂非無. 如此, 則非無物也. 物非眞物, 故于何而可物?

라고 하여 일체가 가상이므로 세상에 허상을 쫓아 헤매는 중생이 어리석은 것이다. 수隋나라 양제煬帝가 운하를 파고 심은 버드나무도 고목이 되어 겨우 몇 그루만 초라하게 남아있으니, 인간 만사가 '空'으로 돌아가는 것은 분명하다.

[노륜盧綸] **선유사를 찾아서**過仙游寺

절 위아래로 눈 내린 길
흰 구름과 냇물이 한가로이 걷듯 흘러가네.
여러 산봉우리 다 지나도 아직 갈 길 남아
해 저무는 대숲 고요히 들리는 불경 소리.

過仙游寺과선유사

上方下方雪中路, 白雲流水如閑步. 상방하방설중로 백운류수여한보
數峰行盡猶未歸, 寂寞經聲竹陰暮. 수봉행진유미귀 적막경성죽음모

(≪全唐詩≫ 卷280)

＊仙游寺선유사 - 섬서성陝西省 주지현周至縣 종남진終南鎭 남쪽 종남
산終南山에 있는 절
＊上方下方상방하방 - 위쪽에서 아래쪽까지. 위아래 장소. 上方은 선유
사를, 下方은 선유사 아래 산마을과 세상을 가리킴
＊如閑步여한보 - 마치 한가로이 걷는 것 같다. 한가로이 걷는 것처럼
＊數峰수봉 - 선유사 주위에는 아홉 개의 산봉우리(九峰)가 있다
＊寂寞적막 - 적적하고 쓸쓸함. 고요함
＊經聲경성 - 불경 읊는 소리
＊竹陰暮죽음모 - 저녁의 대나무 그늘

[노륜盧綸] 748-799. 청대 왕사정王士禎이 「노륜은 대력십재자 중의 으
뜸이다.(盧綸大歷十才子之冠冕.)」(≪分甘餘話≫ 卷4)라고 했듯이, 대력

십재자 중에서 작품의 양과 질에 있어서 으뜸가는 가치를 지니고 있다. 그의 생애에 대해서 원대 신문방辛文房의 ≪당재자전唐才子傳≫(卷4)의 기록을 본다.

노륜의 자는 윤언이며, 하중인이다. 천보 연간의 난리를 피하여 파양에서 나그네 생활을 하였다. 검교호부낭중과 감찰어사를 거쳐서 질병을 핑계로 관직을 떠났다. 전에 외삼촌 위거모가 덕종의 총애를 얻으니, 그로 인해 그의 재능을 드러내었다. 노륜의 글은 매우 뛰어나서 시단의 왕성한 때의 풍격에 뒤지지 않아서, 마치 삼하 소년인 조식에 비길 만하니, 그 풍류는 절로 칭찬할 만하다.
綸字允言, 河中人. 避天寶亂, 來客鄱陽. 累遷檢校戶部郎中, 監察御使, 稱疾去. 初, 舅韋渠牟得幸德宗, 因表其才. 綸所作特勝, 不減盛時, 如三河少年, 風流自賞.

앞에서 노륜의 출신지와 그 당시의 사회 배경과 역경, 그리고 관직 생활과 그 동기, 시평 등을 알 수 있다. 노륜 시에는 산수풍경이 적은 반면, 인사를 묘사한 작품이 매우 많으니, 이것으로 노륜의 원만한 성격과 사회성이 풍부함을 확인케 한다. 송별送別, 기증寄贈, 영회詠懷, 봉화奉和 (일종의 궁정시) 등에 관한 시가 전체의 3분의 2가 넘는 250여 수인 것만 보아도 그 비중이 큰 것이다. 특히 송별과 기증은 주된 인간관계를 묘사한 작품이어서, 시의 사실성을 강조하는 데 중요한 요인이 된다. 다음에 그의 <이단공李端公>(≪全唐詩≫ 卷280)을 본다.

옛 관문에 메마른 풀만 무성한데
이별하니 슬픔 어이 견디랴.
길 나서니 찬 구름 저 밖에 떠가고
사람 돌아가니 저녁 눈 내릴 때라.
젊어서 외로이 나그네 되어

많은 고난 겪다가 그대를 늦게 알았네.

눈물 닦으며 멍하니 서로 대하니

어지러운 세상 어디서 만날 건가.

故關衰草遍, 離別自堪悲.　고관쇠초편 리별자감비

路出寒雲外, 人歸暮雪時.　로출한운외 인귀모설시

少孤爲客早, 多難識君遲.　소고위객조 다난식군지

掩淚空相向, 風塵何處期.　엄루공상향 풍진하처기

여기서 노륜은 이단李端에 대한 깊은 우정을 표현하면서 동시에 혼란한
사회현실을 그려내었다. 시에서 이별의 비애가 감돌고 있으니, 쟈오원빈
焦文彬은 이 시의 주석(≪大歷十才子詩選≫)에서,

「길 나서니 찬 구름 저 밖에 떠가고, 사람 돌아가니 저녁 눈 내릴 때
라.」 구는 짙은 겨울의 구름으로 이별의 정경을 묘사하였으니 괴로움
이 열 배나 더한다. 떠나는 사람 멀리 가니 「길 나서니 찬 구름 저 밖
에 떠가고」라고 하였고, 보내는 자가 오래 서 있으니 「사람 돌아가니
저녁 눈 내릴 때라.」라고 하여, 그리운 정을 묘사함에 그 여운이 그지
없다.
「路出寒雲外, 人歸暮雪時」, 以濃冬密雲, 狀離別景, 苦增十培. 離人
遠去, 「路出寒雲外」, 送者久立才「人歸暮雪時」, 寫依戀之情, 餘味無
窮.

라고 하여 '경중유정景中有情'(경물 속에 정감이 있음)의 흥취를 보여준
다. 송대 유극장劉克莊이 ≪후촌시화後村詩話≫에서 「노륜, 이익은 오
언절구를 잘 지었고, 시에 담긴 뜻이 시어로 표현한 밖에 있다.(盧綸, 李
益善爲五言絶句, 意在言外.)」라고 한 것은, 노륜 시의 풍격을 단적으로
집약해서 평가한 말이라 할 것이다.(졸저 ≪중당시와 만당시 연구≫ 참
고)

※ 해 설

종남산終南山에 있는 오래된 사찰 선유사로 올라가는 시인은, 눈 내
린 겨울 산길을 따라 한가롭게 걷는다. 시에서 시인은 선유사 풍광
에 대한 애정과 은일적인 참선의 정서를 묘사하고 있다. 시의 필조
筆調가 예스럽고 소박하며, 묘사가 간결하고 깨끗하며, 흥취가 깊고
미묘하며, 의경이 매우 조화로워서, 시의 예술성이 뛰어나다.

시인은 눈이 걷히고 날이 갠 후에, 흥이 나서 선유사를 탐방하였다.
제1구에서 눈 내린 산길이 온통 하얀 눈으로 쌓여, 그 좁고 험한 산
길에 눈까지 수북이 덮였으니, 오솔길조차 찾아가기 힘들다. 반나절
이나 헤매며 올라갔는데, 겨우 산마루밖에 오르지 못하였다. 그래서
시에서 '上方下方'이라고 표현한 것이다. 그러나 오히려 쉬엄쉬엄 오
르는 눈길 속에서 시인은 산 경치를 감상하는 여유를 가진다. 겨울
눈 내린 산길에서만 맛볼 수 있는 설해雪海(눈바다)의 경관과 하나
된 정취를 느낀다.

시의 제2구를 보면, 하늘에는 흰 구름이 흘러가고, 땅에는 맑은 냇
물이 흘러내린다. 한가로이 걷는 시인의 눈에는 구름도 냇물도 자신
과 함께 한가롭게 걸어가는 것처럼 느낀다. 시인이 자연현상과 한
몸 된 초탈의식 속에 합자연合自然(자연과 하나됨)의 시심을 보여
준다. 쳐다보니 '白雲'이요, 내려다보니 '流水'다. 시인은 그 중간에
서 함께 흘러간다. 시간도 흘러가고, 만물도 그대로가 아니라 무한
히 변하면서 흘러간다. 무상無常이요, 허무虛無다.

시의 제3구에서 시인은 원근遠近의 넓은 설해와 고저高低의 가파른
설벽을 맘껏 감상하면서, 장엄하고 유한한 자연의 조화에 도취되어
있다. 여러 산봉우리를 넘었는데 아직 절까지는 갈 길이 멀다. 때는
벌써 해 저물어가서, 제4구의 '고요히 들리는 불경 소리寂寞經聲'가
들려온다. 여기서 시인의 깊은 불심을 드러낸다. 적막이 깃든 산 중

에 저녁 예불을 알리는 '經聲'에 시인의 마음이 속세의 번뇌를 탈피해버린 열반涅槃의 경지에 들어간다. 설산의 산길을 걸어 오르는 광경만 묘사하고 있는 이 짧은 시에서 참선의 정경과 참선의 흥취를 동시에 공감한다.

[한굉韓翃] 천복사 형악 선사의 선방에 쓰다題薦福寺衡岳
禪師房

봄날 마을에 공양 받고 돌아오셔
고매하게 담론하시는 그 모습 한가롭네.
선사의 승랍은 섬돌 앞 나무이고
참선하시는 불심은 강가의 산이네.
성긴 발로 눈송이처럼 날리는 꽃잎 보고
깊게 닫힌 문빗장엔 깔린 꽃잎 반짝이네.
저녁에 선사께 인사하고 나오니
자욱한 안개 속에 종소리 들리네.

題薦福寺衡岳禪師房제천복사형악선사방

春城乞食還, 高論此中閑.   춘성걸식환 고론차중한
僧臘階前樹, 禪心江上山.   승랍계전수 선심강상산
疏簾看雪卷, 深戶映花關.   소렴간설권 심호영화관
晚送門人出, 鐘聲杳靄間.   만송문인출 종성묘애간

(≪全唐詩≫ 卷243)

* 薦福寺천복사 - 지금의 섬서성陝西省 서안西安 남쪽에 있는 절
* 僧臘승랍 - 출가出家하여 수계受戒한 후의 스님 나이
* 禪心선심 - 참선하는 마음
* 疏簾소렴 - 성긴 발
* 雪卷설권 - 꽃잎이 바람에 눈송이처럼 날리는 것

* 花關화관 - 꽃잎 덮인 문빗장
* 門人문인 - 승도僧徒. 여기서는 시인을 지칭
* 杳靄묘애 - 구름과 안개가 자욱이 낀 모양

[한굉韓翃] 생졸년 불명. 자는 군평君平이며 남양南陽인이다. 천보天寶 13년(754) 진사 급제하고, 검교금부원외랑檢校金部員外郎, 지제고知制誥, 중서사인中書舍人 등을 역임하였다. ≪한굉시집韓翃詩集≫이 있고, ≪전당시全唐詩≫(권243~245)에 시가 수록되어 있다. 그의 시 풍격을 보면, 명대 양신楊愼은 평하기를,

　당나라 사람은 한굉의 시를 평하기를, 시의 비유와 흥취는 유장경보다 깊고 시의 격조와 운치는 황보염만 못하다고 하였다.
　唐人評韓翃詩, 謂比興深於劉長卿, 筋節減於皇甫冉.(≪升庵詩話≫ 권14)

라고 하여 비흥比興(시를 비유적이며 은유적으로 표현)으로 묘사함이 탁월하다고 지적하였으며, 청대 심병손沈炳巽도 말하기를,

　내가 말하노니, 한굉의 시는 비흥에 있어 유장경에 못지않다.
　余謂君平之詩比興不減于長卿.(≪續唐詩話≫ 권33)

라고 하여 양신의 말에 동조하고 있다. 그리고 한굉 시의 비현실성은 사회고발 의식의 부족이 지적되고 있는 한편, 시의 낭만성을 인정한다. 송대 유극장劉克莊은 말하기를,

　끄집어 낼 수 있는 것은 단지 고요하면서 간결함이다.
　可摘出者殊廖寂簡短.(≪後村詩話≫ 권13)

라고 하였고 명대 서헌충徐獻忠은 말하기를,

한굉의 의기는 맑고 고우며, 재능과 성정은 모두 **빼**어나다.
君平意氣淸華, 才情俱秀.(≪唐詩品≫)

라고 한 것은 모두 한굉 시의 청려淸麗함을 높이 평가한 것이다.

✳해 설
시 제목의 천복사는 원래 당대 중종中宗의 구택舊宅으로, 중종 문명
文明 원년(684)에 사찰을 세우고 초명을 헌복사獻福寺라 하였다.
이 절은 당대 고종高宗의 헌복獻福을 위해서 지은 사원이다. 절에
있는 소안탑小雁塔은 당대 경종景宗 연간에 지어졌는데, 자은사慈
恩寺의 대안탑大雁塔보다 규모가 작아서 소안탑이라 하였다.
이 시는 형악 선사가 거주하는 사원을 주제로 쓴 제시題詩(제목을
붙여 지은 시)로서, 그 환경이 청아淸雅하고 정적靜寂함과 선사의
도행道行이 높음을 찬양한다. 시의 제1연은 선사의 생활을 묘사하
고, 제2연은 선사의 수계受戒와 높은 도행을 비유한다. 제3연은 꽃
잎이 흩날리는 정경을 예술적으로 묘사하고, 제4연에서는 승도를
전송하면서 더욱 속세를 초탈한 선사의 불심佛心이 드러나 있다. 자
연 현상의 다양한 변화 속에서도, 한결같이 서 있는 강가의 산 같은
형악 선사의 선심禪心을 추앙하고 있다.
시인 한굉은 중당 시대의 전기錢起와 노륜盧綸과 함께 대력大歷 연
간(766-779)에 십재자十才子의 한 사람으로 시명을 날린 시인이다.
송대 우무尤袤의 ≪전당시화全唐詩話≫에 보면,

≪남부신서≫에 이르기를, 「승평 공주댁의 자리에서 이단이 시회
에서 으뜸이었다. 유주 자사로 가는 왕재상을 전송하는 자리에
서, 한굉이 시회에서 으뜸이다. 강회순찰사로 가는 유재상을 전
송하는 자리에선, 전기가 시회에서 으뜸이다.」라고 하였다.

南部新書云 : 升平公主宅卽席, 李端擅場. 送王相之幽鎭, 翃擅場.
送劉相巡江淮, 錢起擅場.(권2)

라 하여 대력십재자로 지칭되는 이단李端과 전기錢起, 그리고 한굉
韓翃은 각각 대력 시기를 풍미하던 시인들이다. 그중에 한굉과 교유
한 전기의 〈정호 낭중, 한굉 사인과 안국사 스님 선원에 쓰며同程浩
郎中韓翃舍人題安國寺用上人院〉(《全唐詩》 卷237)에서 탈속의 심기
를 표현하면서 한굉과의 우의 어린 관계를 토로하고 있다.

> 빛나는 눈동자의 스님 진원공
> 줄곧 앉으신 품 선비로다.
> 불심에 맺힌 자태 가다듬어
> 참선의 마음 정녕 좋은 문장과 통하네.
> 날 새도록 화로 향기 그치지 않고
> 날 맑아 층계에 드리운 빛에 마음을 비우네.
> 미친 사람 선방에서 바쁜 일 없건만
> 오로지 흰 눈과 어울려 웃는구나.
> 慧眼沙門眞遠公, 經行宴坐有儒風. 혜안사문진원공 경행연좌유유풍
> 香緣不絶潛裾會, 禪想寧好藻思通. 향연부절잠거회 선상녕호조사통
> 曙後爐煙生不滅, 晴來階色幷歸空. 서후로연생불멸 청래계색병귀공
> 狂夫入室無餘事, 唯與天花一笑同. 광부입실무여사 유여천화일소동

두 사람이 선경에 든 정분을 같이하고 있음을 볼 수 있다. 이것은
바로 한굉의 시심詩心이기도 하다.

[구양첨歐陽詹] 산속 노스님山中老僧

누구랑 웃으며 옛 이야기 하시나
새끼 엮은 의자와 죽장에 몸을 기대신다.
가을 깊어 머리 시려 깎지 못하시니
희끗한 머리털 덥수룩 눈썹까지 덮었다.

山中老僧산중로승

笑向何人談古時, 繩牀竹杖自扶持. 소향하인담고시 승상죽장자부지
秋深頭冷不能剃, 白黑蒼然髮到眉. 추심두랭불능체 백흑창연발도미

(≪全唐詩≫ 卷349)

＊ 繩牀승상 - 새끼로 엮은 의자
＊ 竹杖죽장 - 대나무 지팡이
＊ 扶持부지 - 서로 도움. 어려운 일을 버티어 냄
＊ 剃체 - 머리를 깎다
＊ 蒼然창연 - 푸른 모양. 어두운 모양

[구양첨歐陽詹] 757-802. 자가 행주行周며, 천주泉州 진강晉江(지금의
복건성福建省 진강晉江)인이다. 정원貞元 8년(792)에 진사 급제하고, 동
13년에 국자감사문조교國子監四門助教를 지낸 것이 유일한 관직이다.
그는 평생 유람하며 염문을 많이 퍼트렸으니, 산서성山西省 태원太原에
서 어느 기생을 좋아하여 결혼을 약속하였으나, 이루지 못하자, 기생이
상사병으로 임종하면서, 머리카락과 시를 상자에 담아 보내니, 구양첨이

후에 보고 비통해하다가 죽었다 한다.(≪閩川名士傳≫ 기록에 의함)
그의 문장에 대해서 한유韓愈는 「뜻이 고문에 있었으니, 문장이 매우 깊다.(其志在古文, 文章切深.)」(<歐陽生哀辭>)라 칭찬하였고, 이이손李貽孫은 「문장이 신선하여 답습하지 않고 재능이 있어서 지루한 적이 없으며, 이치에 정밀하여 매우 상세하다 할 것이다. 정서에 절실하여 사실을 묘사함이 되풀이되곤 한다.(新無所襲, 才未嘗困, 精于理, 故言多周詳 : 切于情, 故敍事重復.)」(<故四門助教歐陽詹文集序>)라고 평하였다.
송대 갈립방葛立方은 「정감의 표현이 하나같이 가볍지 않다.(皆賦情不薄.)」(≪韻語陽秋≫)라고 하였으니, 그의 시풍은 비교적 청아하면서 성정 묘사가 뛰어나다고 할 것이다. 저서로는 ≪구양첨집歐陽詹集≫ 10권이 있고 ≪전당시全唐詩≫(卷349)에 시 한 권이 수록되어 있다.

✳ 해 설
노승의 철저한 독거獨居와 독좌獨坐 그리고 독선獨善의 자세와 그 정신을 평범한 언어로 적절하게 묘사하고 있다. 육신은 노쇠하여 '승상繩牀'이나 '죽장竹杖'이 아니면 운신하기 불편하다. 외모도 전혀 가꾸지 않고 자연 그대로 처신한다. 내심의 정진이 최우선이다. 그것이 진실한 불자의 길이요, 삶이다. 은자隱者라고 다 그러하진 않다. 시에서의 노승은 단순한 은자가 아니라, 성직자로서의 표본을 보인다. 시인은 평생 유랑하며 속세의 경험을 겪어온 터에, 노승의 자태에서 깊은 회한悔恨(지난날에 대한 후회)과 자오自悟(불심에 의한 자신의 깨달음)를 느꼈을 것이다. 잠시 벼슬한 후, 산림에 은거하던 구양첨은 불사佛寺를 두루 찾아다니며 스님들과 교유하면서, 속세를 초탈한 심기를 읊었으니, 다음 <영안사의 조 스님 선방永安寺照上人房>은 그 흥취를 더욱 짙게 느끼게 한다.

짚자리와 부들방석에 먼지 쌓여 있어
솔 아래 한가한 바위엔 아무도 없는 듯.

산봉우리 그림자 낮 종소리 따라 흔들대고
병든 몸 보양할 물풀만 홀로 끓고 있네.
草席蒲團不掃塵, 松閑石上似無人. 초석포단불소진 송한석상사무인
群陰欲午鐘聲動, 自煮溪蔬養幻身. 군음욕오종성동 자자계소양환신

(≪全唐詩≫ 卷349)

영안사 선사를 뵈러 불사에 들어갔으나, 아무도 안 보인다. 시인은
작은 시어 하나로 선방의 고요하고 맑은 기분을 제1구에서 묘사한
다. 스님들이 참선 수행할 때 앉는 짚자리와 부들방석에는 먼지가
쌓여 더욱 적막감을 자아낸다. 선방 밖에는 정오를 넘기면서, 산봉
우리 한쪽에 그림자가 드리운다. 사찰의 종소리는 청각적인 감흥이
며, 산 그림자는 시각적인 감각이다. 이 두 흥취가 어울려 한 폭의
입체감 넘치는 화폭을 그려낸다. 스님은 어디에 계신가. 다만 세 발
솥엔 시냇가에서 딴 창포 같은 약초 물풀을 달이는 광경만 보인다.
스님이 절 안 가까운 곳에 있음을 말해 준다. 시의 끝 구에서 '幻身'
은 불교에서 말하는 환상처럼 덧없는 육신이다.

[한유韓愈] 영사의 거문고 연주를 듣다聽潁師彈琴

아이들 소곤소곤 재잘대는 말인가
사랑과 원망 깃든 말 주고받는다.
돌연 쨍 하며 우렁차게 뛰어오르니
용사가 적진으로 달려나간다.
뜬구름, 버들 솜은 뿌리와 꼭지 없어
천지간 넓고 먼 곳 멋대로 날아오른다.
마냥 지저귀는 뭇 새 떼 속에
문득 외로운 봉황새 한 마리 보인다.
한 치 한 푼도 오르지 못하고
힘 잃은 채 휙 천 길 아래 떨어진다.
아아, 나는 귀가 두 개 있지만
음악 소리 깊이 알아듣지 못한다.
홀로 영사의 연주 소리 들으며
섰다 앉았다 어쩔 줄 모른다.
손을 들어 급히 연주를 그치니
옷 적시는 눈물 펑펑 흘러내린다.
영사여, 그대는 진실로 뛰어나시니
내 창자 쌓인 얼음과 숯불 다 사라진다.

聽潁師彈琴청영사탄금

昵昵兒女語, 恩怨相爾汝.　　널닐아녀어 은원상이여

劃然變軒昂, 勇士赴敵場. 　　　획연변헌앙 용사부적장
浮雲柳絮無根蒂, 天地闊遠隨飛揚. 　부운류서무근체 천지활원수비양
喧啾百鳥群, 忽見孤鳳凰. 　　　훤추백조군 홀견고봉황
躋攀分寸不可上, 失勢一落千丈强. 　제반분촌불가상 실세일락천장강
嗟余有兩耳, 未省聽絲篁. 　　　차여유량이 미성청사황
自聞穎師彈, 起坐在一旁. 　　　자문영사탄 기좌재일방
推手遽止之, 濕衣淚滂滂. 　　　추수거지지 습의루방방
穎乎爾誠能, 無以氷炭置我腸. 　　영호이성능 무이빙탄치아장

(≪全唐詩≫ 卷340)

* 穎師영사 - 당대 헌종憲宗 시기의 저명한 악승樂僧으로 특히 거문고 연주에 능하였음
* 昵昵닐닐 - 친하고 가깝다
* 爾汝이여 - 예부터 쓰는 말로, 매우 사랑하고 친한 사이
* 劃然획연 - 물건을 쪼개는 소리의 형용. 명확히 구별되는 모양. 분명히. 거문고 소리가 돌연 변화를 일으키는 것을 가리킴
* 軒昂헌앙 - 높이 올라가다. 헌거軒擧. 기운찬. 세력이 성함
* 柳絮류서 - 버드나무 꽃. 버들 솜
* 根蒂근체 - 뿌리와 꼭지. 근본. 토대
* 喧啾훤추 - 새들이 시끄럽게 우는 소리
* 躋攀제반 - 올라가다. 등반登攀
* 省聽성청 - 자세히 듣다
* 絲篁사황 - 거문고와 퉁소. 사죽絲竹과 관현管弦 등 고악기로 음악을 지칭
* 遽거 - 갑자기. 빨리
* 滂滂방방 - 비가 세차게 내리는 모양
* 爾이 - 너. 당신. 그대
* 氷炭빙탄 - 얼음과 숯불. 여기서는 세상의 모든 번뇌와 고통

[한유韓愈] 768-824. 자는 퇴지退之며, 남양南陽(지금의 하남성河南省)인이다. 고문 운동을 제창하여, 유종원柳宗元과 함께 '문이재도文以載道'(문으로 도를 담는다)의 구호를 내세웠다. 덕종德宗 정원貞元 19년(803)에 궁시宮市(환관을 민간 시장에 보내어 물건 구입을 강행하던 것) 제도의 폐단을 상소하였다가, 양산령陽山令으로 좌천되고, 헌종憲宗 원화元和 원년(806)에 국자박사國子博士에 복직되었다. 원화 14년(819)에는 불골佛骨(부처의 유골. 사리)을 영입할 것을 상소하여, 헌종의 노여움을 사서 조주자사潮州刺史로 폄직되었고, 만년에 국자좨주國子祭主로 보임되었다가, 장안長安 경조윤京兆尹 직책으로 졸하였다. 시호는 문文이고 세칭 한문공韓文公이라 한다.

그의 문장은 근엄하고 기험하다. 시는 맹교孟郊와 비슷하여 시단에서 '한맹韓孟'의 칭호를 얻었다. ≪한창려전집韓昌黎全集≫이 있다.

❇ 해 설

원화元和(806-820) 시기에 천축天竺 화상이 장안長安에서 불법을 전파하는데, 평소 거문고 연주에 능통하니, 그 이름이 '영사穎師'다. 시에서의 '영사'는 당대 유명한 악승樂僧이다. 한유는 영사의 거문고 연주에 심취하여 명시를 지었다. 시에서 영사의 거문고 연주 소리가 온화하고 섬세하여, 마치 어린애가 옹알거리는 느낌이다. 그러다가 갑자기 세차게 변화하면서, 용사가 적진으로 돌격하듯 비장하면서 격렬하다. 이어서 거문고 소리가 표연히 휘날리는 것이 하늘에 뜬 구름이요, 봄바람에 나부끼는 버들 솜처럼 귀에 감돈다. 「한 치 한 푼도 오르지 못하고, 힘 잃은 채 휙 천 길 아래로 떨어진다.」 구는, 연주하는 악곡의 변화무쌍이 마치 인생의 길흉화복의 부침浮沈과 같다고 비유하는 표현이다.

말구 「내 창자에 쌓인 얼음과 숯불(근심과 고통)氷炭置我腸」은 ≪장자莊子≫ 〈인간세人間世〉에서 「일이 이루어진다 해도, 너무 애를 썼기에 틀림없이 병에 걸릴 것이다.(事若成, 則必有陰陽之患.)」라고 한

말에 근거하였으니, 진진대 곽상郭象의 ≪상곽이장向郭二莊≫에서
「사람의 근심이 사라진다 해도 기쁨과 두려움이 가슴속에서 다투니,
진실로 이미 오장에 얼음과 숯불이 맺힌다.(人患雖去, 然喜懼戰于胸
中, 固已結氷炭于五臟矣.)」라고 한 전고에서 인용한 시구다. 한유는
악승의 오묘한 연주에 감탄하면서, 세상 번뇌를 씻어내는 강렬한 불
심을 체험한다.

송대 오증吳曾은 ≪능개재시화能改齋詩話≫에서 이 시의 성조 특성
에 대해 다음과 같이 촌평하였다.

　　옛적에 조무구가 일찍이 거문고 잘 타는 사람을 일컬어, 「『뜬구
　　름, 버들 솜은 뿌리와 꼭지 없어, 천지간 넓고 먼 곳 멋대로 날아
　　오른다.』구는 시의 운율상 '범'성이 된다. 『마냥 지저귀는 뭇 새
　　떼 속에, 문득 외로운 봉황새 한 마리 보인다.』구는 '범'성 중에
　　'지'성을 기탁한 것이다. 『한 치 한 푼도 오르지 못한다』구는 '강'
　　성을 읊은 것이다. 『힘 잃은 채 획 천 길 아래 떨어진다』구는
　　'력'성이 된다. 몇 개 성조는 거문고에서 가장 기교 부리기 어렵
　　다.」라고 말하였다.
　　昔晁無咎謂嘗善琴者云 : 「『浮雲柳絮無根蔕, 天地闊遠隨飛揚』, 爲
　　泛聲也. 『喧啾百鳥群, 忽見孤鳳凰』, 爲泛聲中寄指聲也. 『躋攀分寸
　　不可上』, 爲吟絳聲也. 『失勢一落千丈強』, 爲歷聲也. 數聲琴中最難
　　工..」

오증은 조무구의 거문고 연주의 기교를 설명한 글을 인용하여 한유
의 시를 간접적으로 평가하고 있다.

[유우석劉禹錫] 군소 스님을 송별하며贈別君素上人詩

뒷골목에 가을 풀이 쓸쓸한데
고매한 스님 홀로 문에 앉아 있네.
예부터 잘 아는 사이처럼 반기며
불교 설법 물어도 아무 말 없네.
물은 바람에 찰랑대고
옥은 먼지 끼어도 반짝이네.
깨달으니 이게 다 진리인 것
이번 이별은 그래서 견딜 만하네.

贈別君素上人詩증별군소상인시

窮巷唯秋草, 高僧獨坐門.　궁항유추초 고승독좌문
相歡如舊識, 問法到無言.　상환여구식 문법도무언
水爲風生浪, 珠非塵可昏.　수위풍생랑 주비진가혼
悟來皆是道, 此別不銷魂.　오래개시도 차별불소혼

(≪全唐詩≫ 卷357)

* 窮巷궁항 - 좁고 으슥하고 쓸쓸한 뒷골목. 가난한 사람이 사는 좁은 뒷골목. 궁벽한 골목. 도연명陶淵明 <산해경을 읽고讀山海經> : 「골목이 좁아서 수레바퀴 못 대니, 이에 친구가 가마를 돌이키네.(窮巷隔深轍, 頗回故人去.)」
* 舊識구식 - 예부터 아는 사람. 구면舊面
* 到도 - 끝까지. 결국. 아주. 도저到底

* 非塵可昏비진가혼 - 먼지가 있어도 어두워지지 않다.

* 銷魂소혼 - 넋이 빠지다

[유우석劉禹錫] 772-842. 자가 몽득夢得이며, 팽성彭城(지금의 강소성 江蘇省 동산東山)인이다. 21세에 진사에 급제하여 왕숙문王叔文의 추천 으로 감찰어사監察御使를 지냈다. 왕숙문이 귀양 가니 유우석도 낭주郎 州(지금의 호남성湖南省 상덕常德) 사마司馬로 좌천되어 10여 년 머물 면서, 민가民歌를 시와 접목시켜서 새로운 시가를 창작하여 '시호詩豪' 라는 칭호를 얻었다.

그의 문학적 가치는 정통 시의 함축적이며 신령스런 초탈적 풍격에, 민 생의 현실과 음악적인 화음을 '정경교융情景交融' 즉 정감과 경치를 조 화롭게 묘사한 점을 높이 평가해야 한다. 백거이白居易는 그의 시를 「팽 성의 유우석은 '시호'라 할 것이니, 그 시의 예리함이 엄정하여 견줄 만 한 사람이 많지 않다.(彭城劉夢得詩豪者也, 其鋒森然, 少敢當者.)」라고 칭찬하였다.

그의 문집 판본은 서지학적으로 중요한 자료로서, 원대 방회方回는 ≪영 규율수瀛奎律髓≫(권37)에서 「유우석 시는 시구마다 매우 정밀하니, 그 시를 일찍이 스스로 뽑아서 고른 것이다.(夢得詩, 句句精絶, 其詩曾自 刪選.)」라고 하여 문집의 중요성을 강조하였다. 현존하는 판본으로 3종 의 송각본宋刻本이 있는데, 하나는 청대 승덕피서산장承德避暑山莊에 소장된 남송南宋 고종高宗 소흥紹興 8년(1138)에 나온 동분董芬 각본 으로 지금의 중화서국中華書局 ≪사부비요四部備要≫에 수록되어 있다. 다른 하나는 상무인서관商務印書館 ≪사부총간四部叢刊≫본으로 일본 평 안복정平安福井의 숭란관崇蘭館에 소장되어 있는데, 천광국사千光國師 가 송에 들어가서 구입한 것으로 전해진다. 이 판본은 정외집正外集이 완전하고 결함이 없고, 중화민국 초기에 동강董康이 가라판珈瓏版으로 일본에서 100부를 영인하여 원본의 유실 부분을 보완하였으니, ≪사부 총간≫본은 이 영인본에 의거한 것이다. 또 하나는 현재 북경도서관에 소장되어 있는 판본으로 송대 건안방建安坊의 각본이다.

이 3종 판본 외에 단각單刻 시집으로는 석계우각席啓寓刻 권본卷本으로 ≪전당시全唐詩≫에 의거한 바, 체재가 잡다하다. 그리고 명대 장효蔣孝의 ≪중당십이가시집中唐十二家詩集≫과 청대 운분雲份의 ≪당대유씨시집唐代劉氏詩集≫은 시만을 수록한 문집이며, 일본 국회도서관에 소장되어 있는 조선朝鮮 각본 ≪유빈객시집劉賓客詩集≫도 있다. 유우석의 시로 많이 알려진 <오의항烏衣巷>을 본다.

주작교 옆에 들풀 꽃 피고
오의항 입구에는 해가 기울어가네.
옛날 귀족 왕도와 사안의 집이었는데
제비가 날아드는 평범한 백성 집.
朱雀橋邊野草花, 烏衣巷口夕陽斜.　주작교변야초화 오의항구석양사
舊時王謝堂前燕, 飛入尋常百姓家.　구시왕사당전연 비입심상백성가
(≪劉賓客詩集≫ 卷24)

✳해 설

송대 채조蔡條는 그의 시화에서 유우석 시를 평하기를.

유우석은 시의 법칙이 이미 높고 시의 맛이 또한 온후하니, 마치 솜씨 좋은 장인이 재능을 자랑하는 듯하여 졸렬함이 보이지 않는다.
劉夢得詩典則旣高, 滋味亦厚, 然正似巧匠矜能, 不見少拙.(≪西淸詩話≫)

라고 하여 그의 시를 중당 시대 대표적인 유가의 시교詩敎적인 풍격을 지닌 시인으로 추숭하고 있다. 이 군소 스님을 송별하는 시도 온유돈후溫柔敦厚한 풍미를 느낀다. 이 시에는 <병인幷引> 글이 따로

있으니, 그 일단을 본다.

예전에 ≪예기禮記≫의 〈중용中庸〉을 익히면서 힘쓰지 않아도 내
용을 알고 생각하지 않아도 뜻을 깨달았다. 문득 성인의 덕을 알
게 되고, 배우면서 더 배울 게 없는 경지에 이르렀다. 만년에 불
서를 읽으면서, 대웅전의 부처님을 모신 보급보산을 보고서 거기
에 의지하였다. 높이 지혜의 횃불을 들고, 섬세하게 나쁜 마음 녹
이며 널리 뒷문을 멀리하였다. 그 증거하는 대로 들어가니, 마치
배가 냇물을 따라 흘러가듯 순조로웠다. … 고승 군소가 우연히
나와 나이가 비슷한 사이로, 초야에 같이 지내며, 천릿길에도 서
로 찾아보게 되었다. 군소 스님은 불도의 눈으로 나를 보고, 나는
보이는 대로 그를 보았다. 신분 지위를 떠나서, 손을 마주 잡고
불법의 지혜를 얻으며 며칠 지내다가 얻은 것이 있다고 말하고는
떠났다. 이에 시를 지어 마음을 밝힌다.
曩子習禮之中庸, 至不勉而中, 不思而得. 懻然知聖人之德, 學以至
于無學. 晚讀佛書, 見大雄含佛之普級寶山而梯之. 高揭慧火, 巧鎔
惡見, 廣疏便門, 旁東邪徑. 其所證入, 如舟沿川. … 開士君素, 偶得
余于所親, 一麻栖草, 千里來訪. 素以道眼視予, 予以所視視之. 不
由階級, 携手智地, 居數日, 告有得而行. 乃爲詩而見志云.

위의 글에서 시인이 본래 유학儒學에 깊은 조예를 지니고 있어서 그
경지가 더 배울 게 없는 무학無學에 이르렀음을 알 수 있다. 만년에
불경을 접하면서, 불교의 이치를 깨닫고, 나쁜 마음을 녹여버리고,
나쁜 길을 살펴 피하니, 배가 냇물을 따라가듯 순조로웠다. 군소 고
승을 우연히 만나 불도를 깨달음은, 사람에 따름이 아니라, 오직 마
음에 있음을 확신하여, 군소 상인과 헤어지면서, 그 터득한 뜻을 시
로 적는다는 내용이다.

시에서 제4구 '無言'은 불도를 수련하는데 자성自省하고 자득自得하는 경지를 추구하는데, 무슨 말이 필요하겠는가. 제5구는 불교의 이론적 기초가 되는 연기론緣起論에 대한 이해다. 강과 바다에 바람이 불어 풍랑이 일듯이, 만사 만물은 모두 인연으로 일어나는 가상假相적인 환영幻影이다. 인생살이에 집착하여 추구하면, 필연적으로 번뇌의 고해에서 벗어날 수 없다. 제6구는 선종의 본심을 해명하고 있다. 옥 자체가 맑고 밝으니 어떠한 외적인 더럽힘에도 빛나듯이, 불심이 청정淸淨하면 번뇌무연煩惱無緣(번뇌와는 인연이 없음)의 경계를 지니게 된다. 그리하여 제7, 8구에 이르러서, 시인은 오묘한 득도得道의 경지에 들어간 심경을 토로하고 있다.

[백거이白居易] **대림사 복사꽃**大林寺桃花

속세는 4월이면 향기로운 꽃 다 지는데
산속 절 복사꽃은 이제야 활짝 피네.
너무 아쉬운 건 봄이 가면 볼 수 없어
나도 모르게 이곳에 돌아 들어왔네.

大林寺桃花대림사도화

人間四月芳菲盡, 山寺桃花始盛開. 인간사월방비진 산사도화시성개
長恨春歸無覓處, 不知轉入此中來. 장한춘귀무멱처 부지전입차중래
(≪全唐詩≫ 卷453)

* 大林寺대림사 - 강서성江西省 여산廬山 향로봉香爐峯 정상에 있는 절
* 芳菲방비 - 향기로운 온갖 꽃
* 盡진 - 다하다. 다 지다
* 長恨장한 - 길게 한탄하다
* 覓멱 - 보다. 찾다

[백거이白居易] 772-846. 자는 낙천樂天, 원적은 태원太原, 조상이 하
규下邽(지금의 섬서성陝西省 위남渭南)에 이주하여 하규인이 되었다.
덕종德宗 정원貞元 16년(800)에 진사 급제하여 한림학사翰林學士와 좌
습유左拾遺를 지내고, 헌종憲宗 원화元和 10년(815)에는 상소로 비방을
당해서 강주사마江州司馬로 폄직되었다. 강주江州(강서성江西省 구강
九江)에서 4년간 지내며, 여산廬山 향로봉香爐峯 아래에 초당草堂을 짓

고, 스님들과 교유하였다. 원화 15년(820) 장안長安으로 돌아왔으나, 이종민李宗閔과 이덕유李德裕의 권력 다툼으로, 다시 항주태수杭州太守로 출임出任하였다. 경종敬宗 보력寶曆 원년(825)에 소주자사蘇州刺史로 임명되었다가, 비서감秘書監과 태자소부太子少傅 등 직책을 역임한 후에, 노년에 낙양洛陽 이도리履道里에 한거하면서, 향산사香山寺를 수축하여, 자호를 향산거사香山居士라고 하였다.

백거이가 무종武宗 회창會昌 6년에 졸하니, 헌종의 아들인 선제宣帝(이침李忱)가 <백거이를 조상하며弔白居易>(≪全唐詩≫ 卷4) 시를 지어서, 「옥을 꿰고 구슬을 잇듯 주옥같은 글 지어 온 지 60년, 누가 저승길에 시선이라 지어 주었나. 뜬구름처럼 매이지 않으니 이름이 거이며, 조화옹처럼 아무 일 없이 자연 그대로니 자가 낙천이네. 아이들이 <장한가>를 알아서 읊고, 오랑캐 아이도 <비파행>을 노래하네. 문장이 이미 행인 귀에 가득하니, 그대 낙천을 생각할수록 슬퍼지누나.(綴玉聯珠六十年, 誰教冥路作詩仙. 浮雲不繫名居易, 造化無爲字樂天. 童子解吟長恨曲, 胡兒能唱琵琶篇. 文章已滿行人耳, 一度思卿一愴然.)」라고 깊이 애도하였다. ≪백씨장경집白氏長慶集≫ 71권이 있고 시는 2191수나 되었다.

그의 시는 평이하고 선명해서 '노구능해老嫗能解'(늙은 할미도 알아들음)라는 평을 받았고, 내용은 사회현실 문제를 사실적으로 반영하여, 원진元稹, 장적張籍, 유우석劉禹錫 등과 창화唱和하여 일명 원화체元和體로 불린다.

⊠ 해 설

선취禪趣가 넘치는 불사佛寺 유람시다. 이 시에 대한 그 당시의 유람 정황을 〈대림사서大林寺序〉(≪白居易集≫ 卷43)에 다음과 같이 기술하고 있다.

> 나와 하남 원집허, 범양 장윤중, 남양 장심지, 광평 송욱, 안정 양필복, 범양 장특, 동림사 스님들인 법연, 지만, 사견, 리변, 도

건, 신조, 운고, 식자, 적연 등 무릇 17인이, 초당에서부터, 동림
사와 서림사 두 절을 거쳐서, 절에 이르러, 산 정상에서 쉬고, 향
로봉에 올랐다가, 대림사에서 숙박하였다. 큰 숲이 멀리 퍼져 있
고 인적이 거의 닿지 않았다. 절 주변에 맑은 냇물과 푸른 바위가
많고, 작은 소나무와 가느다란 대나무가 있다. 절에는 널판 지붕
과 나무 그릇만 있고, 그 스님들은 모두 해동인이었다. 산 높고
땅이 깊은데, 시절이 너무 늦었다. 이에 초여름인데 마치 2월 날
씨 같아서, 배꽃이 이제야 피고, 냇가 풀은 아직 덜 자랐다. 인물
과 풍물이 평지 마을과 달랐다. 처음 도착했는데 황홀하게 별천
지 같았다. 그래서 절구시를 읊조렸다. 「속세는 4월이면 향기로
운 꽃 다 지는데, 산속 절 복사꽃은 이제야 활짝 피네. 너무 아쉬
운 건 봄이 가면 볼 수 없어, 나도 모르게 이곳에 돌아 들어왔
네.」 이미 집을 둘러보니, 소존 낭중, 위홍간 낭중, 이보궐 3인의
이름과 문구가 보였다. 그래서 원집허 일행에게 감탄하며 말하기
를, 「이곳은 정말 광려 지구에 으뜸가는 지역이다.」라고 하고는
역로에서 산문까지 가니, 반나절 거리가 안 되었다. 소존, 위홍
간, 이보궐이 유람한 후부터 지금까지 20년이 지났는데, 쓸쓸하
게도 이어서 온 사람이 없다. 아아! 명리가 사람을 유혹함이 이런
것인가. 때는 원화 12년(817) 4월 9일 낙천 백거이가 서문을 쓰
다

余與河南元集虛范陽張允中南陽張深之廣平宋郁安定梁必復范陽張
特東林寺沙門法演智滿士堅利辯道建神照雲皐息慈寂然, 凡十七人,
自遺愛草堂, 歷東西二林, 抵化城, 憩峯頂, 登香爐峯, 宿大林寺. 大
林窮遠, 人跡罕到. 環寺多清流蒼石, 短松瘦竹. 寺中唯板屋木器, 其
僧皆海東人. 山高地深, 時節絶晩: 于是孟夏月, 如正二月天, 梨桃
始華, 澗草猶短: 人物風候, 與平地聚落不同. 初到, 恍然若別造一
世界者. 因口號絶句云: 人間四月芳菲盡, 山寺桃花始盛開. 長恨春

歸無覓處, 不知轉入此中來. 既而周覽屋壁, 見蕭郎中存魏郎中弘簡
李補闕三人姓名文句. 因與集虛輩嘆且曰：此地實匡廬間第一境, 由
驛路至山門, 曾無半日程. 自蕭魏李游, 迨今垂二十年, 寂廖無繼來
者. 嗟乎, 名利之誘人也如此. 時元和十二年四月九日, 樂天序.

대림사는 여산廬山 향로봉香爐峯에 있는 절로, 진대에 창건한 불교
성지다. 백거이는 강주사마江州司馬 시절에 이 절을 찾았다. 시의
앞 2구는 눈앞의 경치를, 뒤 2구는 지난날의 감회를 각각 묘사한다.
'芳菲'는 봄꽃을 가리킨다. 봄꽃이 다 질 즈음, 복사꽃이 한창 만발
하는 시절에, 시인은 자연현상에 감탄하고 기뻐하여, 제3, 4구에서
절로 고백한다. 「너무 아쉬운 건 봄이 가면 볼 수 없어, 나도 모르게
이곳에 돌아 들어왔네.」라고.
시에는 선리나 선취에 관한 시어가 한 자도 없다. 그러나 시에서 청
정한 불심을 느낀다.

[유종원柳宗元] 새벽에 초사원을 찾아 불경을 읽다
晨詣超師院讀禪經

우물물 길어 양치질하니 이가 시려
맑은 마음으로 먼지 낀 옷 터네.
한가하게 불경 들고
걸어 나가 동쪽 방에서 읽네.
불가의 참된 이치 깨닫지 못하고
세상 사람들 허망한 자취를 뒤쫓네.
부처의 가르침 깊이 따르길 바라니
마음 다스림 어찌하면 잘할까.
스님이 사는 선원 고요한데
푸른 이끼 깊은 대숲까지 덮어가네.
해 뜨니 안개와 이슬 남아 있고
푸른 솔은 머리 감은 듯 반짝이네.
조용히 스님의 불경 말씀 아니어도
깨달아 기쁜 마음 저절로 차오르네.

晨詣超師院讀禪經신예초사원독선경

汲井漱寒齒, 清心拂塵服.　급정수한치 청심불진복
閒持貝葉書, 步出東齋讀.　한지패엽서 보출동재독
眞源了無取, 妄跡世所逐.　진원료무취 망적세소축
遺言冀可冥, 繕性何由熟.　유언기가명 선성하유숙

道人庭宇靜, 苔色連深竹.　도인정우정 태색련심죽

日出霧露餘, 靑松如膏沐.　일출무로여 청송여고목

澹然離言說, 悟悅心自足.　담연리언설 오열심자족

(≪柳河東集≫ 卷42)

* 超師院초사원 - 지금의 호남성湖南省 영릉현零陵縣에 있는 절
* 汲井급정 - 우물물을 긷다
* 漱水 - 양치질하다
* 寒齒한치 - 시린 이빨. 이가 시리다
* 拂塵服불진복 - 먼지 앉은 옷을 떨다
* 貝葉書패엽서 - 불경佛經. 패엽경貝葉經. 고대 인도에서 종이가 없을 때, 패다라貝多羅 나뭇잎에 불경을 기록한 데서 유래
* 東齋동재 - 동쪽 방
* 眞源진원 - (불교) 불경佛經 중에 진정眞正한 본의本意
* 了無取료무취 - 전혀 깨달아 얻지 못하다
* 妄跡망적 - 허망한 세상 발자취
* 逐축 - 좇다. 추구하다
* 遺言유언 - 부처가 남겨놓은 교언敎言. 불경 중의 미언대의微言大義
* 冀可冥기가명 - 꼭 들어맞기를 바라다. 冥은 은근히 부합符合하다. 깨닫다
* 繕性선성 - 마음을 다스리다. 수심修心. ≪장자莊子≫ 선성편繕性篇: 「속세에서 마음을 다스리다.(繕性于俗.)」
* 道人도인 - 도가 있는 사람. 초超 스님을 가리킴
* 庭宇정우 - 뜰 안의 집. 여기서는 초사원
* 霧露무로 - 안개와 이슬
* 膏沐고목 - 머리를 감고 연지를 바름. 몸치장
* 澹然담연 - 조용한 모양. 무사한 모양
* 離言說리언설 - 언설을 떠나다. 설법을 말하지 않다. (불교) 언어나 문

자로만 전하는 것이 아니라 마음으로 전하여 깨닫는 불립문자不立文字

* 悟悅오열 - 진리를 깨닫고 기뻐하다

[유종원柳宗元] 773-819. 자는 자후子厚며, 하동河東인으로 세칭 유하동柳河東이라 한다. 덕종德宗 정원貞元 9년(793)에 진사 급제하고, 정원 14년에 박학굉사과博學宏辭科에 등제하여, 집현정자集賢正字와 남전위藍田尉를 지냈다. 정원 19년(803)에 감찰어사이행監察御史里行이 되었다. 순종順宗 영정永貞 원년(805)에 예부원외랑禮部員外郞을 제수받아, 왕숙문王叔文 등의 혁신에 참여하였다. 헌종憲宗이 즉위하자, 소주자사邵州刺史로 폄적되고, 이어서 영주사마永州司馬로 다시 폄적되었다.

헌종憲宗 원화元和 10년(815)에 소환되었다가 다시 유주자사柳州刺史로 나가니, 세칭 '유유주柳柳州'라 한다. 유우석劉禹錫과 교분이 두터워서, 그 삶의 기복이 대략 비슷하다고 하여 '유유劉柳'라고 하며, 한유韓愈와 함께 고문운동古文運動 창도자가 되니, '한유韓柳'라고 부른다. 삶에서 수많은 고난을 겪었기에, 시풍은 온유한 낭만적 산수 전원의 고아미를 지니면서도, 한편으론 격정적인 분노와 비정을 토해내는 양면성도 있다.

그래서 송대 채조蔡絛는 그의 시화에서, 「유종원 시는 마치 용과 뱀을 잡고 호랑이와 표범을 치듯 하다.(柳柳州詩, 若捕龍蛇, 搏虎豹.)」(《蔡百衲詩評》)라고 하고, 동시에 「유종원 시는 매우 깊고 간결하여 멀리 속된 면을 벗어나서, 시의 풍미가 절로 고아하여 곧 도연명과 사령운을 따를 만하나, 마치 무기 창고에 들어가는 듯하여 삼엄하게 느껴진다.(柳子厚詩雄深簡淡, 迥拔流俗, 致味自高, 直揖陶謝, 然似入武庫, 但覺森嚴.)」(《蔡百衲詩評》)라고 하여 이중적인 각도에서 품평하고 있다. 문집으로는 《유하동집柳河東集》 45권이 있고, 《전당시全唐詩》에 시 4권이 수록되어 있다.

✳ 해 설

유종원이 새벽에 초사원에 도착하여 불경을 읽는 심정을 묘사한 작품이다. 그는 유우석劉禹錫 등과 함께 왕숙문王叔文의 개혁집단에 참여하여, 관직이 예부원외랑禮部員外郎에 이르렀다. 후에 개혁이 실패하여, 영주永州(지금의 호남성湖南省 영주시永州市)의 사마司馬로 좌천되니, 영주로 가는 길에 이 시를 지었다. 시 제목에 대해서, ≪전당시全唐詩≫에는 ‘禪’자 아래에 ‘一作蓮’(한편 蓮으로 짓다)이라고 주석하고 있는데, ‘연경蓮經’이라면 당연히 ≪묘법연화경妙法蓮花經≫을 가리킨다.

당대 단성식段成式은 ≪유양잡조酉陽雜俎≫에 이르기를, 「대흥선사소 화상이 ≪법화경≫ 삼만 칠천 부를 골라서 다 독파하였으니, 어느 스님이 시를 써서 말하였다. ‘삼만 불경 익힌 지 삼십 년간, 반생을 사원 먼지 낀 문을 밟지 않았네.’(大興善寺素和尙轉法華經三萬七千部, 有僧題詩云 : 三萬蓮經三十春, 半生不踏院塵門.)」라 하였다.

시 앞 4구는 시인 심신의 정결한 몸가짐을 설명하고, 중간 4구는 심오한 불경을 통해서 인생의 본원本源을 깨달을 수 있는데, 세상 사람들은 살피지 못하는 점을 강조하고 있다. 마지막 6구에서 앞 4구는 초사원의 새벽 경치가 안개 자욱하고, 아침 이슬 맺힌 파릇한 소나무 잎은, 기름으로 머리 감은 것처럼 반들거려서, 더욱 청정감을 느끼게 한다. 그리하여 끝 2구에서 시인의 심령이 깨달음에서 오는 희열에 가득 차서, 말로 다 표현할 수 없다.

시의 끝 2구의 ‘離言說’에 대해서, 명대 당여순唐汝順은 「따라서 말씀을 기다리지 않아도 마음이 절로 깨달아진다. 불경을 어찌 반드시 깊이 읽어야만 하겠는가.(是以不待言說而心自悟也. 經豈必深讀耶.)」(≪唐詩解≫ 卷10)라고 해석하고 있다. 선종에서 교리로 삼는 불립문자不立文字의 오득悟得이니, 부처의 뜻과 깨달음을 연설과 문자가 지닌 형식과 틀에 집착하지 않고, 마음으로 전하는 이심전심以心傳心이다. 시인은 도인의 무언無言의 불심을 통하여, 스스로 오열悟悅의 경지를 얻은 것이다.

청대 오교吳喬는 ≪위로시화圍爐詩話≫에서 이 시에 대해서, 「유종원 시에서 예컨대, '높은 나무는 맑은 연못 가까이 있네', '바람이 세게 부니 밤에 비가 오네', '차가운 달이 동쪽 산에 오르네', '청명한데 성근 대나무에 순이 돋네', '돌샘 소리 멀리 들리네', '산새가 때때로 우네', '스님이 사는 선원 고요한데', '푸른 이끼 깊은 대숲까지 덮어가네' 등 시구는 왕유와 맹호연 외에는 또 이런 시가 있을 수 없다. (子厚詩如'高樹臨淸池', '風驚夜來雨', '寒月上東嶺', '泠泠疏竹根', '石泉遠逾響', '山鳥時一鳴', '道人庭宇靜', '苔色連深竹', 不意王孟外復有此詩.)」라고 극찬하고 있다. 도교를 국교로 한 당나라에서 유종원은 독실한 불교 신자로서, '수연隨緣' 즉 인연을 따라서 영주 사마로 임지로 가는 심경을 속진俗塵을 벗어난 불심의 자세로 읊은 것이다.

[유종원柳宗元] 법화사 서쪽 정자에서 밤에 술을 마시며
法華寺西亭夜飮

석양이 비치는 절의 정자에서
함께 삼매주를 기울이네.
안개 자욱한데 물은 섬돌에 찰랑대고
달 밝은데 꽃은 창문을 덮었네.
술잔에 취하길 꺼리지 말지니
바라보니 아직 머리 희지 않았네.

法華寺西亭夜飮법화사서정야음

祇樹夕陽亭, 共傾三昧酒.　기수석양정 공경삼매주
霧暗水連堦, 月明花覆牖.　무암수련계 월명화복유
莫厭樽前醉, 相看未白首.　막염준전취 상간미백수

(≪柳河東集≫ 卷43)

* 法華寺법화사 - 영주永州에 있는 절
* 祇樹기수 - 기원정사祇園精舍의 나무. 절. 사원
* 三昧酒삼매주 - shamahi의 음역音譯. ≪대승의장大乘義章≫ : 「몸을
고요하고 편안히 하여 바르지 못하고 어지러운 것을 버리니, 그러므로
삼매라 말한다.(以體寂靜, 離於邪亂, 故曰三昧.)」
* 堦계 - 섬돌. 계단
* 牖유 - 창문
* 莫厭막염 - 싫어하지 말라. 꺼리지 말라

* 樽前준전 - 술잔 앞에서

✳해 설

시인이 36세(808)에 원극기元克己 등 8인이 법화사 서쪽 정자에 모
여 지은 시다. '祇樹'는 기원정사祇園精舍의 나무로, 기림祇林(기원
정사의 숲)과 같은 의미다. 기원정사는 옛날에 인도 마갈타국摩竭陀
國의 기타태자祇陀太子가 소유한 동산인데, 수달장자須達長者가 이
동산을 사서 이곳에 석사를 위하여 절을 세우니, 후에는 사찰을 지
칭하는 이름으로 쓰이게 되었다. '三昧酒'는 사찰에서 마시는 법주
로, 이 술로 심신을 청정케 하고, 세상의 사악하고 혼란한 잡사를
잊고 초탈하게 한다는 의미를 지닌다. 절에서 음주하는 불교시가 흔
치 않은데, 유종원은 오히려 순수하고 독실한 불심을 자아내는 일종
의 환골탈태換骨奪胎적인 소재로 삼고 있다.

시의 제1연은 시인이 여러 지인과 절 정자에서 삼매주 법주를 들면
서, 불심을 자아낸다. 제2연에서는 달 밝은 한밤에 정자 주변의 정
경을 섬세하게 묘사한다. 밤안개가 짙게 드리우니 밝은 달빛도 은은
하게 비칠 것이다. 시인이 마시는 삼매주가 주는 의미는, 단순한 속
인들의 술자리가 아니라, 몸을 고요하고 편안히 가져서, 마음을 정
결하게 하고 세속의 잡사를 초탈하고 싶은 깊은 깨달음을 담고 있
다. 그래서 제3연에서 삼매주에 취한다고 하여, 망아忘我(나를 잊
음)의 경지를 추구하고 있다.

[황보식皇甫湜] **석불곡**石佛谷

느릿느릿 태항산 북쪽에 오르니
천 리 솟은 돌 한 덩이 서 있네.
땅이 평평한 골짜기는
깊고 넓기가 수백 자네.
스님은 어떤 분이신가?
시든 풀처럼 머리가 희시네.
침소는 몸이 겨우 들어갈 작은 감실
발과 무릎엔 수도한 흔적이 남아 있네.
부처님의 신령한 모습 새겨져
곱게 북쪽 벽에 기대어 있네.
연꽃 좌석에 오색구름 받쳐 주고
양미간의 흰 털 사방에 솟아 있네.
문인이 머물러 적는다면
세상일 가려낼 수 있으리라.
새의 발자취 교묘히 가지런히 남아 있고
용의 몸은 너무도 야위어 있네.
마른 소나무 그루터기에 싹이 돋고
맹수는 거침없이 날뛰어 오르네.
장구벌레 먹이 찾아 멋대로 다니고
자욱이 깔린 이슬 방울져 맺혀 있네.
정교한 재주 고금 두고 **빼어나니**
외진 데에 선 바위 누가 아껴줄 건가.

스님이여, 불경 오래 두고 읊으셔서
속세의 먼지 쌓이지 않게 하소서.

石佛谷석불곡

澶漫太行北, 千里一塊石.　단만태항북 천리일괴석
平腹有壑谷, 深廣數百尺.　평복유학곡 심광수백척
土僧何爲者, 老草毛髮白.　토승하위자 로초모발백
寢處容身龕, 足膝隱成跡.　침처용신감 족슬은성적
金仙琢靈象, 相好倚北壁.　금선탁령상 상호의북벽
花座五雲扶, 玉毫六虛射.　화좌오운부 옥호륙허사
文人留紀述, 時事可辨析.　문인류기술 시사가변석
鳥跡巧均分, 龍骸極癯瘠.　조적교균분 룡해극구척
枯松間槎枿, 猛獸恣騰擲.　고송간사얼 맹수자등척
蛣蝎蟲食縱, 懸垂露凝滴.　길갈충식종 현수로응적
精藝貫古今, 窮巖誰愛惜.　정예관고금 궁암수애석
託師禪誦餘, 勿使塵埃積.　탁사선송여 물사진애적

(≪全唐詩≫ 卷369)

* 澶漫단만 - 방종한 모양. 완만하게 긴 모양
* 太行태항 - 하북성河北省과 산서성山西省을 걸쳐 뻗은 태항산太行山.
동양의 그랜드캐니언이라 할 만큼 절경이다. 왕망王莽과 광무제光武帝
가 점거한 곳
* 平腹평복 - 평평한 배. 땅이 평평한 모양
* 壑谷학곡 - 산골. 계곡
* 龕감 - 절의 탑. 탑 아래의 방. 신불神佛을 안치하는 불단
* 金仙금선 - 석가여래釋迦如來를 아름답게 부르는 호칭

* 玉毫옥호 - 부처의 양미간에 있는 흰 털
* 六虛륙허 - 천지와 사방四方. 모든 방향
* 癯瘠구척 - 파리함
* 槎枿사얼 - 그루터기에서 나는 싹. 움
* 騰擲등척 - 올라 던지다. 뛰어오르다
* 蛣蝎길갈 - 장구벌레
* 凝滴응적 - 물방울이 맺히다
* 精藝정예 - 정교한 기교. 뛰어난 재주. 여기서는 석불의 정교한 모습을 비유
* 禪誦선송 - 참선하며 불경을 외다
* 塵埃진애 - 먼지. 티끌. 속세俗世

[황보식皇甫湜] 777?-835? 자는 지정持正이며, 목주睦州 신안新安(지금의 감숙성甘肅省 경천涇川)인으로 공부시랑工部侍郎을 지냈다. 그의 생평에 대해 조공무晁公武의 ≪군재독서지郡齋讀書志≫에서,

> 당대의 황보식은 지정으로 목주인인데, 원화 원년(806)에 진사가 되고 공부낭중에 올랐다.
> 唐皇甫湜持正也, 睦州人, 元和元年進士, 仕至工部郎中.

라고 하고, 청대 서송徐松의 ≪등과기고登科記考≫(卷16)에도,

> 황보식의 자는 지정으로 목주 신안인이다. 원화 원년에 진사 급제하였다.
> 皇甫湜字持正, 睦州新安人, 元和元年擢進士第.

라고 한 데서, 황보식이 진사 급제와 동시에 관계에 진출한 시기가 나이 30세 전후부터인 것을 알 수 있다. 오대 고언휴高彦休의 ≪당궐사唐闕

史≫에 보면,

> 황보식 낭중은 기상이 있고 강직하고 질박하여, 글을 씀도 고전적이
> 며 우아하여, 재능을 믿고 오기를 지니고 있었으며, 성품이 매우 조급
> 하였다.
> 皇甫郎中湜氣貌剛質, 爲文古雅, 恃才傲物, 性復褊急.

라고 하여 그의 성품과 풍격을 유추할 수 있다. 황보식의 시에 대해서
계유공計有功은 「그 시어가 괴이하고 헐뜯고 욕하기를 즐겨한다.(其語
怪而好譏罵也.)」(≪唐詩紀事≫ 卷35)라고 평하였는데, 학문의 바탕을 한
유의 영향으로 유가 사상에 두었기에, 시도 문학적인 가치보다는 도덕
적인 효용과 시어의 사용에서 평가함이 타당하다.

❋ 해 설
이 시에서 몇 가지 특징을 볼 수 있다.(졸저 ≪中唐詩와 晩唐詩 연구≫
참고) 첫째는 스승인 한유韓愈의 영향을 받아서 소위 '이식위주以識
爲主' 즉 지식 위주의 현학衒學(자기의 학식을 자랑하여 뽐냄)적인
풍격을 보여준다. 황보식은 풍부한 학식을 중시하였으니, 그는 문文
에 대한 관점을 말하기를,

> 글씨는 천 두루마리를 쓰지 않고는 그 조화를 말할 수 없고, 문장
> 은 백 대를 거치지 않고는 그 독창적인 변화를 말할 수 없다.
> 書不千軸, 不可以語化, 文不百代, 不可以語變.(〈諭業〉≪皇甫持正
> 文集≫ 卷1)

라고 하여 연박한 학문을 요구하고 있다. 이러한 의식은 형식에 구
애받지 않고, 문文의 내용에 중점을 두어서, 글의 우열을 격식에 두
지 않고, 내용의 타당성과 문리에 두려고 하였다. 황보식이 보는 문

장은 문학이란 의미와 상통하지 않지만, 학식의 폭을 중시한 것을 알 수 있다.

그리고 시어가 난해하고 기험한 묘사법을 강구하고 있는 것도, 학식의 심도를 제시하는 수단으로 보고 있다. 그는 평범한 묘사를 우수한 문장으로 보지 않았다. 그의 〈이생에게 답하며 제1서答李生第一書〉(≪皇甫持正文集≫ 卷4)에 보면,

> 무릇 생각이 새로우면 평상보다 특이하고, 평상보다 특이하면 곧 괴이해진다. 시어가 고아하면 기상이 드러나고, 기상이 드러나면 기이해진다. 호랑이나 표범의 무늬는 개나 양보다 빛나지 않을 수 없으며, 봉황새의 우는 소리는 까막까치보다 옥같이 울리지 않을 수 없다.
>
> 夫意新則異於常, 異於常則怪矣. 詞高則出象, 出象則奇矣. 虎豹之文, 不得不炳於犬羊 : 鸞鳳之音, 不得不鏘於烏鵲.

라고 하여 문장의 기상이 매우 기발하고 빼어나다고 하였다. '奇' 자체에 대한 의미에 대해서 이르기를,

> 무릇 '기이'하다고 하면 바름이 아닌 것이다. 그러나 바름을 해치지는 않는다. '기이'하다고 하면 정상이 아닌 것이니, 정상이 아닌 것은 정상과 같지 않다는 말이며, 정상과 같지 않다고 말하면 그것은 곧 정상보다 빼어나다는 것이다.
>
> 夫謂之奇, 則非正矣, 然亦無傷於正也. 謂之奇, 卽非常矣, 非常者謂不如常也, 謂不如常者, 乃出於常也. (〈答李生第二書〉 ≪皇甫持正文集≫ 卷4)

라고 하니, '奇'는 최고의 수준을 내포하는 표현으로 해석된다. 시에

있어서 묘사와 시어의 난해함, 즉 '奇'는 곧 표현의 극치를 향한 시도며, 그 결과라고 풀이한다.

둘째로는 수식과 비유라고 하겠다. 황보식은 수식이란 문장이 가지는 필수요건으로 보았고, 「그림 그리는 일은 흰 바탕이 마련된 후에 한다(繪事後素)」(≪論語≫〈八佾〉)와 같은 역할을 한다고 보았다. 〈이생에게 답하며 제2서答李生第二書〉(≪皇甫持正文集≫ 卷4)에서 그 의미를 피력하고 있다.

> 무릇 「그림 그리는 일은 흰 바탕이 마련된 후에 한다.」는 것은 문장의 수식을 일컫는 말이다. 어찌 간결만이 있을 것인가? 성인의 문장의 수식은 따라가기 어려워서, ≪춘추≫를 지으시니 자유와 자하 같은 이들이 글자 한 자도 손댈 수 없었다.
> 夫繪事後素, 旣謂之文, 豈苟簡而已哉. 聖人之文, 其難及也, 作春秋, 游夏之徒, 不能措一詞.

문장의 수식은 단순한 묘사의 수단에 그치지 않고, 사리와 정감을 표현하는 요소라는 것이다. 그리고 비유는 동류同類로는 불가하고, 이류異類에서만 가능하므로 묘사에 필수적이라고 하였다. 〈이생에게 답하며 제2서答李生第二書〉(≪皇甫持正文集≫ 卷4)에서,

> 사물과 문학은 서로 같지 않으니 이것이 비유다. 무릇 비유는 반드시 동류가 아닌 것으로 해야 하니, 활로써 활을 비유할 수 있겠는가?
> 物與文學不相侔, 比喩也. 凡喩必以非類, 豈可以彈喩彈乎.

라고 한 것으로 바로 그러한 관점의 표현이라고 할 수 있다. 위의 시에서, 초탈의식의 표현을 동물과 비유하여 대비시키고, 수식 방법

이 과장이 있고 광활한 면을 벗어나지 않고 있다. 이 시에서 은일적
인 정서란 찾을 수 없다. 초탈의식을 표현함이 이와 같은 시는 성당
은 물론이거니와, 다른 시인에게서도 보기 드문 독특한 묘사법이다.
이 모두가 황보식의 비범한 사상에서 나온 결과물이다.

셋째로 시가 현실의 비판과 동시에 초월의식을 표출해준다. 시의 제
7~10구와 말 2구는 탈속의 심기를 표현한다. 관로가 여의치 않고
사회현실이 맑지 않으니, 복고적 희원希願과 함께 현실 비평적 의미
를 담고 있다. 이것은 청대 설설薛雪이 《일표시화一瓢詩話》에서,

> 시를 짓는 것은 반드시 먼저 시의 바탕이 있어야 하니, 흉금이 곧
> 그것이다. 흉금이 있은 후에 그 성정과 지혜를 담을 수 있으며,
> 그에 따라 시의 정감이 일어나고, 그에 따라서 시의 흥취가 더 깊
> 어진다.
> 詩作必先有詩之基, 胸襟是也. 有胸襟然後, 能載其性情智慧, 隨遇
> 發生, 隨生卽盛.

라고 한 것같이, 황보식은 깊은 심지를 바탕으로 고고한 시어를 구
사하고 있다. 이 시가 일종의 선시이므로, 시인의 특성대로 조어와
현학적 표현이 짙으며, 제4연과 제8연 이하에서는 강렬한 탈속의
의취가 넘친다.

[이하李賀] 영사의 거문고 곡조를 듣다聽穎師彈琴歌

은하수에 뜬 구름 계수나무 꽃 피는 달로 돌아가고
촉 땅 거문고 줄에는 봉황새 쌍쌍이 재잘대네.
연꽃잎 지는 가을 난새가 떠나가고
월왕은 밤에 일어나 천모산에 노니네.
패옥 찬 청렴한 신하는 수정을 두드리고
바다 건너온 선녀는 흰 사슴 끌고 가네.
누가 보나, 칼 차고 긴 다리 건너는 주처를
누가 보나, 머리털 씻어 <봄 대숲> 시 쓴 장욱을.
천축 스님 내 집 문 앞에 서 있는데
절의 나한 모습처럼 눈썹이 솟아 있네.
옛날 거문고 큰 현은 여덟 자나 되니
역양산 큰 오동나무로 만든 것 잔가지는 아니네.
쌀쌀한 방에서 현 소리 듣고 병든 객이 놀라서
약봉지 잠깐 밀치고 용수초 자리에 앉네.
대신에게 곧장 노래 부르라고 청해 볼까
하찮은 봉례랑 벼슬아치가 무슨 보탬 되겠나.

聽穎師彈琴歌청영사탄금가

別浦雲歸桂花渚, 蜀國弦中雙鳳語. 별포운귀계화저 촉국현중쌍봉어
芙蓉葉落秋鸞離, 越王夜起游天姥. 부용엽락추란리 월왕야기유천모
暗佩淸臣敲水玉, 渡海蛾眉牽白鹿. 암패청신고수옥 도해아미견백록

誰看挾劍赴長橋, 誰看浸髮題春竹. 수간협검부장교 수간침발제춘죽
竺僧前立當吾門, 梵宮眞相眉稜尊. 축승전립당오문 범궁진상미릉존
古琴大軫長八尺, 嶧陽老樹非桐孫. 고금대진장팔척 역양로수비동손
凉館聞弦驚病客, 藥囊暫別龍鬚席. 량관문현경병객 약낭잠별룡수석
請歌直請卿相歌, 奉禮官卑復何益. 청가직청경상가 봉례관비부하익

(≪全唐詩≫ 卷391)

* 別浦별포 - 은하수. 견우와 직녀 두 별은 서로 떨어져 있으므로 '다른
물가(別浦)'라 함
* 桂花渚계화저 - 달 속에 계수나무가 있다는 전설 때문에 월궁月宮의
뜻
* 雙鳳語쌍봉어 - 암수 봉황새가 서로 우는 소리로 거문고 소리가 우미
優美함을 비유
* 天姥천모 - 절강성浙江省 신창新昌에 있는 선산仙山. 이백李白의 <꿈
에 천모산에서 노닐며 이별을 노래함夢遊天姥吟留別> 시가 있다
* 水玉수옥 - 수정水晶
* 蛾眉아미 - 선녀仙女
* 竺僧축승 - 천축국天竺國의 스님으로 거문고 타는 영사穎師를 가리킴
* 梵宮眞相범궁진상 - 절의 나한羅漢 모습. 범천왕梵天王의 옛 나한의
형상. 범천왕은 바라문교의 교조敎祖인 조화造化의 신. 제석천帝釋天과
같이 부처 좌우에 모시는 신
* 稜尊릉존 - 높이 솟은 모양
* 軫진 - 진紾(굴리다, 비틀다)과 통함. 거문고 위에 떨리는 현
* 嶧陽역양 - 강소성江蘇省 비현邳縣에 있는 산
* 桐孫동손 - 오동나무 옆 가지
* 藥囊약낭 - 약 주머니, 약봉지
* 龍鬚席룡수석 - 용수초로 짠 자리
* 卿相경상 - 재상宰相과 대신大臣. 재상. 고위 관리

* 奉禮官봉례관 - 윗사람을 받들어 예의를 지키는 관리. 하급 관리. 여기서는 태상시봉례랑을 지낸 시인 자신을 지칭

[이하李賀] 790-816. 자가 장길長吉로 복창福昌(지금의 하남성河南省 의양宜陽)인이다. 복창의 창곡昌谷에 거주하여 이창곡李昌谷이라 부른다. 26세에 요절한 시인으로 관직은 태상시봉례랑太常寺奉禮郎을 지냈다. 이하 시에 대한 다음 시평들을 보기로 한다.

  * 이하 시는 곧 이백 악부 중에서 나와 뛰어나고 기이하며 괴이한 것이 비슷하나, 빼어나고 천연스러움은 (이백을) 따르지 못한다.
  賀詩乃李白樂府中出, 瑰奇詭怪則似之, 秀逸天拔則不及也.(張戒 ≪歲寒堂詩話≫)
  * 말하기를 이백은 선재라 하고, 이하는 귀재라고 하는데 그렇지 않다. 이백은 천선(하늘에 산다고 하는 신선)의 말이며, 이하는 귀선(세상에 드물게 뛰어난 신선)의 말일 따름이다.
  人言太白仙才, 長吉鬼才, 不然. 太白天仙之詞, 長吉鬼仙之詞耳.(嚴羽 ≪滄浪詩話≫ 詩評)
  * 이하의 시는 기궤함을 추구하여, 시를 지음에 먼저 제목을 세우지 않으니, 지은 것이 모두 경탄스럽고, 필묵의 지름길과는 거리가 멀어서, 그 당시에 본받을 수 있는 자가 없었다.
  賀詞尚奇詭, 爲詩未始先立題, 所得皆驚邁, 遠去筆墨畦徑, 當時無能效者.(晁公武 ≪郡齋讀書志≫)

이들 이하에 대한 역대 평가가 모두 당대의 기인奇人으로 보고, 그 시도 평범하지 않은 특출한 풍격을 지니고 있음을 강조하고 있다. 이하의 <가을이 오니秋來>(≪全唐詩≫ 卷391) 시를 참고로 본다.

  오동나무에 찬 바람 부니 장사는 괴롭고
  가물대는 등잔 밑 귀뚜라민 쓸쓸히 우네.

누가 푸른 대쪽의 시 한 편을 보면서
좀벌레로 좀먹지 않게 할 수 있을까.
근심에 매여 오늘 밤 창자가 꼬이는데
찬비에 고운 혼이 서생을 위로하네.
가을 무덤 귀신이 포조의 시를 노래하니
한 맺힌 피가 천년 두고 흙 속에 푸르리라.

桐風驚心壯士苦, 衰燈絡緯啼寒素.　동풍경심장사고 쇠등락위제한소
誰看靑簡一編書, 不遣花蟲粉空蠹.　수간청간일편서 불견화충분공두
思牽今夜腸應直, 雨冷香魂弔書客.　사견금야장응직 우랭향혼조서객
秋墳鬼唱鮑家詩, 恨血千年土中碧.　추분귀창포가시 한혈천년토중벽

≪창곡집주昌谷集注≫에는 이 시를 평하기를,「시든 오동나무에 싸늘한
바람 불고, 귀뚜라미는 공허히 운다. 장사는 시세를 느끼니, 격렬한 마
음이 없겠는가.(衰梧颯颯, 促織鳴空. 壯士感時, 能無激烈.)」라고 하였다.
요절한 천재 시인 이하는 상징시를 지어서 그의 시를 기이하다고 평하
는데, 그 이유는 시의 난해에 있다. 송대 증계리曾季貍는 「이하의 <안문
태수행>은 시어가 기이하다.(李賀雁門太守行語奇.)」(≪艇齋詩話≫)라고
하고, 송대 하문何汶은 「이하의 노래는 시어가 기특하여, 첫 구에 이르
기를,『무릉의 유랑은 추풍의 나그네로다.』구는 한 무제를 가리켜서 말
한 것이다.(李賀歌造語奇特, 首云:『茂陵劉郞秋風客』, 指漢武帝言也.)」
(≪竹莊詩話≫ 卷14)라고 각각 그 시의 기이성을 평하였다. 명대 왕세
정王世貞도 「이하는 자신의 독창적인 시풍을 추구하여, 작풍이 기괴하
고 또한 의외의 기풍을 드러내고 있다.(李長吉師心, 故而作怪, 亦有出
入人意表者.)」(≪藝苑卮言≫ 卷4)라고 하여 그 시의 성격을 단적으로
평가하고 있다.

�֎ 해 설

촉승蜀僧 영사는 백미白眉가 솟구쳐 나와 있어서, 쳐다보니 천축국

天竺國 옛 스님 범천梵天 나한羅漢 같았다. 영사는 손으로 팔 척 대
금을 안고, 비범한 천국 소리를 연주해낸다. 병중에 있는 이하는 거
문고의 오묘한 소리를 들으면서, 병든 몸이 호전되는 감흥을 느낀
다. 이 놀라운 변화는 영사의 연주 능력도 있겠지만, 무엇보다도 영
사의 심오한 불력佛力에 있다고 토로한다.

시의 앞 8구는 시구마다 거문고 연주 기량과 그 음악 소리가 비범하
고 탈속적이어서, 세속에 물든 청각을 일시에 씻어버리게 한다. 뒤
8구는 영사의 신령스런 용모로, 큰 오동나무로 만든 고금古琴의 재
료, 그리고 빼어난 거문고 연주를 들으면서, 병 치료의 효과까지 서
술한다. 마지막 구에서 「하찮은 봉례랑 벼슬아치가 무슨 보탬 되겠
나」라고 하며 시인 자신이 겸양謙讓하는 어사를 사용하였으나, 그
내심에는 세상에 대한 불평과 분개를 담고 있다.

제7구에서 '칼 차고 긴 다리 건너다(挾劍赴長橋)'라 하여, 영사의 격
정적인 탄금 기세를 진晉나라 주처周處가 백성을 위하여 호랑이와
교룡을 없앤 고사를 인용하여 비유하였고, 제8구에서 '머리털 씻어
〈봄 대숲〉 시 쓰다(浸髮題春竹)'라 하여, 영사의 섬세하고 기묘한
탄금彈琴 기교를 초당의 '오중사자吳中四子'의 한 사람인 장욱張旭
이 초서에 능하였던 고사를 인용하여 비유하고 있다. 그 비유법이
실로 탁월하여 일창삼탄一唱三歎(시나 음악이 너무 뛰어나서, 한 번
읊고 세 번 감탄함)할 지경이다.

제12구 '嶧陽老樹' 구에 대해서 ≪풍속통風俗通≫에 보면, 「오동나
무가 역양산 바위 위에 자라는데, 동남쪽 옆 가지를 잘라서 거문고
를 만드니, 그 소리가 매우 우아하였다.(梧桐生于嶧陽山岩石之上, 採
東南孫枝爲琴, 聲甚雅.)」라는 구절이 있다. 영사의 거문고는 크기가
8척이나 되는 고목으로 만든 것이다. 그 곡조가 더욱 장엄하여 시인
이하의 심금을 울렸을 것이다. 그 곡조 소리에 누워있던 이하의 병
이 치유된 것은, 종교에서 보는 치유의 영력과 상통된다.

[봉오封敖] **서은사에 쓰다**題西隱寺

세 해가 지나도록 구화산에 가지 못해
하루 내내 방안에서 도록을 들고 펴네.
가을 맑은 날 즐거이 절 구경하고
신령한 산봉우리 실컷 보고 돌아오네.
원숭이는 멋대로 스님 옆에 앉아 있고
구름과 놀은 무심히 나그네와 짝하네.
좋은 일로 세월 보낼 수 있다 해도
벌써 명리 버렸으니 상관없다네.

題西隱寺제서은사

三年未到九華山, 終日披圖一室間. 삼년미도구화산 종일피도일실간
秋寺喜因晴後賞, 靈峰看待足時還. 추사희인청후상 령봉간대족시환
猿從有性留僧坐, 雲靄無心伴客間. 원종유성류승좌 운애무심반객간
勝事倘能銷歲月, 已拌名利不相關. 승사당능소세월 이반명리불상관

(≪全唐詩≫ 卷479)

* 西隱寺서은사 - 구화산九華山에 있는 사원
* 九華山구화산 - 안휘성安徽省 청양현靑陽縣 서남쪽에 있는 산. 명대
왕양명王陽明이 이 산에서 독서하였다고 함
* 披圖피도 - 도록을 펴서 보다
* 雲靄운애 - 구름과 놀
* 勝事승사 - 좋은 일. 훌륭한 일. 뛰어난 일. 모든 일

* 倘당 - 만일. 혹시

* 銷소 - 녹이다. 사라지다. 쇠하다

* 拌名利반명리 - 명예와 이익을 버리다

[봉오封敖] ?-862. 자가 석부碩夫로 기주冀州인이다. ≪중국문학가대사전中國文學家大辭典≫ 당오대권唐五代卷에는 봉오에 대해 길게 기록하고 있으니 다음에 본다.

봉오는 자가 석부며, 항렬은 네 번째다. 조상이 발해 수(지금의 하북성 경현)인이다. 원화 10년 진사 급제하였다. 강서관찰사 배감의 막부에 있었다. 태화 연간에 우습유로 조정에 들어갔다. 개성 연간에 또 원외랑에서 지주자사로 나갔다. 회창 2년 12월에 좌사원외랑과 시어사에서 여러 일을 잘 안다고 하여 한림학사가 되었다. 같은 달, 가부원외랑으로 옮겼다. 3년 5월에 지제고가 되었다. 4년 4월에 중서사인으로 옮겼다. 9월에 공부시랑지제고에 발탁되고 여전히 한림학사로 있게 되었다. 5년 3월에 한림학사를 그만두고 나가서 원래 직책을 지키다가 곧 어사중승으로 관직이 바뀌었다. 6년 사형수를 잘못 다스려서 다시 공부시랑이 되었다. 선종이 즉위하여 예부시랑으로 옮겼다. 대중 2년 지공거로서 문사를 많이 선발하여 이부시랑이 되었다. 4년 8월 산남서도절도사로 나갔다. 8년에 좌산기상시로 들어갔다. 11년 8월에는 태상경을 제수받았다. 이듬해 10월에 사저에 구부악을 설치하여 일을 살핀다는 이유로 국자좨주로 좌천되었다. 얼마 안 있어 다시 태상경을 제수받았다. 함통 2년 치청절도사로 나갔다. 동 3년에 호부상서로 들어오고 상서우복야로 등용되어 죽었다. 봉오는 문장이 풍부하고 민첩하여 기이하지 않았고, 시어가 절실하고 이치가 뛰어났다. 封敖, 字碩夫. 行四. 先世爲渤海蓨(今河北景縣)人. 元和十年登進士第. 江西觀察使裵堪辟置幕府. 太和中, 入朝爲右拾遺. 開成中, 又以員外郎出爲池州刺史. 會昌二年十二月, 自左司員外郎兼侍御史知雜事充翰

林學士. 同月, 改駕部員外郎. 三年五月加知制誥. 四年四月, 遷中書
舍人. 九月, 擢工部侍郎知制誥, 仍充翰林學士. 五年三月罷學士, 出守
本官. 旋遷御史中丞. 六年, 因誤縱死囚, 復爲工部侍郎. 宣宗卽位, 遷
禮部侍郎. 大中二年, 知貢擧, 多擢文士, 旋爲吏部侍郎. 四年八月, 出
爲山南西道節度使. 八年入爲左散騎常侍. 十一年八月, 拜太常卿. 翌
年十月, 因于私第設九部樂視事, 左授國子祭酒. 未幾, 復拜太常卿. 咸
通二年出爲淄靑節度使. 三年入爲戶部尚書. 進尙書右僕射, 卒. 封敖
屬辭贍敏, 不爲奇澁, 語切而理勝.

위의 기록에서 봉오는 진사 급제 후에, 23종의 관직을 역임하였으니, 아
마도 당대 최다 기록이 아닌가 한다. 그의 연대별 관직 역임을 보면 다
음과 같다.

헌종 원화 10년(815) : 진사 급제
문종 태화 연간(827-835) : 우습유
문종 개성 연간(836-840) : 원외랑, 지주자사
무종 회창 2년(842) 12월 : 좌사원외랑, 시어사, 한림학사, 가부원외랑
무종 회창 3년(843) 5월 : 지제고. 동 4년(844) 4월 : 중서사인. 동 4년 9
월 : 공부시랑지제고
무종 회창 5년(845) 3월 : 어사중승. 동 6년(846) : 공부시랑
선종 대중 원년(847) : 예부시랑. 동 2년(848) : 지공거, 이부시랑. 동 4
년(850) 8월 : 산남서도절도사. 동 8년(854) : 좌산기상시. 동 11년(857)
8월 : 태상경. 동 12년(858) 10월 : 국자좨주, 태상경
의종 함통 2년(861) : 치청절도사. 동 3년(862) : 호부상서, 상서우복야

이같이 변방 발해 출신으로 당대 말엽 많은 고관 직책을 수행한 근거는,
본인의 문예적 능력과 원만한 인간관계가 바탕이 되었을 것이다. 봉오
의 시문의 묘사가 풍부하고 기이하지 않으며, 내용이 논리적이라는 점

과 애국의식이 깊어서 왕의 총애를 받았다는 점에서, 봉오의 문장을 평가하는 기준이 된다.

✳ 해 설

구화산은 안휘성 청양현 서남쪽에 있는데, 지장보살地藏菩薩이 불심을 깨우친 도장이다. 지장보살은 신라 왕족인 김지장金地藏(705-803)이다. 지장은 신라 성덕왕聖德王 4년에서 애장왕哀莊王 4년까지 장수한 승려로, ≪전당시全唐詩≫ 소서小序를 보면, 「신라국 왕자로서 지덕 초년에 배 타고 바다를 건너와 구화산에 머물렀으며 시 한 수가 있다.(新羅國王子, 至德初航海, 居九華山, 詩一首.)」라고 하였다. '지덕 초년'이라면 신라 경덕왕景德王 15~16년간이며, 현종玄宗 지덕 1~2년(756-757) 간이니, 현종 말기인 성당의 시 황금시대에 속한다. 이 시기는, 이백李白과 왕유王維, 두보杜甫를 위시하여, 위응물韋應物, 왕창령王昌齡, 유장경劉長卿 등 걸출한 시인들이 생존하던 때인 만큼, 지장은 승려로서 구화산에 은거하면서, 문인들과의 교유가 있었을 것이다.

지장은 〈동자의 하산을 전송하는 시送童子下山詩〉(≪全唐詩≫ 卷806)를 지어서, 한국 한시사의 중요한 자료로 남겨놓았다. 그에 관한 송대 계유공計有功의 ≪당시기사唐詩紀事≫(卷73)의 다음 기록을 본다.

> 김지장은 신라국 왕자다. 지덕 초년에 삭발하고 배 타고 바다를 건너, 지주의 구화산에 은거하였다. 〈동자의 하산을 전송하는 시〉에 이르기를, 「텅 빈 대문 적막한데 자네가 집이 그립다 하여, 구름 덮인 방에서 이별하고 구화산 내려가는군. 즐겨 대 난간에서 죽마를 탔으며, 느슨히 금 땅에서 금모래 모았었지. 냇물 가에 술병을 띄워 쉬며 달을 부르고, 옹이에 차 끓이며 마냥 꽃을 희롱했

었지. 잘 가게! 눈물일랑 흘려선 안 되네. 노승이 짝하는 건 안개
낀 놀이네.」라고 하였다.

金地藏, 新羅國王子也. 至德初, 落髮航海, 隱于池之九華山.〈送童
子下山詩〉云:「空門寂寞汝思家, 禮別雲房下九華. 愛向竹欄騎竹馬,
懶于金地聚金沙. 添瓶澗底休招月, 烹茗甌中罷弄花. 好去不須頻下
淚, 老僧相伴有烟霞.」

그의 시는 신라인 김진덕金眞德, 김가기金可紀, 설요薛瑤, 최치원崔
致遠, 박인범朴仁範, 최광유崔匡裕, 최승우崔承祐 등과 함께 희귀한
신라 시인의 작품으로 평가된다.(졸저 ≪新羅와 渤海 漢詩의 唐詩論的
考察≫ 참고)

봉오는 고구려의 유민인 발해인으로, 구화산 서은사에 거주했던 신
라승 지장을 생각하면서, 이 시를 지었을지도 모른다. 봉오는 당대
고관을 지낸 위치로, 서은사를 찾은 시기는 이미 사직하고 은거하며
유람하던 때로 추정한다.

이 시는 구화산의 서은사를 소재로 하여 자신의 속세 초탈의식을 밝
히고 있다. 가을 경치와 신령한 봉우리인 '영봉靈峰'의 조화와 고독
속에 구름과 노을인 '운애雲靄'가 벗이 되는 시인의 관조가 돋보인
다. 전원田園으로 돌아가는 심정과 탈속하려는 마음이 혼합되어, 참
선의 경지인 선경禪境을 추구하고 있다. 자연의 짐승과 초목, 심지
어 구름과 안개까지도 생동감 있게 묘사하여, 스님의 탈속적인 합자
연合自然(자연과 하나 됨)적인 의식과 융화를 이루니, 이것이 곧 '정
경교융情景交融'(시인의 마음과 자연의 경물이 서로 어울림)이 아닐
수 없다.

[장호張祜] 연천사 가는 길涓川寺路

해는 져서 서쪽 냇가에 그늘지고
멀리 쫓겨와서 시름이 솟구친다.
안개 낀 이끼는 땅에 촉촉하고
대나무엔 달빛 어린 이슬방울 맺혀 있다.
때마침 스님 한 분 오는 걸 보니
걷는 발 옆에 구름이 흩날린다.

涓川寺路연천사로

日沈西澗陰, 遠驅愁突兀.   일침서간음 원구수돌올
煙苔濕凝地, 露竹光滴月.   연태습응지 로죽광적월
時見一僧來, 脚邊雲勃勃.   시견일승래 각변운발발

(≪全唐詩≫ 卷510)

* 遠驅원구 - 멀리 달리다. 멀리 쫓기다. 여기선 시인이 야인이 된 것을
비유
* 突兀돌올 - 높이 솟은 모양
* 煙苔연태 - 안개 자욱한 이끼
* 勃勃발발 - 왕성한 모양. 갑자기 일어나는 모양

[장호張祜] ?-853. 생평에 대해서 원대 신문방辛文房의 ≪당재자전唐才
子傳≫(卷6)에 보면,

자가 승길이며, 남양 사람으로 고소에서 거주하였다. 고상한 것을 좋아했고, 처사라 불렸다. 운치 있는 정감에다 생각이 우아하였으며 무릇 잘 아는 사람들은 모두 당시의 뛰어난 인물이었다. 그러나 과거에 쓰이는 일정한 법식의 문장은 일삼지 않았다. 원화·장경 연간에 영호초로부터 재능을 크게 인정받았고, 천평군 절도사로 갈 때 손수 추천장을 써서 시 3백 수를 조정에 올렸다.

字承吉, 南陽人, 來寓姑蘇. 樂高尙, 稱處士. 騷情雅思, 凡知己者悉當時英傑. 然不業程文. 元和長慶間, 深爲令狐文公器許, 鎭天平日, 自草表薦, 以詩三百首獻於朝.

라고 하니 원화元和 장경長慶 연간(806~824)에 승상 영호초令狐楚에게 총애를 받았고, 이미 시 3백여 수를 바칠 나이라면, 그의 생년을 적어도 덕종德宗 원정元貞 초(785)로 추정할 수 있다.

장호 문집의 판본은 《신당서新唐書》 <예문지藝文志>에 기록된 바로는 '장호시 1권(張祜詩一卷)'이 있다고 하고, 주석에 「자는 승길이며 처사로서 대중 시기에 졸하다.(字承吉, 爲處士, 大中中卒.)」라고 하였고, 《군재독서지郡齋讀書志》에도 같은 기록이 있다. 단지 진진손陳振孫의 《직재서록해제直齋書錄解題》에는 「장호집 10권張祜集十卷」이라고 기록되어 있다.

장호 시의 특성으로서 영물詠物의 우아미優雅美를 살펴보면, 영물시는 그 소재가 음악에 치중되어 있다. 이것은 청대 왕사정王士禎이 말한, 「영물은 형상을 취하지 않고 정신을 취하며, 사물을 쓰지 않고 의취를 쓴다.(詠物不取形而取神, 不用事而用意.)」(《花草蒙拾》)라는 표현과 비교해 볼 때, 장호 시의 흥취는 형이상학적인 데 두고 있다고 하겠다. 또한 시의 음악성, 예술미를 문장에 담고 있다. 다루어진 소재로는 동식물, 예품, 광물, 자연현상 등을 들 수 있으니, 그 모든 묘사가 진지하고 미화되어 있어서, 청대 완규생阮葵生이,

영물시는 모름지기 시 속에 사람이 있어야 하며, 특히 시 중에 '나'가

있어야 한다. 혹은 '나'를 제목 곁으로 뛰쳐나오게도 하고, 혹은 '나'를 제목 속에 병입시키기도 한다. 영물의 묘처는 이 두 가지일 뿐이다.

詠物詩須詩中有人, 尤須詩中有我. 或將我跳出題之旁, 或將併入題之內. 詠物之妙, 只此二種.(≪茶餘客話≫)

라고 한 바와 같이, 장호에게는 '나[我]'가 시 속에 잠재되어 청대 원매袁枚의 「영물시는 단순한 기탁이 아니라 곧 아동의 수수께끼 맞추기다.(詠物詩無寄託, 便是兒童猜謎.)」(≪隨園詩話≫)라고 한 것처럼, 사물에 기탁하여 자신의 감성을 다양하게 표출해 내려고 하였다.

✳ 해 설

이 시에서 전체 구절이 경물의 자태와 작자 자신의 그 속에서의 위치를 진술하게 그려놓았다. 제3, 4구의 세밀함, 제5, 6구의 경계 묘사는 천계天界 유람을 연상케 하여 초탈적이다. 시에서 '沈, 陰, 遠, 突兀, 凝, 滴, 僧' 등의 시어는 제6구의 '勃勃'(갑자기 일어남)로 귀결시키는 '동중정動中靜'(움직이는 가운데 고요함)의 묘사법이라 하겠다. 이 시에서 선취가 넘치는 부분은 제5, 6구 「때마침 스님 한 분 오는 걸 보니, 걷는 발 옆에 구름이 흩날린다.」로, 스님이 신선처럼 구름 타고 걷는 형상으로 묘사하여, '空' 개념을 제시한다.

장호의 시(≪全唐詩≫ 권510~511)는 총 353수에 달하는데, 그중에 은일 낭만적인 면이 적지 않으니, 이 점은 불도와 경물에 관한 내용에서 짙게 표출되어 있고, 이것이 그의 시를 성당풍에 근접한다는 평가를 받는 근거기도 하다.(졸저 ≪中唐詩와 晩唐詩 연구≫ 참고) 명대 이반룡李攀龍은 장호의 〈송정역을 제목으로題松汀驛〉 시를,

이 시의 「멀리 하늘을 품는다」라는 세 자는 푸르고 아득한 마음을 불러일으킨다. 한 연은 모두 이 가운데서 나오고 있으니, 역시

왕유와 맹호연 일파의 구법이다.

此詩「遠含空」三字, 起得有蒼茫之意. 一聯皆從此中出, 亦王孟一
流之章法也.(≪唐詩選≫ 卷8)

라고 평한 것은 일리가 있다. 장호 시에서 산사山寺의 은일 탈속 면
을 보면, 사승寺僧에 관한 주제가 많은데, 송대 완일열阮一閱은 이
점을 갈상지葛常之의 말을 빌려 다음과 같이 서술하고 있다.

장호는 산행을 즐겼고 애달프게 읊은 것이 많다. 무릇 그는 사찰
을 다니면서 자주 시를 지어 노래하였으니, 예컨대 〈스님의 벽에
쓰다〉에서는 「객지에서 술을 많이 대하다가, 승방에 드니 오히려
꽃이 싫구나.」라고 하였다. 진실로 승방과 사찰이 그의 시를 통해
표방되는 경우가 많음을 알겠다.

張祜喜遊山而多苦吟, 凡所歷僧寺往往題詠如題僧壁云 : 「客地多逢酒,
僧房卻厭花.」, 信知僧房佛寺賴其詩標榜者多矣.(≪詩話總龜≫ 卷之
二十一)

장호 시의 소재에 있어 '寺僧'의 중요성을 강조한 근거라 할 것이다.
장호가 산사를 시제로 한 시가 총 44수인 것만 봐도, 그 소재의 중
심이 되는 대상으로서의 사원이 지닌 의미가 적지 않다. 이것은 시
정이 천속하지 않다는 근거가 되기도 하지만, 장호의 시 전체가 지
닌 '피속避俗'(속세를 떠남)의 특징이라는 데까지 확대하여 말할 수
있다.

시를 지을 때 경계해야 할 점에 대해서, 청대 하경관賀敬觀이 「시는
세상의 더러운 데 매이는 것을 경계할 것이며, 경박하고 헤매는 것
을 경계할 것이다. 무릇 시어를 잘 써서 비속함을 멀리하여야, 시다
움을 알 수 있다.(詩一戒濘累塵腐, 一戒輕浮放浪, 凡出辭氣, 當遠鄙

倍, 詩可知矣.)」(≪詩槪≫)라고 한 말과 대조해 볼 때, 장호의 시에서 소재 선택의 신선함을 강조하지 않을 수 없다. 그의 시는 자연 경물에의 심취라는 관점에 초점이 맞추어져 있고, 불교에의 신심이 깃든 의식상의 탈속미를 지닌다.

청대 말 왕국유王國維가 말한 바,「내가 있는 경지가 있고, 내가 없는 경지가 있다.(有有我之境, 有無我之境.)」(≪人間詞話≫)라는 의미는 '나〔我〕'로써 사물을 보는 것을 '유아有我'(내가 있음)의 것이라면 '물物'로써 사물을 보는 것은 '무아無我'(내가 없음)의 것이 되겠으니, 장호의 경물을 그려내는 시정詩情에서부터 은일과 속탈을 추구한 면은, '有我'의 경우로 볼 수 있다. 이것은 '我'의 '정情'(정감)을 위주로 하고 '物'의 '경境'(경지)을 추종으로 했다고 보기 때문이다. '境' 속에 반드시 '我'가 있으며, 그 주체는 '我'이므로 '我相'(내 모습)이 '담원澹遠'(허무虛無가 아님)하다.

[고변高駢] **호두의 이수량 처사에게 부치며**寄鄠杜李遂良
處士

속세를 떠나지 못한 채 세상일 잊고 있어
고운 꿈속에서 서울에 들어가 볼까.
연못가에서 글을 쓰며 선배를 본받아
곁에 좌우명 적어 후생에 본이 되리.
시 모임의 나그네 저녁에 진 나루로 돌아가고
맑은 날 술 취한 낚시꾼 미피강을 떠나가네.
봄이 와도 산속 소식은 없고
해 지도록 홀로 냇물 따라 거닌다.

寄鄠杜李遂良處士기호두리수량처사

小隱堪忘世上情, 可能休夢入重城. 소은감망세상정 가능휴몽입중성
池邊寫字師前輩, 座右題銘律後生. 지변사자사전배 좌우제명률후생
吟社客歸秦渡晚, 醉鄉漁去渼陂晴. 음사객귀진도만 취향어거미피청
春來不得山中信, 盡日無人傍水行. 춘래부득산중신 진일무인방수행

(≪全唐詩≫ 卷598)

* 鄠杜호두 - 고대 하夏나라 시기 호국扈國의 지명
* 處士처사 - 벼슬하지 않고 민간에 있는 선비. 거사居士
* 小隱소은 - 속세를 완전히 초탈하지 못한 은사隱士
* 休夢휴몽 - 평안히 꿈꾸다. 좋은 꿈
* 重城중성 - 서울. 궁성宮城. 도성都城

* 師사 - 본받다

* 座右좌우 - 좌석의 오른쪽. 좌석의 곁. 자기가 거처하는 곳의 곁

* 題銘제명 - 마음속에 새길 말을 적다

* 律률 - 본보기로 삼다

* 吟社음사 - 시가詩歌를 짓는 모임

* 醉鄕취향 - 술 취한 중의 별천지

* 渼陂미피 - 섬서성陝西省 호현鄠縣에서 발원하여 종남산終南山의 물을 받아 서북으로 흐르는 노수澇水의 지류

* 盡日진일 - 종일. 진종일. 그믐날

[고변高駢] 821-887. 자가 천리千里로, 군인이며 정치가로 문학도 출중하여, 그 시가 ≪전당시≫(권598)에 단독 1권으로 수록되어 있다. 당대 최고의 변새시인 고적高適(702-765)을 발해인으로 단정하는 데는 객관성이 부족하지만, 고변은 검남절도사劍南節度使 고관을 지낸 조부 고숭문高崇文(746-809)이 '발해인'이란 점을, ≪신당서新唐書≫(卷170) 열전 제95에서 확인할 수 있다.

고숭문의 자는 숭문이며 그 선조가 발해에서 유주로 옮겨가서 7세대 동안 달리 거주하지 않았고 개원 연간에 다시 그 가문을 드러냈다.
高崇文字崇文, 其先自渤海徙幽州, 七世不異居, 開元中, 再表其閭.

그리고 고변이 '발해인'이라는 점을 기록한 자료로, 한국인 천관우千寬宇의 ≪인물人物로 본 한국고대사韓國古代史≫에서, 「고변은 발해계渤海系로 고숭문高崇文 -고승간高承簡 -고변高駢의 삼대가 모두 절도사를 역임하였다.」라고 서술하고 있다. 고변은 중국 자료에 직접 발해인으로 기술하지 않았다 해도, 조부와 함께 발해군왕渤海郡王에 봉해진 역사적인 사실로 보아, 그를 한국 발해사와 발해 문학에서 다루어야 할 것이다.(졸저 ≪新羅와 渤海 漢詩의 唐詩論的 考察≫ 참고) 고변에 대해

서 구체적으로 서술한 ≪신당서新唐書≫(卷224, <列傳> 第149下) '반신하叛臣下'에 보면,

고변의 자는 천리며 남평군왕 숭문의 손자다. 집안이 대대로 금위를 맡았고 어려서 자못 다듬고 삼가며, 여러 선비와 교제하고, 곧게 도리를 다스리니, 양군의 사람들이 더욱 그를 칭찬하여 높였다. 주숙명을 섬겨 사마가 되었다. 두 마리 수리가 함께 날거늘 고변이 말하기를, 「나는 잘하여 그것들을 마땅히 쏘아 잡을 것이다.」라고 하고, 한 발에 두 마리 수리를 관통시키니, 뭇사람이 크게 놀라서 '낙조시어'(수리를 떨어뜨린 시어사)라고 불렀다. … 위소도에게 조서를 내려 제도염철전운사를 맡게 하고, 고변을 시중 관직을 더하여, 백 호를 더 주어 발해군왕에 봉하였다.

高騈字千里, 南平郡王崇文孫也. 家世禁衛, 幼頗修飭, 與諸儒交, 踁踁譚治道, 兩軍中人更稱譽之. 事朱叔明爲司馬. 有二鵰並飛, 騈曰：我且貴, 當中之. 一發貫二鵰焉, 衆大驚, 號落鵰侍御. … 詔韋昭度領諸道鹽鐵轉運使, 加騈侍中, 增實戶一百, 封渤海郡王.

라고 하여 고숭문의 손자며, 문학을 기호하고 선비와 교제하며, 발해군왕에 봉해진 것을 알 수 있다. 고변은 만당 유미파의 이상은李商隱(811?-859?)과 대조적인 현실주의 시인인 나은羅隱(838-910)을 위시하여 고운顧雲(?-894?)과 한국한문학의 비조인 신라 최치원崔致遠 등을 자신의 막부에 종사케 하면서, 문인과의 교류를 원활히 하였다.

시풍에 대해서 송대 우무尤袤의 ≪전당시화全唐詩話≫(卷5)에는 그의 시 <풍쟁風箏>과 관련된 일화를 소개하면서, 군인이지만 문인으로서의 품격이 어떤지를 기술하고 있다.

고변이 촉을 진압한 시기에 남조南詔가 침략하니, 성을 40리에 걸쳐 축조하여, 조정에서 상을 내렸다. 어느 날 음악 연주를 듣고, 자리 이동이 있을 줄 알고서, '풍쟁'을 시 제목으로 자신의 생각을 기탁하여

이르기를, 「밤이 고요하고 현 소리는 푸른 하늘에 울리니, 궁음과 상음이 멋지게 바람 따라 들려오네. 어렴풋이 곡조가 들리는 듯하더니, 다시 다른 곡조로 옮겨 가네.」라고 하였는데, 열흘 후에 임명장이 와서 저궁으로 자리를 옮겼다.

駢鎭蜀日, 以南詔侵暴, 築羅城四十里, 朝廷加恩賞. 或一日, 聞奏樂聲響, 知有改移, 乃題風箏寄意曰 : 「夜靜弦聲響碧空, 宮商信任往來風. 依稀似曲才堪聽, 又被移將別調中.」 旬日報道, 移鎭渚宮.

'풍쟁風箏'은 풍경風磬으로 처마끝에 달아 바람에 흔들려서 소리 나게 하는 작은 종이다. 풍경 소리에서 시인의 심경이 은일적이며 낭만적으로 표출된다. 시인은 현실의 고통에서 초탈하여 승화된 의식으로 정화하고, 나아가서는 삶의 가치를 그 속에서 갈구하고 있다.

그의 시 47제 50수(≪全唐詩≫ 卷598)는 주제별로 영회詠懷, 기증寄贈, 탈속脫俗, 송별送別, 계절季節, 우정友情, 고적古跡, 유람遊覽, 변새邊塞, 영물詠物 등 다양하다.

▩ 해 설

시제의 호두鄠杜는 지명으로 하夏나라 시기 호국扈國의 도읍이며, 이수량李遂良 처사는 누구인지 알 수 없고, 단지 은거하는 선비로서 고변의 벗으로 보인다. 시에서 '小隱'(속세를 완전히 벗어나지 못한 선비), '忘世上情'(세상 사정을 잊음), '秦渡'(진 나루), '醉鄕'(술 취한 중의 이상향), '山中信'(산속 소식) 등 시어로 보아 도가풍의 선미仙味를 느낄 수 있으나, 그 속에 담긴 의식이 탈속적이며, 스스로 노력하는 정성을 표현한 점에서, 선미禪味도 깊이 내재되어 있다. 일종의 도석道釋(도교와 불교) 사상이 융화되어있는 시라 할 것이다.

고변은 그 당시 유명한 군인이자 행정가이면서 또한 ≪전당시全唐詩≫에 50여 수의 시를 남긴 시인으로서, 얼마간 세사世事를 떠나

서 이 처사와 교유하였다. 그 인연으로 이 기증시를 짓고, 자신을
회고하며 반성하는 기회를 가진 것이다.

시의 제3연에서는 진대 도연명陶淵明의 〈도화원시桃花源詩〉(《陶淵
明詩箋注》 卷4)의 서문과, 당대 왕유王維의 〈도원행桃源行〉(《王右丞
集箋註》 卷6) 시를 연상케 하며 무릉도원武陵桃源의 유토피아를 희
구한다. 그리하여 제4연에서 피세避世의 산중인山中人으로 초탈하
고, 합자연合自然하는 심회를 토로한다. 좌선坐禪의 자세다. 다음에
참고로 도연명과 왕유의 작품 일단을 본다.

진나라 태원 연간에 무릉 사람이 고기잡이를 생업으로 하는데,
시내를 따라서 가다가 길을 잃게 되었다. 문득 복숭아 숲이 나오
고, 수백 보를 걸어가니, 그 속에 잡된 나무는 없고, 향기로운 풀
이 아름답고, 꽃잎이 흩날리거늘, 어부가 매우 신기하게 여겼다.
다시 앞으로 걸어가니, 숲이 끝나면서 샘터가 보이고, 곧 산이 하
나 나왔다. 산에는 작은 입구가 있는데, 빛이 나는 듯하여, 이어
서 배를 버리고, 입구를 따라 들어갔다. …(도연명 〈도화원시〉서)
晉太元中, 武陵人, 捕魚爲業, 緣溪行, 忘路之遠近. 忽逢桃花林, 夾
岸數百步, 中無雜樹, 芳草鮮美, 落英繽粉, 漁人甚異之. 復前行, 欲
窮其林, 林盡水源, 便得一山. 山有小口, 彷佛若有光, 便舍船, 從
口入. …(陶淵明 〈桃花源詩〉序)

어부가 물을 따라 산의 봄 경치 좋아
양쪽 언덕 복사꽃 핀 나루터에 들어섰네.
붉은 꽃 앉아 보며 멀리 온 걸 잊고
맑은 냇물 따라가며 아무도 안 보이네.
산머리로 다가가니 깊게 팬 곳 나타나고
산이 넓게 트이며 갑자기 평지가 되네.

멀리 보니 구름 낀 나무 한데 모여있고
가까이 드니 집집마다 꽃과 대나무 있네. (왕유 〈도원행〉)

漁舟逐水愛山春, 兩岸桃花夾去津. 어주축수애산춘 양안도화협거진
坐看紅樹不知遠, 行盡淸溪不見人. 좌간홍수부지원 행진청계불견인
山口潛行始隈隩, 山開曠望旋平陸. 산구잠행시외오 산개광망선평륙
遙看一處攢雲樹, 近入千家散花竹. 요간일처찬운수 근입천가산화죽

(王維 〈桃源行〉)

[설능薛能] 선사에게 드리다贈禪師

욕심 부림에 본래 다른 마음이 없어
살면서 오래 참선하는 마음이네.
나라에 헛되이 사는 길 있지만
방 구석에서 많은 날 보내네.
경쇠 울리니 작은 티끌 털어내고
항아리 옮기니 습한 땅바닥 동그랗네.
서로 만나 같이 지내면서
별과 달 아래 앉아서 잠을 잊네.

贈禪師증선사

嗜慾本無性, 此生長在禪.　기욕본무성 차생장재선
九州空有路, 一室獨多年.　구주공유로 일실독다년
鳴磬微塵落, 移缾濕地圓.　명경미진락 이병습지원
相尋偶同宿, 星月坐忘眠.　상심우동숙 성월좌망면

(≪全唐詩≫ 卷560)

* 嗜慾기욕 - 좋아하고 즐기고자 하는 욕심
* 無性무성 - (불교) 모든 일은 인연에 의하여 일어나며 자성自性이 없음. 암수의 구별이 없음
* 九州구주 - 중국 전체를 아홉으로 구분한 일컬음. 중국 전토
* 磬경 - 경쇠. 옥이나 돌로 만든 악기의 하나
* 微塵미진 - 작은 티끌. 썩 작음. 속된 것

* 缾병 - 단지. 두레박
* 坐忘좌망 - 잡념을 버리고 나를 잊음. 무아無我의 경지에 들어감

[설능薛能] ?-880. 자가 대졸大拙로 분주汾州(지금의 산서성山西省 분
주汾州)인이다. 만당의 혼란기에 여러 지방 관직을 역임하면서, 민심의
질고와 우국을 체험하고, 많은 인간관계를 통하여 기증시를 다수 남기
고 있다. 같은 시대의 정곡鄭谷은 설능을 칭송하여 지은 <고 허창 설상
서시집을 읽고讀故許昌薛尙書詩集>(≪全唐詩≫ 卷674)에서 설능의 시
특징을 첫째는 고아하고 진솔하여 ≪시경詩經≫ <국풍國風>의 흥취가 있
으며, 둘째는 담백하고 청신하다고 하였다.
설능의 영물시는 청신하여 만인이 애송하니, 다음에 <살구꽃杏花>(≪全
唐詩≫ 卷561)을 보면,

> 빛 흐르고 향기 나는 으뜸 되는 꽃
> 손으로 푸른 누대 옆에 옮겨 심었네.
> 그 고운 자태 끝내 저버리지 아니하고
> 어지러이 봄바람 향해 쉬지 않고 방긋거리네.
> 活色生香第一流, 手中移得近靑樓. 활색생향제일류 수중이득근청루
> 誰知艶性終相負, 亂向春風笑不休. 수지염성종상부 란향춘풍소불휴

라고 하니 살구꽃의 향기와 아름다움을 통하여 미인을 회상하며 온정에
든 시심이 깃들어 있다.

�֎ 해 설
이 시의 세계는 선리禪理와 선적禪寂의 표상이다. 시인의 심리가 이
러하거늘 과연 후인이 「너무 평범하다(妄庸)」(≪後村詩話≫ 卷1)느
니, 「자부심이 너무 높다(自負甚高)」(≪唐詩談叢≫ 卷1)느니, 「경박한
것 같다(佻務相類)」(≪全唐詩說≫)느니 하는 편견을 가할 수 있을지

의심스럽다.

제1, 2구는 무성無性과 좌선坐禪의 삶을 추구하는 고승의 불심을 찬미하고 있다. 제3, 4구와 제5, 6구에서는 고승의 탈속과 정진의 생활 자세를 시각적으로 묘사해준다. 제5구의 '微塵落'(먼지를 털다)은 세상의 속된 것들 다 잊고 멀리함이며, 제6구의 '濕地圓'(습한 땅바닥이 둥글다)의 '圓'은 불교의 원각圓覺(부처의 원만한 깨달음)이며 원광圓光(부처님의 몸 뒤로부터 내비치는 광명)이면서 원돈圓頓(원만하여 성불成佛하는 법화法華의 묘법)의 의미를 지닌다. 즉 두루 통하는 보살의 묘오인 원통圓通을 상징한다. 말연은 낮이든 밤이든 오직 좌망坐忘(앉아서 잡념을 잊음)하여 무아無我의 경지에 몰입한 고승을 추앙하며 시인 자신도 동참한다.

[사공도司空圖]　우두사牛頭寺

종남산은 가장 아름다운 곳
불경 소리 푸른 하늘에 울려 퍼지네.
나무숲 우거진 그윽하고 고요한 곳
엷은 안개 넓고 잔잔하게 펼쳤네.

牛頭寺우두사

終南最佳處, 禪誦出靑霄.　종남최가처 선송출청소
群木沈幽寂, 疏烟泛沈寥.　군목침유적 소연범혈료

(≪全唐詩≫ 卷632)

* 牛頭寺우두사 - 장안長安 소릉少陵(지금의 섬서성陝西省 서안西安 남
쪽)에 있던 절
* 終南종남 - 종남산. 장안 근교의 산. 도교와 불교의 요람지
* 禪誦선송 - 불경佛經을 읊음. 사찰의 송경誦經
* 靑霄청소 - 파란 하늘. 맑은 하늘
* 幽寂유적 - 깊고 고요함. 매우 한적함
* 疏烟소연 - 엷게 드리운 안개
* 沈寥혈료 - 넓고 고요하고 밝음

[사공도司空圖] 837-909. 자는 표성表聖이고 만년에 스스로 '지비자知
非子', '내욕거사耐辱居士'라고 불렀다. 하중河中 우향虞鄕(지금의 산서
성山西省 영제永濟)인이다. 의종懿宗 함통咸通 8년(869)에 진사에 급제

하여 동도광록시주부東都光祿寺主簿, 예부원외랑禮部員外郎, 예부낭중 禮部郎中, 지제고知制誥, 중서사인中書舍人 등을 지냈다. 황소黃巢의 난亂 이후에 말세적 사회혼란으로 중조산中條山 왕관곡王官谷에 은거하 였고, 소종昭宗 때 간의대부諫議大夫, 호부시랑戶部侍郎, 병부시랑兵部 侍郎 등을 임명받았으나 사양하고 평생 은둔 생활하였다.

유불도儒佛道 세 교리에 널리 통하여, 그의 시가 이론 정립에 근거가 된 다. 시인으로서의 명성은 특출하지 못하여, 음주하면서 작시하는 여가를 가지고 절구시를 즐겨 지었다. 시풍은 한가롭고 고요하며, 맑고 심원한 (閒靜淡遠) 격조를 보여준다. ≪사공표성문집司空表聖文集≫ 10권과 ≪사 공표성시집司空表聖詩集≫ 5권과 ≪이십사시품二十四詩品≫이 있다. 사 공도의 시 자체에 대한 여러 평을 보면 다음과 같다.

　*　당대 말 사공도는 험난한 전쟁 속에도 시문이 고아하여 평화 사대 의 유풍을 지니고 있다.
　唐末司空圖, 崎嶇兵亂之間, 而詩文高雅, 猶有承平之遺風.(蘇軾 <書 黃子思詩集後>)
　*　사공도의 좋은 시구는 크게 고아한 운치가 있고 또 매우 섬세하고 정밀하다.
　司空圖佳句, 大有高致, 又甚細密.(≪圍爐詩話≫)
　*　시는 장경시대 풍격을 본받아서 평담하여 조탁을 받들지 않았다. 절 구는 우아하고 청려하여 대력 시기의 풍격을 지니고 있다.
　詩效長慶, 平淡不尙雕琢 : 絶句典雅淸麗, 有大歷風.(≪詩學淵源≫)

위의 시평에서 사공도의 시는 그의 논시 성격과 상관하지 않고서도, 일 반적으로 고아하고 청신하며 평담한 풍격을 지녔다고 할 수 있다. 만당 문인이지만 이상은李商隱과 온정균溫庭筠의 유미파라기보다는 오히려 중당 대력재자大歷才子의 유풍과 백거이白居易와 원진元稹의 시풍에 근접되어 있다고 본다.

사공도의 시화인 《이십사시품》은 중국 시론사에 가장 위대한 시론서로서, 불교와 도교의 사상을 바탕으로 서술하고 있다. 그들 풍격을 보면, '웅혼雄渾', '충담沖澹', '섬농纖穠', '침착沈著', '고고高古', '전아典雅', '세련洗煉', '경건勁健', '기려綺麗', '자연自然', '함축含蓄', '호방豪放', '정신精神', '진밀縝密', '소야疏野', '청기淸奇', '위곡委曲', '실경實境', '비개悲慨', '형용形容', '초예超詣', '표일飄逸', '광달曠達', '유동流動' 등 24개로 나누었고, 매 풍격마다 4언시 형식의 12구로 구성되어 있다.

이 시화가 지닌 특성은 첫째 4언시로서 시리詩理에 밝은 시인이 아니면, 이런 현미玄味가 있고 형상화된 시편을 지을 수 없다. 둘째는 시품 속에 '기인畸人'과 '유인幽人'의 생활 풍모를 묘사하고 있는데, 은일 생활의 체험이 있어야 가능하다. 셋째는 선미禪味가 가득하니, 작자의 선종에 대한 종교적 심오한 신앙에서 가능하다. 넷째는 만당 시단의 번성한 시문학 창작 풍토에, 시 풍격이 다양한 중에 시론적 정립의 필요성이 절실한 상황에서, 교연皎然의 《시식詩式》의 풍격론의 영향을 받았다.(졸저 《中國 唐宋詩話 解題 1》 참고)

※ 해 설

우두사는 당대 의종懿宗 정원貞元 11년(795)에 창건된 절이다. 절에는 현재 만당대에 세운 다라니陀羅尼경 종이 있고, 금金대의 수호법장계문비守護法藏戒文碑 등이 보존되어 있다. 오언절구의 짧은 시지만, 고요한 필치로 우두사의 경치를 한 폭의 그림으로 그리고 있어, 송대 소식蘇軾이 왕유王維의 「시 속에 그림이 있다詩中有畵」라고 평한 어구에 적절하다.

제1구의 종남산은 장안 남쪽에 있는 당나라의 국교인 도교의 본산이며, 아울러 대대로 내려온 불교의 요람지다. 그 산에는 자은사慈恩寺, 천복사薦福寺, 흥교사興教寺, 향적사香積寺, 정업사淨業寺 등 유명한 사원이 많이 있다. 제2구에서 심오한 참선의 의취를 묘사해주고, 제3구의 우거진 숲과 관련하여, 사공도 이후 천년이 지난 오늘날에도 한 그루의 회화나무(槐)와 측백나무(柏)가 있어서, 그 웅대하고도 강인한 생명력을 보여준다.

Ⅲ · 송宋

선시

[문조文兆] 서산정사에 머물며 宿西山精舍

기분 좋아 서쪽 산에 머무르니
고요한 게 마음에 드네.
오솔길에 늙은 소나무 삼나무 서 있고
한밤인데 눈비가 깊게 쌓이네.
작은 불당에 스님 불경 소리 그치고
구름 낀 누각엔 경쇠 소리 딸랑딸랑.
여기서 오래 머물 수 없으니
새벽녘 두 산봉우리를 찾아볼까나.

宿西山精舍숙서산정사

西山乘興宿, 靜稱寂寥心.　서산승흥숙　정칭적료심
一徑松杉老, 三更雨雪深.　일경송삼로　삼경우설심
草堂僧語息, 雲閣磬聲沈.　초당승어식　운각경성침
未遂長棲此, 雙峯曉待尋.　미수장서차　쌍봉효대심

(≪增廣宋高僧詩選≫ 前集)

＊西山서산 - 지금의 복건성福建省 포성현蒲城縣 서쪽에 있는 서암산
西岩山. 여기서는 서암산의 정사
＊精舍정사 - 절. 사찰
＊乘興 - 흥이 나서 마음이 내킴
＊寂寥적료 - 적적하고 쓸쓸함. 고요함. 적막寂漠
＊三更삼경 - 밤 11시부터 1시까지의 시간. 깊은 밤
＊草堂초당 - 지붕을 풀로 엮은 작은 집. 여기서는 작은 불당佛堂

* 雲閣운각 - 구름이 낀 높은 누각
* 磬경 - 경쇠. 옥이나 돌로 만든 악기
* 未遂미수 - 목적했던 바를 이루지 못함

[문조文兆] 생졸년 불명. 남월南粤(지금의 광동성廣東省과 광서성廣西省 일대)인이며, 일설에는 회남인淮南人이라고도 한다. 지금 전해지지 않는 ≪구승시집九僧詩集≫ 작자의 한 사람. 구승九僧의 시가는 ≪송고승시선宋高僧詩選≫, ≪영규율수瀛奎律髓≫, ≪송시기사宋詩紀事≫ 등에 보인다.

❋ 해 설

시승 문조가 눈 내리는 서암산西岩山에 올라서 정사를 찾았다. 추운 날 오직 불심을 다지고 싶은 정성으로 올랐다. 정사의 유정幽靜함과 시승의 적료寂廖한 선심禪心이 서로 응대한다. 시에서 '乘興'은 단순한 '흥이 나서 마음이 내킨다'는 일반적인 흥취가 아니라, 불심에서 우러나는 열정이다.

제2연은 정사 주변과 겨울 기후 상황을 시각적으로 부각시킨다. 제3연은 스님의 불경 음송과 경쇠 울리는 소리가 청각적으로 묘사되어 있다. 이런 창작의 묘사법은 시의 회화적인 기법에 속한다. 시의 '시중유화詩中有畵'(시 속에 그림이 있음)다. 제4연에서 시인은 더욱 탈속적인 의지를 표현한다. 날이 밝으면 뒷산의 두 봉우리까지 올라가야겠다는 것이다. 시에서 '靜'(고요함)을 표제로 삼고 시각적이고 청각적인 대비법을 설정하고 있다. 그리하여 좌선의 근본 자세인 '靜'의 효과를 극대화하고 있다. 시에서 참선하는 맛(선미禪味)이 적지만, 묘사가 평이하고 수식이 없으므로, 오히려 더욱 시의 맛(시미詩味)이 짙다. 그래서 청대 기윤紀昀은 이 시에 대해서, 「시의 운치가 날개 치듯 오르면서, 억지로 그려내는 습성이 없다.(氣韻翛然, 無刻畵齷齪之習.)」(≪閱微草堂筆記≫)라고 평하였다.

[임포林逋] **동산의 작은 매화**山園小梅

흩날리는 꽃잎 홀로 아름다워
그 풍치에 취한 마음 작은 뜰로 향하네.
희미한 그림자 기울고 물 맑고 얕은데
그윽한 향기 감돌며 달이 지고 있네.
겨울새가 내리려다 먼저 훔쳐보고
흰 나비가 안다면 넋이 나가겠지.
기쁘게 읊조리며 그대랑 친해지니
노래판이며 금 술잔은 멀리 해야지.

山園小梅산원소매

衆芳搖落獨喧姸, 占盡風情向小園. 중방요락독훤연 점진풍정향소원
疏影橫斜水淸淺, 暗香浮動月黃昏. 소영횡사수청천 암향부동월황혼
霜禽欲下先偸眼, 粉蝶如知合斷魂. 상금욕하선투안 분접여지합단혼
幸有微吟可相狎, 不須檀板共金樽. 행유미음가상압 불수단판공금준
(≪林和靖詩集≫)

* 山園산원 - 산속의 정원. 능침陵寢이 있는 곳
* 搖落요락 - 시들어 떨어지다
* 喧姸훤연 - 따뜻하고 아름답다
* 占盡점진 - 모두 차지하다
* 風情풍정 - 풍치. 모습
* 疏影소영 - 드문드문 비치는 그림자. 희미한 그림자

* 橫斜횡사 - 비스듬함. 기욺. 가로 기울다

* 暗香암향 - 깊고 은근한 향기

* 霜禽상금 - 서리가 내릴 때의 새. 겨울새를 이름

* 偸眼투안 - 남모르게 보다. 훔쳐보다

* 粉蝶분접 - 흰 나비

* 如知여지 - 만일 안다면. 마치 아는 듯이

* 斷魂단혼 - 혼이 끊기다. 넋을 잃다

* 微吟미음 - 아주 낮은 소리로 읊조림

* 狎압 - 가깝다. 친하다

* 不須불수 - 모름지기 ~ 아니다. ~해선 안 된다

* 檀板단판 - 악기 이름. 박자를 치는 데 쓰는 널빤지

* 金樽금준 - 황금 술잔

[임포林逋] 976-1028. 자가 군복君復으로, 전당錢塘(지금의 절강성浙江省 항주杭州)인이다. 어려서 강회江淮 지역을 유람하고, 항주杭州 고산孤山에서 20년간 은거하며, 매화를 심고 학을 길러 일명 '매처학자梅妻鶴子'라고 칭한다. 시풍은 담백하며, 전역錢易, 범중엄范仲淹, 매요신梅堯臣 등과 수답하였다. 저서로 ≪임화정시집林和靖詩集≫이 있다.

❋ 해 설

평생 은둔하면서 문학을 논하고 자연과 합일合一된 의식으로 살았던 임포는 송대 초기 대표적인 탈속주의자다. 그는 도가풍의 삶을 추구하면서도 불교의 참선 사상에 심취하였다. 이 시는 겉으로 좌선에 관한 시어를 한 글자도 사용하지 않았지만, 안으로는 합자연의 좌선 흥취가 깊게 스며 있다.

송대 소식蘇軾은 ≪동파시화東坡詩話≫에서 임포의 이 시를 시 묘사상의 기교가 뛰어난 예로 들면서, 다음과 같이 서술하고 있다.

시인은 사물을 묘사하는 공교함이 있다. '뽕나무 떨어지니, 그 잎이 무성하다', 다른 나무는 아마도 이를 당하지 못할 것이다. 임포는 〈매화〉시에서 이르기를, 「희미한 그림자 기울고 물 맑고 얕은데, 그윽한 향기 감돌며 달이 지고 있네.」라 하니, 전혀 복사 오얏의 시가 아니다. 피일휴의 〈흰 연꽃〉시에 이르기를, 「무정도 유한한데 누굴 볼까나, 새벽달에 바람 맑으니 시들 때라네.」라 하니, 전혀 붉은 연꽃 시가 아니다. 이것이 곧 사물을 묘사하는 공교함이다.

詩人有寫物之工. '桑之木落, 其葉沃若', 他木殆不可以當此. 林逋梅花詩云 : 「疏影橫斜水淸淺, 暗香浮動月黃昏.」, 決非桃李詩. 皮日休白蓮詩云 : 「無情有限何人見, 月曉風淸欲墜時.」, 決非紅蓮詩. 此乃寫物之工.

소식은 시학적 관점에서, 사물에 대한 묘사는 그 담긴 정신에 의거하여, 그 사물의 고유한 특성을 그려내야 한다는 점을 강조하였으니, ≪시경詩經≫의 시구와 당대 피일휴皮日休, 그리고 임포의 시구를 예를 들면서, 시인의 사물 묘사의 '공교工巧'를 논하고 있다.

임포의 이 시는 영물시의 '탁물기흥托物寄興' 즉 사물에 기탁하여 시인의 흥취를 비유적으로 읊어내는 점이 뛰어나다. 이 시에서 임포는 고요한 산 숲속에서 고운 자태 뽐내는 매화를 감상하니, 노래며 술 즉 세상의 놀이가 어찌 필요하겠는가라고 자신의 심정을 토로하고 있다. 이 시는 매화를 영물하면서 그 흥취를 담은 묘사가 '정경교융情景交融(시인의 마음과 자연의 경치가 서로 조화를 이룸)의 극치를 보여준다.

그래서 소식은 〈임포 시를 읽은 후기書林逋詩後〉에서 「(임포) 선생은 매우 뛰어난 사람이니, 마음과 몸이 맑고 냉철하여 속된 먼지가 없네.(先生可是絶倫人, 神淸骨冷無塵俗.)」라고 읊었고, ≪사고전서총목四庫全書總目≫에서는 「그 시가 맑고 곱고 높고 빼어나서, 마치 그 사람됨 같다.(其詩澄澹高逸, 如其爲人.)」라고 서술하여 시가 시인 인격의 화신이라고 평하였다.

[왕안석王安石] **오진원**悟眞院

냇물 찰랑대며 집 섬돌 씻고
한낮 창가 꿈꾸는 자리에 새들이 지저귄다.
봄바람 날마다 향기로운 풀 흔드는데
산 북쪽 남쪽 어디나 길이 없구나.

悟眞院오진원

野水縱橫漱屋除, 午窗殘夢鳥相呼. 야수종횡수옥제 오창잔몽조상호
春風日日吹香草, 山北山南路欲無. 춘풍일일취향초 산북산남로욕무

* 悟眞院 - 지금의 강소성江蘇省 남경시南京市 종산鍾山 동남쪽 팔공
덕수八功德水 자락에 있던 절
* 野水 - 들녘의 강물. 여기선 팔공덕수八功德水를 가리킨다
* 縱橫종횡 - 가로와 세로. 이리저리 놓이다. 여기서는 물이 엇갈려 흐르
다
* 漱수 - 양치질하다. 씻다
* 屋除옥제 - 집 입구의 계단
* 午窗오창 - 낮 창문
* 殘夢잔몽 - 아직 다 꾸지 않은 꿈

[왕안석王安石] 1021-1087. 자는 개보介甫, 호는 반산半山이며 무주撫
州 임천臨川(지금의 강서성江西省 임천臨川)인이다. 북송의 저명한 개

Ⅲ. 송宋 선시 307

혁가로서 만년에 불문佛門에 귀의하였고, ≪임천집臨川集≫이 있다. 송
대 양만리楊萬里는 그의 경물시를 당시와 비교하여, <당나라 시인과 왕
안석 시를 읽고讀唐人及半山詩>에서 이르기를,

　　당나라 시인과 왕안석을 나누지 않는데
　　뜻밖에 일부러 시단을 갈라놓으려 하네.
　　왕안석은 곧 깊이 스며드는 맛을 주니
　　당나라 시인의 장점을 지닌 것 같네.
　　不分唐人與半山, 無端橫欲割詩壇.　불분당인여반산 무단횡욕할시단
　　半山便遣能參透, 猶有唐人是一關.　반산변견능참투 유유당인시일관
　　　　　　　　　　　　　　　　　　　　　　　　(≪誠齋集≫ 卷8)

라고 하였고, 엄우嚴羽는 「왕안석의 절구는 격조가 매우 높아서 그 뛰
어난 곳은 소식, 황정견, 진사도 위에 높이 올라 있으나, 당대 시인과는
아직 문빗장 하나 차이가 난다.(公絶句最高, 其得意處高出蘇黃陳之上,
而與唐人尙隔一關.)」(≪滄浪詩話≫ <詩體>)라고 하였다. 왕안석의 영사
詠史 절구는 100여 수가 넘고, 고인을 제재로 한 시가 50수에 달하며,
인물의 사건을 직설적으로 묘사하고, 객관적인 공평한 품평을 가하고,
애증이 선명하여 창신한 면모를 보여주고 있다. 영사에 있어, 때로는 자
신을 비유하기도 하고, 우국애민의 정서와 부국강병의 원대한 포부를
기탁하기도 하였다.
청대 고사립顧嗣立은 왕안석의 시를 평가하기를, 「왕안석의 영사 절구
를 가장 좋아하니, 번안법을 많이 사용하여 옥계생 이상은의 필치를 깊
이 얻었다고 생각한다. … 송인의 기풍이 물들어 있어, 시 중에는 직설
이 많고 은유가 적으며 의논이 많고 고사 인용도 많아서 정감이 부족한
작품이 있다.(最喜王半山詠史絶句, 以爲多用翻案法, 深得玉溪生筆意. …
受宋人習氣浸染, 亦不乏賦多比興少, 議論多, 用典多, 情韻不足之作.)」
(≪寒廳詩話≫)라고 하여 영사 절구의 장단점을 적절히 서술하고 있다.

왕안석의 영사 절구의 대표적인 예로 <상앙商鞅>(≪王文公文集≫ 卷73) 시를 본다.

> 예부터 백성을 성실하게 이끌어서
> 말 한마디 무겁게 여기고 황금을 가벼이 하였네.
> 이제 사람이 상앙을 나무랄 수 없나니
> 상앙은 나라 다스려 반드시 이루었네.
> 自古驅民在信誠, 一言爲重百金輕.　자고구민재신성 일언위중백금경
> 今人未可非商鞅, 商鞅能令政必行.　금인미가비상앙 상앙능령정필행

이 시는 왕안석이 전국 시기 정치개혁가인 상앙商鞅(BC 390-338)을 자신에 비유하고 있다. 상앙이 변법으로 백성에게 신의와 강력한 권력을 얻으려 하였는데, 왕안석 자신이 신법新法으로 정치개혁을 실현하는 전범典範으로 삼고자 한 것이다. 상앙은 어려서 형명학刑名學을 좋아하여 이리李悝와 오기吳起 등의 영향을 받아, 진효공秦孝公 시기(BC 359)에 변법을 진행하여, 군대의 공작을 개혁하고, 세습적인 국가의 녹을 폐지하였으며, 정전제井田制를 폐지하고, 도량형을 통일하는 대혁신을 감행한 인물이다.

✳ 해 설
오진원은 일명 오진암悟眞庵이라고도 한다. 이 절은 당시 금릉金陵 (지금의 남경南京) 종산鍾山 동남쪽의 팔공덕수八功德水라는 경치 좋고 유명한 지류 남쪽에 자리잡고 있었다. 주변 환경이 청유淸幽하고 선미禪味가 넘치는 곳이다. 왕안석은 만년에 불교에 귀의하여, 종산에 은거하며 불교를 신봉하고 있었다. 거주하던 곳 부근에 오진원이 있어서 자주 왕래하였다.
제2구 '한낮 창가 꿈꾸다(午窓殘夢)' 구에서, 그는 마치 자기 집처럼 이 절에서 머물곤 하였음을 알 수 있다. 가볍게 불어오는 봄바람이

향초 내음 머금은 날, 절 앞에 앉아 들판의 냇물이 찰랑대며 흘러가는 광경을 바라본다. 그 속에 시인은 암자에서 느끼는 정결한 선오禪悟와 법미法味를 체득하면서, 그간의 세상살이를 회고한다. 송대 섭몽득葉夢得은 ≪석림시화石林詩話≫에서 왕안석 시에 대해서, 「만년에 비로소 매우 아름답고 순수하며 느긋한 흥취를 느낀다.(晚年始至深婉不迫之趣.)」라고 하였으니, 위의 시를 볼 때 왕안석 만년의 시풍을 적절하게 평한 글이라 할 것이다.

[소식蘇軾] 사주의 승가탑泗州僧伽塔

지난날 남행 길에 변하에 배를 매며
모래 맞바람이 사흘이나 얼굴에 몰아쳤네.
나룻배 사공이 영탑에 같이 기원하자더니
향불 다 타기 전에 풍향 깃대 돌아갔네.
돌아보니 어느새 장교 다리 사라지고
구산에 이르니 아직 아침 식전이었네.
고승은 사심 없어 대하시길 가리랴만
나는 사심 품고 내 편한대로 대했네.
밭 갈이에 비 내리길, 벼 베기에 날 맑길 바라니
갈 때 바람이 순하면 오는 사람은 원망하네.
누구나 다 기도하여 이루어진다면
조물주는 모름지기 하루에도 천 번은 바꾸어야겠네.
이제 내 몸과 세상이 둘 다 아득하니
간다고 쫓아갈 거 없고 온다고 그리울 거 없네.
가길 진실로 원하나 머물어도 나쁘지 않아
늘 바라기만 하니 신령께서도 힘드실 거네.
한유는 옛날에 탑이 삼백 자라 했는데
징관이 세운 탑이 이젠 이미 변하였네.
이 못난 선비 붉은 사다리 더럽힐까 꺼리지 않는다면
구름 낀 산에 둘린 회수 가를 구경 한 번 하려네.

泗州僧伽塔사주승가탑

我昔南行舟繫汴, 逆風三日沙吹面.	아석남행주계변 역풍삼일사취면
舟人共勸禱靈塔, 香火未收旗脚轉.	주인공권도령탑 향화미수기각전
回頭傾刻失長橋, 却到龜山未朝飯.	회두경각실장교 각도구산미조반
至人無心何厚薄, 我自懷私欣所便.	지인무심하후박 아자회사흔소편
耕田欲雨刈欲晴, 去得順風來者怨.	경전욕우예욕청 거득순풍래자원
若使人人禱輒遂, 造物應須日千變.	약사인인도첩수 조물응수일천변
今我身世兩悠悠, 去無所逐來無戀.	금아신세량유유 거무소축래무련
得行固願留不惡, 每到有求神亦倦.	득행고원류불악 매도유구신역권
退之舊云三百尺, 澄觀所營今已換.	퇴지구운삼백척 징관소영금이환
不嫌俗士汚丹梯, 一看雲山繞淮甸.	불혐속사오단제 일간운산요회전

(≪蘇軾詩集≫ 卷6)

---

* 泗州사주 - 지금의 안휘성安徽省 우이盱眙 동북. 사주泗州 임회현臨 淮縣과 안휘성 사현泗縣의 동남

* 僧伽塔승가탑 - 승가는 당唐대 서역西域 고승高僧으로, 사주 등에서 불법佛法을 전수하니, 그를 위해 세운 탑

* 繫汴계변 - 변하에 배를 끈으로 묶다, 매다. 汴은 하남성河南省을 흘 러 황하黃河로 들어가는 강

* 逆風역풍 - 거슬러 부는 바람. 바람이 부는 쪽으로 감

* 靈塔령탑 - 신령스런 탑. 승가탑을 가리킴

* 旗脚轉기각전 - 깃발 다리가 돌아가다. 바람 방향이 바뀌다

* 傾刻경각 - 짧은 시간. 갑자기. 문득

* 長橋장교 - 다리 이름

* 龜山구산 - 사주 동쪽에 있는 산.

* 至人지인 - 도덕이 지극히 높은 사람. 여기서는 고승 승가僧伽를 지칭

* 厚薄후박 - 두텁고 엷음

* 欣흔 - 기뻐하다. 흔쾌欣快
* 所便소편 - 편한 것
* 刈예 - 베다. 거두다
* 輒遂첩수 - 문득 이루어지다.
* 悠悠유유 - 아득하다. 너무 멀어서 희미한 모양
* 退之퇴지 - 당唐대 문인 한유韓愈의 자字
* 澄觀징관 - 당唐대 낙양洛陽의 고승으로 승가탑을 중건하였음
* 不嫌불혐 - 싫어하지 않다. 꺼리지 않다
* 俗士속사 - 세속에 물든 선비. 여기서는 소식蘇軾을 가리킴
* 丹梯단제 - 붉은 사닥다리. 층계. 계단
* 繞요 - 둘러싸다. 빙 돌다
* 淮회 - 회수淮水. 하남성 동백산桐柏山에서 발원하여 안휘성과 강소성江蘇省을 거쳐 황하로 흘러 들어가는 강
* 甸전 - 회수 성 밖. 교외

[소식蘇軾] 1037-1101. 자는 자첨子瞻, 호는 동파거사東坡居士로, 미주眉州 미산眉山(지금의 사천성四川省)인이다. 소순蘇洵(1009-1066)의 아들로 인종仁宗 가우嘉祐 2년(1057)에 동생 소철蘇轍과 함께 진사 급제하여 대리평사첨서봉상부판관大理評事簽書鳳翔府判官이 되었다. 신종神宗 때 사부원외랑祠部員外郞에 임명되어 왕안석王安石의 변법變法에 반대하였으며, 외임外任을 자청하여 항주통판杭州通判에 임명되고, 밀주密州, 서주徐州, 호주湖州 등을 전직하였다. 시를 지어 조정을 비방하였다는 이유로, 하정신何正臣, 서단舒亶, 이정李定 등에게 탄핵되어, 옥살이하고 황주黃州에 폄적되었다. 철종哲宗 때 한림학사翰林學士를 거쳐 예부상서禮部尙書가 되었다. 신당新黨이 득세하자 다시 영주英州와 혜주惠州로 폄적되고, 멀리 담주儋州(지금의 해남도海南島)로 추방되었다가, 그 후에 상주常州에서 죽었다. 시호는 '문충文忠'으로 추증되었다.

소식은 시詩·사詞·문文·서書에 있어 북송 최고 작가로, 시풍은 호방하고 자재自在하였으며, 사풍은 호방하고, 문풍은 창달暢達하고, 서법은 천진난만하였다. '당송팔대가唐宋八大家'의 한 사람이며, 부친 소순, 동생 소철과 함께 '삼소三蘇'라 불린다. 그의 시론은 '경여의합境與意合' 즉 외물과 내의의 조화를 주장하며, '시화동원詩畫同源' 즉 시와 그림은 근원이 같다는 소위 시와 예술의 상관성을 강조하였다. 소식은 왕유王維의 시화詩畫를 평해서 「시 속에 그림이 있고, 그림 속에 시가 있다. (詩中有畫, 畫中有詩.)」(≪東坡志林≫ 卷3)라는 명구를 남겼다. 저술로는 ≪동파칠집東坡七集≫, ≪소씨역전蘇氏易傳≫, ≪서전書傳≫, ≪논어전論語傳≫, ≪동파지림東坡志林≫ 등이 있다.

중국 역대 시단에서 두보와 이백에 결코 뒤지지 않는 시인이라면 단연 동파 소식蘇軾을 거론한다. 명대 이동양李東陽은 그의 시화에서 소식 시의 장단점을 진솔하게 서술하고 있다.

> 소식의 재능은 매우 높아서, 소철은 그를 칭찬하여 말하기를, 「문장이 있은 이후로 소식만한 사람이 없다.」라고 하였으니, 그 말이 비록 과장되다 해도, 그 재기를 논하자면 진실로 그를 능가할 사람이 아직 없다. 다만 그의 시가 호쾌하고 정직하되, 섬세하면서 함축적인 의취가 부족한 게 아쉬우니, 이 때문에 고인에 미치지 못한다는 비판이 있다. 蘇子瞻才甚高, 子由稱之曰:「自有文章, 未有如子瞻者.」其辭雖夸, 然論其才氣, 實未有過之者也. 獨其詩傷於快直, 少委曲沈著之意, 以此有不逮古人之誚.(≪懷麓堂詩話≫ 제93조)

소식 시는 동생 소철의 칭찬처럼, 천하 문장 중의 문장인 점은 천년이 지난 지금까지 아무도 부인할 수 없다. 그러나 이동양은 다릉시파茶陵詩派의 영수며 절대 당시唐詩 추종자로서, 소식의 문학을 존중하면서도 이백이나 두보, 더 소급해서 도연명陶淵明이나 사령운謝靈運에 비견하고 싶지 않았을 것이다. 그리고 소식이라 해서 장점만 있는 것이 아니라는 점을 지적하였다.

소식이 호를 '東坡'라고 지은 내원에 대해서, 송대 주필대周必大는 그의 시화에서 다음과 같이 서술하고 있다.

> 백거이가 충주자사를 지내며, <동쪽 언덕에 꽃을 심으며> 두 시를 남 겼다. 또 <동쪽 언덕을 걸으며> 시에 이르기를, 「아침에 동쪽 언덕에 올라 걷고, 저녁에도 동쪽 언덕에 올라 걷네. 동쪽 언덕에 무엇이 사 랑스러운가, 이 새로 난 나무가 사랑스럽네.」라고 하였다. 본 왕조에 서 소식을 매우 중히 여기니, 그는 유독 백거이를 존경하고 좋아하여 자주 시를 지었다. 대개 그 문장이 시어를 잘 표현하는 데 있다면, 그 충실하고 후덕함을 잘 드러내고, 그 강직한 면을 잘 표현하면서, 사람 과의 정을 나누고 세상 물정에 무심한 면은 대개 닮았다. 황주에 귀양 가서 처음으로 호를 '동파'라고 하니, 그 근원이 분명히 백거이가 충 주에서 지은 작품에서 비롯된 것이다.
> 白樂天爲忠州刺史, 有東坡種花二詩. 又有步東坡詩云:「朝上東坡步, 夕上東坡步. 東坡何所愛, 愛此新成樹.」本朝蘇文忠公不輕許可, 獨敬 愛樂天, 屢形詩篇. 蓋其文章皆主辭達, 而忠厚好施, 剛直盡言, 與人 有情, 于物無著, 大略相似. 謫居黃州, 始號東坡, 其原必起于樂天忠州 之作也.(≪二老堂詩話≫)

여기서 소식이 황주黃州에 지내면서, 같은 처지에 있었던 백거이白居易 의 <동쪽 언덕에 꽃을 심으며東坡種花>(其二)와 <동쪽 언덕을 걸으며步 東坡> 시에서 호를 따왔음을 알 수 있다. 백거이의 <동쪽 언덕에 꽃을 심으며東坡種花> 시의 앞부분을 본다.

동쪽 언덕에 봄이 저물어 가는데
나무는 이제 어찌 되었는가.
아득히 꽃은 다 떨어지고

희미하게 나뭇잎 돋아나네.

날마다 일하는 아이 불러

호미 들고 여전히 도랑 가르네.

흙을 깎아 땅을 돋우고

샘물 끌어서 마른 땅에 물주네.

작은 나무 낮게 몇 자고

큰 나무는 한 길 넘게 자랐네.

흙 돋우길 얼마나 되는지

높은 나무 아래서 무성하구나.

나무 기르기 이러하거늘

백성 돌보는 일 또한 어찌 다르리오.

東坡春向暮, 樹木今何如.	동파춘향모 수목금하여
漠漠花落盡, 翳翳葉生初.	막막화락진 예예엽생초
每日領僮仆, 荷鋤仍決渠.	매일령동부 하서잉결거
鏟土壅其本, 引泉漑其枯.	산토옹기본 인천개기고
小樹低數尺, 大樹長丈餘.	소수저수척 대수장장여
封植來幾時, 高下隨扶疏.	봉식래기시 고하수부소
養樹旣如此, 養民亦何殊.	양수기여차 양민역하수

(≪全唐詩≫ 卷452)

시화에서 제시한 소식의 호 '東坡'의 근거를 백거이의 위 두 시에서 찾고자 한 의도가 매우 합리적이고 타당성이 있다. 소식 자신이 백거이 문학을 애호하고 다수의 관련된 시를 지은 것으로 봐도, 호를 '東坡'라 한 객관적인 근거가 될 만하다.

�֎ 해 설

이 시는 소식이 사주의 고승 승가의 탑인 승가탑에 올라가서 본 소감을 적은 일종의 의론시다. 소식이 29세(治平 3년, 1066)에 부친 소순蘇洵의 영구를 호송하여 촉蜀으로 가는 길에, 변경汴京에서 사수泗水를 거쳐 회하淮河에 들어갔는데, 이 시기에 승가탑에 들러서 이 시를 지었다.(王水照 ≪蘇軾選集≫) 한편 시를 지은 시기에 대해서 여러 설도 있으니, 희녕熙寧 4년(1071) 항주杭州 통판通判으로 부임한 시기와, 희녕 7년 항주 통판에서 밀주密州 지주로 이주한 시기, 그리고 원풍元豐 2년(1079) 호주湖州 지주로 있다가, 사주泗州로 가는 도중의 시기 등 세 가지 설도 있다.(高文 曾廣開 主編 ≪禪詩鑑賞辭典≫ 참고) 그러나 원풍 3년의 오대시안烏臺詩案 이전에 지은 것만은 분명하다.

사주 승가탑에 대해서 ≪고승전高僧傳≫의 기록을 보면, 「승가라는 사람은 총령 하국(총령의 북쪽, 러시아 Balkash 서쪽)인이다. … 당대 중종 경룡 4년(710)에 입적하니 회 땅으로 돌아가 장례하였다. 이에 바람을 원하는 사람에게 바람이 불게 해주고, 아들을 바라는 사람에겐 아들을 얻게 해주었다.(僧伽者, 葱嶺何國人也. …中宗景龍四年示寂, 歸葬淮土. 于是乞風者分風, 求子者得子.)」라고 하니, 영험 있는 고승인 것을 알 수 있다.

시 제1~6구는 지난 일을 회상하고 있다. 동생 소철蘇轍과 함께 부친 소순蘇洵의 영구를 모시고, 촉으로 돌아가는 도중에 변경汴京에서 출발하였다. 그리고 사주 승가탑을 경과하는 길에 역풍이 심하게 불자, 탑에 기도하니 바람이 멎은 영험적인 일을 제3,4구에서 적고 있다. 그리하여 제7구에서, 시인은 승가 스님을 석가모니에게나 붙이는 존칭인 '至人'이라 하며, 승가를 숭앙한다. 그러면서 제11, 12구 「누구나 다 기도하여 이루어진다면, 조물주는 모름지기 하루에도 천 번은 바꾸어야겠네.」라고 하면서, 시인 자신의 이기적인 속심俗心과 자비로운 불심 사이에서 도인적인 금도를 토로한다. '至人'의 '無心'은 망념을 해탈하는 진심을 의미한다.

≪종경록宗鏡錄≫에 이르기를, 「사사로운 마음이 없다는 것은 무엇

인가? 만일 사사로운 마음이 있으면 마음이 편안치 않으니, 사사로운 마음이 없으면 스스로 즐겁다. 그러므로 선덕은 이르기를, 『사사로운 마음과 짝하지 말지니, 사사로운 마음이 없으면 마음이 스스로 편안해지고, 만일 사사로운 마음을 짝하여, 그 마음이 움직이기만 하면 곧 사사로운 마음에 의해 헐뜯기게 된다.』라고 하였다.(所爲無心, 何者? 若有心則不安, 無心則自樂. 故先德謁云：莫與心爲件, 無心心自安, 若將心作伴, 動卽被心讒.)」라고 '無心'을 설명하고 있다.

제14구 「간다고 쫓아갈 거 없고 온다고 그리울 거 없네.」는 소식 자신이 왕안석王安石의 신법에 반대하다가 퇴출당한 일을 비유한 표현이다.

마지막 4구는 다시 사주 승가탑에 대한 얘기다. 한유韓愈의 승가탑 기록을 인용하면서, 승가탑을 중건한 고승 징관澄觀을 회고한다. 한유의 〈징관 스님을 전송하며送僧澄觀〉(《韓愈文集》 卷7) 시에서 승가탑을 노래하기를, 「불에 타고 물에 쓸려가서 땅이 텅 비었는데, 갑자기 높이가 삼백 자나 되었네. 묻건대 세운 분이 본래 누구신가 하니, 도인 징관 이름이 널리 알려졌네.(火燒水轉掃地空, 突兀便高三百尺. 借問經營本何人, 道人澄觀名籍籍.)」라고 하니, 소식은 한유의 시구를 빌려서, 더욱 승가를 추념하고 있다.

이 시는 일종의 의논시 형식으로 썼지만, 시심詩心이 탈속적이면서 불심이 충만한 특성을 지니고 있다. 그 특성이란 첫째는 사실 서술이 자연스럽고 진실하며, 둘째는 시 전개가 해학적이며, 셋째는 시어가 소박하고 수식이 전혀 가미되어 있지 않다는 점에서 고금古今의 명작으로 평가된다.

[소식蘇軾] 금산사에서 노닐며遊金山寺

내 집은 장강이 시작되는 곳
벼슬길 떠돌다가 바다로 드는 강가에 이르렀네.
밀물이 한 길 높이 오른다 하니
날이 차서 아직 모래 자국 남아 있네.
중령천 남쪽에 바위 삐죽이 서 있어
예부터 파도 따라 솟았다 사라졌다 하네.
정상에 힘써 올라 고향 땅 바라보니
강 남쪽 북쪽이 온통 다 푸른 산.
수심에 차 해 저물기 전에 돌아갈 배 찾으니
스님은 더 머물다가 지는 해 보라 하네.
산들바람에 넓게 고운 무늬 잔잔히 일고
낮게 드리운 노을에 물고기 꼬리 붉구나.
때마침 강 위에 초승달 떠있더니
밤 열 시쯤엔 달이 지고 캄캄하네.
강 가운데 횃불 같은 것 밝아지더니
날리는 불꽃이 산에 비춰 자던 새들 놀라네.
쓸쓸히 돌아와 누워도 알 수 없는 마음
귀신도 사람도 아니라면 도대체 어떤 사물인가?
강산이 이러한데도 산으로 돌아가지 않으니
수신이 기이한 걸로 나의 속된 마음 깨우치네.
나 수신에게 사죄하며 강물에 맹세하노니
전원 있으면 어찌 돌아가지 아니하리.

遊金山寺유금산사

我家江水初發源, 宦游直送江入海. 아가강수초발원 환유직송강입해
聞道潮頭一丈高, 天寒尙有沙痕在. 문도조두일장고 천한상유사흔재
中泠南畔石盤陀, 古來出沒隨濤波. 중령남반석반타 고래출몰수도파
試登絶頂望鄕國, 江南江北靑山多. 시등절정망향국 강남강북청산다
羈愁畏晚尋歸楫, 山僧苦留看落日. 기수외만심귀즙 산승고류간락일
微風萬頃鞟文細, 斷霞半空魚尾赤. 미풍만경화문세 단하반공어미적
是時江月初生魄, 二更月落天深黑. 시시강월초생백 이경월락천심흑
江心似有炬火明, 飛焰照山棲鳥驚. 강심사유거화명 비염조산서조경
悵然歸臥心莫識, 非鬼非人竟何物. 창연귀와심막식 비귀비인경하물
江山如此不歸山, 江神見怪警我頑. 강산여차불귀산 강신견괴경아완
我謝江神豈得已, 有田不歸如江水. 아사강신기득이 유전불귀여강수

(≪蘇軾詩集≫ 卷7)

* 金山寺금산사 - 지금의 강소성江蘇省 진강시鎭江市 금산金山 위에
있는 절. 택심사澤心寺, 용유사龍游寺, 강천사江天寺 등으로도 불림
* 宦游환유 - 벼슬하며 여러 곳을 다님. 집을 떠나 벼슬살이함
* 聞道문도 - 말하는 것을 듣다. 소문을 듣다
* 潮頭조두 - 밀물. 밀물의 높은 부분
* 中泠중령 - 금산사 서북쪽에 있는 샘물 이름
* 盤陀반타 - 바위가 울퉁불퉁 고르지 않은 모양
* 鄕國향국 - 고향
* 羈愁기수 - 나그네 근심. 객수客愁
* 歸楫귀즙 - 돌아가는 배. 楫은 배를 젓는 노
* 苦留고류 - 억지로 머무르게 함
* 微風미풍 - 작은 바람. 산들바람
* 萬頃만경 - 만 이랑. 한없이 넓은 모양

* 鞾文화문 - 신발 무늬. 물결이 무늬를 이루는 모양
* 斷霞단하 - 끊기는 저녁노을
* 初生魄초생백 - 음력 초3일. 음력 11월 초3일을 말함. 백魄은 달 윤
곽의 빛이 없는 부분. 여기서는 初生魄이 아니라, 초생명初生明이라 해
야 함
* 二更이경 - 밤 9시에서 11시 사이 시간
* 炬火거화 - 횃불
* 飛焰비염 - 흩날리는 불꽃
* 悵然창연 - 원망하는 모양. 실의하여 한탄하는 모양
* 竟경 - 끝내. 드디어
* 警我頑경아완 - 나의 완고함(속된 마음)을 깨우쳐 주다
* 如江水여강수 - 강물처럼. 강물에 약속하듯. 옛사람은 강물에 맹세하
는 습관이 있었다.(≪左傳≫ 僖公二十四年 참고)

※ 해 설
소식이 신종神宗 희녕熙寧 4년(1071) 11월에 항주杭州 통판通判으
로 부임하러 가는 길에, 강소성 진강시 장강長江 하류에 있는 금산
金山의 금산사에 올라갔다. 보각寶覺과 원통圓通 두 스님을 방문하
고, 절을 둘러보고 유숙하면서, 해가 지는 광경을 적은 시다. '江水'
에서 고향을 그리워하는 심사를 끌어내고, '江心'에서는 횃불 같은
음화陰火(도깨비불)를 보면서, 밭을 마련하면 귀향할 뜻을 불심佛
心으로 묘사한다. 그 출렁이는 물결의 기복처럼 탄식과 각오를 일시
에 토로한 점은, 절을 유람하는 시로서는 매우 이채로운 점이다.
시의 제1~8구는 금산사에서 고향산천을 멀리 바라보며, 고향을 그
리는 마음을 담고 있다. 항주 통판이라는 지방 관직으로 부임하면
서, 저녁 절의 주변 경치를 동시에 묘사하여, 소위 정경교융情景交
融(시인의 마음과 절의 경물이 서로 어울림)의 작시법을 구사하고 있
다. 제9~18구는 금산의 야경과 장강 가운데에서 일어나는 횃불 같

은 도깨비불의 환상을, 사실적이면서 섬세하게 묘사하고 있다.

마지막 4구절에서는 속세의 풍파 속에, 아직은 36세의 젊은 나이임에도, 시인은 일종의 귀소歸巢적 본능을 느낀다. 금산 야경과 금산사에서 깨우쳐 오는 선심이 동시에 교감되면서, 경작할 밭만 마련되면, 귀향하고픈 강렬한 의지를 강신江神에 맹세한다.

시의 제13구 '初生魄' 시어에 대한 여러 견해가 있다. 그중에 소식시 연구학자인 조규백曹圭百 박사는 '初生魄'을 '初生明'(달의 밝은 부분이 처음 커지는 때)으로 해야 소식이 금산사를 유람한 시기인 11월 초3일이 된다고 주장한다. 그리고 조선 시대 양경우梁慶遇의 ≪제호시화霽湖詩話≫에서, 달이 밤 열 시(二更)에 떨어지는 것은 '생명生明'이지, '생백生魄'이 아니라고 기록한 증거를 들었다.(曹圭百 ≪仕宦前期 蘇東坡 詩選≫) 이 주장은 객관적이며 체험적인 논거로 매우 참고할 만하다.

시의 말구에서 '如江水'의 전고는 ≪좌전左傳≫〈희공僖公 24년〉에 보면, 진문공晉文公 중이重耳가 황하黃河를 유랑하다가, 외삼촌 구범咎犯에게 말하기를, 「외삼촌과 마음이 같지 않겠거든, 저 맑은 강물에 두고 맹세한다.(所不與舅父同心者, 有如白水.)」라는 구절에서 인용하였다.

이 시에 대해서 청대 왕사한汪師韓은 「빼어난 시어와 도리에 맞는 구절에서, 시인이 산에 올라가 바라보면서 배회하는 마음으로, 세상 일체를 내려다보는 느낌을 본다.(矜奇之語, 見道之言, 想見登眺徘徊, 俯視一切.)」(≪蘇詩選評箋釋≫ 卷1)라고 평하였고, 청대 기윤紀昀은 「시가 처음부터 끝까지 근엄하고 글씨마다 굳세며, 음절이 짧으면서 물결이 매우 광활하게 친다.(首尾謹嚴, 筆筆矯健, 節短而波瀾甚闊.)」(≪批點蘇文忠公詩集≫ 卷7)라고 높이 평가하였다.

[소식蘇軾] 법혜사의 횡취각法惠寺橫翠閣

아침에 오산이 널리 펼쳐 보이고
저녁엔 오산이 높이 솟아 보인다.
오산이기에 자태가 여러 모양이니
바꾸어가며 그대 위해 예쁘게 꾸민다.
어느 은자가 붉은 누각 세웠는데
안이 텅 비어 아무것도 없다.
천 보 넓은 언덕만 있어
동쪽 서쪽으로 발 드리운 듯 펼쳐졌다.
봄이 와도 고향 돌아갈 기약 없으니
가을이 슬프다 하나 봄이 더 슬프다.
잔잔한 호수에 배 띄우니 탁금강 생각나고
다시 횡취각 보니 아미산이 그립다.
조각 무늬 난간이 언제까지 아름다울까
난간에 기대어 나만 쉬이 늙는 게 아니라네.
백 년간 흥하고 망한 일 더욱 슬프니
잘 알아요 연못과 누대가 풀밭이 된다는 걸.
나그네가 나 옛 놀던 곳 찾아온다면
산이 넓게 가로지른 여기만 보러 오기를.

法惠寺橫翠閣법혜사횡취각

朝見吳山橫, 暮見吳山縱.　조견오산횡 모견오산종

吳山故多態, 轉折爲君容.　오산고다태 전절위군용
幽人起朱閣, 空洞更無物.　유인기주각 공동갱무물
惟有千步岡, 東西作簾額.　유유천보강 동서작렴액
春來故國歸無期, 人言秋悲春更悲.　춘래고국귀무기 인언추비춘갱비
已泛平湖思濯錦, 更看橫翠憶峨眉.　이범평호사탁금 갱간횡취억아미
雕欄能得幾時好, 不獨憑欄人易老.　조란능득기시호 부독빙란인이로
百年興廢更堪哀, 懸知草莽化池臺.　백년흥폐갱감애 현지초망화지대
遊人尋我舊遊處, 但覓吳山橫處來.　유인심아구유처 단멱오산횡처래

(≪蘇軾詩集≫ 卷9)

* 法惠寺법혜사 - 항주杭州 청파문淸波門 남쪽에 있는 절. 오월왕吳越
王이 지었다. 그 경내에 횡취각橫翠閣이 있다
* 吳山오산 - 항주 성내 서남쪽에 있는 산. 산에는 단석산端石山, 보월
산寶月山, 아미산峨眉山, 천산淺山 등 명승지가 있으니 오산은 그것들
을 총칭한다. 오자서伍子胥의 사당祠堂이 있다
* 轉折전절 - 이리저리 굴러서 움직이다
* 爲君容위군용 - 그대를 위해서 꾸미다. 사마천司馬遷의 <임소경께 답
하는 글報任少卿書> :「선비는 자기를 알아주는 사람을 위해서 재능을 쓰
고, 여자는 자기를 기쁘게 해주는 사람을 위해서 꾸민다.(士爲知己者用,
女爲說己者容.)」(《文選》 卷41)
* 千步岡천보강 - 천 걸음의 언덕. 오산을 가리킨다
* 簾額렴액 - 드리워진 발
* 故國고국 - 고향
* 平湖평호 - 잔잔한 호수. 서호西湖를 말함
* 濯錦탁금 - 탁금강濯錦江. 성도成都 부근을 흐르는 민강岷江
* 橫翠횡취 - 횡취각을 말함
* 峨眉아미 - 사천성四川省 아미현峨眉縣 서남쪽에 있는 산
* 雕欄조란 - 조각하여 꾸민 아름다운 난간

* 憑欄빙란 - 난간에 기대다
* 懸知현지 - 미리 알다. 일찍 알다
* 草莽초망 - 풀숲. 풀밭

※해 설

소식이 신종神宗 희녕熙寧 6년(1073)에 강소성江蘇省 항주시杭州市 청파문淸波門 밖에 있던 법혜사의 횡취각을 둘러보고서 읊은 시다. 누각에서 바라보는 오산吳山은 예부터 명승지가 많은 명산이다. 그 산에는 높고 낮은 아름다운 산들이 산재되어 있는데, 그런 산들을 합하여 오산이라 한다. 시인이 조석으로 관망하는 오산은 색다른 자태를 드러내어, 아침에 보면 가로 넓게 펼쳐있고, 저녁에 보면 세로 높이 솟아 있다. 그 다양한 오산의 영롱한 자태를 가까이에서 볼 수 있다고 하여, 천 보 걸음에 비유하여 '千步岡'이라 부르고, 빼어난 산세를 사천성四川省의 아미산峨眉山에 비유하였다. 그리고 오산 옆에 찰랑대는 서호西湖의 환상적인 경치에 매료되어, 시인은 성도成都에 있는 탁금강濯錦江에 비유한 것이다.

시에서 좌선坐禪적인 감흥을 드러내고 있는 부분은 「어느 은자가 붉은 누각 세웠는데, 안이 텅 비어 아무것도 없다.(幽人起朱閣, 空洞更無物.)」 구절로, '無物'은 우주와 내가 하나라는 깊은 의미를 담고 있다. 이 시를 불교의 세 가지 진리의 도장인 '삼법인三法印' 사상으로 이해할 수도 있다.

시인이 법혜사 횡취각에 올랐을 때, 눈앞에 펼쳐진 서호와 오산의 경치가 미려하였지만, 고향 산수에 대한 회념을 떨치기 어려웠다. 그의 다정한 정감은 번뇌와 비정을 불러일으켰고, 그런 중에 지혜가 트이고, 인생에 대한 인식을 심화시킨다. 그래서 시에서 고향에 돌아갈 기약이 없고, 가을이 슬프다 하나 봄이 더 슬프다고 자신의 심경을 토로한다. 이런 세상적인 마음에서 시인은 자신의 불심으로, 번뇌의 속박에서 해탈하고 미혹의 생사를 초월하여, 번뇌의 뜨거운

불길이 꺼진 고요한 경지인 '열반적정涅槃寂靜'의 편안함을 얻으려
한 것이다.

그리하여 시인은 자신의 주관적인 관념을 참선의 불법 의식으로 전
환하여, 시의 제13~16구에서 세상 모든 것은 변한다는 '제행무상
諸行無常'과 변하는 것에는 '자아自我' 즉 '나'라고 하는 것은 없다는
'제법무아諸法無我'의 세계를 터득하고 있다. 이 시는 석가모니의 정
각正覺이며, 진설眞說인 법인法忍 사상을 적절하게 표현한 선시라
고 할 수 있다.

[소식蘇軾] 아픈 중에 조탑원에서 노닐며病中游祖塔院

보랏빛 오얏, 노란 참외 향기로운 시골길
검은 깁 모자, 흰 갈포 도복이 시원하네.
문 닫힌 절에 솔 그림자 드리운데
베개에 기대 바람 부는 난간에서 긴 꿈에 드네.
아파서 한가로이 쉬니 그리 싫지 않고
마음 편한 약보다 더 좋은 처방 없네.
스님이 섬돌 앞 샘물 선선히 퍼주니
바가지 빌려서 맘껏 마셔보네.

病中游祖塔院병중유조탑원

紫李黃瓜村路香, 烏紗白葛道衣涼. 자리황과촌로향 오사백갈도의량
閉門野寺松陰轉, 欹枕風軒客夢長. 폐문야사송음전 기침풍헌객몽장
因病得閑殊不惡, 安心是藥更無方. 인병득한수불오 안심시약갱무방
道人不惜階前水, 借與匏樽自在嘗. 도인불석계전수 차여포준자재상

(≪蘇軾詩集≫ 卷10)

* 祖塔院조탑원 - 지금의 절강성浙江省 항주시杭州市 서남 교외에 있
는 호포사虎跑寺. 당대 문종文宗 개성開成 2년(837)에 흠산법사欽山法
師가 지었다
* 紫李자리 - 보랏빛 오얏
* 黃瓜황과 - 노란 참외
* 烏紗오사 - 검은 깁으로 만든 모자

* 白葛백갈 - 흰 칡. 흰 갈포로 만든 도복
* 道衣도의 - 스님의 옷. 승복僧服. 승의僧衣
* 松陰송음 - 소나무 그늘, 그림자
* 攲枕기침 - 베개를 기울다. 베개에 비스듬히 눕다
* 風軒풍헌 - 바람 부는 난간
* 殊수 - 특히. 유달리
* 安心안심 - 마음이 편안함. (불교) 신앙에 의하여 마음을 안정함
* 無方무방 - 좋은 방책이 없음. 도리가 없음
* 匏樽포준 - 바가지로 만든 술 그릇
* 自在자재 - 방자함. 장애가 없음. 지장이 없음
* 嘗상 - 맛보다. 마시다. 상嚐과 같은 뜻

✳ 해 설

소식이 희녕熙寧 연간에 항주杭州 통판通判으로 있을 때, 선종禪宗
이조二祖인 혜가慧可의 영탑靈塔을 모신, 지금은 호포사虎跑寺인 조
탑원에서 지은 시다.

제1연은 조탑원으로 가는 길을 묘사한다. 가는 길에 농가와 밭의 오
얏이며 참외가 맑은 향기를 풍긴다. 시인은 검은 깁 모자를 쓰고 흰
갈포 도복을 걸치니, 상쾌한 기분이 든다. 관부官府를 떠나, 대자연
속으로 몸을 맡긴 시인은, 더 할 수 없는 적의適意(뜻에 맞음)를 느
낀다. 그런 마음이 시에서 '紫·黃·烏·白' 같은 색채감각을 자아내
는 시어를 구사하고, 더구나 '香'과 '涼' 같은 후각적이며 촉각적인
시어와 조화를 이룬다.

제2연은 절에서 노닐고 쉬는 심경을 묘사한다. '閉門'은 사원이 유정
幽靜하다는 뜻이다. 소나무 그늘 밑에서 바람을 맞으며, 베개에 기
대어 누워서 몽향에 든다. 얼마나 자재自在(막히는 게 없음)하고 협
의愜意(뜻에 만족함)한 정경인가!

제3연은 시인의 적의한 감정을 직설적으로 서술한다. 병든 몸은 슬

픈 일이지만, 시인은 오히려 말한다. 「아파서 한가로이 쉬니 나쁘지 않다.」 시인의 달관된 심리를 표현해 준다. 그리하여 마음이 편안해 진다. 즉 양약이 '安心'(마음이 편안함)이다. 시인은 여기서 교묘하게 선종의 전고를 시에서 운영하고 있다. ≪경덕전등록景德傳燈錄≫ (卷3)에 보면 혜가慧可가 달마達磨에게 불법을 구하는 대목이 있다.

말하기를, 「저의 마음이 편치 않습니다. 선사께서 마음 편안하게 해주십시오.」 선사가 말하기를, 「마음을 가져와라, 너에게 편안 하게 해주겠다.」 말하기를, 「마음의 편안함을 찾아도 끝내 얻을 수 없습니다.」 선사가 말하기를, 「내가 너에게 마음을 편안하게 다 해주었노라.」 하였다.
曰 : 我心未寧, 乞師安心. 師曰 : 將心來, 與汝安. 曰 : 覓心了不可 得. 師曰 : 我與汝安心竟.

소식은 이미 병중에도 양약인 '安心'의 경지에 들어서, 선종 의식의 인생관을 깨달은 것이다. 제4연에서 시인은 호포사의 샘물을 맛본 다. 샘물의 달콤하고 상쾌한 촉감과 첫 연에서의 오얏과 참외의 향 기로운 후각이 교묘하게 조화된다. 선취禪趣에 도취된 시인의 심경 을 적절하게 묘사해주는 선시다.

[소식蘇軾] **서림사 벽에 쓰다**題西林壁

가로 보면 고갯마루, 옆으로 보면 산봉우리
멀고 가깝고 높고 낮기 서로 다르네.
여산의 참된 모습 잘 모름은
자신이 이 산속에 있기 때문이네.

題西林壁제서림벽

橫看成嶺側看峰, 遠近高低各不同. 횡간성령측간봉 원근고저각부동
不識廬山眞面目, 只緣身在此山中. 불식려산진면목 지연신재차산중
(≪蘇軾詩集≫ 卷23)

* 西林서림 - 강서성江西省 여산廬山의 서림사西林寺, 일명 건명사乾明
寺
* 橫看횡간 - 가로로 보다. 곁눈으로 보다. 횡견橫見
* 成嶺성령 - 고갯마루를 이루다, 고갯마루가 모여 있다
* 側看측간 - 모로 보다. 옆으로 보다. 측시側視
* 眞面目진면목 - 본디부터 지니고 있는 그대로의 상태. 참된 면목. 진
상眞相. 실상實相
* 緣연 - ~ 때문에. 緣은 연유緣由, 연인緣因

�֎ **해 설**

신종神宗 원풍元豐 7년(1084)에, 소식이 여산을 유람하다가 서림사
에 이르러, 그 주변의 산천 경물을 바라보면서 적은 시인데, 그 담

긴 뜻은 단순하지 않다. 남송南宋 시숙施宿의 ≪동파선생연보東坡先生年譜≫에 의하면, 「4월에 황주를 출발해서, 구강에서 흥국에 이르고, 고안을 지나서, 소철을 찾아가 여산을 유람하였다. …(四月發黃州, 自九江抵興國, 取高安, 訪子由, 因游廬山. …)」라고 하였으니, 시를 지은 시기는 그해 양력 5월 경인 것을 알 수 있다. 같은 시기에 지은 여산 유람시로, 〈처음 여산에 들어서初入廬山〉, 〈폭포정瀑布亭〉, 〈여산의 두 명승지廬山二勝〉, 〈동림사 총 장로께 드리다贈東林摠長老〉 등이 있다.

〈여산의 두 명승지〉 시의 서序를 보면, 「내가 여산에 유람하며 남북으로 열 곳 중 다섯 여섯 곳을 다녔는데, 기묘한 경치를 다 들어 적을 수 없고, 게을러서 시로 짓지 못하였으니, 다만 그중에 매우 빼어난 것을 골라서 두 수를 짓는다.(余游廬山, 南北得十五六, 奇勝殆不可勝紀, 而懶不作詩, 獨擇其尤佳者作二首.)」라고 하였고, 또 ≪동파지림東坡志林≫(卷1) 〈여산 유람을 기록하다記游廬山〉에는, 「마지막으로 총 장로와 함께 서림사를 유람하였다.(最後與摠長老同游西林.)」라고 기록한 것에서, 소식이 여산을 유람한 후에, 여산 모습에 대한 전반적인 소회를 시제로 삼은 것임을 알 수 있다.

서림사는 여산 칠령七嶺의 서쪽에 위치하고 있다. 요관姚寬의 ≪서계총담西溪叢談≫에서 이 시를 평하기를, 「남산 선율사의 ≪감통록≫에 이르기를, 『여산 칠령은 동쪽으로 모두 모여 있어, 합하여서 산봉우리를 이루고 있다.』라고 한 데서, 소식의 '가로 보면 고갯마루, 옆으로 보면 산봉우리' 구가 자체로 유래가 있음을 알겠다.(南山宣律師感通錄云 : 『廬山七嶺, 共會于東, 合而成峰.』因知東坡'橫看成嶺側看峰'之句, 有自來矣.)」라고 '成峰' 시어의 출처를 밝히고 있다.

서림사로 가는 길에, 산굽이를 어디서 어떻게 보느냐에 따라서, 넓게 펼쳐진 고개로 보이고, 때로는 가파른 산봉우리로 다가오기도 한다. 보는 시각에 따라서, 그 형상도 각양각색이다. 그래서 산을 바라보는 시인의 위치가 그 대상물의 진면목을 흐리게 한다. 숲속에서는 숲을 못 본다. 산속에서는 산 전체를 볼 수 없다. 여산의 진면목을 보려면 조금 떨어져서 봐야 한다. 시에서 진면목이란 사물을 대하는 마음이 근원적이며 객관적이어야 함을 말한다. 사물을 보는 시각이 거시巨視며, 미시微視고, 그리고 근시近視며, 원시遠視여야 한다. 어느 하나만으로는 온전하게 사물을 분별할 수 없다. 인간이 삶의 여정에서 사물을 대하는 안식眼識이 불교의 본래불本來佛을 보는 불심佛心에 근원을 두어야 한다.

시원지施元之는 이 시를 ≪화엄경華嚴經≫의 말을 인용하여 주석하기를, 「먼지 속에서 크고 작은 절들이 먼지 수만큼 서로 차별이 있어서, 평탄하고 높고 낮음이 각각 다른데, 부처님은 다 찾아가서, 불법을 전해준다.(于一塵中, 大小刹種種差別如塵數, 平坦高下各不同, 佛悉往詣, 各轉法輪.)」(≪施注蘇詩≫ 卷21)라고 하였으니, 이 시는 함축된 뜻을 깨달아 터득한 한 편의 선게禪偈라 할 수 있다.

[소식蘇軾] **여산의 안개비**廬山煙雨

여산 안개비와 절강의 밀물을
와 보기 전엔 아쉬움 많았다네.
보고 돌아오니 색다른 건 없고
여산 안개비와 절강의 밀물이네.

廬山煙雨려산연우

廬山煙雨浙江潮, 未到千般恨不消. 려산연우절강조 미도천반한불소
到得還來無別事, 廬山煙雨浙江潮. 도득환래무별사 려산연우절강조
(≪蘇軾詩集≫ 卷23)

* 廬山려산 - 강서성江西省 양자강揚子江 중하류 남쪽에 위치한 1600m
높이의 산
* 煙雨연우 - 이슬비. 안개비
* 浙江절강 - 절강성浙江省 전당강錢塘江
* 未到미도 - 오지 않다. 오지 못하다
* 千般천반 - 매우 여러 가지. 각양각색
* 恨不消한불소 - 한이 사라지지 않다. 한이 맺혀 있다
* 到得도득 - 와서 보다. 와서 깨닫다
* 別事별사 - 다른 일. 딴 일. 색다른 일

�֎ 해 설
강서성에 위치한 여산은 주周나라 현자賢者인 광속匡俗이 은거하다

가, 신선이 되고 초막草幕만 남았다고 하여, '초막이 있는 산'이란
뜻으로 '廬山'이라 불렸다. 여산은 동진東晉 혜원慧遠 선사가 백련사
白蓮社를 창건한 정토종淨土宗의 성지로, 400여 개의 마애석각磨崖
石刻이 남아 있다. 그리고 당대 선인仙人 여동빈呂東賓이 도를 닦았
다는 선인동仙人洞이 있다. 유가적으로는 정호程顥와 정이程頤 형
제에게 성리학性理學을 전수한 주돈이周敦頤가 만년에 연화봉蓮花
峯 아래에 염계서당濂溪書堂을 짓고, 남송대 주희朱熹는 백록동서
원白鹿洞書院을 지어서 은거한 곳이다. 따라서 여산은 유교·불교·
도교 세 종교의 성지다.

이런 여산을 독실한 불교 신자인 소식이 읊어낸 이 시야말로, 깊은
도를 깨달음에서 표현한 오도시悟道詩로, 언어로 표현할 수 없는 깨
달음의 세계를 시로써 비유하고 있다. 시에서 제1구와 제4구를 같
은 시구로 묘사한 부분은, 소식 특유의 작시 묘법인 동시에, 오묘한
불심을 터득한 불자답게 언어로는 전달하기 힘든 깊은 깨달음에 대
한 표현이다. 불佛은 평상적인 것으로, 있지 않은 곳이 없는 무소부
재無所不在며, 선禪도 평상적인 것으로, 무소부재한 것이다. 보이지
않으면 만방으로 찾고, 또 천방으로 한을 품는데, 기다리고 찾다가,
막상 보게 되면, 원래 모습 그대로인 것을 알게 된다.

제3, 4구는 성철 종정이 「산은 산이요, 물은 물이로다.」라고 설파한
그 자체의 불심을 담고 있다. 송대 혜명慧明 등이 편찬한 ≪오등회
원五燈會元≫(卷17 靑原惟信禪師條)에 기록된 송대 청원유신(?-1117)
선사의 게송과 일치된 설법이다.

노승이 30년 전 참선하지 않았을 때는, 산을 보면 산이고, 물을
보면 물이었다. 뒤에 가까이 덕이 높은 고승을 뵙고, 깨달은 것이
있고서, 산을 보니 산이 아니요, 물을 보니 물이 아니었다. 이제
마음 쉴 곳 얻어, 전처럼 산을 보니 산일 따름이고, 물을 보니 물

일 따름이다. 여러분, 이 세 가지 견해는 같은 것인가? 다른 것인가? 누구나 검은 것과 흰 것을 가려낼 수 있다면, 여러분이 이 노승을 가까이 안다고(나와 같은 경지에 이른 것을) 인정한다.

老僧三十年前未參禪時, 見山是山, 見水是水. 及至後來, 親見知識, 有個入處, 見山不是山, 見水不是水. 而今得個休歇處, 依前見山只是山, 見水只是水. 大衆, 這三般見解, 是同是別? 有人緇素得出, 許汝親見老僧.

[소식蘇軾] **동림사 총 장로께 드리다**贈東林摠長老

냇물 소리는 부처님의 넓고 긴 설법
산 풍경 부처의 청정한 법신이 아니리오.
밤새 들은 부처의 팔만 사천 법문을
훗날 어떻게 사람에게 다 보여줄까나.

贈東林摠長老증동림총장로

溪聲便是廣長舌, 山色豈非淸淨身. 계성변시광장설 산색기비청정신
夜來八萬四千偈, 他日如何擧似人. 야래팔만사천게 타일여하거사인

(≪蘇軾詩集≫ 卷23)

* 東林동림 – 여산廬山의 동림사東林寺. 강서성江西省 여산 서북 산마
루에 위치한다
* 摠長老총장로 – 상총조각常摠照覺 선사. 장로는 스님에 대한 존칭. 선
가에서 주지住持, 나이 많은 고승
* 廣長舌광장설 – 부처의 삼십이상三十二相(부처가 지닌 32가지 몸의
특색)의 하나. '넓고 긴 혀'라는 뜻으로 매우 교묘한 웅변을 비유하는
말. 허망하지 아니함을 나타내는 상相이다. 장광설長廣舌
* 山色산색 – 산 경치
* 豈非기비 – 어찌~ 아닌가
* 淸淨身청정신 – 청정법신淸淨法身의 준말. 淸淨: 속세의 번거로운 일
을 떠나 마음을 깨끗하게 가짐. (불교) 마음이 깨끗하여 번뇌와 사욕이
없음. 淸淨身 : 청정한 몸. 부처의 법신法身. 法身은 삼신三身의 하나로

불법을 깨달은 몸. 三身은 부처가 변신하여 세상에 나타난 세 가지 모습. 법신法身·보신報身·응신應身. 삼불三佛

* 八萬四千팔만사천 – 번뇌의 수가 8만 4천인데, 이를 제거하기 위한 법문法門도 역시 8만 4천이 있다고 함. ≪남사南史≫ 고환전顧歡傳 : 「물은 8만 4천 줄이 있고 설은 8만 4천 법이 있으니, 법이 곧 수없이 많다.(物有八萬四千行, 說有八萬四千法, 法乃至于無數.)」
* 他日타일 – 다른 날. 훗날
* 如何여하 – 어떻게. 어찌하면
* 擧似거사 – 들어서 보이다

※ 해 설

소식이 신종神宗 원풍元豐 7년(1084) 여산을 유람하면서 지은 오도송悟道頌이다. 동림사는 동진 태화太和 11년(384)에 혜원慧遠이 창건한 사찰로, 정토종淨土宗의 발원지다. 혜원이 이 사찰에서 30년간 수도하고 불법을 강설하며, 미타정토법문彌陀淨土法門을 창도하니, 후세에 정토종의 시조로 추앙되었다. 당唐대에 극성하여, 전당탑실殿堂塔室이 300여 칸이 있었고, 절 앞에는 호계虎溪가 있어, 남쪽에서 서쪽으로 돌아 흐르고, 위에는 석공교石拱橋가 놓여 있다. 전설에 의하면, 혜원이 오직 수행하느라, 그림자조차 문밖을 출입하지 않았으며, 손님을 전송할 때도 호계교虎溪橋를 건너지 않았다고 한다.

절에는 신운보전神運寶殿, 호법전護法殿, 십팔고견당十八高堅堂과 총명천聰明泉, 고룡천古龍泉, 문수각文殊閣, 혜원묘慧遠墓 등 많은 승적勝跡이 남아 있다. 지금까지 진대의 석소石塑, 당대의 경당經幢 및 비각碑刻 등 다수의 고귀한 진품이 보존되어 있다.

이런 유서 깊은 동림사에 기거한 총총 장로(상총조각常摠照覺, 1025-1091)는 임제종臨濟宗 황룡파黃龍派 황룡혜남黃龍慧南(1002-1069) 선사의 수제자로, 불심이 깊은 경지에 이른 고승이다. 장로

長老는 선종禪宗에서 주지住持며, 나이 많은 고승을 의미한다. 총 장로의 스승 황룡혜남은 속성이 장章, 신주(지금의 강서성江西省 상요上饒) 옥산玉山 출신이다. 그는 융흥부隆興部(지금의 강서성 남창南昌) 황룡산黃龍山에서 임제종의 선법禪法을 보급해서 '황룡혜남'이라 불리게 된 것이다. 혜남은 선종禪宗 불교의 5가 7종의 하나인 황룡파의 개조開祖며, 휘종徽宗 대관大觀 4년(1110)에 '보각선사普覺禪師'란 시호를 받았다.

혜남은 홍주洪州(지금의 강서성 남창南昌) 봉서사鳳棲寺와 황벽산黃蘗山 적취암積翠庵 등에 머무르며 수행과 교화를 행하였다. 1036년부터 30년간 황룡산 숭은원崇恩院에 머물며, 조심祖心(1025-1100), 극문克文(1025-1102), 상총 등 많은 제자를 가르쳤다. 혜남은 불수佛手(부처의 손), 려각驢脚(나귀의 다리), 생연生緣(태어난 인연) 세 가지를 화두로 제자를 시험하여, '황룡삼관黃龍三關'이라 하였다. 그리고 황룡혜남은 진여연기설眞如緣起說을 주장하여, 「극히 작은 것은 큰 것과 같으니, 털끝 하나에도 부처의 절이 나타난다. 극히 큰 것은 작은 것과 같으니, 수미산을 받아서 겨자씨 속에 넣을 수 있다.(極小同大, 于一毫端現寶王刹. 極大同小, 可納須彌山入芥子中.)」(≪黃龍慧南禪師語錄≫)라고 하였다.

이러한 고승 혜남의 수제자인 총 장로에게서 소식은 '무정설법無情說法'의 법맥을 받았다. 무정설법이란 사람이 아니고 정이 없는 무정물無情物이 불법을 말하는 것이다. 산천 대지 온 자연계가 불법을 말한다. 무정설법은 눈으로 듣는다. 흐르는 물과 새들 그리고 수목들이 모두 염불을 하고 법을 말한다. 소식은 총 장로에게서 정이 있는 사람의 설법인 '유정설법有情說法'만 듣고 무정설법은 듣지 못하냐는 가르침을 받았다.(≪五燈會元≫ 卷16)

여산에 흐르는 시냇물 소리(溪聲)를 듣고, 산의 경치(山色)를 보면서, 순간적으로 깨달음에서 읊은 오도송으로 이 시를 남긴 것이다.

'溪聲'은 부처님의 설법이며, '山色'은 부처님의 청정한 법신法身이니, 이 세상의 모든 소리가 전부 부처님의 설법인 동시에, 이 세상에 존재하는 삼라만상 그대로가 전부 진리 자체인 법신이다. 이것이 무정설법의 진수다.

앞에 나온 시 〈서림사 벽에 쓰다〉가 참선 전의 심경을 읊은 오도송이고, 〈여산의 안개비〉가 참선 중에 읊은 오도송이라면, 이 〈동림사총 장로께 드리다〉는 참선하여 깨달음을 얻은 오도송이라 할 것이니, 오도송의 결정체라고 할 수 있다. 소식이 선원에서 숙박하며 참선하는 심경을 읊은, 다음 〈비 오는 밤 정행원에 머물며雨夜宿淨行院〉는 속계에 처한 자신을 되새겨 보는 시다.

> 짚신은 세상 명리의 터 밟지 않고
> 한 잎 가벼운 쪽배는 아득한 물에 부친다.
> 숲속 침상 대하고 밤비 소리 들으니
> 고요한데 등불도 없이 쓸쓸하구나.
> 芒鞋不踏名利場, 一葉輕舟寄淼茫. 망혜부답명리장 일엽경주기묘망
> 林下對床聽夜雨, 靜無燈火照凄涼. 림하대상청야우 정무등화조처량
> (≪蘇軾詩集≫ 卷43)

[소식蘇軾] 남화사南華寺

왜 육조 혜능을 뵈려 하는가
본래의 면목을 알고 싶어서네.
우뚝 솟은 탑 속 스님께서
무엇을 보았냐고 물으신다.
어여쁘신 명상좌 혜명 스님은
모든 불법 번개 치는 순간에 깨우치셨네.
물 마시며 스스로 맛을 알게 되셨고
달 가리키며 다시는 눈 어둡지 않으셨네.
나는 본래 수행하는 사람으로
평생 긴 세월 두고 수련을 쌓았다네.
살아오는 중에 한 번 잘못 생각해서
이렇게 백 년을 죗값 치르네.
옷자락 여미고 참되신 그분께 예불 드리니
감동하여 비와 싸라기눈 오듯 눈물 흘리네.
혜능 대사 지팡이로 파놓은 탁석천 샘물 가져다
나의 비단같이 고운 시 쓰던 벼루 씻으리라.

南華寺남화사

云何見祖師, 要識本來面.　운하견조사 요식본래면
亭亭塔中人, 問我何所見.　정정탑중인 문아하소견
可憐明上座, 萬法了一電.　가련명상좌 만법료일전

飮水旣自知, 指月無復眩.　음수기자지 지월무부현
我本修行人, 三世積修煉.　아본수행인 삼세적수련
中間一念失, 受此百年譴.　중간일념실 수차백년견
摳衣禮眞相, 感動淚雨霰.　구의례진상 감동루우선
借師錫端泉, 洗我綺語硯.　차사석단천 세아기어연

(≪蘇軾詩集≫ 卷38)

* 南華寺남화사 - 소주韶州 조계산曹溪山에 위치한 선종禪宗 육조六祖
혜능慧能이 선법禪法을 전한 곳으로 선종의 발원지
* 云何운하 - 어찌. 어떻게
* 祖師조사 - 한 교파를 개창한 사람. 여기선 선종禪宗 남종南宗을 개
창한 당唐대 혜능慧能 대사를 지칭
* 本來面본래면 - 본래의 면목. 인간 존재의 본바탕. 분별의식을 떠난
무심無心을 상징하는 말. 불성佛性, 자성自性 등으로 표현
* 亭亭정정 - 우뚝 솟은 모양. 아름다운 모양. 예쁜 모양
* 塔中人탑중인 - 탑 속의 사람. 혜능을 지칭
* 明上座명상좌 - 明은 혜명惠明 선사를 지칭하고, 上座는 절의 주지,
강사, 선사, 원로들이 앉는 자리. 여기선 혜명을 높인 말
* 萬法만법 - 모든 불법佛法
* 了료 - 깨닫다. 요해了解. 요각了覺
* 一電일전 - 번개가 한 번 치다. 매우 짧은 시간
* 指月지월 - 손가락으로 달을 가리키다. 여기서는 달을 가리키는 손가
락만 보고 달의 모습을 못 보는 어리석음을 비유
* 眩현 - 현혹眩惑. 공연히 욕심이 나서 눈이 어두움. 홀림에 빠져 미혹
迷惑함
* 三世삼세 - 과거·현재·미래. 한평생의 긴 세월
* 一念일념 - 한결같은 마음. 일심一心. 한마음. 하나의 마음. 짧은 시간
* 百年譴백년견 - 백 년간 많이 쌓인 잘못, 죄, 허물

* 摳衣구의 - 저고리를 들어 여미다
* 眞相진상 - 참된 모습. 여기서는 육조 대사 혜능을 가리킴
* 雨霰우선 - 눈과 싸라기눈
* 錫端泉석단천 - 혜능 대사가 석장錫杖(스님이 지닌 지팡이)을 꽂아서 파놓은 탁석천卓錫泉
* 綺語기어 - 교묘하게 꾸민 말. 아름다운 말. 여기서는 소식의 뛰어난 시문詩文을 비유

✽ 해 설

남화사는 소주 조계산에 있는 이름난 절로, 선종 육조六祖 혜능慧能 (638-713)이 선법을 설파한 곳으로 선종의 발원지다. 소식은 소성 紹聖 원년(1094) 57세에 영주英州태수로 폄적되어, 임지로 가는 도 중에, 재차 명령을 받아, 영원군절도부사寧遠軍節度副使로 다시 폄 적되면서, 혜주惠州에 안치되는 불운에 처해 있었다. 그해 9월 대유 령大庾嶺을 넘어서, 10월에 혜주 폄소에 도착하였다. 소식은 혜주 로 가는 길에 소주 조계산에 들러, 남화사의 육조탑을 대하고 이 시 를 지었다.

시공時空을 초월하여 혜능의 육조탑 앞에 선 소식은, 자신의 만년 삶에 최대의 시련을 겪으면서, 억제할 수 없는 그 모순된 감정을 어 찌 감당할 수 있었겠는가. 후회와 울분의 만감을 소식은 평소 존경 하는 육조 혜능 대사의 유적과 선법禪法을 통하여 해소하고자 하였 다. 그의 신실한 불심이 밝게 드러나 있는 선시라고 할 것이다.

시의 첫 2구는 시인 자신이 남화사를 찾은 이유를 자문하는 형식으 로 시작한다. 그 목적은 선종 조사인 혜능을 모신 육조탑에서 자신 의 진면목을 되돌아보고 깨우치고 싶어서다. 전혀 예상치 못했던 거 듭된 폄적이 어찌하여 일어나고, 어떻게 정리해야 하는가를 선종의 관념을 통하여 자아 인식하고자 한 것이다. ≪육조단경六祖壇經≫

과 ≪오등회원五燈會元≫의 기록에 의하면, 혜능이 오조 홍인弘忍에게서 선종 계승인의 자격을 받은 후에, 상해를 당할까 두려워하여 급히 남행하여 대유령에 이르러서, 따라온 혜명惠明 선사에게 설법하기를, 「선을 생각하지 않고, 악도 생각하지 않는다. 마침 이러한 때에 어느 것이 명상좌의 본래의 면목인가?(不思善, 不思惡. 正恁麼時, 阿那個是明上座本來面目?)」라고 물었다 한다. 소식이 알고 싶은 진면목이란 모든 번뇌와 오염에서 벗어나 본래 가지고 있는 여래如來 진성眞性인 자성自性을 찾기 위한 것이다.

시의 제3, 4구에서 '亭亭'은 불탑을 형용하는데, 스님의 죽음을 원적圓寂이라 하니, 이미 오래전에 원적한 혜능의 특수 처리한 시신을 보존하고 있었다. 그래서 시에서 혜능을 '塔中人'이라고 말한 것이다. 그러니 시인은 살아있는 혜능을 대하듯이, 「무엇을 보았느냐고 물으신다.」라고 묘사하고 있다.

제5~12구까지 8구는 혜능이 묻는 말에 대한 시인의 회답이다. 명상좌 혜명은 혜능의 질문에, 「혜명이 호북 황매산에 오래 지냈지만 진실로 아직 스스로 면목을 깨닫지 못하였다. 이제 스님의 가르침을 입으니, 사람이 물을 마시고 물이 찬지 더운지를 스스로 아는 것과 같다. 이제 행하는 자는 곧 혜명이다.(惠明在黃梅雖久, 實未省自己面目. 今蒙指示, 如人飲水, 冷暖自知. 今行者卽是惠明師也.)」(≪六祖壇經≫)라고 기록하고 있다. 시인도 혜명처럼 번개 치듯 한순간에 크게 깨달았음(大悟)을 명상좌를 비유하여 표현하고 있다. 제8구도 ≪능엄경楞嚴經≫의 다음 기록을 시구로 인용하여 자신의 대오각성大悟覺醒을 간접적으로 묘사한 부분이다.

예컨대 사람이 손으로 달을 가리켜서 남에게 보인다면, 그 사람은 손가락으로 가리킨 달을 당연히 볼 것이다. 만일 다시 손가락을 보고 달 자체라고 여긴다면, 이런 사람은 단지 달을 놓칠 뿐 아니라, 그 손가락도 놓친다.

如人以手指示人, 彼人因指當看月, 若復觀指以爲月體, 此人豈唯
亡失月輪, 亦亡其指.

선종에서 주장하는 이런 불심의 진제眞諦는 선종의 개조인 달마達
磨가 가르친 직지인심直指人心과 불립문자不立文字에 의한 선법과
상통한다. 눈을 외계로 돌리지 않으며, 자기 마음을 곧바로 잡고,
인간이 본래 지닌 불성을 깨달아서, 자신이 본래 부처였음을 알게
되고 그대로 부처가 됨이 '직지인심'이다. 그리고 문자 즉 교리로는
부처님의 진리를 모르고, 참선과 수양을 하면 성불成佛하게 됨이 '불
립문자'다.

소식은 고관이면서 문명文名을 떨친 송대 최고의 대문호다. 그런 소
식이 이 시에서 폄적된 신세를 겪고서야, 마침내 속세의 현달顯達을
허무하다고 통회하면서, 스스로 해탈의 성불 경지를 추구하고 있다.
시의 말미에서 시인은 자신의 인생 성공의 요체인 그의 문학 세계를
이젠 벗어놓고, 혜능이 파놓은 석단천의 샘물로 씻어서, 선의 해탈
경지를 추구하겠다고 결단한다. 예나 지금이나 속세의 인간 삶이란
언제나 똑같은 역경이요 고해니, 소식의 이 시가 주는 교훈이 마음
에 깊이 다가온다.

[소식蘇軾] **용광사 장로께 드리다**贈龍光長老

용광사 대나무 두 장대 베어
산 북녘에 돌아와 사람들에게 보인다.
대나무에 맺힌 조계수 물 한 방울이
서강의 십팔탄 강물을 넘치게 하리.

贈龍光長老증룡광장로

斫得龍光竹兩竿, 持歸嶺北萬人看. 작득룡광죽량간 지귀령북만인간
竹中一滴曹溪水, 漲起西江十八灘. 죽중일적조계수 창기서강십팔탄
(≪蘇軾詩集≫ 卷45)

* 長老장로 - 나이 많은 고승高僧. 선가禪家에서 주지住持
* 斫작 - 자르다. 베다
* 龍光竹룡광죽 - 용광사의 대나무
* 曹溪水조계수 - 소주韶州에 흐르는 강
* 漲起창기 - 넘쳐흐르다
* 西江十八灘서강십팔탄 - 강서성江西省 건주虔州(지금의 강서성 공주시贛州市)에 십팔탄十八灘 강이 있다

※해 설

이 시는 일종의 게송偈頌하는 시 즉 시게詩偈다. 소식은 휘종徽宗 건중정국建中靖國 원년(1101)에 해남도 담주儋州 북부에서 돌아가는 길에, 남안南安 군령산軍嶺山에 있는 용광사龍光寺를 찾아서 이

시를 지었으니, 시에 소서小序가 있다.

　　동파거사가 용광사를 찾아서, 큰 대나무를 구하여 사람 둘이 앞
　뒤로 메는 가마를 만들려고, 두 장대를 얻었다. 남화사의 규 수좌
　가 마침 이 산의 장로가 되어 달라는 청원을 수락하니, 이에 사원
　에 게송 한 수를 남겨, 모름지기 도착하면 드리고, 뒷날 어록 속
　의 첫째 질문으로 삼도록 한다.
　　東坡居士過龍光, 求大竹作肩輿, 得兩竿. 南華珪首座方受請爲此山
　長老, 乃留一偈院中, 須其至, 授之, 以爲他時語錄中第一問.

이 소서 내용을 보면, 소식이 용광사를 찾았을 때, 큰 대나무를 구
해 어깨 가마를 만들고자 하니, 절의 승려가 대 두 자루를 기증하였
다. 그 당시 조계曹溪 남화사南華寺 고승 규 수좌가 마침 이 절의
주지승住持僧이 되었으나, 아직 부임하지 않아서, 동파가 떠나기 전
에 이 시게를 써서, 규 수좌가 부임해오면 드리게 하였다. 시에서 '曹
溪水'는 소주韶州에 흐르는 강이고, '曹溪'는 당대 혜능慧能(638-
713)이 창립한 중국 선종의 진정한 발원지다.
혜능은 선종 육조로서 창시한 지역이 조계曹溪지만, 실지로 전파된
지역은 강서江西다. 그래서 시에서 「조계수 물 한 방울이 서강의 십
팔탄 강물을 넘치게 하리.」란 말은, 용광사 주지로 부임하는 규 수
좌가 온 지역을 전파하여, 큰 사찰로 발전시키는 부처의 축복을 기
원한다는 뜻이다. 그리고 규 수좌가 용광사로 부임함을 축하하는 충
심을, 시 제3, 4구로 대신하여 비유한 것이다.
참고로 중국 선종은 초조初祖인 달마達磨가 중국에 와서 창립한 후,
혜가慧可, 승찬僧璨, 도신道信, 홍인弘忍을 거쳐서, 혜능에 이르러서
실질적인 계통이 형성된 이후에, 3계系로 나뉘어졌다. 신회神會의
계는 북방을 전법傳法하고, 다른 두 계는 남방을 전법하니, 소위 「강

서는 마조가 주관하고, 호남은 석두가 주관하다.(江西主馬祖, 湖南主石頭.)」라는 계통이 형성되었다. 그 후에 다시 삼종으로 분파되어서, 그중에 조동종曹洞宗은 강서의 무주撫州 의황宜黃에 있는 조산曹山 숭수원崇壽院에서 전법하게 되었다.

소식 이전에 선종이 한때 유행하여, 소위 '오가칠종五家七宗'의 설법이 생기니, 조동종曹洞宗 · 운문종雲門宗 · 법안종法眼宗 · 위앙종潙仰宗 · 임제종臨濟宗 등이 오가五家이고, 양기종楊岐宗 · 황룡종黃龍宗 두 종宗을 합하여 칠종이라 칭하게 되었다. 이들 칠종 중에서 조동종 · 위앙종 · 양기종 · 황룡종 등 네 종이 강서 지역에서 전법하였다. 이런 분파의 전법 상황을 볼 때, 강서는 선종의 주요한 자생과 번성의 기지인 것을 알 수 있다.

소식의 동생 소철蘇轍이 〈균주 성수원의 법당기筠州聖壽院法堂記〉에서 「당대 고종 의봉 연간(676-678)에 육조 혜능이 불법으로 영남지방을 교화하고, 다시 전법하여 강서 지방에서 흥성하였다.(唐儀鳳中, 六祖以佛法化嶺南, 再傳而焉興于江西.)」(≪欒城集≫ 卷8)라고 기록하고 있으니, 이 시의 제3, 4구에 담긴 의미를 분명히 이해하게 된다.

[황정견黃庭堅] 낙성사에 쓰다題落星寺

낙성사 스님이 깊은 곳에 집을 지어
용각 노인이 와서 시를 짓네.
가랑비 산을 가리니 나그네 오래 앉았고
장강은 멀리 하늘에 닿으니 돛배 더디 오네.
맑고 향기로운 거처 속세랑 떨어지니
그린 그림 절묘하나 알아줄 사람 없네.
벌집처럼 많은 방 다들 창문 열고
곳곳에서 등나무 가지로 차를 끓이네.

題落星寺제락성사

落星開士深結屋, 龍閣老翁來賦詩. 락성개사심결옥 룡각로옹래부시
小雨藏山客坐久, 長江接天帆到遲. 소우장산객좌구 장강접천범도지
宴寢淸香與世隔, 畫圖妙絶無人知. 연침청향여세격 화도묘절무인지
蜂房各自開戶牖, 處處煮茶藤一枝. 봉방각자개호유 처처자다등일지

(≪山谷內外集≫ 卷2)

* 落星寺락성사 - 강소성江蘇省 파양호鄱陽湖 북쪽, 여산廬山 남쪽에
있다. 그리고 강서성江西省 쪽으로는 팽려호彭蠡湖 쪽에 있다
* 開士개사 - 승려에 대한 존칭尊稱. 당대 안진경顔眞卿 <회소 스님의
초서 노래懷素上人草書歌> : 「고승 회소 스님은 스님 중에 으뜸이다.(開
士懷素, 僧中之英.)」
* 結屋결옥 - 집을 짓다

* 龍閣룡각 - 송대 관직 용도각직학사龍圖閣直學士의 약칭. 황정견의 외삼촌 이상李常(자가 공택公擇)을 지칭. 문인文人 묵객墨客을 가리키기도 함
* 賦詩부시 - 시를 짓다
* 小雨소우 - 조금 오는 비
* 山客산객 - 산을 찾은 나그네. 시인을 지칭
* 長江장강 - 긴 강. 양자강을 지칭
* 接天접천 - 하늘에 닿다. 먼 수평선이나 지평선
* 帆범 - 돛. 돛단배
* 到遲도지 - 오는 게 더디다. 멀어서 늦게 오다
* 宴寢연침 - 제왕의 궁실. 한가한 거처. 연침燕寢
* 隔격 - 사이가 벌어지다. 떨어져 있다
* 妙絶묘절 - 더할 나위 없이 묘함. 절묘함
* 蜂房봉방 - 벌집. 방이 많이 모여 있는 것. 당대 두목杜牧 <아방궁부阿房宮賦>:「벌집과 소용돌이 같은 집들이 곧 얼마나 많은지 모른다. (蜂房水渦, 矗不知幾千萬落.)」
* 戶牖호유 - 지게문. 방의 출입구와 들창. 창
* 煮茶자다 - 차를 끓이다
* 藤一枝등일지 - 등나무의 가지 하나. 등나무 마른 가지로 달인 차는 관절염에 효과가 있다 함

[황정견黃庭堅] 1045-1105. 자는 노직魯直이고, 호는 산곡도인山谷道人 또는 배옹涪翁으로 홍주洪州 분녕分寧(지금의 강서성江西省 수수修水)인이다. 영종英宗 치평治平 4년(1067)에 진사 급제하여, 신종神宗 희녕熙寧(1068-1077) 연간에 여주섭현위汝州葉縣尉와 북경국자감교수北京國子監敎授를 지냈다. 원풍元豊 3년(1080)에는 지길주태화현知吉州太和縣을 지낸 후, 신종 사망 후에 고태후高太后가 청정하니, 비서성교서랑秘書省校書郞, 기거사인起居舍人, 국사원편수관國史院編修官으로

임명되었다. 실록의 수찬이 부실하다는 죄명으로, 부주별가涪州別駕로 폄적되었다가 선주宣州에서 죽었다.

저서로는 ≪산곡집山谷集≫, ≪산곡정화록山谷精華錄≫, 사집詞集으로 는 ≪산곡금취외편山谷琴趣外編≫이 있다. ≪사고전서四庫全書≫에 ≪산 곡내외집山谷內外集≫ 44권, 별집別集 20권, 사詞 1권, 간척簡尺 2권 등이 수록되어 있다. 그의 사적은 ≪송사신편宋史新編≫, ≪동도사략東 都事略≫, ≪원우당인전元祐黨人傳≫ 등에 보이고, 송대 임연任淵이 ≪산 곡연보山谷年譜≫를 편찬하였다.

황정견은 문예에 뛰어나서, 시사문과 서법에 모두 탁월한 성취를 얻었 다. 시사는 예스럽고 거추장스럽지 않고, 기특하면서 생동하여, 백 년 고송이 천석泉石에 누운 것과 같았다. 소식과 이름을 나란히 하여 일명 '소황蘇黃'이라 칭하였다. 황정견과 소식의 관계는, 송대 문단의 발전과 밀접한 관련이 있다. 소식은 황정견에게 뜻이 속된 것을 벗어나 만물 위 에 있으니, 우주의 정기를 내어 조물주와 노니는 문학 세계를 같이 추구 하자는 의견을 제시하기도 하였다.

강서시파江西詩派의 종주로 알려진 황정견의 시론은 창작의 개혁인 '탈 태환골奪胎換骨'(고인의 시문의 뜻을 따고 그 어구를 고치어 자기의 시 문으로 하는 일)과 '점철성금點鐵成金'(쇳덩이를 다루어서 황금을 만듦. 나쁜 시문을 고쳐서 좋은 시문을 만듦의 비유)을 주장하고, '무일자무출 처無一字無出處'(한 자라도 출처 없는 것이 없음)를 제창하여, 후세 시 인과 시파 그리고 시학에 큰 영향을 주었다.

그의 시학의 요체를 집약하면, 첫째 도학자적 의식으로서 「문장이란 도 의 그릇이며, 말은 행실의 잎 가지다.(文章者, 道之器也, 言者, 行之枝 葉也.)」(≪黃山谷詩集注≫ 卷12 次韻楊明叔序)라 하였고, 둘째는 시를 배우는 데에 박학다식을 강조하였으며, 셋째는 시의 예술성으로서 시와 회화를 융화하는 문인화文人畵를 강조하여 왕유王維의 뒤를 이었다. 왕 유 시를 「시 속에 그림이 있고, 그림 속에 시가 있다.(詩中有畵, 畵中有 詩.)」(≪東坡志林≫)라고 평한 소식을 존숭하기도 하였다. 그의 시학은 시어의 정제로써 소위 '點鐵成金'의 각고를 통하여 승화된 시를 창작할 수 있다는 논리다.

황정견의 논시論詩는 유가의 시교詩教에 근원을 두고, 「할 일 없이 붓
끝을 움직이지 않는다.(非有爲而不發于筆端.)」라고 주장하였다. 그리고
「시란 사람의 성정으로서 뜰에서 마구 간쟁하거나, 길에서 원망하여 욕
하거나, 이웃에 화내고 좌석에서 꾸짖는 짓을 해서는 안 된다.(詩者人之
情性也, 非强諫爭于庭, 怨忿詬于道, 怒隣罵座之爲也.)」(≪詩人玉屑≫)
라고 주장하였다. 이러한 논조는 '온유돈후溫柔敦厚'라는 유가 시교에
근본을 둔 것이다.

황정견은 두보杜甫를 추숭하여, 「시와 사의 높은 경지는 학문에서 나온
것이다.(詩詞高勝, 要從學問中來.)」라고 하였으며, 그의 시가 이론은 두
개의 성어, 즉 '點鐵成金'와 '奪胎換骨'로 집약된다. 작시상의 '點鐵成
金'에 대해,

두보가 시를 짓고, 한유가 문을 짓는데, 어느 한 자도 출처가 없는 것
이 없다. 대개 후인이 독서가 적어서, 한유와 두보는 스스로 이런 말
을 했을 뿐이라고 말한다. 옛날 문장 짓는 것은 진실로 만물을 도야해
야 하니, 비록 고인의 진부한 말을 가져다가 필묵으로 표현하더라도,
영단 한 알을 만들 듯이, 쇠를 다듬어 금을 만드는 경지에 들어가야
한다.
老杜作詩, 退之作文, 無一字無來處 : 蓋後人讀書少, 故謂韓杜自作此
語耳. 古之爲文章者, 眞能陶冶萬物, 雖取古人之陳言入于翰墨, 爲靈
丹一粒, 點鐵成金也.(≪冷齋夜話≫ 卷1 引)

라고 하니 소위 '점철성금'은 고인이 이미 써놓은 시어를 가져다가, 점
화시킬 것을 강조하였다. 그리고 '奪胎換骨'에 대해서는,

시의 뜻은 무궁하고 사람의 재능은 유한하다. 유한한 재능으로 무궁
한 뜻을 추구하는 데는, 도연명이나 두보라도 다 해낼 수 없는 것이

다. 그러나 그 뜻을 바꾸지 않으면서 그 시어를 만들어 냄을 환골법이라 한다. 그 뜻을 본받아서 잘 묘사해냄을 탈태법이라 한다.

詩意無窮, 人才有限. 以有限之才, 追無窮之意, 雖淵明, 少陵不能盡也. 然不易其意而造其語, 謂之換骨法：規模其意而形容之, 謂之奪胎法.(≪冷齋夜話≫ 卷1 引)

라고 하여 고인의 뜻을 취하여 형용을 가하지 않으면 안 된다고 하였다. 이 두 성어의 시론적 의미는, 고인의 성취에 자신의 학문과 성정을 노력으로 가미하여, 새로운 창작을 이루어 낼 것을 강조한 것이다. 이 이론이 후세 시론에 절대적인 영향을 준 강서시파江西詩派의 주된 시론이 되었다. 소식과 황정견의 영향으로 형성된 강서시파의 논시 특징은 대개 다음과 같다.(졸저 ≪中國 唐宋詩話 解題 1≫ 참고)

첫째는 '존두종황尊杜宗黃', 즉 두보를 존숭하고 황정견을 본받았다는 점이다. 송대 진사도陳師道는 ≪후산시화後山詩話≫에서 「시를 배움에 응당 두보를 스승으로 삼을지니 … 두보를 배우다가 그 경지를 이루지 못해도 공교로움에 빠지지는 않는다.(學詩當以杜子美爲師 … 學杜不成, 不失爲工.)」라 하여 두보를 배워야 한다고 주장하고, 송대 유극장劉克莊은 ≪강서시파소서江西詩派小序≫에서 황정견을 「송대 시인의 으뜸ㅣ(爲本朝詩家宗祖)」이라고 예찬하였다.

둘째는 앞에 거론한 '點鐵成金'과 '奪胎換骨'을 제창한 점이다. 송대 갈립방葛立方은 「시에는 환골법이 있으니, 고인의 뜻을 활용하여 그것을 다듬어서 새롭게 하여 더욱 공교롭게 하는 것이다.(詩家有換骨法, 謂用古人意而點化之, 使加工也.)」(≪韻語陽秋≫ 卷2)라고 하니, 이 이론은 강서시파 시가 창작의 비결이 되고, 강서시파 시화를 많이 낳게 하였다.

셋째는 조어造語(시어의 구성)와 연자煉字(글자를 다듬는 것)를 중시한 점이다. 시어의 섬세하고 논리적인 묘사에 주력케 하여, 강서시파는 시가 창작에 있어서 '한 자라도 출처 없는 것이 없음(無一字無出處)'과 '고사 사용과 시운 쓰는 것의 기교(用事押韻之工)'를 강조하였다.

넷째는 오입悟入과 활법活法을 강조한 점이다. 송대 여본중呂本中은
'悟入'에 대해서 서술하기를,

> 글 짓는 데는 깊이 깨달아 몰입하는 것이 필요하니, 깨달아 몰입함은
> 반드시 공부하는 데서 오니, 요행으로 얻어지는 것이 아니다. 예컨대,
> 소식의 문장과 황정견의 시는 대개 이런 이치를 다 드러낸 것이다.
> 作文必要悟入處, 悟入必自工夫中來, 非僥倖可得也. 如老蘇之于文, 魯
> 直之于詩, 蓋盡此理也.(≪童蒙詩訓≫)

라 하고, 또 이르기를 「시를 배움은 마땅히 활법을 알아야 하니, 소위
활법은 규칙이 각각 갖추어져서, 규칙 밖으로 벗어나 변화를 헤아리기
어려워도, 규칙에서 어긋나지 않는다.(學詩當識活法, 所謂活法者, 規矩
各備, 而能出于規矩之外, 變化不測, 而亦不背于規矩也.)」(≪夏均文集≫
序)라고 하였다. '悟入'의 경지는 학시 단계에서 시율법을 지키면서, 부
단한 입신적 자세로 공부하는 중에, 스스로 깨닫는(自得) 창작 세계를
말한다. '活法'은 시를 짓는 시율을 엄격히 지키면서, 격식을 활용할 것
을 강조한 것이다. 황정견은 문장의 '이기위주론以氣爲主論'(문장의 기
세, 기품을 중시)을 주장하여,

> 「계절 가서 벌은 쓸쓸해도 나비는 멋모르고, 새벽 뜰에 여전히 부러
> 진 잔가지에 앉네. 오늘따라 이 마음 남다르니, 아직 한밤에 가을 꽃
> 향기 다 하지 않았네.」 문장은 기품을 위주로 할 것이다. 정곡의 이
> 시의 뜻이 매우 아름다우나, 단점은 기세가 약한 데 있으니, 서한 시
> 대 글들이 웅혼하고 우아한 까닭은 그 기세가 뛰어나기 때문이다.
> 「節去蜂愁蝶不知, 曉庭還繞折殘枝. 自緣今日人心別, 未必秋香一夜
> 衰.」 文章以氣爲主. 鄭谷此詩意甚佳, 而病在氣不長, 西漢文字, 所以
> 雄渾雅健者, 其氣長故也.(≪黃山谷詩話≫)

라고 하였다. 위에 인용한 시는 당대 정곡鄭谷의 <시월의 국화十月菊>이다. 정곡은 만당 유미파 시인으로 화려하고, 나약한 기풍을 지니고 있어서, 기세가 부족한 점을 지적하였다. 그리고 황정견은 시의 '이리위주론以理爲主論'(문장의 이치, 내용을 중시)도 주장하여,

> 기이한 시어를 잘 쓰는 것은 그 자체로 문장의 한 병폐다. 그러나 마땅히 이치를 위주로 해야 이치가 얻어지고, 시어 사용이 순조로워지면, 문장이 자연히 빼어나게 드러난다. 두보가 기주로 간 후의 시와 한유가 조주에서 조정으로 돌아온 후의 문장은, 모두 번거로이 먹줄쳐서 깎아내지 않아도 절로 맞는다.
> 好作奇語, 自是文章一病. 但當以理爲主, 理得而辭順, 文章自然出類拔萃. 觀子美到蘷州後詩, 退之自潮州還朝後文章, 皆不煩繩削而自合矣.(≪黃山谷詩話≫)

라고 하여, 시의 내용과 율격 등에 상당한 공력이 필요함을 강조한다.

✻ 해 설

송대 휘종徽宗 숭녕崇寧 원년(1102), 황정견의 나이 57세 만년에 형남荊南에서 고향인 분녕分寧으로 가는 길에, 큰형 원명元明을 원주袁州에서 만났다. 그리고 5월 초여름날 강주江州로 가서 가족을 만나고, 이 시를 지은 것으로 본다. 이 시와 같은 제목이 모두 4수인데, ≪외집시선外集詩選≫에서 「사계절에 관한 시들을 동시에 지은 것이 아닌데, 후세 사람이 제목이 같다고 하여 여기에 모아놓았다. 그래서 시어가 중복되는 것이 있으니, 그 지은 시기를 알 수 없다.(四時非同時作, 後人類聚于此. 故詩語有重複, 不可知其歲月.)」라고 기술하고 있어서, 시제가 같아서 후인이 함께 모아놓은 것으로 본다.

시 전체가 낙성사의 스님이 절에 칩거하면서, 좌선 속에 청원清遠하

고 유한幽閒한 의취를 묘사하고 있다. 특히 시의 제2연 「가랑비 산을 가리니 나그네 오래 앉았고, 장강은 멀리 하늘에 닿으니 돛배 더디 오네.(小雨藏山客坐久, 長江接天帆到遲.)」구는 인구에 회자하는 고금의 명구다. 시제의 '落星寺' 유래에 대해서 ≪수경주水經注≫〈여수廬水〉에, 「팽려호에 하늘에서 떨어진 운석이 있는데, 둘레가 백 보나 되고, 높이가 다섯 길이며, 위에 대나무가 자란다. 전해지는 말에 별이 이곳에 떨어졌다 하여, 이름 붙인 것이다.(彭蠡湖中有落星石, 周回百餘步, 高五丈, 上生竹木. 傳曰 : 有星墜此, 因以名焉.)」라고 기록하였고, ≪여지기승輿地紀勝≫(제25권)〈남강군南康軍 성자현星子縣〉에는, 「경내에 하늘에서 떨어진 운석이 있는데, 바위 위에 낙성사를 지었다. 또 낙성만이 있어서, 여름과 가을에 호수가 불어나면, 운석에 파도가 넘쳐났다가, 한겨울에 물이 마르면 걸어서 건널 수 있다.(境內有落星石, 石上建落星寺. 又有落星灣, 夏秋之界, 湖水方漲, 則星石泛于波蘭之上, 至隆冬水涸則可以步涉.)」라고 기술하고 있다.

제2구의 '龍閣老翁'은 용도각직학사龍圖閣直學士를 지낸 외삼촌 이상李常(자가 공택公擇)을 지칭하니, 이 시어로 시의 창작 연대를 추정할 수 있다. ≪외시집주外詩集注≫에, 「용각 노인은 이공택이니, 공택은 남강군 건창인이고, 여산도 남강 경내에 있으니, 틀림없이 시를 지어서 읊었을 것이다. 원우 3년(1088) 8월 병자에 어사중승 이상이 용도각직학사에 임명되었고, 시도 그 이전에 지었을 것이니, 황정견 시는 마땅히 원우 이후에 지은 것으로 본다.(龍閣老翁當爲李公擇, 公擇南康軍建昌人, 廬山亦在南康境內, 必有賦詠. 案元祐三年八月丙子, 御使中丞李常充龍圖閣直學士, 其賦詩當在此前, 而山谷詩當在元祐以後作.)」라고 한 주석을 근거로 삼는다. 제6구의 '畫圖妙絶'은 시인의 자주自注에 「융 스님의 그림은 매우 훌륭하나, 한산과 습득의 그림이 가장 절묘하다.(僧隆畫甚富, 而寒山拾得畫最妙.)」라고 한 점에서 '畵圖'의 작자는 택융擇融 스님이 아닌가 한다.

모든 한자는 각각 성조聲調를 지니고 있다. 그 성조는 상평성上平聲, 하평성下平聲, 상성上聲, 거성去聲, 입성入聲 등 5성으로 구성되어 있다. 5성 중에서 상평성과 하평성에 속하는 한자는 평성平聲이며, 상성, 거성, 입성에 속하는 한자는 측성仄聲이다. 근체시인 절구와 율시는 시구에 그 정해진 평측법平仄法에 의하여 시를 지어야 한다. 그러나 변칙이 있으니, 그중에 하나로 '요구拗救'라는 것이 있다. 요구는 시구에서 평성자를 써야 할 곳에 측성자를 쓴다거나, 측성자를 써야 할 곳에 평성자를 쓸 경우에, 본구本句 또는 대구對句의 적당한 위치에서 다시 한번 요拗(변칙을 일으킴)를 함으로써, 보구補救(변칙된 곳을 보충하여 구제함)하는 법칙이다.

예컨대 평성자로 요하면 측성자로 구하고, 측성자로 요하면 평성자로 구하여 대구對句상 평측이 맞게 한다. 그리하여 완미한 음악성을 유지케 한다. 황정견의 이 7언 율시는 첫 구에 압운하지 않는 평기식平起式(제1구 제2자가 평성자)으로, 제1구 제3자에 평성자 '開'를 쓰니, 대구인 제2구 제3자에서 반드시 평성자를 넣어야 하는 곳에 측성자 '老'로 요구하지 않을 수 없다.

그리고 제5구에서 제5~7자 3자가 원래 '평평측'이어야 하는데, 오히려 모두 측성인 '與世隔'을 써서 하삼측下三仄(아래에 측성자를 연이어 3자 씀)이 되니, 대구인 제6구에서 제5~7자 3자가 원래 '측측평'이어야 하는데, 오히려 모두 평성인 '無人知'를 써서 하삼평下三平(아래에 평성자를 연이어 3자 씀)이 되어 요구하고 있다. 시의 묘미를 살리고 시의 운치를 높여서, 선시로서의 선취禪趣를 고조시킨 운율적인 기법이라 할 것이다.

[황정견黃庭堅] **악주의 남루에서 쓰다**鄂州南樓書事

사방 둘러보니 달빛에 산과 호수 맑게 빛나고
난간에 기대니 십 리 풍기는 마름과 연꽃 향기롭네.
맑은 바람, 밝은 달은 주인이 따로 없어
남쪽 바람까지 부니 시원하기만 하네. (제1수)

鄂州南樓書事악주남루서사

四顧山光接水光, 憑欄十里芰荷香. 사고산광접수광 빙란십리기하향
淸風明月無人管, 幷作南風一味凉. 청풍명월무인관 병작남풍일미량

(其一 ≪山谷內外集≫)

* 鄂州악주 – 호북성湖北省 무창武昌 지역
* 南樓남루 – 악주의 명승지
* 四顧사고 – 사방을 둘러보다
* 山光산광 – 산의 경치
* 水光수광 – 물의 빛. 수색水色
* 憑欄빙란 – 난간에 기대다
* 芰荷기하 – 마름과 연꽃. 그 잎을 엮어 옷을 만들어 은인隱人이 입음
* 幷作병작 – 함께 일어나다, 짓다

�֎ **해 설**
동진東晉 때 서역을 정벌한 유량庾亮 장군이 악주의 남쪽 누대에 올라서, 풍광을 감상하였다 하여(≪世說新語≫ 容止, ≪晉書≫ 庾亮傳),

후에 유량을 기념하여 남루南樓를 지었다. 황정견은 숭녕崇寧 원년
(1102) 악주에 우거寓居하자마자, 남루에 올라가서 그 누각과 주변
경치에 감탄하였고, 그 이듬해 6월 다시 올라서, 시 4수를 지었으
니, 이 시는 그 제1수다.

이 시는 황정견의 대표적인 칠언절구 시로, 청대 진연陳衍은 논하기
를, 「황정견의 칠언절구 시는 모두 두보를 배웠고, 어려서는 왕창령
과 이백을 배웠으니, 그런 작품으로, 〈악양루〉와 〈악주 남루〉가 그
에 가깝다.(山谷七言絶句皆學杜, 少學龍標供奉者, 有之, 岳陽樓鄂州
南樓近之矣.)」(≪宋詩精華錄≫)라고 하여, 이 시의 가치를 높이 평가
하고 있다. 첫 2구는 남루의 주변 경색을 묘사한다. 달빛 아래에서
난간에 기대어 사방을 둘러보니, 수색水色과 산광山光이 조화를 이
루고, 눈앞엔 연꽃이 넓게 이어져서, 아름답기가 한 폭의 그림 같다.
'달빛에 산과 호수 맑게 빛나다(山光接水光)'는 시각적인 감수感受고,
'십 리 풍기는 마름과 연꽃 향기롭다(十里芰荷香)'는 취각적인 감수다.
다음 2구는 호젓하게 홀로 남루에 앉아서 달 밝은 밤의 감회를 묘사
한다. 그 감회는 세상사를 생각하는 감회가 아니라, 자연에 동화되
어 물아일체物我一體(사물과 내가 한몸)의 정취를 묘사한다. '淸風
明月'은 주인이 없는 모든 이의 것이다. 소식은 〈전적벽부前赤壁賦〉
에서 이미 다음과 같이 읊었다.

오직 강가의 맑은 바람과 산에 밝은 달만은 귀로 들으면 소리가
되고, 눈으로 보면 빛이 되니, 가져도 막는 이 없고, 써도 다하지
않으니, 이것이야말로 조물주가 한없이 지닌 것이다.
唯江上之淸風, 與山間之明月, 耳得之而爲聲, 目遇之而成色, 取之
無禁, 用之不竭, 是造物者之無盡藏也.(≪東坡集≫ 卷19)

마음대로 가져다 써도 주인이 따로 없어서 시에서 '無人管'이라 하였

다. 이런 자유롭고 탈속적인 시어는 천지와 자아가 길이 함께하는 물아위일物我爲一(사물과 내가 하나가 됨)의 정신세계다. '淸風明月'과 연관된 고사를 보면, ≪남사南史≫〈사혜전謝譓傳〉에서, 「사혜가 평일에 함부로 교유하지 않아서 문에 찾아오는 손님이 없었다. 때때로 홀로 술에 취하여 말하였다. 내 방에 들어오는 자는 늘 맑은 바람이 있고, 나와 대하여 술 마시는 자는 오직 밝은 달뿐이다.(謝譓平日不妄交游, 門無來賓. 有時獨醉, 曰 : 入吾室者, 恒有淸風 : 對吾飮者, 唯當明月.)」라고 하였으니, '淸風明月'은 이미 사대부의 가장 이상적인 정신적 기탁어가 되었다.

말구의 '凉'은 '청량淸涼'과 상통한다. 겉으로는 단순히 여름날 달밤의 청량이지만, 안으로는 혜능慧能의 ≪육조단경六祖壇經≫에서 말한 「미움과 애정이 나오지 않고 또 얻고 버림도 없으며, 이익이나 일의 성패를 생각하지 않고, 편안하고 조용하게 한가로이 지내며, 마음을 비우고 담백하다.(不生憎愛, 亦無取捨, 不念利益, 成壞等事, 安靜閒恬, 虛融澹泊.)」라고 한 심경의 '淸涼'이다. 이 청량 세계는 탈속하고 청정하다. '淸涼'은 불가佛家의 상용어로서, 모든 증오와 애정에서 벗어나 번뇌가 없는 경계에 도달함을 일컫는다. 그 경계는 ≪대집경大集經≫의 「삼매경에 있어, 이름하여 청량이라 하니, 애증을 떨칠 수 있기 때문이다.(有三昧, 名曰淸涼, 能斷離憎愛故.)」와 같고, ≪화엄경華嚴經≫〈이세간품離世間品〉의 「보살은 청량한 달이니, 필경공에서 노닌다.(菩薩淸涼月, 游于畢竟空.)」와도 같다. '필경공畢竟空'이란 제법諸法은 필경에는 얻을 수 없는 것을 깨닫고, 하나의 사물에도 집착하지 않는 것이다. 필경공을 깨달으면 시공時空을 초월하여 만물과 동화할 수 있고, 스스로 진리의 높고 궁극적인 경계를 체득할 수 있다. 이같이 시에서의 '凉'은 의미심장하다.

황정견은 이 시를 쓰기 전에, 검주黔州와 융주戎州에 폄적되어 6년간 유랑생활을 겪었다. 그리고 사면을 받아 태평주太平州 임지로 부임하던 중에, 단 9일 만에 다시 파관되어, 악주鄂州에 유리되어 있을 때 이 시를 지었다. 결국은 악주를 거쳐서 의주宜州로 폄적 가서 죽게 된다.(1105) 이런 환경에서 나온 시인데도, 시에는 절망의 심사는 조금도 보이지 않고, 오히려 세상만사를 초탈한 청량한 심경만 보인다. 오로지 말구에서 '一味凉'(시원한 맛)이라고 토로할 따름이다. 이런 경지는 황정견의 스승 선사인 황룡회당黃龍晦堂에게서 깨달은 불심 때문일 것이다. 선사와 대담한 내용을 본다.

> 회당이 묻기를, 「너희들은 내가 숨긴다고 여기느냐? 나는 너희에게 숨기는 것이 없다.」하였다. 황정견이 이해하지 못하다가, 후에 산에 노닐다가 계수나무 꽃이 만발한 것을 보았다. 회당이 다시 묻기를, 「물푸레나무 향기를 들었느냐?」하니, 황정견이 「들었습니다.」라고 답하였다. 회당이 지난 말을 거듭 들어 말하니, 황정견이 크게 깨달았다.
> 晦堂問 : 「二三子以我爲隱乎? 吾無隱乎爾.」黃庭堅不解, 後游山見桂花盛開. 晦堂又問 : 聞木樨香否, 黃庭堅道 : 「聞.」晦堂舊話重提, 黃庭堅大悟.(≪禪林僧寶傳≫ 卷23)

여기의 '悟'는 '대경對境'(마주 향한 곳. 대상對象)을 깨달았다는 뜻이다. 〈황정견의 자화상黃庭堅自題畫像語〉에서 「스님이 머리카락 있는 것 같고, 속인이 먼지 없는 것 같으니, 꿈속의 꿈을 꾸고, 몸밖의 몸을 본다.(似僧有髮, 似俗無塵, 作夢中夢, 見身外身.)」(≪山谷內外集≫)라고 한 독백처럼, 이 시는 완전 탈속의 성불 경지에 들어간 심경을 토로한 선시다.

[진관秦觀] **처주의 수남암 2수**處州水南庵二首

대나무 잣나무 숲 진 냇물 남쪽에
스님이 작고 둥근 암자 하나 지었다.
저자에서 어세와 돈세를 다 걷고
돌아와 미타 부처님을 탑방에 모신다. (제1수)

處州水南庵二首처주수남암이수

竹柏蕭森溪水南, 道人爲作小圓庵. 죽백소삼계수남 도인위작소원암
市區收罷魚豚稅, 來與彌陀共一龕. 시구수파어돈세 래여미타공일감

(其一 ≪淮海集≫ 卷3)

* 處州처주 – 지금의 절강성浙江省 여수현麗水縣 동남쪽
* 蕭森소삼 – 적적함. 쓸쓸함. 수목이 많은 모양
* 魚豚稅어돈세 – 물고기에 관한 어세와 돼지에 관한 돈세
* 彌陀미타 – 아미타여래阿彌陀如來의 약어. 서방 극락정토에 있으면서
죽은 이의 영혼을 극락왕생의 길로 이끌어 주는 부처 중 한 명
* 龕감 – 절의 탑, 또는 탑 아래의 방. 감실. 불단

이 몸 부들풀 자리에 맡기고
조용히 쓸쓸한 대나무 몇 가지 마주한다.
종종 노승에게 차죽 끓여 주려고
홀로 두레박 줄 잡고 맑은 물 긷는다. (제2수)

此身分付一蒲團, 靜對蕭蕭玉數竿. 차신분부일포단 정대소소옥수간
偶爲老僧煎茗粥, 自攜修綆汲淸寬. 우위로승전명죽 자휴수경급청관

(其二 ≪淮海集≫ 卷3)

* 蒲團포단 - 부들로 만든 둥근 자리. 이불
* 蕭蕭소소 - 나뭇잎이 떨어지는 소리. 바람 부는 소리. 쓸쓸한 모양
* 玉數竿옥수간 - 옥 몇 가지. 옥은 대나무를 지칭함
* 茗粥명죽 - 차에 끓인 죽
* 修綆수경 - 긴 두레박 줄
* 汲淸寬급청관 - 맑고 넓은 물을 긷는다. 여기서 '淸寬'은 계수溪水(시
냇물)를 가리킴

[진관秦觀] 1049-1100. 자는 태허太虛며, 태학박사太學博士와 항주통
판杭州通判 등을 역임하였으며, ≪회해집淮海集≫이 있다. 시문에 능하
여 그의 시를 귀시鬼詩라고 평가하는 것은, 그의 시가 고금의 시풍을 섭
렵하여 고고한 경지에 이르렀음을 의미하니, 진관이 평생 추숭한 두보
를 논술한 다음 글에서 알 수 있다.

옛날 소무와 이릉의 시는 고아하고 오묘함에 뛰어났고, 조식과 유정
의 시는 호방하고 준일함에 뛰어났고, 도잠(도연명)과 완적의 시는 충
담함에 뛰어났고, 사령운과 포조의 시는 준결하고 정결함에 뛰어났으
며, 서릉과 유신의 시는 수사가 아름다움에 뛰어났다. 그중에 두보는
고아하고 오묘한 격조를 따지고, 호방하며 빼어난 기상을 다하며, 담
백한 취향을 지니고 준결하고 정결한 모습을 겸하고, 수사가 아름다
운 자태를 갖추었으니, 모든 시인의 작품이 그에 따라갈 수 없는 것이
다. 그러나 모든 시인의 장점을 모으지 않았다면, 두보 또한 홀로 이
경지에 이르지 못했을 것이니, 일찍이 시대를 잘 만난 때문이 아니겠
는가.

昔蘇武李陵之詩, 長於高妙, 曹植劉公幹之詩, 長於豪逸, 陶潛阮籍之
詩, 長於沖澹, 謝靈運鮑照之詩, 長於俊潔, 徐陵庾信之詩, 長於藻麗.
於是子美窮高妙之格, 極豪逸之氣, 包沖澹之趣, 兼俊潔之姿, 備藻麗
之態, 而諸家之作所不及焉. 然不集諸家之長, 子美亦不能獨至於斯也,
豈非適當其時故耶.(≪淮海集≫ 권22 進論)

이로써 진관이 다독多讀과 다사多思를 통한 역대 시가의 유풍을 결집하
여 숙지하였다는 점을 확인하게 된다. 진관이 원풍元豊 2년(1079), 지금
의 절강성浙江省 회계會稽에서 월주지주越州知州인 정공벽程公闢과 함
께 감호鑑湖, 난정蘭亭, 우묘禹廟, 봉래각蓬萊閣 등을 유람하며 창화시
를 남겼는데, 이 시기에 지은 기유시紀游詩 <감호에 노닐며遊鑑湖>
(≪淮海集≫ 卷3)를 본다.

그림 무늬 배의 구슬발이 뱃전을 둘러싸고
바람은 마름과 연꽃 마을에 불어오네.
물빛이 자리에 들어와 술잔과 접시 반짝이고
꽃향기 스며들어 웃음소리 향기롭네.
비취새는 비스듬히 맑은 술 엿보고
잠자리는 힐끗 붉은 단장 피하네.
포도주 술기운 나른해도 홑옷이 겁나니
정말로 감호에서 오월이 싸늘하네.
畵舫珠簾出繚牆, 天風吹到芰荷鄕.　화방주렴출료장 천풍취도기하향
水光入座杯盤瑩, 花氣侵入笑語香.　수광입좌배반영 화기침입소어향
翡翠側身窺淥酒, 蜻蜓偸眼避紅粧.　비취측신규록주 청정투안피홍장
葡萄力緩單衣怯, 始信湖中五月凉.　포도력완단의겁 시신호중오월량

호수에서 뱃놀이하며 산수에 몰입한 심정으로 풍경을 사실적이고 낭만
적으로 묘사하고 있다.

소식蘇軾과 황정견黃庭堅, 그리고 진관秦觀 세 문인의 관계는 소식을 중심으로 형성되어 있다. 소식은 문호로 문단에 군림하여, 명성이 천하에 떨치니, 황정견이 편지와 두 수의 고풍시를 보내서 그 문하에 들기를 원하였고, 진관은 과시科試에 응하러 변경汴京에 가던 중에 서주徐州에서 소식을 만나서, 「나는 만호의 제후가 되길 원치 않고, 오직 서주의 소식 선생을 한 번 만나길 원하네.(我獨不願萬戶侯, 惟願一識蘇徐州.)」(〈別子瞻〉)라고 하였다. 조보지晁補之(1053-1110), 장뢰張耒(1054-1114), 진사도陳師道(1053-1101) 등도 소식의 문하생을 자원하니, 이들을 '소문육군자蘇門六君子'라 한다.

✳ 해 설

진관이 철종哲宗 소성紹聖 원년(1094) 3월에 원우元祐 당적黨籍에 연루되어, 촉당蜀黨으로 지목되니, 항주杭州 통판通判으로 폄적되었다. 그해 4월에 감찰어사 유증劉拯은 진관이 신종실록神宗實錄을 몰래 바꾸었다고 비난하여, 진관은 항주로 부임하러 가다가, 처주주세감處州酒稅監으로 다시 강등되어 처주로 가게 되었다. 처주로 가는 도중에, 금화산金華山을 지나면서, 〈금화산사의 벽에 쓰다題金華山寺壁〉(≪淮海集≫ 卷3) 시를 남겼다.

난새와 학 같은 선비들과 즐거이 노닐다가
바람이 불어 헤어져 푸른 물가로 내려갔네.
금화산에 길이 있어 원기가 통하니
물이 높고 찬 곳 둘러서 끊이지 않고 흐른다.
鸞鶴同爲汗漫遊, 天風吹散下滄洲. 란학동위한만유 천풍취산하창주
金華有路通元氣, 水繞高寒不斷流. 금화유로통원기 수요고한부단류

진관은 〈처주의 수남암〉 시에서 자신의 원통하고 비정한 심정을 조금도 드러내지 않는다. 오히려 속세를 떠나서, 자연에 귀의하고픈

담백한 느낌을 준다. 그는 처주에 부임하여 재임하던 기간에, 수시로 수남암을 찾아가 참선하고, 스님들에게 공양도 하면서 귀양살이 같은 삶을 영위하며 이 시를 지었다.

제1수의 제1연은 맑은 시내와 푸른 대나무, 잣나무 등으로 암자의 우아하고 고요한 환경을 조화 있게 묘사하여, 불성佛性의 영기靈氣를 짙게 느끼게 한다. 작은 암자의 모양이 '圓庵'(둥근 암자)이다. '圓'은 불가佛家의 원오圓悟(완전한 깨달음)와 원각圓覺(부처의 원만한 깨달음)의 의미와 통한다. 제2연에서는 시내에서 어돈세魚豚稅 거두는 공무를 마치고(收罷), 시인이 갈망하는 정적의 불타佛陀 세계로 돌아와서(來與), 번뇌와 고통으로부터 해탈을 추구하는 심령을 묘사한다. 시어 '收罷'와 '來與'는 관직의 현실과 불가의 불심이라는 두 상황을 절묘하게 비유하여 표현한다.

제2수에서의 시인의 형상은 온전히 불문 제자와 같다. 암자에 기숙한 시인은 흡사 '승려 진관'의 모습이다. 부들풀 자리에 정좌하여 정적의 경계에 들고, 노승을 모시고 재식齋食도 준비하며, 차도 끓이고, 두레박으로 우물물을 길어 올린다. 지방관리로서 수행승을 자처한 진면목을 보여준다.

[진사도陳師道] 구국보와 함께 사산에 올라和寇十一同登
寺山

여름 지내기 마음 편치 않아
높은 산 오르니 좀 그윽한 풍취 있네.
벼슬할 땐 따르는 이들 수풀 같았거늘
이젠 따르는 이 겨우 한둘이네.
이 산을 예전에 많이 올랐는데
지난 세월 누가 기억하리오.
아직 찾아오는 명사들 있어
남은 금석문 초라하지 않네.
천년 후의 일 누가 알리오
나와 그대 다시 오게 될지를.
안개 자욱하여 문득 등불이 보이는 듯
출렁이는 큰 물에 바닥이 없나 하네.
문인들이 써놓은 글 읽노라니
용맹스런 영웅들 뜻 보이네.
흥하고 망한 것 한순간에 담으니
예나 지금이나 얼마나 탄식하는지.
둘러선 산에 서북쪽이 트여서
멀리 바라보매 끝이 없구나.
돌아가고픈 마음에 맑은 경치 담아
밤 침상에서 깊이 자야겠네.
빛바랜 벽 사이에 써 놓은 시를

어찌 부끄럽다고만 하리오.
남쪽을 둘러보며 마음에 들면
서쪽에서 온 뜻 묻지 않겠네.

和寇十一同登寺山화구십일동등사산

度暑無好懷, 憑危略幽致.	도서무호회 빙위략유치
衣冠蔚如林, 從我才一二.	의관울여림 종아재일이
玆山昔深登, 歲月誰得記.	자산석심등 세월수득기
尙有名勝流, 不與金石悴.	상유명승류 불여금석췌
孰知千載後, 我與子復至.	숙지천재후 아여자부지
煙昏倏見燈, 洪發疑無地.	연혼숙견등 홍발의무지
領略章句手, 割據英雄志.	령략장구수 할거영웅지
興壞容一瞬, 今昔當幾喟.	흥괴용일순 금석당기위
圍山缺西北, 放目不可制.	위산결서북 방목불가제
歸懷納淸境, 夜榻成良寐.	귀회납청경 야탑성량매
零落壁間詩, 豈特彼所愧.	령락벽간시 기특피소괴
會逢南過適, 不問西來意.	회봉남과적 불문서래의

(≪後山先生集≫ 卷3)

* 寇十一구십일 - 본명은 구국보寇國寶. 서주徐州인으로 진사도陳師道
와 동향同鄕이며 제자. 진사進士 급제 후, 오현주부吳縣主簿를 지냄
* 度暑도서 - 여름을 지내다. 여름이 지나다
* 好懷호회 - 좋은 마음
* 憑危빙위 - 위험한 데 기대다. 높은 데 기대다. 험한 산에 오르다
* 略략 - 대강. 대체로
* 幽致유치 - 그윽한 운치. 정취. 풍취

* 蔚如林울여림 - 성대하기 수풀 같다

* 玆山자산 - 이 산. 사산寺山

* 深登심등 - 자주 오르다. 한창 오르다. 많이 오르다

* 名勝명승 - 명망이 있는 명사名士. 경치 또는 고적으로 이름난 곳

* 金石금석 - 쇠와 돌. 금석처럼 몸이 튼튼하다

* 悴췌 - 파리하다. 근심하다. 시들다

* 子자 - 너. 그대. 제2인칭의 존칭

* 倏숙 - 갑자기. 빨리

* 洪發홍발 - 큰 물이 흐르다

* 領略령략 - 깨달아 알다. 이해하다

* 章句手장구수 - 글 지은 솜씨. 글재주

* 割據할거 - 한 지방을 점령하여 웅거함

* 興壞흥괴 - 흥성하고 멸망함. 일어나고 무너짐

* 容一瞬용일순 - 한순간에 담다

* 幾喟기위 - 얼마나 한숨 쉴까. 참으로 많이 한숨 쉬다

* 缺西北결서북 - 서북쪽이 갈라지다. 열려 있다

* 放目방목 - 넓게 보다. 편안히 보다

* 歸懷귀회 - 돌아가는 마음. 귀심歸心. 귀사歸思

* 夜榻야탑 - 침대. 밤에 쓰는 침상, 걸상

* 良寐량매 - 좋은 잠자리. 깊이 잠자다. 잘 자다

* 零落령락 - 초목의 잎이 말라서 떨어짐. 눈비 따위가 옴. 쇠퇴함. 쓸
쓸해짐

* 特특 - 유달리. 일일이. 다만

* 所愧소괴 - 부끄러운 것, 일

* 會逢회봉 - 만나다. 마주 대하다

* 過適과적 - 지나치게 좋다. 매우 마음에 들다

* 來意래의 - 온 뜻

[진사도陳師道] 1053-1102. 자는 이상履常 또는 무기無己이고, 호는 후산거사後山居士로 서주徐州 팽성彭城(지금의 강서성江西省 서주徐州)인이다. 철종哲宗 원우元祐(1086~1098) 초에 소식蘇軾의 천거로 서주의 교수가 되었고, 태학박사太學博士과 비서성정자秘書省正字를 지냈다. 저서는 ≪후산선생집後山先生集≫ 등이 있다.

진사도는 가정환경이 빈한하여, 고생하며 시를 읊었기에(고음苦吟), 「문을 닫고 시구를 찾는 진무기(閉門覓句陳無己)」라고 칭하였고, 강서시파의 대표적인 작가로서, 시풍은 맑은 기운이 빼어나고(淸氣峻拔), 예스러우며 생동하다.(古崛生動) 그의 시론은 소식과 황정견의 영향을 받아서, 「차라리 졸렬할지언정 기교 부리지 말고, 차라리 소박할지언정 화려하지 말고, 차라리 조잡할지언정 나약하지 말며, 차라리 편벽될지언정 속되지 말라.(寧拙毋巧, 寧朴毋華 : 寧粗毋弱, 寧僻毋俗.)」(≪後山詩話≫)라는 이론을 제창하고, 두보를 배울 것을 주장하였다.

진사도 문장의 간결함은 산문뿐 아니라 시에서도 나타나니, 주희朱熹는 「진사도 시의 우아하고 건실함은 황정견보다 뛰어나지만, 황정견처럼 예리하고 가볍게 날리는 모습은 없다.(後山詩雅健勝山谷, 無山谷尖洒輕揚之態.)」(≪朱子語類≫ 卷140)라고 평하였다. 진사도는 소문육군자蘇門六君子의 한 사람으로 소식의 영향권에 있지만, 나름의 문학을 추구한 점을 간과할 수 없다. 명대 방회方回는 「고금의 시인은 당연히 두보, 황정견, 진사도, 진여의 등 네 작가를 중심으로, 두보는 조종이고 세 사람은 종파로 삼는다.(古今詩人, 當以老杜山谷後山簡齋四家爲一祖三宗.)」(≪瀛奎律髓≫ 卷26)라고 하여 황정견, 진여의와 함께 강서파의 3종宗의 하나로 지칭하고 있다.

그의 시는 가난한 삶의 고통과 불우를 묘사하여 고음을 숭상하였다. 송대 엄우嚴羽는 ≪창랑시화滄浪詩話≫ <시체詩體>에서 그의 시를 두고 「진사도는 본래 두보를 배웠으나, 그 시어가 닮은 것은 단지 몇 편뿐이며 그나마 닮은 것도 엇비슷한 정도니, 그 나머지는 바로 진사도 자신의 것에 바탕을 두고 있을 따름이다.(後山本學杜, 其語似之者但數篇, 他或似而不全, 又其他則本其自體耳.)」라고 하여 진사도 시의 독창성을 강조하였다.

해설

시 제목의 구십일寇十一은 진사도의 죽마고우 구국보寇國寶다. '十一'은 집안 항렬 숫자로서, 이름 대신 존중하는 의미로 쓰인다. 구국보는 진사도와 동향인으로 벼슬은 오현주부吳縣主簿를 지냈고 시문도 남긴 것이 없으나, 고향 친구 진사도는 구국보를 시제로 지은 〈구십일과 함께 성남으로 놀러 가서 비에 막혀 돌아와 사산에 오르며和寇十一同游城南阻雨還登寺山〉도 있다.

그리고 '寺山'(절이 있는 산)은 서주 남쪽에 있는 남산南山을 지칭한다. 남산에는 초楚나라 항우項羽의 희마대戲馬臺가 있고, 진사도 고향인 서주徐州 팽성彭城은 자고로 영웅들이 할거하였던 지방이다. 그래서 이 시의 「문인들이 써놓은 글 읽노라니, 용맹스런 영웅들 뜻 보이네.(領略章句手, 割據英雄志.)」 구는 산에 올라서, 역사적인 영웅들을 회고하는 의미를 묘사한 것이다.

시의 마지막 4구는 ≪전등록傳燈錄≫의 남악南嶽 양讓 선사와 탄연坦然 선사의 선문답과 연관된다. 양 선사가 숭산嵩山이 편안한데, 서쪽으로 온 뜻이 무엇인지를 물으니, 탄연 선사가 어찌하여 자신의 뜻은 묻지 않는가라고 대답하였다. 이것은 질문하기보다 먼저 스스로 직접 깨우치길 바라는 선 사상과 상통한다.

[당경唐庚] 서선사에서 저녁에 돌아와 본 것을 쓰다

2수棲禪暮歸書所見二首

비 내릴 때마다 어둡고
봄 돌아오니 곳마다 푸르네.
산 깊어 작은 절 안 보이고
호수 다 지나니 외진 정자 드러나네. (제1수)

棲禪暮歸書所見二首 서선모귀서소견이수

雨在時時黑, 春歸處處靑.　우재시시흑 춘귀처처청
山深失小寺, 湖盡得孤亭.　산심실소사 호진득고정

(其一 《唐子西集》 卷1)

* 棲禪서선 - 서선사棲禪寺. 혜주惠州(지금의 광동성廣東省 혜주시惠州
市) 풍호豊湖 가에 있다. 풍호는 지리적으로 혜주성 서쪽에 있어서 서호
西湖라고도 한다
* 盡진 - 다하다. 마르다. 빠지다

봄 되니 호수 안개 자욱하고
밝은 햇빛에 개울 물빛 찰랑이네.
비 내린 후 풀빛 그대로 파릇하고
저녁 햇빛에 산 더욱 보랏빛이네. (제2수)

春着湖烟膩, 晴搖野水光.　춘착호연니 청요야수광
草靑仍過雨, 山紫更斜陽.　초청잉과우 산자갱사양

(其二 《唐子西集》 卷1)

* 着착 - 달라붙다. 끼다
* 膩니 - 기름지다. 윤기가 있다
* 仍잉 - 역시. 원래대로. 변함없이

[당경唐庚] 1069-1120. 자가 자서子西며, 미주眉州 미산眉山인이다. 철종哲宗 소성紹聖 때 진사 급제하고 종학박사宗學博士를 지냈다. 장상영張商英이 지은 내전행內前行의 필화筆禍에 연루되어 혜주惠州로 좌천되었다. 소식蘇軾과 동향이며 시도 그에게 사사하여 '소동파小東坡'란 칭호를 얻었고, 저서로 《삼국잡사三國雜事》, 《당자서집唐子西集》 등이 있다. 그가 지은 시화 《당자서문록唐子西文錄》은 선화宣和 원년(1119)에 당경이 구술하고, 강행보强行父가 정리하였다. 따라서 저술 연대는 당경이 죽은 지 19년이 지난 소흥紹興 8년(1138)으로 본다. 강행보의 자는 유안幼安이며 여항인餘杭人으로 목주睦州와 선주宣州의 통판通判을 지냈다.

당경의 율시는 시의 기법이 기교하고 대구 사용에 능하며, 자신만의 창작 정신을 보여준다. 《송시초宋詩鈔》에 그의 시를 평하여, 「불꽃이 간결하고 담백한 중에 빛나고, 신기한 운율이 성율 밖에 깃들어 있다.(芒焰在簡淡之中, 神韻寄聲律之外.)」라고 칭찬하였다. 당경의 작시 자세는 '연단鍊鍛'을 중시하여 시를 고치고 또 고치는 습관이 있어서, 「슬피 며칠이고 읊으면서 되풀이하여 바로 고친다.(悲吟累日, 反復改正.)」라고 하여 그의 시화에서 그 점을 다음과 같이 강조하고 있다.

　사람들과 시를 논하면서, 그 틀린 것을 깊이 있게 찾아서 없애며, 한 글자라도 소홀히 하여 다루면 안 된다. 법가에서 용서를 말하기 어려

운 것과 자못 비슷한 것이다. 그러므로 이를 시율이라 한다. 소식은
말하기를, 「감히 시율을 매우 엄하게 따져야 한다.」라고 하였다. 무릇
처음으로 뜻을 세우는 데는 반드시 어려움과 쉬움의 두 길이 있는데,
학자들은 부족함을 극복하지 못하고 종종 어려운 것을 버리고 쉬운
것을 추구한다. 아름답고 기교 있는 문장이 드문 것은 늘 이것과 관계
가 있다. 시를 짓는 데에 절로 알맞은 글자는 있지만, 단지 생각이 이
에 미치지 못할 뿐이다.

詩在與人商論, 深求其疵而去之, 等閒一字放過則不可 : 殆近法家, 難以
言恕矣. 故謂之詩律. 東坡云 : 「敢將詩律鬪深嚴.」大凡立意之初, 必有
難易二途, 學者不能强所劣, 往往舍難而趨易. 文章罕工, 每坐此也. 作
詩自有穩當字, 第思之未到耳.

그의 시화는 35칙으로 구성되고 내용은 주로 시 평론으로 어록체 시화
에 속한다. 그의 시화의 특징은 두 가지로 구분되는데, 하나는 '혼연천
성混然天成'(아련한 중에 자연스레 지어냄)의 시론이다. 당경은 시화에
서 구술하기를,

사령운이 영가에 있을 때 사혜련을 꿈에 보고, 마침내 「연못에 봄풀
이 돋네.」라는 시구를 남겼고, 사조가 선성에 있을 때 삼산에 올라가
서 마침내 「맑은 강이 고요하기가 비단 같네.」라는 시구를 남겼다. 두
분의 시에서 오묘한 점은, 이른바 아련한 중에 자연스레 지어내니, 천
구는 다듬어서 되는 것이 아니다.

靈運在永嘉因夢惠連, 遂有「池塘生春草」之句, 玄暉在宣城, 因登三山,
遂有「澄江靜如練」之句. 二公妙處, 所謂混然天成, 天球不琢者歟.

라고 하여 작시 의식에 있어서 형식적이고 가식적인 인위로 시를 지어
서는 안 되며, 오직 '天成'으로 지어야 한다고 하였다. 시화의 다른 한
논리는 '고음苦吟'으로서, 그의 시화에서 작시의 고통과 난점을 토로하

고 있다.

시 짓기는 가장 어려운 일이다. 나는 다른 문장에는 그리 어렵지 않은데, 시 짓는 것만은 너무 힘들다. 여러 날 애써 시 읊기를 해서 겨우 시를 완성하여, 처음 읽을 때는 부끄러운 곳이 안 보여서 잠시 놔두었다가, 다음날 가져다 읽으면 잘못된 것이 많이 나와서, 다시 여러 날 애써 시 읊기를 되풀이하여 바로 고치어, 이전 것과 비교하면 조금 좋아 보인다. 다시 며칠 후 꺼내어 읽으면 잘못된 것이 또 나온다. 무릇 이렇게 서너 번 하고서야 남에게 보여주지만 끝내 신통하지 못하다.
詩爲最難事 : 吾於他文不至蹇澁澁, 惟作詩甚苦. 悲吟累日, 僅能成篇, 初讀時未見羞處, 姑置之, 明日取讀, 瑕疵百出, 輒復悲吟累日, 反複改正, 比之前時, 稍稍有加焉. 復數日取出讀之, 瑕疵複出. 凡如此數四, 方敢示人, 然終不能奇.

❈ 해 설

당경의 시는 매우 아름답고 기세가 청신하여, 동파東坡 소식蘇軾을 닮았다고 하여 '소동파小東坡'라 칭한다. 이 시는 시인이 서선사를 찾아갔던 감회를 초연한 시심으로 읊은 것이다.

제1수를 보면, 시인이 서선사에서 돌아왔을 때는 황혼이 물들었으나, 저녁 비가 흩날리고 하늘은 어둠이 깔렸다. 그러나 봄은 이미 주변에 온통 푸른빛으로 옷 입히어, 생기 넘치는 아름다운 경치를 자아낸다. 깊은 산속을 돌아서 가야 하는 절이어서, 넓은 호수를 지나서야, 시야에 들어온 작은 정자 같은 소박한 절이 보인다. 봄날 절을 찾은 길의 걸음에서부터 합자연의 경계를 느낀다.

제2수는 서선사의 비 온 뒤의 정경을 묘사한다. 맑은 새벽 호수에는 봄 안개가 자욱하여, 촉촉하게 물기가 덮여 있다. 오래지 않아 밝은 해가 떠오르니, 호수 위에 찬란하게 물결 따라 물빛이 춤추고 짙게 드리운 안개가 흩어져 사라진다. 그야말로 인간 세계가 아닌 경치다. 제1수의 제1연은 마치 두보가 「하늘 보니 오늘 아침 비 올까 해서, 산에 돌아와 보니 예부터 온통 푸르네.(天欲今朝雨, 山歸萬古青.)」라고 읊은 구절과 흥취가 상통한다.

[혜홍惠洪] 숭숭사 뒤에 대나무 천여 대가 있는데, 유독 한 뿌리가 솟아 나와, 사람들이 죽존자라고 부르므로, 시를 짓는다崇勝寺後, 有竹千餘竿, 獨一根秀出, 人呼爲竹尊者, 因賦詩

고매한 절개 지녀 큰 키에 늙어도 마르지 않아
늘 의젓한 자태 절로 맑고 날씬하네.
그대 대나무 사랑하여 '존자'라 부르니
되레 찬 소나무를 '대부'라 한 게 우습다네.
목련꽃 좌대의 부처께 참배는 안 보이고
호랑이가 들었다는 불경 소리 공허하게 들려오네.
즐거이 가을빛 가져다가 바리때로 삼아
달 자르고 바람 썰어 배불리 먹어나 볼까.

崇勝寺後, 有竹千餘竿, 獨一根秀出, 人呼爲竹尊者, 因賦詩숭승사후, 유죽천여간, 독일근수출, 인호위죽존자, 인부시

高節長身老不枯, 平生風骨自淸癯. 고절장신로불고 평생풍골자청구
愛君修竹爲尊者, 却笑寒松作大夫. 애군수죽위존자 각소한송작대부
不見同參木上座, 空餘聽法石於菟. 불견동참목상좌 공여청법석오토
戲將秋色分齋鉢, 抹月批風得飽無. 희장추색분재발 말월비풍득포무

(≪宋詩大觀≫ 1)

* 風骨풍골 - 풍채와 골격. 모습. 상태

* 淸癯청구 - 몸이 날씬하여 고상해 보임
* 修竹수죽 - 긴 대나무
* 尊者존자 - 웃어른. (불교) 학문과 덕행이 뛰어난 불제자. 특히 나한羅漢
* 寒松作大夫한송작대부 - 찬 소나무가 대부가 되다. 진시황秦始皇이 태산泰山에 갔던 고사(해설 참조)
* 木上座목상좌 - 목련화 좌상의 부처
* 聽法石於菟청법석오토 - 불경 담은 석경 소리가 늙은 호랑이에게 들리다. 법석法石은 불경이 새겨진 돌. 오토於菟는 호랑이[虎]의 다른 호칭
* 齋鉢재발 - 불가의 스님 밥그릇. 바리때
* 抹月批風말월비풍 - 달을 자르고 바람을 썰다. 자연의 아름다운 경치를 즐기다
* 得飽無득포무 - 배불리 먹을까 말까. 無는 부정사로 긍정과 부정 형식이니 의문형

[혜홍惠洪] 1071-1128? 일명一名 덕홍德洪, 자는 각범覺範으로, 균주筠州(지금의 강서성江西省에 속함)인이다. 속성俗姓은 유喩씨. 시문에 능하고 소식蘇軾, 황정견黃庭堅과 교유하였으며 ≪석문문자선石門文字禪≫ 30권이 있다. 자서自序에 「본래 강서 균주 신창의 유씨 아들(本江西筠州新昌喩氏之子)」이라고 하였고, 또 선화宣和 4년(1123)에 53세라고 하였으니 추산하면 희녕熙寧 4년(1071)에 출생한 것으로 보고, ≪군재독서지郡齋讀書志≫에 '건염중졸建炎中卒'이라 하니, 졸년은 1127-1130년 사이로 추정된다. 기려한 시어를 즐겨 쓰고, 형식에 매이지 않아서, '낭자화상浪子和尙'이란 미칭이 있다. 시와 회화에 능하고 시풍이 빼어나고 사의辭意가 깔끔하며 소사小詞가 청려하여 진관秦觀과 친하였다.
석혜홍이 지은 시화서 ≪냉재야화冷齋夜話≫의 저술 연대에 대해서, ≪군

재독서지≫에 보면, 「숭관 연간에 한 시기의 잡사를 기록하다(崇觀間記
一時雜事)」라고 기록한 것으로 보아, 1102-1110년간에 지은 것으로 추
정한다. 서술 논조는 논시라기보다는, 각 시인에 대한 서술이 많아서,
소설류에 속하고 시문평류는 아니다. 다만 그 내용이 대부분 논시 부분
이어서 시화로 분류한 것이다.

시화의 주된 내용을 보면, 시는 작자의 마음과 눈을 기탁하는 것이므로,
시인의 심신을 속박해서는 안 된다. 따라서 시는 자연스레 이루어져야
하고, 담백미를 지녀야 함을 주장하여, 「시는 졸렬하지만 속히 지음을
귀히 여기고, 기교 부리며 늘어짐을 귀히 여기지 않는다.(詩貴拙速而不
貴巧遲.)」라고 하고, 또 「정력을 피곤하게 써서, 나날을 보내면서 짓는
것은, 귀히 여기기에 부족하다.(疲費精力, 積日月而後成, 不足貴也.)」라
고 하였다. 그리고 함축미를 언급하여 시어의 표현된 어구 속에 감추어
진 의취(象外之句)를 중시하고 있다. 전래해 온 작시 의식의 변화 즉
'환골탈태換骨奪胎'를 주장하여, 「시어 짓는 기교는 왕안석, 소식, 황정
견에 이르러서, 고금의 변화를 다하였다.(造語之工, 至于荊公 · 東坡 · 山
谷, 盡古今之變.)」라고 하였다. 시가 감상에 대해선 시에 담긴 의취로
봐야 할 것을(以意逆之) 주장하여 「시에 담긴 정감을 논해야지, 그 표현
된 시구를 논해서는 안 된다.(當論其情意, 不當論其句.)」라고 하여 시의
를 시구보다 중시하였다.

✳ 해 설

시의 제목이 긴만큼, 그 담긴 의미도 길고 깊다. 이 시는 수죽修竹
을 의인화하여 찬미하는 시다. 숭승사崇勝寺는 그 소재가 미상하다.
오증吳曾의 ≪능개재만록能改齋漫錄≫에 의하면, 「황정견이 이 시
를 보고 기뻐하여, 손수 이 시를 적어서, 이름이 알려지게 되었다.
(黃太史見之喜, 因手書此詩, 故名以顯.)」라고 하였다. 시의 어구가
매우 담백하고 시의 정취가 청아하며, 골격이 자못 강경하면서 해학
적인 풍취를 지니고 있다.

시풍은 강서시파가 추구하는 경계를 보이니, 강서시파의 종주인 황
정견이 보고 기뻐한 것은 전혀 이상하지 않다. '修竹'을 '尊者'라 칭
한 것은 고승을 비유함이며, '寒松'을 '大夫'로 칭함은 진시황秦始皇
이 태산泰山에서 폭풍을 만나 소나무 아래에서 쉬었다고 해서 오대
부五大夫에 봉한 전고를 인용하였다. '修竹'과 '寒松'이 고결한 품격
을 상징하지만, 대부가 된 '寒松'보다 '尊者'가 된 은군자隱君子의 화
신을 더 찬양하였다.

불교의 상징화인 수련水蓮은 아니어도, 바람에 울리는 수죽修竹 소
리는 불경 담은 석경石經으로 들린다. '오토於菟'는 노호老虎(호랑
이)의 별칭이다. 탈속의 경지에서 '秋色'을 바리때로, '風月'을 음식
으로 삼은 빈자의 희언戲言을 시의 소재로 인용한 것은, 언외言外의
해학적인 표현이라 하겠다.

[여본중呂本中] 유주 개원사 여름 비柳州開元寺夏雨

비바람 세차게 불어 늦가을 같은데
까마귀 돌아가 문 닫힌 채 스님과 같이 있네.
구름 자욱하여 솟은 바위들 안 보이고
물 넘쳐 골짜기마다 흐르는 소리 들리네.
종소리에 꿈을 깨어 슬프게 바라보다
서신 오니 끝내 마음이 들떴다 가라앉네.
관상이 밭 전田자같이 네모진 얼굴 아니거늘
제후에 봉해진 반초를 부러워하지 말라.

柳州開元寺夏雨류주개원사하우

風雨瀟瀟似晩秋, 鴉歸門掩伴僧幽. 풍우소소사만추 아귀문엄반승유
雲深不見千岩秀, 水漲初聞萬壑流. 운심불견천암수 수창초문만학류
鐘喚夢回空悵望, 人傳書至竟沈浮. 종환몽회공창망 인전서지경침부
面如田字非吾相, 莫羨班超封列侯. 면여전자비오상 막선반초봉렬후

(≪東萊詩集≫ 卷2)

* 柳州류주 - 지금의 광서성廣西省 유주시柳州市
* 開元寺개원사 - 유주柳州에 있는 사원
* 瀟瀟소소 - 비바람이 세차게 치는 모양
* 萬壑만학 - 온 산골짜기
* 悵望창망 - 슬퍼하며 바라보다
* 沈浮침부 - 가라앉고 둥둥 뜨다. 마음이 좋고 나쁨에 따라 다른 모양

* 面如田字면여전자 - 얼굴이 네모져서 전田자 같은 모양. 전자면田字
面. 봉후封侯의 상
* 班超반초 - 후한後漢(동한東漢)의 명장. 자는 중승仲升. 반고班固의 아
우. 명제明帝 때 서역西域 제국이 후한을 배반하였을 때 출정하여 50여
국을 평정하고 그 공으로 서역도호西域都護가 되고 정원후定遠侯가 되
었다

[여본중呂本中] 1084-1145. 자는 거인居仁으로, 조적祖籍이 동래東萊
(지금의 산동성山東省 액현掖縣)인이어서 세칭 동래선생東萊先生이라
불렸다. 증조부 공저公著, 조부 희철希哲, 부친 호문好問이 모두 명성이
높았다. 정강靖康 초년 사부원외랑司部員外郎, 소흥紹興 6년에 중서사
인中書舍人을 지낸 후, 저술과 강학에 전념하였다. 이학자理學者여서
정치적으로 금金나라에 항거를 주장하였으며, 혼란한 시대를 슬퍼하는
시로 명성을 얻었다. 시풍은 평이하고 세밀하지만, 남도南渡 후에는 침
울하였고, 시 창작법은 강서시파의 영향으로 황정견과 진사도의 구법을
계승하였다.
그는 '활법설活法說'과 '오입설悟入說'을 주장하여, 강서시파 시론의 기
초 위에 소식蘇軾의 문학적 관점을 융합하고, 강서시파의 생소한 창작
풍격을 자연스럽게 조화하려 하였다. 저서로는 ≪춘추집해春秋集解≫,
≪동래시집東萊詩集≫, ≪동몽훈童蒙訓≫ 등이 있다. 여본중의 시 <꿈
夢>(≪宋詩大觀≫ 2)을 보기로 한다.

　꿈에 장안 길에 드니
　무성하게 봄풀이 자랐네.
　깨어나니 봄은 이미 가고
　한 조각 연못이 좋구나.
　夢入長安道, 萋萋盡春草.　몽입장안도 처처진춘초
　覺來春已去, 一片池塘好.　교래춘이거 일편지당호

이 시에서의 '長安'은 송대 서울 '변경汴京'을 지칭한다. 꿈을 시제로 한 시는 대개 회인懷人이나 기사紀事인 경우가 많은데, 이 시는 몽경夢境으로 이별의 그리운 심정을 표현하고 있다. 제1연은 시령時令을 밝히고 또 그리운 심정을 암시한다. 왕유王維의 <산속에서 송별하며山中送別>의 「봄풀이 내년에도 푸를지니, 귀한 님 돌아올 건가.(春草明年綠, 王孫歸不歸.)」 구처럼 송별의 심정을 비유한다. 제2연은 현실의 허상을 비유적으로 묘사한다. 돌아오지 않는 이별의 벗, 알 수 없는 미래에 대한 괘념이 깃들어 있다. 그가 지은 시론서 ≪자미시화紫薇詩話≫는 시의 활법을 주장하여 후세 시론에 지대한 영향을 주었으니, 그 소서小序의 일단을 본다.

여본중이 ≪하균보집≫ 서문을 지어서 이르기를, 「시를 배우려면 당연히 활법을 알아야 한다. 소위 활법이란 규율이 갖추어져서 규율 밖으로 드러나, 변화불측하면서도 규율에 어긋나지 않는 것이다. 이 도리는 대개 정한 법이 있으면서 없기도 하고, 정한 법이 없으면서도 있기도 하다. 이것을 아는 사람과는 함께 활법을 말할 수 있다. 사조는 말하기를,『좋은 시는 흘러가듯 굴러가듯 둥글고, 아름답기가 작은 탄알같다.』라고 하였으니 이것이 참된 활법이다.」라고 하였다.
紫薇公作夏均父集序云:「學詩當識活法, 所謂活法者, 規矩備具, 而能出於規矩之外, 變化不測, 而亦不背於規矩也. 蓋有定法而無定法, 無定法而有定法, 知是者則可以與語活法矣. 謝元暉有言,『好詩流轉圓美如彈丸』, 此眞活法也.」

소위 '활법活法'이란 시의 독창성과 시 흥취의 활성화가 있어야 생명이 있는 시를 지을 수 있다는 것이다. 이것은 주희朱熹가 말한 '글자마다 소리字字響'와 일맥상통한다.
여본중의 시화에 「어려서 지은 시는 사람들과 다른 것이 없었는데, 나중에 이상은 시를 얻어서 숙독하고 본받게 되어서야, 비로소 차이가 있음을 느끼게 되었다.(少時作詩, 未有以異於衆人, 後得李義山詩, 熟讀規摹之, 始覺有異.)」라고 하여 자신의 시를 배운 연원을 밝히고 있다. 그런 면에서 여본중 시론은 강서시파에 근본을 두었지만, 시인에게는 독자적인 풍격이 중요하며, 독립적인 풍격을 갖추기 위해서는 시를 배우면서, 특정된 시파나 시인에 구속받는 것을 피해야 한다고 본 것이다.

❋ 해 설

남송 초기에 여본중이 고향을 떠나 유주柳州로 피난하여 지은 시다. 이 시 앞의 4구는 경물을 묘사하여 유랑하는 심회를 기탁하고 있다. 뒤의 4구는 자신의 성정을 토로하니, 필체가 완만한데 그 담긴 감정은 침통하다.

구체적으로 시구를 살펴보면, 제1, 2구에서 시인이 여름날 풍우가 교차하는 초저녁에, 스님과 함께 있는 청유淸幽한 정경을 묘사한다. 세차게 몰아치는 비바람 소리에 늦가을처럼 느낀다. 제3, 4구에서는 짙게 드리운 먹구름으로 깊은 산속에 아무것도 보이지 않고, 다만 폭우로 인해 쏟아지는 폭포수같이 거칠게 울리는 소리만이 들린다. 이것이야말로 '고요한 가운데의 움직임(靜中有動)'의 현상이요, 광경이다.

시인은 시의 말연에서, 자신의 신세가 벼슬과는 무관한 점을 「관상이 밭 전田자같이 네모진 얼굴이 아니거늘, 제후에 봉해진 반초를 부러워하지 않네.」라고 토로하면서, 피세와 은둔을 추구하려는 심정을, 후한의 제후 반초班超에 비유하면서, 반어적으로 표현하고 있다. 반초는 태어날 때부터 귀인의 관상을 지녀서 출세하였지만, 시인 자신은 태생부터가 그러하지 못하다고 탄식하면서 위안 삼는다. '얼굴이 밭 전田자 같다(面如田字)'는 田자처럼 네모진 얼굴을 말한다. 그 어원을 보면, ≪남제서南齊書≫「이안민전李安民傳」에, 「명장 이안민은 얼굴 모양이 밭 田자 같으니, 제후에 봉해질 모습이다.(名

將李安民面方如田, 封侯狀也.)」라고 한 데서 연원한다. 이 시에 대
해서 원대 방회方回는, 「여본중은 강서시파 중에서, 그 시 풍격이
가장 흘러넘치면서 막히지 않는 사람이니, 그 시가 매우 생기가 넘
친다. 흘러넘치면서 막히지 않는 것이, 확실히 이 시의 큰 특색이
다.(居仁在江西派中, 最爲流動而不滯者, 故其詩多活. 流而不滯, 確
是本詩一大特色.)」(≪瀛奎律髓≫ 卷17)라고 평하였다.

[증계리曾季貍] 정각사에 머물며宿正覺寺

옛 절은 너무 황량하고
가을바람은 더욱 쌀쌀하네.
대웅전은 불타서 초석만 남았고
스님은 늙어서 나이를 모르겠네.
명아주 지팡이만 잡고 와서
하릴없이 걸상에 기대어 잠만 자네.
절의 종소리 오래 고요하니
누가 돈 한 푼 보시할 건가.

宿正覺寺숙정각사

古寺荒凉甚, 秋風更颯然. 고사황량심 추풍갱삽연
殿焚猶有礎, 僧老不知年. 전분유유초 승로부지년
但可扶藜至, 無因假榻眠. 단가부려지 무인가탑면
鐘魚久寂寞, 誰施一囊錢. 종어구적막 수시일낭전

(≪宋詩紀事≫ 卷48)

* 荒凉황량 - 황폐하여 쓸쓸함
* 颯然삽연 - 바람이 시원하게 부는 모양
* 殿焚전분 - 큰 집이 불타다
* 礎초 - 초석
* 扶藜부려 - 명아주 지팡이를 잡다
* 無因무인 - 까닭 없이. 이유 없이

* 假榻가탑 - 걸상에 걸쳐 앉다. 의자에 비스듬히 걸터앉다
* 鐘魚종어 - 물고기 모양의 종과 목어
* 囊錢낭전 - 주머니에 담은 돈. 동전

[증계리曾季貍] 생졸년 불명. 자는 구보裘父, 호는 정재艇齋로, 남풍南豊(지금의 강서성江西省에 속함)인이다. 진사에 급제하지 못하고 한구韓駒, 여본중呂本中, 장식張栻 등에게 사사하여 시명詩名이 있었다. 군수 장효상張孝祥과 추밀樞密 유공劉拱 등이 조정에 추천하였으나 모두 사양하였다. 그의 인생관에 대해서 남송대 육유陸游는 <증구보시집서曾裘父詩集序>(≪渭南文集≫ 권15)에서,

때에 맞춰서 편안히 살고 순리에 따르며, 세상일에 초연하여, 자랑하지도 좌절하지도 않고, 속이거나 화내지도 않으면서, 글을 지어내니, 담백하고 간결하여, 읽는 자는 명성과 사리를 버리게 된다.
安時處順, 超然事外, 不矜不挫, 不誣不懟, 發爲文辭, 沖澹簡遠, 讀之者遺聲利.

라고 하니 그의 인품과 시품을 엿볼 수 있고, 주희朱熹는 <증정재에게 부치는 시寄曾艇齋詩>(≪宋詩紀事≫ 卷48)를 지어서 증계리의 청빈한 사람됨을 묘사하고 있다.

온다 하였는데 어찌 늦는가
거닐며 읊조리며 먼 바람 거슬러 오르네.
늙은 마음은 맑기 물 같고
양쪽 귀밑털 짧은 게 다북쑥 같네.
서로 대하고 얘기할 수 없는 건 아닌데
데면데면하고 게으른 건 정말 똑같네.
맑은 가을날 호숫가에 모이는데

수레 없는 이는 오직 그대뿐이네.

有約來何晚, 行吟溯遠風.　유약래하만 행음소원풍
老懷淸似水, 雙鬢斷如蓬.　로회청사수 쌍빈단여봉
晤語非無得, 疏慵正略同.　오어비무득 소용정략동
淸秋湖上集, 只是欠車公.　청추호상집 지시흠거공

✾ 해 설

시인이 숙박한 정각사는 가을바람이 황량하게 부는 사찰이고, 불전
은 불타서 초석만 남았다. 절에는 노승만 남아서 좌선에 전념한다.
늙은 몸을 고작 명아주 지팡이 하나에 의지하며, 찾아온 시인을 무
심하게 대한다. 이러한 옛 절의 안팎 정경에서 시인은 '무정세월약
류파無情歲月若流波'(무정한 세월은 흐르는 물결과 같음)라 했듯이,
인생무상을 절감하면서 불현듯 깊은 불심이 우러난다.
이 시를 증계리의 시론과 연관시켜보면, 소위 '오입悟入'(깊이 깨달
아 들어감)을 강조하고, '연자煉字'(글자를 다듬는 것)와 '연구煉句'
(시구를 다듬는 것)를 중시하고 있다. 그의 시화에서 서술하기를,

> 진사도陳師道의 논시는 '환골탈태換骨奪胎'(옛것을 고쳐서 새로
> 만듦)를 말하고, 서부徐俯의 논시는 '중적中的'(과녁. 핵심)을 말
> 하며, 여본중呂本中의 논시는 '활법活法'(생기 넘침)을 말하며,
> 한구韓駒의 논시는 '포참飽參'(가득하고 넉넉함)을 말한다. 들어
> 가는 곳은 비록 달라도 사실 그 요점은 모두 하나같으니, '悟入'하
> 지 않으면 안 됨을 알아야 한다.
> 後山論詩, 說換骨 ; 東湖論詩, 說中的 ; 東萊論詩, 說活法 ; 子蒼論
> 詩, 說飽參. 入處雖不同, 然其實皆一關捩, 要知非悟入不可.(≪艇齋
> 詩話≫)

라고 하였다. 그는 시의 내면적 흥취를 중히 여겨서, 시가 '사치思
致'(사상)와 '흥치興致'(흥취)가 있고, '함부진지의含不盡之意' 즉 겉
으로 다 드러나지 않는 깊은 뜻을 지닌 시를 가작이라고 보았다. 이
처럼 증계리의 시화를 통한 '悟入'이라는 기본 시론 자체가 불교의
참선 사상에 기초를 두고 있음을 알 수 있다.
참고로 다음에 증계리가 시화에서 시성 두보杜甫(712-770)의 〈홀로
술 마시며獨酌〉 시에 대해서 평한 다음 문장을 보면, 그가 시를 보
는 관점이 섬세하고 사실적이라는 것을 알 수 있다.

두보가 사물을 묘사한 기교는 모두 눈으로 본 것에서 나온 것이
다. 예컨대 「벌을 쳐다보니 떨어진 버들 솜에 붙어 있고, 마른 배
나무 위에는 개미가 기어가네.」 구는 눈으로 보지 않고서 어찌 이
런 말을 지을 수 있겠는가?
老杜寫物之工, 皆出于目見. 如「仰蜂粘落絮, 行蟻上枯梨.」, 非目見
安能造此等語?(≪艇齋詩話≫)

저녁에 깊은 숲을 걷다가
술 항아리 열고 홀로 느긋이 마시네.
벌을 쳐다보니 떨어진 솜에 붙어 있고
마른 배나무 위에는 개미가 기어가네.
경박하고 졸렬하여 참된 은둔이 부끄럽고
그윽하고 외진 곳이 절로 기쁘도다.
본디 벼슬에 뜻 없거늘
시세에 오만할 게 아니로다.
步履深林晚, 開樽獨酌遲.　보리심림만 개준독작지
仰蜂粘落絮, 行蟻上枯梨.　앙봉점락서 행의상고리
薄劣慚眞隱, 幽偏得自怡　박렬참진은 유편득자이

本無軒冕意, 不是傲當時.　본무헌면의 불시오당시

(〈獨酌〉《杜詩詳注》 卷10)

이 시에 대해서 《독두심해讀杜心解》에서는, 「하나의 그윽하고 미묘한 경치로서, 모두 편안하게 물러나 지내는 정감으로 이끌어 가니, 율시의 정통이라 할 것이다.(一種幽微之景, 悉領之于恬退之情, 律體正宗.)」라고 평하였다.

[진여의陳與義] **청명절**清明

땅을 휘감는 바람에 저자의 소리 사라지고
병든 사내는 청명절에 꼿꼿하게 앉아 있네.
저녁에 발을 걷어 보노라니
버들가지 산들바람에 온갖 애교 부린다.

清明청명

卷地風拋市井聲, 病夫危坐了清明. 권지풍포시정성 병부위좌료청명
一簾晚日看收盡, 楊柳微風百媚生. 일렴만일간수진 양류미풍백미생
(其二 ≪簡齋詩集≫ 卷2)

* 市井시정 - 저자. 장. 시가. 민가
* 危坐위좌 - 똑바로 앉다. 곧게 앉다
* 微風미풍 - 산들바람
* 百媚백미 - 갖은 애교를 부리다. 아첨하다. 매우 사랑스럽다. 매우 아
름답다

[진여의陳與義] 1090-1139. 자는 거비去非, 호는 간재거사簡齋居士로
낙양洛陽인이다. 관직은 참지정사參知政事를 지내고, 강서시파 추종자
의 한 사람이며 ≪간재집簡齋集≫이 있다. 그의 율시는 두보를 배워서
성조가 밝고 침착하다. 고시는 황정견黃庭堅과 진사도陳師道의 영향을
받았다고 본다. 진여의는 같은 시파의 황정견과 진사도보다 나이가 적
은데, 이들 두 시인을 매우 추앙하였다. 진여의는 소식과 황정견에 대해
서,

소식의 재주는 위대하니 따라서 필묵의 밖에서 종횡으로 행하고, 그
운용이 그지없다. 황정견은 시의 정감 운용이 깊어서 입맛에 잘 맞으
며 그 추구함이 더욱 원대하다.
東坡賦才也大, 故解縱繩墨之外, 而用之不窮. 山谷措意也深, 故游泳
口味之餘, 而索之益遠.(≪簡齋詩集≫ 引陳與義集 卷首)

라고 하여, 황정견을 소식의 대열에 놓고 필수적인 학습 대상으로 삼았
다.
시 특징을 보면, 첫째로 정치참여의 희구와 우국애민의 심기가 보인다.
금군金軍이 북송의 수도 변경汴京을 포위한 정강난靖康難(1126)은 진
여의의 시 창작 생애를 자연스럽게 구별하고 있는데, 그 이전은 휘종徽
宗의 칭찬과 발탁을 통해 정치에 발을 들여놓았지만, 시의 내용상 다른
강서시파 시인처럼 증수贈酬(시를 써서 주고받음)와 경물 유람, 그리고
개인적인 감회 등을 그 소재로 많이 삼았다. 둘째는 영물과 낭만 속의
비감이다. 그의 시는 경물을 묘사한 것이 많으나, 그의 시 작품 가운데
표현된 고아미와 자연미의 감상으로 한정시켜서, 의미를 부여하는 것이
한결 자연스럽다. 셋째는 웅혼雄渾(힘이 있고 원숙함)한 기상과 청원한
흥취다. 기풍이나 기세가 호방하다거나 호탕하다고 하면, 일종의 호연지
기浩然之氣적인 이미지를 줄 수 있다. 어느 모로 보아도 그의 시는 호
방이나 호탕하고는 거리가 있다. 젊은 시절 잠시 웅지가 있었다고 하나,
진여의의 경우에는 의연함과 초연함이 깃든 '웅혼'이 더 강하다. 그러므
로 이 웅혼은 초탈적인 의식의 전 단계라 할 것이다.(졸공저 ≪중국시와
시인-송대편≫ 참고)
청대 기윤紀昀이 진여의가 지은 <덕승 대광에게 부치며寄德升大光> 시
에 대해서, 「가볍고 쉬운 듯하나 필력이 매우 깊고 크다.(看似率易, 而
筆力極爲雄闊.)」(≪瀛奎律髓彙評≫ 卷42)라고 평한 부분을 다음 시의
말 4구에서 직접 본다.

같이 태극을 얘기하는 것 뜻 없는 건 아니니
백성들의 서로 다른 바탕을 하나로 묶을 수 있네.
외려 자양산의 천 길 언덕에 기대어
먼 동쪽 하늘에 나는 고니를 본다.
共談太極非無意, 能繫蒼生本不同. 공담태극비무의 능계창생본부동
却倚紫陽千丈嶺, 遙瞻黃鵠九宵東. 각의자양천장령 요첨황곡구소동

(≪簡齋詩集≫ 卷2)

시의 배경을 보아 기운이 평한 웅혼은 호방이나 대범이 아니라, 자신의
세상일에 대한 무관심이며 초월적인 정서를 의미한다고 본다.

✳ 해 설

이 시는 불교적인 색채의 시어나 시상을 전혀 구사하지 않고, 온후
하고 담백한 시어와 흥취를 담아서, 시인의 탈속적인 좌선 심경을
노래하고 있다. 청명 가절의 정황을 즐겁고 한가로운 마음으로, 자
연과 동화된 마음으로 노래하였다. 시인은 평소 자세가 엄격하여 함
부로 웃는 일도 없는 청결하고 단정한 사람이다. 나들이하여 상춘객
과 더불어 어울리지 않는다. 어려서 몸이 약하고 병이 많아서, 외출
은 하지 않고 바르게 앉아서 이 절기를 보냈다. 그러나 내심에는 계
절 감각이 충일하고, 자연에 대한 애착이 강렬하며, 그로 인한 희열
이 넘친다.

제2연은 자연과 그 속에 묻혀 사는 삶에 대한 애착을 묘사하였다.
지는 해를 보며 발을 걷는 소탈한 수줍음과, 버들가지가 산들바람에
살랑대는 미세한 자태를 묘사하여, 온갖 애교가 넘치는 의인화된 시
상을 표현한 부분은, 진정 성당 시인에 못지않다. 그래서 청대 반덕
여潘德興는 이 시에 대해서 「당나라 시인의 정감과 기상에 비해 조
금도 뒤떨어지지 않는다.(與唐人聲情氣息不隔累黍.)」(≪養一齋詩話≫)
라고 칭찬한 것은 매우 합당한 평가다.

[진여의陳與義]　모란牡丹

북녘 먼지 국경 관문에 날아들며
십 년 떠돌던 이수와 낙수 길이 아득하다.
푸른 돈대 냇가에 늙고 병든 나그네
따사한 봄바람에 홀로 모란을 본다.

牡丹모란

一自胡塵入漢關, 十年伊洛路漫漫. 일자호진입한관 십년이락로만만
靑墩溪畔龍鍾客, 獨立東風看牡丹. 청돈계반룡종객 독립동풍간모란

(≪簡齋詩集≫ 卷3)

* 胡塵호진 - 오랑캐가 쳐들어오는 소리
* 漢關한관 - 중국 국경 관문
* 伊洛이락 - 이수伊水와 낙수洛水. 이수는 하남성河南省 노씨현盧氏
縣에서 발원하여 동북으로 이양伊陽과 낙양洛陽을 거쳐 낙수洛水로 흘
러간다
* 漫漫만만 - 한가로운 모양. 넓어 끝이 없는 모양. 길이 길어 먼 모양
* 墩돈 - 돈대. 약간 높직하고 평평한 땅
* 龍鍾룡종 - 대나무의 별칭. 노쇠한 모양. 늙어서 앓는 모양

※ 해 설

〈모란〉 시는 진여의의 대표적인 영물시다. 영물시란 「정감을 기탁하
여 풍자를 담음(寄情寓諷)」을 바탕으로 하는데, ≪영물시제요詠物詩

提要≫에서 그 의미를 서술하기를,

> 옛날 굴원은 〈귤송〉을 짓고 순자는 〈잠부〉를 지었는데, 영물의
> 작품은 여기에서 싹텄다. … 당시는 사물의 모양을 숭상하고 송시
> 는 의론을 넣는데, 기탁된 정감과 담겨진 풍유가 그 가운데서 끝
> 없이 흘러나오니 이것이 그 대략적인 모습이다.
> 昔者屈原頌橘, 荀況賦蠶, 詠物之作, 萌芽于是. …唐尙形容, 宋參
> 議論, 而寄情寓諷, 旁見側出于其中, 此其大較也.(≪四庫全書總目提
> 要≫ 集部 5)

라고 하여 영물 작품의 근본적인 착상의식을 피력하였으며, 영물시
를 짓는 의도는 시를 통하여 비흥比興의 풍유를 하는 데 있음을 청
대 이중화李重華는 다음과 같이 기술하였다.

> 영물이라는 체재는 제재로 말하면 부(직설)요, 시를 짓는 까닭으
> 로 말하면 흥(은유)이요, 비(비유)이다.
> 詠物一體, 就題言之, 則賦也, 就所以作詩言之, 卽興也, 比也.
> (≪貞一齋詩說≫)

영물시의 작법에 관해 구체적으로 어떻게 표현해야 할 것인가에 대
해서, 원대 양재楊載는 다음과 같이 기술하였는데, 이는 전대의 작
품에서 보이는 공통점과 후대의 작법 기준을 제시한 것으로 본다.

> 영물시는 사물에 기탁하여 뜻을 펴고, 2구에 맞춰 사물의 모습을
> 읊고, 생생하게 묘사하지만, 지나친 조탁과 기교는 피해야 한다.
> 제1연은 직접 제목과 맞아야 하고 사물의 출처를 분명히 해야 한
> 다. 제2연은 영물의 실체와 맞아야 하고, 제3연은 사물의 효용에

맞아야 하니, 뜻을 말하기도 하고, 의론하기도 하고, 인사를 말하기도 하고, 고사를 사용하기도 하며, 다른 사물로 실증하기도 한다. 제4연에서는 제목 밖의 뜻을 가져오거나 혹은 본래의 뜻대로 끝맺는다.

詠物之詩, 要托物以伸意, 要二句詠狀寫生, 忌極雕巧. 第一聯須合直說題目, 明白物之出處方是. 第二聯合詠物之體, 第三聯合說物之用, 或說意, 或議論, 或說人事, 或用事, 或將外物體證. 第四聯取題外生意, 或就本意結之.(≪詩法家數≫ 1卷)

영물시 작법은 매우 세밀하게 묘사되어 있어서 시의 독창과 주관을 제약할 수 있지만, 그 본의는 사물을 순수하게 묘사하되, 우의寓意 즉 시인의 마음을 담아야 한다. 그런데 진여의 시에서의 영물 성격은 송시宋詩라고 하기에는 너무나 담백하다는 것이다.

〈모란〉 시는 소흥紹興 6년(1136) 봄, 시인이 절강성浙江省 동향현桐鄕縣 북청돈北靑墩에서 우거하며, 우국의 감개를 모란을 시제로 하여 기탁하였다. 시의 제1연은 금나라 병사가 변경汴京에 든 것을 묘사한 것으로 '一自'(~하자마자)는 구어로서 격분된 정감을 보여주며, 그 후로 10년간 이어지는 전란의 고통을 말한다. 정강靖康 원년(1126)에 금나라 병사가 침입하고, 이듬해 북송은 끝나며 유랑생활이 시작되니 강호를 표류한 지 어언 10년이다.

'伊洛'은 이하伊河와 낙하洛河인데, 이하는 낙하의 지류다. 낙하는 또 황하黃河의 지류니, 여기서는 시인의 고향인 낙양洛陽을 지칭한다. 그리고 '길이 아득하다(路漫漫)'는 두 가지 의미를 지니는데, 하나는 10년간 고향 한 번 못 가는 처지를, 다른 하나는 나라가 기울고 천지가 혼란한데, 의기가 식지 않았음을 보여준다. 즉 시인의 고향 그리는 심회와 망국의 고통을 겸한 부분이다. 그래서 청대 호서胡犀는「그 담긴 뜻이 깊게 숨어 있어서, 기린의 뿔같이 희귀한 것

을 드러내지 않는다.(其用意深隱, 不露麟角.)」(≪簡齋詩箋≫ 又敍)라
고 하였다.

제2연에서는 나이는 많지 않은데 몸은 쇠하고, 병이 많아서 우거하
는 신세인데도, 어기語氣가 평정하고 여유가 넘친다. 낙양의 모란은
천하의 으뜸이지만 가볼 수 없거늘, 타지에서 보는 모란에 시인의
정감은 남다를 것이다. 「따사한 봄바람에 모란을 본다(東風看牡丹)」
구는 한 폭의 그림 같으나, 실은 타향의 모란을 보는 슬픈 감정이
함축되어 있다. 진여의는 영물에 있어서 고아하고 간결한 백묘白描
(수식 없이 담백하게 묘사) 기법을 구사하면서, 그 담은 의취는 애
련한 유랑 신세와 전란의 비애, 그리고 고독한 심사 등 다양한 내용
을 담고 있다. 소식 시의 흥취가 많이 드러난 풍격을 보여준다고 평
가해도 좋을 것이다.

[오가吳可] 시를 배우는 시 3수學詩詩三首

시 배움 온전히 참선 배움 같으니
쓸데없는 군더더기 전해질 수 없네.
두보의 보금자리 밖으로 뛰어나오니
사나이 기개 본래 하늘을 찌른다. (제1수)

學詩詩학시시

學詩渾似學參禪, 頭上安頭不足傳. 학시혼사학참선 두상안두부족전
跳出少陵窠臼外, 丈夫志氣本衝天. 도출소릉과구외 장부지기본충천
(其一 ≪詩人玉屑≫ 卷1)

＊渾似혼사 - 온전히 ～ 같다. 매우 비슷하다
＊頭上安頭두상안두 - 머리 위에 또 머리를 놓는다는 뜻으로, 쓸데없는
것이 중복함을 비유
＊跳出도출 - 뛰어나오다
＊少陵소릉 - 시성詩聖 두보杜甫(712-770)의 호
＊窠臼과구 - 구멍. 보금자리. 일정한 형식. 상투

시 배움 온전히 참선 배움 같으니
대나무 책상과 부들자리에서 나이 세지 않네.
스스로 다 깨닫기를 기다리며
마음 두지 않다가 써내면 곧 빼어난 시 되네. (제2수)

學詩渾似學參禪, 竹榻蒲團不計年. 학시혼사학참선 죽탑포단불계년
直待自家都了得, 等閒拈出便超然. 직대자가도료득 등한염출변초연

(其二 《詩人玉屑》 卷1)

* 竹榻죽탑 - 대나무 책상
* 蒲團포단 - 부들 풀로 짠 자리
* 自家자가 - 자기의 집. 저. 자기
* 都了得도료득 - 다 이해하다, 깨닫다
* 等閒등한 - 마음에 두지 아니함. 서로 사이가 멀어짐
* 拈出념출 - 집어내다. 시구詩句 등을 써내다, 짓다
* 超然초연 - 높이 빼어난 모양, 세속을 초월한 모양

시 배움 온전히 참선 배움 같으니
예부터 멋지게 지어지는 건 겨우 몇 줄이네.
'연못에 봄풀 돋네' 한 구절은
온 천지가 놀라게 지금까지 전해지네. (제3수)

學詩渾似學參禪, 自古圓成有幾聯. 학시혼사학참선 자고원성유기련
春草池塘一句子, 驚天動地至今傳. 춘초지당일구자 경천동지지금전

(其三 《詩人玉屑》 卷1)

* 圓成원성 - 완전히 이루다. 온전하게 되다
* 春草池塘춘초지당 - 봄풀이 연못에 나다. 사령운謝靈運 <연못 위의
누대에 올라登池上樓> : 「연못에 봄풀 돋네池塘生春草」 구에서 인용
* 驚天動地경천동지 - 하늘이 놀라고 땅이 움직이다

[오가吳可] 생졸년 불명. 자는 사도四道로 건강建康(지금의 강소성江蘇

省 남경南京)인이다. 송대 휘종徽宗 선화宣和 연간(1119~1125)에 변경汴京 개봉開封에서 관리가 되어 단련사團練使를 지냈다. 전란을 피하여 사직하고, 홍주洪州에 거하면서, 초楚(호남북湖南北 일대)와 월粤(광동廣東 등 영남嶺南 일대) 지방을 전전하였고, 효종孝宗 건도乾道와 순희淳熙 연간(1174년 전후)에 살았던 것으로 본다.

오가는 시문에 능하여 시명이 높았다. 그의 시화 ≪장해시화藏海詩話≫에서 주장한 시론은, 소식蘇軾과 황정견黃庭堅의 영향을 깊이 받아서, 강서시파의 장단점을 지적하고 있다. 시화에서, 「시를 배움에 두보를 바탕으로 삼고, 소식과 황정견을 그 효용으로 삼을 것이다.(學詩當以杜爲體, 以蘇黃爲用.)」라고 하였다. 시의 내용과 형식의 관계에 대해서, 「의취를 위주로 하며, 화려한 문체는 그것을 보완하는 것이 되어야 한다.(以意爲主, 補之以華麗.)」라고 하였고, 만당의 시풍을 비판하여, 「너무 공교한 데에 빠져서, 겉으로만 화려하고, 시 격조가 나약하고 비속하다.(失之太巧, 只務外華, 而氣弱格卑)」라고 하였다. 그리고 「시를 짓는 것은 참선과 같아서, 반드시 깨닫는 문이 있어야 한다.(作詩如參禪, 須有悟門.)」라고 하여, 시 창작 자세를 '선禪'으로써 시를 비유하였으니, 이후 엄우嚴羽의 ≪창랑시화滄浪詩話≫ 저술의 동기를 부여하였다고 할 수 있다.

해 설

시 3수는 시를 통한 '시선일치詩禪一致' 사상에 관한 '논시시論詩詩'(시를 논하는 시)라 할 수 있다. 제1수는 시 창작의 개성을 말하고, 제2수는 시 창작의 과정, 그리고 제3수는 시의 의경, 즉 시의 정체성과 완미성을 말하고 있다. 송대는 도학道學의 왕국이었고, 당대 이래로 선종 중에서 남종南宗의 돈오頓悟(문득 깨달음) 법문法門인 '남종돈문南宗頓門'이 유행하여, 송대까지 그 여파가 남아있었다. 그 두 사상이 문학 이론 영역에까지 영향을 주어서, 도학은 고문가의 '문이관도文以貫道' 즉 문장으로 도를 포괄한다는 이론으로 발전하

고, 선종은 송대 시인으로 하여금 '이선유시以禪喩詩' 즉 참선으로
시를 비유하는 기풍을 불러일으켰다.

선학 기풍은 송대 진종眞宗 시대에 오승吳僧 도원道原이 ≪경덕전
등록景德傳燈錄≫을 편찬하고, 이어서 ≪천성광등록天聖廣燈錄≫,
≪건중정국속등록建中靖國續燈錄≫, ≪연등록聯燈錄≫, ≪가태보등
록嘉泰普燈錄≫ 등이 출현하였고, 보제普濟도 ≪오등회원五燈會元≫
을 편찬하였다. 이들 선종 서적이 일시를 풍미하여, 당인의 ≪선문
사자승습도禪門師資承襲圖≫ 등 예전 전적을 대체하면서, 송대 선
풍이 성행하게 되었다. 소식과 황정견은 선학에 정통하여, 그들의
시가에는 선취가 깃들고, 선어를 활용하였고, 시가 이론에도 '以禪
喩詩' 논리가 도입되었다.

소식의 〈밤에 옥당에 숙직하며 단숙 이지의의 시 100여 수를 들고,
밤늦도록 읽은 후 쓰다夜直玉堂携李之儀端叔詩百餘首讀至夜半書其
後〉 시구를 보면, 「잠시 좋은 시를 빌려서 긴 밤을 보내며, 늘 좋은
구절 보면 문득 참선에 드네.(暫借好詩消永夜, 每逢佳處輒參禪.)」라
고 하였으니, 소식이 얼마나 선에 몰입되어 있었는지 알 수 있는 예
가 된다. 소식은 선오禪悟(참선하여 깨달음)에 편중되고, 황정견은
율법에 편중되어 그 노선이 다른데, 오가의 〈學詩詩〉는 소식을 계승
하면서 황정견의 논지를 참작한 장점이 있다.(졸저 ≪中國 唐宋詩話
解題 2≫ 참고)

이 시 3수에서 오가가 제시한 논점은, 참선하는 정신 수양을 통하여
시를 지으면, 시 창작의 마음이 돈오頓悟(별안간 깨달음)를 귀히 여
기게 된다. 그리하여 직증直證(바로 증험함)을 찾으며, 자연스레 착
상이 떠올라서, 초예超詣(기상이 높음)한 경지의 시를 만들어 낸다
는 것이다. 이런 오가의 논점은, 일찍이 논시는 선오禪悟를 바탕 삼
아야 한다고 주장한 한구韓駒(?-1135)의 다음 〈조백어에게 드리며
贈趙伯魚〉 시에 담긴 정신을 통해서 구체화되었다고 할 것이다.

시 배움은 마땅히 처음 선을 배움 같아

깨닫기 전엔 두루 여러 방법을 찾아야 하네.

하루아침에 올바른 법안을 깨닫게 되면

손 가는 대로 집어내어도 다 좋은 글이 되네.

學詩當如初學禪, 未悟且遍參諸方. 학시당여초학선 미오차편참제방

一朝悟罷正法眼, 信手拈出皆成章. 일조오파정법안 신수염출개성장

(≪陵陽先生詩≫ 卷1)

한구는 자가 자창子蒼이며, 정화政和 초년에 진사 급제하여, 비서성
정자秘書省正字, 저작랑著作郞, 중서사인中書舍人 등을 역임한 문
인이다. 소식의 동생 소철蘇轍(1039-1112)에게 문학을 배웠으며,
이미 선 사상을 시 창작에 도입할 것을 주창하였다. 위 시에서 '法眼'
은 불교의 육안肉眼 · 천안天眼 · 혜안慧眼 · 법안法眼 · 불안佛眼 등 오
안五眼의 하나로서, 모든 사물의 현상을 꿰뚫어서 보고, 그 참모습
과 중생을 구제하는 방법을 아는 부처의 눈을 말한다. 그러니 진정
한 불심의 경지에서 사물을 올바르게 직시하는 안목으로 시를 지을
때, 순수하고 심오한 함축성 넘치는 시를 창작할 수 있다는 것이다.
그리하여 오가는 한구의 시 창작 정신을 매우 존중하여, 시론서인
≪장해시화藏海詩話≫를 지어서, 시와 선의 관계를 시 창작론의 바
탕으로 삼게 한 엄우嚴羽의 ≪창랑시화滄浪詩話≫ 출현의 길잡이가
되었다.

오가 이후에 강서시파江西詩派의 증기曾幾(1084-1166)는 「시를 배
움은 참선하는 것과 같다(學詩如參禪)」(≪詩人玉屑≫ 卷19)라 하고,
양만리楊萬里도 선으로 시를 비유하는 시들을 지었다. 또 갈천민葛
天民은 〈양성재에게 부치며寄楊誠齋〉 시에서 「참선과 시 배움에는
두 가지 법이 없다(參禪學詩無兩法)」(≪貴耳集≫)라 하고, 대복고戴
復古(1167-?)는 〈시를 논함 칠언절구論詩七絶〉에서 「시율을 찾는

것은 참선하는 것과 같으니, 오묘한 이치는 문자만으로 전해지지 않는다.(欲參詩律似參禪, 妙理不由文字傳.)」(≪宋詩選注≫)라 하여 '시선설詩禪說'은 거의 남송 시론의 구두선이 되었다. 이런 중에 엄우嚴羽의 ≪창랑시화≫에서 '이선유시以禪喩詩'(선으로써 시를 밝힘)라는 새로운 시론이 제기되어, 소식에서부터 엄우에 이르는 시선론詩禪論의 발전과정에서, 오가는 그 선도자 역할을 하였다.

오가의 시선 사상에서 영향을 받아서 지은 〈學詩詩〉로 송대 공상龔相, 조번趙蕃(1143-1229), 그리고 명대 도목都穆의 시를 예로 든다.

시를 배움은 온전히 참선 배움 같으니
깨달아야 세월이 어느 해인지 아네.
쇠를 녹여 황금 만듦 헛된 것이니
높은 산 흐르는 물처럼 절로 의연하네.
學詩渾似學參禪, 悟了方知歲是年. 학시혼사학참선 오료방지세시년
點鐵成金猶是妄, 高山流水自依然. 점철성금유시망 고산류수자의연
(龔相)

시를 배움은 온전히 참선 배움 같으니
소년과 노년 시기를 알아가네.
뛰어난 명장이 어찌 썩은 나무 다듬을 수 있고
불타는 언덕을 어찌 다시 꺼서 재 되게 할까나.
學詩渾似學參禪, 識取初年與暮年. 학시혼사학참선 식취초년여모년
巧匠曷能雕朽木, 燎原寧復死灰然. 교장갈능조휴목 료원녕부사회연
(趙蕃)

시를 배움은 온전히 참선 배움 같으니
참된 불법을 깨닫지 못하면 백 년이 어긋나네.

절대로 피 토하고 폐 베어내지 말지니(근심 걱정)
모름지기 오묘한 말은 자연에서 나옴을 알아야 한다.
學詩渾似學參禪, 不悟眞乘枉百年. 학시혼사학참선 불오진승왕백년
切莫嘔心並剔肺, 須知妙語出天然. 절막구심병척폐 수지묘어출천연

(都穆)

(이상 ≪詩人玉屑≫ 卷1)

[양만리楊萬里] 새벽에 정자사를 나서 임자방을 보내며
曉出淨慈寺送林子方

정말 서호의 유월은
경치가 사계절 중에 별다르네.
하늘까지 닿은 연꽃잎이 끝없이 푸른데
반짝이는 햇빛에 연꽃이 유난히 붉네.

曉出淨慈寺送林子方효출정자사송림자방

畢竟西湖六月中, 風光不與四時同. 필경서호륙월중 풍광불여사시동
接天蓮葉無窮碧, 映日荷花別樣紅. 접천련엽무궁벽 영일하화별양홍
(≪誠齋集≫ 卷8)

* 淨慈寺정자사 - 지금의 절강성浙江省 항주시杭州市 남병산南屏山 아
래인 서호西湖 남쪽 언덕에 있는 절
* 畢竟필경 - 결국. 마침내
* 西湖서호 - 항주에 있는 호수
* 接天접천 - 매우 멀고 넓은 모양. 하늘에 닿다. 멀리 수평선이나 지평
선 끝이 하늘과 닿아 있다
* 無窮碧무궁벽 - 끝없이 푸르다
* 映日영일 - 빛나는 햇빛
* 荷花하화 - 연꽃
* 別樣별양 - 보통과 다른 모양

[양만리楊萬里] 1124-1206. 자는 정수廷秀, 호는 성재誠齋로, 길주吉州 (지금의 강서성江西省 길안吉安)인이다. 소흥紹興 24년(1154)에 진사에 오르고, '정심성의正心誠意'로 노력한다는 마음으로 자호自號를 '성재誠 齋'라 하니, 광종光宗이 성재誠齋라고 친서하여 사액賜額하여 학자들이 '성재선생誠齋先生'이라고 불렀다. 태상박사太常博士를 거쳐, 장주漳州 와 상주常州의 지주知州를 맡았고, 보모각학사寶謨閣學士를 지냈다. 경 학에 박통하고, 명예와 절개를 중시하였으며, 성품이 강직하여 금나라에 대항할 것을 주장하고 민생의 고통에 관심을 두어 조정에서 간언을 자 주 하였다. 그 후 15년간 은거하다가 국사에 울분을 품고 죽으니, 시호 를 '문절文節'이라 하였다. 지은 시가 2만여 수에 달하였으나, 현존하는 것은 4,200여 수다. 문집으로는 ≪성재집誠齋集≫ 133권이 있는데, 시 는 9집 42권이나 된다.

시는 생동 활발하며 상상이 풍부하고, 시어가 명백하고 유창하면서도 유머 감각이 풍부하여 '양성재체楊誠齋體'라고 칭하였다. 육유陸游, 범 성대范成大, 우무尤袤 등과 함께 '중흥사대시인中興四大詩人'의 한 사 람이다. 그의 시학 연원에 대해 시집 자서自序에서, 「나의 시는 처음에 는 강서파의 여러 군자에게 배우고, 또 진사도의 5언 율시를 배우고, 또 왕안석의 7언 절구를 배우고, 나중에는 당인에게서 절구를 배웠다.(予之 詩始學江西諸君子, 旣又學後山五字律, 旣又學半山老人七字絶句, 晚乃 學絶句於唐人.)」(≪誠齋集≫ 卷1)라 하였다. 양만리의 <노송나무 숲을 새 벽에 거닐며檜林曉步>(≪誠齋集≫ 卷6)를 든다.

　　비 걷힌 수풀이 서늘해지고
　　바람 이는 오솔길에 새벽이 더욱 맑네.
　　맘 편히 걷다가 인적이 없는 곳에 드니
　　산새가 놀라 날고 나도 놀라네.
　　雨歇林間涼自生, 風穿徑裏曉逾清.　우헐림간량자생 풍천경리효유청
　　意行偶到無人處, 驚起山禽我亦驚.　의행우도무인처 경기산금아역경

위 시는 양만리가 강서시파의 논리로부터 벗어난 자연 친화적인 정서를 표현한 작품이다. 양만리가 지은 ≪성재시화誠齋詩話≫의 요지에 대해서 청대 정복보丁福保의 ≪역대시화속편목록제요歷代詩話續編目錄提要≫에 보면,

> 제목은 시화라고 하였으나 문을 논하는 말이 곧 시보다 많고, 또 자못 해학과 잡사를 언급하고 있으니, 무릇 송인 시화는 흔히 이러하다. 그러나 그 문을 논하고 시를 논한 글이 이치에 맞는 것이 실로 많은데, 다만 진부하고 속된 어구를 좋은 시구라고 한 것은 하나의 단점이다. 무릇 양만리 시 자체도 이런 단점이 있기에 시를 논함도 이러하다.
> 題曰詩話, 而論文之語乃多于詩, 又頗及諧謔雜事, 蓋宋人詩話往往如是也. 然其論文論詩之語, 中理者實多, 惟好以腐語俚語標爲佳句, 是其一失. 蓋萬里詩自有此病, 故論詩亦爾也.

라고 기술하여 그의 시화의 장단점을 지적하고 있다. 강서시파에서 시를 배웠지만, 그 틀에서 벗어나 '자연自然'을 본받는 창작 태도로 나아가서, 새로이 '성재체誠齋體'를 세웠다. 그러나 '환골탈태換骨奪胎', '연자煉字', '용사用事', '활법活法'과 같은 강서시파 시론의 영향을 완전히 탈피하지는 못하였다. 단지 강서시파가 힘써서 옛것을 본받으려고 한 데 반해서, 양만리는 '자득自得'(스스로 터득함)과 '사심師心'(자기 주관을 가지고 독창을 높이 여기면서 모방을 배척함)을 강조했다는 점이 다르다. 그리고 양만리는, 「시는 이미 다 표현했지만, 맛이 바야흐로 오래도록 이어지는 것이, 곧 좋은 것 중의 좋은 것이다.(詩已盡而味方永, 乃善之善者也.)」라고 한 것처럼, '미외지미味外之味' 즉 시에 담긴 뜻이 시어로 표현된 의미보다 더 깊은 여운을 남기는 흥취를 중시하였다. 따라서 「좋은 시는 시의 뜻이 깊고 길어서 그윽하기 그지없다.(意味深長, 悠然無窮.)」라 하고, 오언고시는 「시구가 우아하고 담백하며 시의 맛이 깊고 길다.(句雅淡而味深長者.)」라고 하여, 도잠陶潛, 두보杜甫,

유종원柳宗元, 백거이白居易의 시는 모두 '일창삼탄一唱三歎'(한 번 읊으면 세 번 감탄함)할만한 천고의 절창이라고 서술하고 있다. 그는 '미味'(시의 내용)를 중히 여기면서, '형形'(시의 묘사, 형식)에 빠지지 말것을 강조하고, '풍치風致'(시의 흥취)를 숭상하고, '체모體貌'(시어 표현)를 가벼이 여기라고 주장하였다. 이것은 '풍미風味'를 버리고, '형사形似'를 논하는 강서시파의 단점을 지적한 것이다. 이런 논시법은 엄우嚴羽의 시론과 가까우며, 청대 원매袁枚의 성령설性靈說에 영향을 주었다.(졸저 ≪中國 唐宋詩話 解題 2≫ 참고)

✳해 설

시인이 비서감秘書監으로 있던 효종孝宗 순희淳熙 14년(1187), 항주杭州 서호西湖 주변에 있는 정자사淨慈寺에서 지은 시다. 시의 첫 구에서 시인이 시를 지은 때가 6월 여름인 것을 알 수 있다. 시인은 새벽에 정자사를 나와, 친구 임자방林子方을 전송한다. 눈앞에 펼쳐진 서호의 경물은 별천지를 보는 광경이다. 서호는 연꽃잎으로 푸르게 덮여 있어서, 멀리 수평선의 파란 하늘과 닿아 있다. 끝없는 푸른빛으로 물든 서호, 찰랑대는 물결 위 곳곳에 떠있는 붉은 연꽃이 밝게 떠오르는 새벽 해와 서로 조화를 이루고 있다. 별천지가 아니고서는 달리 말할 수 없는 절경이 연출되고 있다.

시인의 심경은 합자연의 탈속 의식이며, 송대 엄우嚴羽가 ≪창랑시화滄浪詩話≫ 〈시변詩辨〉에서 주창한 '이선입시以禪入詩'(참선하는 마음으로 시 짓는 경지에 들어감)의 선취다. 이런 흥취는 시인의 다음 시 〈영취선사에 머물며宿靈鷲禪寺〉(其一 ≪誠齋集≫ 卷8)의 선경과 상통한다.

　무더위에 땀 흘리며 산속에 드니
　서리가 바람 부는 대숲에 가득, 눈이 솔에 가득한 듯.
　산이 추워 맑은 기운 뼈에 스며들 뿐

눈 서리도 없고 바람도 없구나.

暑中帶汗入山中, 霜滿風篁雪滿松. 서중대한입산중 상만풍황설만송
只是山寒淸到骨, 也無霜雪也無風. 지시산한청도골 야무상설야무풍

영취선사는 서호가 있는 항주의 영은사靈隱寺를 일컫는다. 항주 도
시에 거주할 때는 여름 더위로 온몸에 땀이 배어있었는데, 영취봉靈
鷲峰 자락에 서 있는 선사에 들어서니, 오히려 서리가 대숲에 서려
있고, 눈이 소나무에 맺혀 있는 것처럼 뼈에 청량한 한기가 스며든
다.
이처럼 시의 묘사가 다소 과장된 면이 있지만, 절구시에서 흔히 볼
수 없는 중복된 시어들, 즉 '中', '山', '霜', '滿', '雪', '風', '也', '無' 등
이 각각 두 번씩 사용되어 있다. 단시지만, 평이한 시어를 구사하고,
중첩하여 시어를 인용하여, 시에서 짙은 '미외지미味外之味'(시의 겉
에 보이는 맛보다 보이지 않는 깊은 맛)와 '지외지지旨外之旨'(시의
겉에 느끼는 뜻보다 그 속에 담긴 더 깊은 뜻)의 오묘한 선미禪味
(참선하는 느낌)를 맛볼 수 있다.

[엄우嚴羽] 익 스님의 절을 찾아서 訪益上人蘭若

홀로 스님 계신 절 찾아서
걸어서 흰 모래 여울을 건너왔네.
외길 눈 덮인 솔 사이로 드니
두세 산봉우리에 저녁 찬 기운 도네.
산 스님은 찾아온 나그네 반갑게 맞고
숲속 누각은 좋은 풍광 보여주네.
불경을 읊고서 옷소매 떨치고
종소리는 구름 밖으로 사라지네.

訪益上人蘭若방익상인란야

獨尋靑蓮宇, 行過白沙灘.　독심청련우 행과백사탄
一徑入松雪, 數峰生暮寒.　일경입송설 수봉생모한
山僧喜客至, 林閣供人看.　산승희객지 림각공인간
吟罷拂衣去, 鐘聲雲外殘.　음파불의거 종성운외잔

(≪滄浪吟集≫ 卷3)

* 上人상인 - 스님의 존칭尊稱
* 蘭若란야 - 절. 사원寺院
* 靑蓮宇청련우 - 절. 사찰寺刹. 연사蓮舍
* 沙灘사탄 - 모래 여울
* 一徑일경 - 외진 오솔길
* 松雪송설 - 소나무에 맺힌 눈

＊吟罷음파 - 읊기를 끝내다. 다 읊다
＊拂衣불의 - 옷소매를 떨침. 분기奮起하는 모양

[엄우嚴羽] 1187?-1267? 자는 의경儀卿, 호는 창랑포객滄浪逋客이며
복건성福建省 소무邵武인이다. 그의 <경인기란庚寅紀亂>(≪滄浪吟集≫
卷2)에 의하면, 경인의 난이 소정紹定 3년(1230)에 발생한 사실로 보아,
엄우가 이 시기에 살았으며, 또 그의 <감흥 6수有感六首>(≪滄浪吟集≫
卷2) 제3수의 「양양은 근본되는 땅이니, 고개 돌려 슬픔에 잠기네.(襄陽
根本地, 回首一悲傷.)」 구에서 '양양襄陽'은 몽고가 양양에 침입한 사건
(1235)을 말하고, 제5수의 「남은 인생은 강과 바다로 가서, 늙은 한 어
부가 되리라.(殘生江海去, 老作一漁翁.)」 구는 엄우가 노년이 된 사실을
묘사하고 있어서, 남송 말까지 생존해 있었음은 의심의 여지가 없다. 이
런 불명한 그의 생애는 바로 그의 유랑성과 연관된다고 할 수 있다.
교유한 시인은 엄우와 더불어 '삼엄三嚴'이라 불리는 엄삼嚴參과 엄인
嚴仁, 그리고 상관위장上官偉長 등이 있고, 특히 시로써 교류한 이가李
賈와 대복고戴復古 등을 들 수 있다. 이가에 대해 엄우가 ≪창랑시화滄
浪詩話≫ 부록의 답서答書에서,

　일찍이 이가를 뵙고 고금인의 시를 논하였는데, 나의 분석이 치밀함
　을 보고 늘 격찬하였다. 그래서 내가 말하기를, 「나의 논시는 마치 나
　타태자가 뼈를 쪼개 아버지께 드리고, 살을 쪼개 어머니께 드린 것과
　같다.」라고 하니 이가가 매우 그러하다고 하였다.
　嘗謁李友山論古今人詩, 見僕辨析毫芒, 每相激賞. 因謂之曰 : 「吾論詩,
　若那吒太子析骨還父, 析肉還母.」 友山深以爲然.

라고 하여 시론상의 대화자로서 매우 우정이 깊었음을 보여주는데, 우
산友山은 이가의 호다. 복건성福建省 소무邵武인인 엄우가 절강성浙江
省 천태天台인인 강호파江湖派 시인 대복고와의 친교도, 논시를 통한

관계가 깊었음을 알 수 있다.

그의 시론서인 ≪창랑시화≫는 다섯 부문으로 나누어져 있다. <시변詩辨>은 시가 창작과 감상 비평의 기본적인 이론을 논술한, 시화 전체의 강령이라고 할 수 있고, <시체詩體>는 역대 시가의 체제 특징과 변천 그리고 분류를 기술하였고, <시법詩法>은 시가 창작의 구체적인 법칙을 언급하였으며, <시평詩評>은 역대 시인들과 시작에 대해 평하였고, <고증考證>에서는 역대 시인과 시작의 시대, 출처, 진위眞僞, 오류 등에 대해서 고증하였다.

❋ 해 설

이 시는 시인이 스님을 찾아가서, 스님과의 대화와 사원의 경치를 담백하게 묘사한다. 시 첫 구의 '靑蓮宇'는 사원을 지칭한다. 푸른 연꽃 모양이 사람의 눈처럼 생겨서, 불서佛書에서는 불조佛祖나 보살菩薩의 눈동자에 비유하니, ≪법화경法華經≫에 「보살의 눈이 마치 커다란 푸른 연꽃잎과 같다.(菩薩目如廣大靑蓮花葉.)」라고 하였다. 이 시에는 참선의 기품이 보이고, 엄우가 그의 시론을 서술한 ≪창랑시화≫의 주된 이론인 '시선일치詩禪一致'(시와 선의 정신적 자세가 같음)의 창작 의식을 엿볼 수 있다. 그 이론의 요체인 '묘오妙悟'는 특수한 심미적 능력과 예술 창조의 재능을 말하는데, 시를 배워 '妙悟'에 이른다는 것은, 바로 사물에 대한 궁리와 깊은 이해를 통해서, 정신적으로 완전히 깨닫게 되는 단계를 말한다.

그래서 엄우는 「대체로 선도는 오직 묘오에 달려 있고, 시도 역시 묘오에 달려 있다.(大抵禪道惟在妙悟, 詩道亦在妙悟.)」(≪滄浪詩話≫〈詩辨〉)라고 하였다. 그는 시를 평할 때, '흥취興趣'를 기준으로 하였다. '興'은 시인들이 바깥 사물에 대해 느껴서 생겨나는 감정을 말하며, '趣'는 시가의 운미로서 '정취情趣'라고 할 수 있다. 그는 '興'과 '趣'를 결합하여 하나의 개념으로 들었으니, 이것이 바로 그의 시론의 핵심이다. 그는 시가에 있어서 '성정을 읊음吟詠性情'이 시가의 본질이며, 그래서 당시를 평하여, 「전쟁에 나가고, 폄적 당하고, 여행을 떠나고, 이별하는 작품이 많은데, 자주 사람의 마음을 감동시켜 크게 움직이게 할 수 있다.(多是征戍遷謫行旅離別之作, 往往能感動激發人意.)」(≪滄浪詩話≫〈詩辨〉)라고 서술하고 있다.

시화에서 시의 풍격을 '고高', '고古', '심深', '원遠', '장長', '웅혼雄渾', '표일飄逸', '비장悲壯', '처완凄婉' 등 9개로 나누어 설명하고, 「시의 극치는 하나인데, 그것은 입신이다. 시를 지어 입신의 경지에 들면 지극하고도 다한 것이니, 더 보탤 것이 없다.(詩之極致有一, 曰入神. 詩而入神, 至矣, 盡矣, 蔑以加矣.)」(≪滄浪詩話≫〈詩辨〉)라고 하였으니, 입신入神의 경지는 작가에게는 '의상意象'과 '흥취興趣'의 방면에서 신묘한 경지에 드는 것을 말하고, 독자의 입장에서는 작품 중에서 얻어지는 심미적 향수와 감동의 효과라고 할 수 있다.

위의 시에서 제7, 8구 「불경을 읊고서 옷소매 떨치고, 종소리는 구름 밖으로 사라지네.(吟罷拂衣去, 鐘聲雲外殘.)」는 시인이 스님과의 교류에서 터득한 '시선일치詩禪一致'의 탈속과 입신적인 흥취를 표현한 구절이다. 엄우의 이런 중요한 '詩禪一致' 시론의 내용을 시화의 〈시변詩辨〉을 통해서 다음에 살펴보고자 한다.(졸저 ≪中國 詩話의 詩論≫ 참고)

(1) 묘오妙悟의 시도詩道 : 엄우는 시를 논하는 데 있어 '妙悟'를 내세워서, 시 자체의 숭고한 달관적 정신세계를 주창하고 있으니, 그 묘오론을 본다.

① 선가류에는 대승과 소승이 있고, 남종과 북종이 있으며, 사악과 정의의 도리가 있으니, ② 배우는 자는 모름지기 최상의 승을 따라 바른 안목을 갖추어, '첫째 뜻'(第一義)을 깨달아야 한다. ③ 소승선이라면 성문과 벽지 따위인데, 모두 바르지 않다. ④ 시를 논함은 선을 논함과 같으니, 한위진과 성당의 시가 즉 첫째 뜻이

다. ⑤ 대력 이후의 시는 소승선이어서, 이미 '둘째 뜻'(第二義)으로 떨어졌다. 만당의 시는 성문과 벽지 류이다. ⑥ 한위진과 성당의 시를 배운 자는 임제종 무리와 같고, 대력 이후의 시를 배운 자는 조동종 무리와 같다. ⑦ 대개 참선의 도리는 오직 묘오에 있고, 시도도 묘오에 있는 것이다. 맹호연의 학력이 한유보다 매우 떨어지지만, 그 시만은 한유 위에 빼어난 것은, 오직 묘오를 맛보기 때문이다. 오직 깨달음(悟)이 곧 마땅히 갈 길이요, 본바탕이 되는 것이다.(번호는 편의상 필자가 붙였음)

① 禪家者流, 乘有小大, 宗有南北, 道有邪正. ② 學者須從最上乘, 具正法眼, 悟第一義也. ③ 若小乘禪, 聲聞辟支果, 皆非正也. ④ 論詩如論禪, 漢魏晋與盛唐之詩, 則第一義也. ⑤ 大歷以還之詩, 則小乘禪也, 已落第二義也. 晚唐之詩, 則聲聞辟支果也. ⑥ 學漢魏晋與盛唐詩者, 臨濟下也, 學大歷以還之詩者曹洞下也. ⑦ 大抵禪道惟在妙悟, 詩道亦在妙悟. 且孟襄陽學力下韓退之遠甚, 而其詩獨出退之之上者, 一味妙悟而已. 惟悟乃爲當行, 乃爲本色.(≪滄浪詩話≫〈詩辨〉)

윗글에서 묘오론의 특성을 찾을 수 있으니, 「시를 논함은 선을 논함과 같음」과 「시도는 묘오에 있음」이다. 엄우가 시의 정신세계를 선의 경지에 비유한 것은, 시화의 서두에 거론되었다. 본래 만당의 사공도司空圖를 추숭하고, 강서파 시인에게서 단서를 받아 구체화한 이론이기는 해도, 엄우에 이르러 이론으로 설정되었다고 하겠다.

위 시화 인용문의 ①과 ②는 선가의 상하류 구별과 선리의 정점을 추구할 것을 밝히고, ④에서 시와 선의 동일한 논리를 강조하고 있다. 선이 철학적·종교적 신비성을 지녔다면, 시는 문학 영역으로 성정의 표출에 근거하여, 서로 속성이 다르지만, 감각의 직관을 중시하는 면에서는 상통한다. 이런 관계를 근대 궈샤오위郭紹虞는 다음과 같이 논증하고 있다.

> 선으로 시를 가늠해보면 곧 선의와 시교가 관련이 있으면서 분별
> 이 있다. 단지 그 다른 것을 보면 선은 그 자체가 선이며 시는 그
> 자체가 시이어서, 각기 서로 맞지 않음을 볼 수 있으니 당연히 같
> 이 논하기는 어렵다. 만일 그 통하는 면을 본다면, 시교와 선의가
> 같지 않음이 얼음과 숯, 물과 젖 같지만, 보는 데 아무렇지 않고
> 모순도 없다.
> 以禪衡詩, 則禪義與詩敎, 有關聯也有分別. 僅見其異, 則禪自禪而
> 詩自詩, 可以看作各不相入, 當然難以幷論. 如見其通, 則詩敎禪義
> 非同氷炭而類水乳, 也不妨看作, 更無矛盾.(≪滄浪詩話校釋≫〈詩辨〉)

선과 시는 그 자체일 뿐 같이 논하기 어려워서, 얼음과 숯(氷炭) 또
는 물과 젖(水乳)같이 다르나, 모순되지 않는 것은 '직관直觀'이라는
상통점이 있기 때문이다. '禪'은 범어梵語로는 '선나禪那'의 간칭簡稱
으로 뜻은 '사유수思惟修'(깊이 생각하며 심신을 닦음) 또는 '정려淨
慮'(맑게 생각함)이며 '돈頓'(문득 깨달아서 불과佛果를 얻음)과 '점
漸'(점차로 깨달음)으로 대별되는데, '점수漸修'는 조신調身(수도하
는 데 정좌正坐하여 몸을 고르게 함), 조식調息(정좌하여 숨을 고르
게 함), 조심調心(마음을 고르게 함) 등 순서에 의해 수도하며, '돈
교頓敎'(화엄華嚴·천태天台·정토淨土 등의 교)는 종문선宗門禪이
라 하여 인심에 돈오頓悟(별안간 깨달음)하여 성불成佛을 추구한다.
선의 목적은 '증오證悟' 즉 불도를 수행하여 진리를 깨달음에 있는
것이지, '이오理悟' 즉 진리를 깨달음에 논리적인 것에 있지 않다.
엄우가 ②에서 '첫째 뜻第一義'을 오득悟得하기 위해서는, '최상승最
上乘'을 따라야만 가능하다 하고, ④에서 한·위·진과 성당 시풍을
그 예로 들었는데, 감성이 도달할 수 있는 정신의 승화라는 면에서,

시와 선이 서로 통한다는 것이다.

엄우가 시의 고차원적 의식세계를 추구하기 위해서는, '禪'을 차입하여 비교해야 하였다. 시에 선을 차입한 논리를 근본적으로 부정한 일파도 있었으니, 엄우와 동시대의 유극장劉克莊은 ≪후촌대전後村大全≫에서,

> 선가는 달마를 조종으로 모시니, 말하자면 「불도의 깨달음은 문자나 말로써 전하는 것이 아닌 마음에서 전해진다. 시가 선이 될 수 없는 것은 선이 시가 될 수 없는 것과 같다.」
> 禪家以達磨爲祖, 其說曰：「不立文字. 詩之不可爲禪, 猶禪之不可爲詩也.」(卷99)

라고 하여 시와 선의 본질은 각기 다르다고 하였고, 청대 이중화李重華는, 「시교는 공자에게서 논증한 것이거늘, 어떤 이유로 불교의 일로 떨어뜨리는가(詩教自尼父論定, 何緣墮入佛事.)」(≪貞一齋詩說≫)라 하여, 시교詩敎의 원대성을 불교에 두는 것을 통박하였으며, 청대 반덕여潘德輿는 「시는 곧 인생의 일을 쓴 것인데, 선이 무엇인가?(詩乃人生用事, 禪何爲者.)」(≪養一齋詩話≫)라 하여, 시의 용세관用世觀을 내세워 선과 무관함을 강조하였다. 그러나 시에서 고결과 작시를 위한 혼신의 노력을, 참선하는 승려의 수도 정신과 비교한 것은, 시의 차원을 높이기 위해서도 인정할 만했으며, 시풍의 외식보다는 내실을 위해서 더욱 호소력이 있었다고 하겠다.

엄우가 그의 시화에서 핵심의 하나로 내세운 것이 ⑦의 「참선의 도리는 오직 묘오에 있고, 시도도 묘오에 있다.(禪道惟在妙悟, 詩道亦在妙悟.)」는 논리인데, 엄우는 맹호연孟浩然을 한유韓愈보다 시의 묘오란 면에서, 시의 가치를 높게 본다고 예로 들면서 이 점을 부각시켰다. '시도'가 '묘오'에 있다는 논법은 다음 인용문에서 그 의미를

대신할 수 있다. 명대 호응린胡應麟이 ≪시수詩藪≫에서,

선은 반드시 깊이 수련되고 난 후에 깨달을 수 있고, 시는 깨달은 후에라도, 이어 모름지기 깊이 다듬어져야 한다.
禪必深造而後能悟, 詩雖悟後, 仍須深造.(〈內編〉卷2)

라고 하여 '悟'는 시가 거쳐야 할 한 가지 필수적인 과정으로 보고, 선의 지경이 '悟'라면 시는 그 이상의 상태에 몰입한 차원까지 상승해야 한다는 시의 경계를 밝혔고, 근인 치엔종수錢鍾書도 「도를 배우고 시를 배우는데, 깨닫지 않고서는 진전하지 못한다.(學道學詩, 非悟不進.)」(≪談藝錄≫)라고 하여 '悟'를 통한 '시 배움'을 역설하였다. 여기서 '妙悟'란 바로 시 창작 경지의 배양인 것을 알 수 있고, 이 배양이 무르익고 성숙되고 알차게 되면, 곧 투철한 '悟得'(깨달아 얻음)하게 된다.

(2) 흥취興趣와 입신入神 : 묘오가 시의 절경에 드는 선적 정신세계라면, '흥취'와 '입신'은 엄우에 있어서, 「시어로 묘사는 다하였는데, 그 담긴 뜻은 그지없이 깊다(言有盡而意無窮)」의 경계며 시적 극치를 말한다. '흥취'에 대한 엄우의 논지는 다음과 같다.

무릇 시에는 특별한 재질이 있는데 책과는 관계가 없다. 시에는 남다른 의취가 있는데 이치와는 관계가 없다. 그러나 많이 독서하고 많이 궁리하지 않으면, 그 지극한 경지에 이를 수 없다. 이른바 이치의 길을 거치지 않고, 말의 통발에 빠지지 않는 것이 으뜸이다. 시는 성정을 읊어 노래하는 것이다. 성당 시인들의 시는 오직 흥취에 들어 영양이 뿔을 나무에 걸어 자취를 찾을 수 없는 것 같다(초탈하여 자유분방한 시의 경지에 있는 것이다). 그러므로 그 묘처는 투철하고 영롱하여 머물 수 없으니, 마치 공중의 소

리, 얼굴의 색, 물속의 달, 거울 속의 모습 같아서, 말로는 다 표현했으나, 그 뜻은 무궁한 것이다. 근대의 제가들은 곧 기묘한 어구로 시를 이해하려 한다. 그래서 그들은 문자로 시를 짓고, 재능과 학식으로 시를 지으며, 논리로 시를 지으니, 어찌 좋지 않겠냐만, 끝내 옛사람의 시의 경지에 이르진 못한다.

夫詩有別材, 非關書也. 詩有別趣, 非關理也. 然非多讀書, 多窮理, 則不能極其至. 所謂不涉理路, 不落言筌者, 上也. 詩者, 吟詠情性也. 盛唐諸人, 惟在興趣. 羚羊掛角, 無跡可求. 故其妙處, 透徹玲瓏, 不可湊泊. 如空中之音, 相中之色, 水中之月, 鏡中之象, 言有盡而意無窮. 近代諸公乃作奇特解會, 遂以文字爲詩, 以才學爲詩, 以議論爲詩. 夫豈不工, 終非古人之詩也.(≪滄浪詩話≫〈詩辨〉)

엄우 자신의 시는 과연 그의 시론과 부합하게 '흥취'가 있는가에 대해서, 명대 이동양李東陽은 이르기를,

엄우 시의, 「빈 숲에 낙엽 지니 비인가 하고, 포구에 바람이 많아서 밀물이 들려 하네.」는 정말 당시 구절이다.

嚴滄浪「空林木落長疑雨, 別浦風多欲上潮.」眞唐句也.(≪懷麓堂詩話≫)

라고 하여, 엄우의 시를 '진정한 당대 시구眞唐句'라고 평가한 것은, 엄우의 〈익 스님의 절을 찾아서訪益上人蘭若〉를 감상하면서 깊이 동감할 수 있다.

흥취를 「영양이 뿔을 걸다(羚羊掛角)」와 「공중의 소리, 얼굴의 색, 물속의 달, 거울 속의 모습(空中之音, 相中之色, 水中之月, 鏡中之象)」 등으로 비유하였다. 흥취의 의미가 육조六朝 시대 유협劉勰의 ≪문심조룡文心雕龍≫〈은수隱秀〉의 '隱'(감추어 드러나지 않음)과

상통하고, 또 위의 책 〈물색物色〉의 '흥취에 들다入興'와 상통하여 함축적이며 미각적인 감각을 제시해 준다. 엄우가 비유한 「영양이 뿔을 걸다」 구는 그 자체가 영양이 밤에 잘 때 뿔을 나뭇가지에 걸어 자취를 알 수 없게 하여 몸을 지키는 습성을 인용하여, 초탈하면서 자유분방한 시 세계와 결부시키는 예로 삼았다.

이에 앞서 「시란 정을 읊는 것이다.(詩者, 吟詠情性也.)」라 하여, 〈모시서毛詩序〉의 「뜻을 드러내는바, 마음에 두면 뜻이 되고, 말로 나타내면 시가 된다. 정이 마음속에서 움직여 말로 표현된다.(志之所之也, 在心爲志, 發言爲詩. 情動於中而形於言.)」 구의 근본 시정과 일치시켜, 정을 시의 최상이요 최고의 가치임을 강조하였다.

엄우는 시의 창작은 단순히 「독서를 많이 함(多讀書)」과 「궁리를 많이 함(多窮理)」만으로는 이룰 수 없다고 하였다. 흥취는 묘오의 과정을 거쳐서, 인간 감성을 통해 나오는 현상이어서, 「영양이 뿔을 걸면 자취를 찾을 수 없다.(羚羊掛角, 無跡可求.)」의 문구는 있으되, 그 이상의 시정이 내포되어있는 운치를 유발하게 되고, 그 묘경의 감흥은 「투철하고 영롱하여 머물 수 없다.(透徹玲瓏, 不可湊泊.)」와 같은 환몽의 시 세계를 추구하게 되어, 「공중의 소리, 얼굴의 색, 물속의 달, 거울 속의 모습」과 같은 경지를 낳게 된다는 것이다. 이에 대해 청대 왕사정王士禎은 이르기를,

> 엄우의 소위 거울 속의 모습, 물속의 달, 공중의 소리, 얼굴의 색은 모두 선리로 시를 비유한 것이다.
> 嚴儀卿所謂如鏡中象, 水中月, 空中音, 相中色, 皆以禪理喩詩.
> (≪師友詩傳錄≫)

라고 해서 그 경지를 즉 선계禪界의 시 홍취로 묘사하여, 엄우의 '興趣說'의 맥락을 합리적으로 보았다.

엄우의 흥취설은 시의 형식과 내용의 미를 융화하여, 시풍의 격조를 높였다고 할 것이다. 흥취설은 송시의 '성당 시풍으로 돌아감(歸盛唐)'을 주창한 것으로, 혁신적 이론이면서 시론의 정립을 향한 포석임을 알 수 있다. 엄우가 〈시변〉에서 송대의 시풍을 비판적으로 보고, 가식적인 그 당시의 풍조를 반대하고, 진정한 '성당 시풍으로 돌아감'의 노선을 잡기 위해서, 탄식과 통박을 서슴지 않았으니, 「아아, 올바른 정도가 전해지지 않음이 오래도다.(嗟乎, 正法眼之無傳久矣.)」라고 〈시변〉 말미에 서술하고 있다.

엄우 자신이 강서파의 영향을 받았으면서, 그 파의 평담과 공력은 인정하지만, 시의 고아함이 부족한 점을 불만족하게 여겼다. 엄우의 시론이 시대를 지나면서, 더욱 그 중요성을 더하는 이유는, 형식보다는 정감을 중시하는 시 창작관에 있다고 보아야 할 것이다.

IV·
원元·명明·청淸
선시

[조맹부趙孟頫] 인 선사를 애도하며因禪師挽詩

부처의 본성은 오고 감 따로 없거늘
중생들은 스스로 슬퍼한다.
깨우치면 크게 웃게 될지니
바르게 걸어가면 그 어리석음 보인다.

因禪師挽詩인선사만시

佛性無來去, 群生自爾悲.　불성무래거 군생자이비
達觀應大笑, 政足見渠痴.　달관응대소 정족견거치

(≪松雪齋集≫ 卷5)

* 挽詩만시 - 상여를 메고 갈 때 하는 노래. 죽은 사람을 슬퍼하는 가사.
만시輓詩. 만가挽歌
* 佛性불성 - 부처의 본성本性. 진여眞如의 법성法性
* 無來去무래거 - 오고 감이 없다. 나고 죽는 것이 따로 없다. 변화가
없다
* 群生군생 - 여러 사람. 중생衆生
* 自爾자이 - 스스로. 저절로. 자기. 여기서 '爾'는 어조사
* 達觀달관 - 널리 봄. 사물을 넓게 관찰함. 세속을 벗어난 높은 식견
* 政足정족 - 걸음걸이를 바르게 하다. 언행이 바르다. 政은 바르게 하다
[正]
* 渠거 - 그. 거배渠輩 : 그 사람들
* 痴치 - 어리석음. 미치광이. 세상의 탐내고 노하며 성내고 기뻐하는

마음

[조맹부趙孟頫] 1254-1322. 자는 자앙子昻, 호는 송설도인松雪道人이
며, 호주胡州(지금의 절강성浙江省 오흥吳興)인으로 송태조 조광윤趙匡
胤의 11세손이다. 원대에 들어서, 병부낭중兵部郞中, 집현전학사集賢殿
學士를 지내고, 위국공魏國公에 추봉追封되고, 시호는 문민文敏이다.
박학다재하여 명성이 사해를 덮었다.
시는 유려하고 원만하며, 정감을 직설하였다. 송대 황족으로서 원대에
벼슬하였기에, 만년에는 깊이 후회하였다. ≪송설재집松雪齋集≫이 있다.

✳ 해 설

중국의 애도시로 만시輓詩는 그 기원이 주周대 〈우빈虞殯〉이라고 하
고, 장자莊子의 〈불구紼謳〉가 있으며, 한대에 〈해로薤露〉, 〈호리蒿
里〉 등까지 소급되나, 진정한 의미의 만가挽歌는 당대부터 시작되었
다.(李東陽 ≪懷麓堂詩話≫ 제85조) 만가가 원명대에 크게 성행하면
서, 형식에 치우쳐 진심으로 애곡하는 풍조가 퇴색하였다. 이 점을
명대 장녕張寧은 〈삼충이절만시서三忠二節輓詩序〉(≪方洲集≫ 卷16)
에서 다음과 같이 기록하고 있다.

  내가 일찍이 요즘 만시가 많은 것을 걱정하니 대개 남의 자손을
  위하여 조부를 찬양하는 글로서 공허한 말로 서로 높여서 위아래
  가 하나가 되니, 주는 사람은 정성 어린 말을 하지 않게 되고, 받
  는 사람은 덕이 되지 않으며, 보는 사람은 경중을 생각하지 않게
  되었다.
  余嘗患今世多輓詩, 大率爲人子孫, 表揚祖父之文, 具空言相高, 上
  下一致, 與之者非衷言, 受之者無德譽, 見之者不以爲輕重.

이같이 만가의 풍토가 형식에 지나지 않으니 그 비중도 약해지고 진

심이 없는 허언虛言을 늘어놓는 글로 변하게 된 상황을 지적하고 있다. 대조적으로 수시壽詩의 기원에 대해서는, 명대 서발徐燉이 「당대에는 축수시가 없고 송대에 비로소 시작되었다.(唐無壽詩, 有之自宋始.)」(≪徐氏筆精≫ 卷4)라고 기록하여 그 시기가 송대로 보고 있지만, 청대 정복보丁福保의 ≪전한삼국진남북조시全漢三國晉南北朝詩≫ 전진시全晉詩(卷1)에는 장화張華의 〈진사상악가晉四廂樂歌〉 중에 〈왕공에게 올리는 축수시王公上壽詩〉와 성공수成公綏의 〈왕공에게 올리는 축수가王公上壽歌〉가 실려 있고, 송대 계유공計有功의 ≪당시기사唐詩紀事≫(卷31)에는 장숙량張叔良, 최종崔琮, 이송李竦이 〈오랜 세월 지내온 공께 올리는 축수시長至日上公壽詩〉를 지었다는 기록이 있는 것으로 보아 기원이 진대와 당대까지 소급된다고 본다.

만가는 슬픔을 떨칠 수 없는데, 조맹부 시에는 비애와 상심이 보이지 않고, 불가의 생사 열반涅槃 사상을 밝혀준다. ≪열반경涅槃經≫에 「이 몸은 몸이 없거늘, 마음에 두지 않을 것이니, 마치 번개나 폭포수, 도깨비불 같은 것이다.(是身無身, 念念不住, 猶如電光, 瀑水, 幻炎.)」라고 하였으니, 생사는 단지 하나의 환상일 뿐이다.

제1, 2구에서 불성은 일체중생이 각오覺悟의 성품이 있음을 가리킨다. 이것은 사람마다 모두 지니고 있으니, 오는 것도 없으며 가는 것도 없다. 육조六祖 혜능慧能이 처음 오조五祖 홍인弘忍을 만났을 때, 오조는 불성으로 육조를 시험해 보았다. 오조가 말하기를, 「너는 영남 사람이고 또 오랑캐인데, 어찌 부처가 될 수 있겠느냐?(汝是嶺南人, 又是獦獠, 若爲堪作佛?)」라고 하니, 혜능이 대답하였다. 「사람은 남쪽 사람이 있고 북쪽 사람도 있습니다. 부처님 성품은 남쪽 북쪽이 따로 없습니다. 오랑캐와 스님이 같지 않지만, 부처님 성품은 어떤 다른 것이 있습니까?(人卽有南北, 佛性卽無南北, 獦獠與和尚不同, 佛性有何差異?)」(≪六祖壇經≫)라고 하였다.

이 일문일답에서 오조는 육조를 크게 칭찬하고는, 중생이 불법 앞에서는 모두 평등하다는 것을 강조하였다. 시에서 '悲'는 선사의 죽음을 슬퍼하는 의미가 아니라, 중생이 죽음을 두려워하고 상심하는 것을 슬퍼한다는 의미다.

제3구는 중생에게 달관자가 지녀야 할 태도를 일깨워준다. '大笑'는 내심의 평정과 안정을 표현한다. 제4구의 '痴'는 진세塵世의 희로애락의 심정을 포괄하는 것으로, 명리를 추구하면 '平靜'을 얻을 수 없다. ≪전심법요傳心法要≫에 서술하기를,

> 마음에 어떠한 물건이라도 두지 말 것이니, 허공과 법신은 다른 모습이 없고, 부처와 중생이 다른 모습이 없고, 생사와 열반이 다른 모습이 없으며, 번뇌와 보리는 다른 모습이 없으니, 일체의 모습을 떠남이 곧 부처다.
>
> 莫于心上著一物, 盧空與法身無異相, 佛與諸生無異相, 生死與涅槃無異相, 煩惱與菩提無異相, 離一切相卽是佛.

라고 하였으니, 생사와 번뇌는 본래 무일물無一物(물건이 하나도 없음)이니, 당연히 비읍悲泣(슬픔과 흐느껴 우는 것)해선 안 된다. 마음의 본바탕은 물론이거니와, 모든 사물은 본래 텅 비어 있어서 실체로 존재하지 않는다. 어떤 것도 가질 게 없고, 털끝만큼도 집착할 게 없다. 그래서 육조 혜능은 「본래 물건이 하나도 없는데, 어디에 티끌이 끼겠는가.(本來無一物, 何處有塵埃.)」(≪六祖壇經≫)라고 설파한 것이다. 세상에 올 때 가지고 온 것이 없고, 갈 때도 가지고 가는 것이 없다. 모든 사사로운 감정이나 손익, 갈등과 근심도 본래 없다. 절대 '無'의 경지며 대자유大自由의 경지가 '無一物'이다.

[양유정楊維楨] **진각원**眞覺院

우릉에 구름 기운 다가오고
푸른 측백나무 선원 문을 가리네.
오직 나그네만 늘 찾아오니
아주 한가한 스님만 못하네.
봄바람에 절강 강물 출렁대고
밤비는 부춘산에 내리네.
이 맑은 곳이 지내기 너무 좋아
오래 노래하다 해 질 녘에 돌아오네.

眞覺院진각원

禹陵雲氣近, 柏翠護禪關.　　우릉운기근 백취호선관
只有客常到, 不如僧最閑.　　지유객상도 불여승최한
春風浙江水, 夜雨富春山.　　춘풍절강수 야우부춘산
愛此淸居處, 長歌日暮還.　　애차청거처 장가일모환

　　　　　　　　　　　　(≪東維子文集≫ 卷3)

* 眞覺院진각원 - 진각사眞覺寺. 절강성浙江省 부양富陽 학산鶴山에 있
는 사원
* 禹陵우릉 - 하夏나라 우왕禹王의 능묘陵墓로, 절강성 소흥紹興의 회
계산會稽山에 있음
* 柏翠백취 - 측백나무, 잣나무가 비취색. '翠'는 비취색, 연둣빛
* 禪關선관 - 출가인出家人이 참선參禪 수양修養하는 곳으로 대개 사

묘사廟를 가리킨다

* 不如불여 - ~만 못하다. 같지 않다
* 浙江절강 - 절강성에 있는 전당강錢塘江의 하류
* 淸居處청거처 - 청정淸淨하게 지내는 곳. 참선하는 방을 가리킴

[양유정楊維楨] 1296-1370. 자는 염부廉夫, 호는 동유자東維子, 철애鐵
崖며 산양山陽(지금의 절강성 소흥紹興)인이다. 원대 말엽에 강서유학제
거江西儒學提擧와 건덕로총관부추관建德路總管府推官을 지냈다. 부춘
산富春山과 송강松江 등에 은거하였다. 시문과 서법에 능하였다. ≪동유
자문집東維子文集≫, ≪철애선생고악부鐵崖先生古樂府≫ 등이 있다. 그
의 시에 대해서 명대 고기륜顧起綸은 ≪국아품國雅品≫에서 평하기를,

> 양유정은 재주가 높고 성정이 트여서, 시가 빼어나고 아름다우며, 성
> 조는 처량하고 고우니, 특히 고악부에 뛰어나다. 그리고 그의 근체시
> 에는 원대 사람의 풍조가 없다.
> 楊聘君廉夫, 才高情曠, 詞雋而麗, 調悽而婉, 特優于古樂府. 而近體
> 不免無元人風氣.

라고 하여 그의 시가 매우 화려하면서 슬픈 풍격을 지녀서, 고악부古樂
府에 능하다고 하였다. 그리고 청대 장천우張天雨가 쓴 <철애선생고악
부서鐵崖先生古樂府序>에서는 그의 시 격조를 「위로는 한나라와 위나
라의 시를 본받아서, 두보와 이백, 이상은 등의 시에 드나들었다.(上法
漢魏, 而出入少陵二李之間.)」(≪鐵崖先生古樂府≫)라고 하여 양유정 문
학이 성당대 두보와 이백, 만당대 이상은李商隱 시에 근접하고 있다고
칭찬하였다.

❋ 해 설
진각원은 오대 후진 개운開運 원년(994)에 창건하였다. 그 후에 명

대 신종神宗 만력萬曆 연간에 학산 산마루로 이전하여 재건하였는데, 지금은 자취도 없다. 시인이 이 절을 찾은 시기는 이전되기 전이니, 지은 지 300여 년 후의 일이다. 사원 근처에 하夏나라 우禹임금의 능침이 있고, 사원 입구는 측백나무가 덮고 있다. 사원에서 내려다보이는 곳에는 절강浙江 즉 전당강錢塘江 하류가 출렁이며 서해로 흘러 들어간다. 사원 뒤에는 부춘산이 둘러 있어, 시인이 이 시를 쓸 때는 깊은 밤에 봄비가 내리고 있었다.

사원은 돌보는 이 없고 허름하여 쇠락한 모습이지만, 시인은 한적한 곳에 자리 잡은 절의 풍경에서 깊은 좌선의 불심을 토로하고 있다. 청정한 사원에 오래 머물며 속세와 멀어지고 싶은 심정을 시의 제7, 8구에 담고 있다. 그래서 시의 제1, 2연에서는 사원의 경치를, 제3, 4연은 각각 선취가 어린 정감을 묘사하였다.

[예찬倪瓚] 소한관에서 밤에 앉아서蕭閑館夜坐

자리에 기대어 잠은 오지 않는데
대나무에 내리는 맑고 찬 이슬 소리.
맑은 등불은 곱게 지는 달에 어리고
얇은 장막은 추운 마루에 둘러 있다.
답답한 맘 한순간에 사라지고
매우 고요에 젖어 밖엔 아무 소리 없네.
아득히 하늘 저 끝에 있으니
이 몸 있는 걸 어찌 알리오.

蕭閑館夜坐소한관야좌

隱几忽不寐, 竹露下泠泠.　은궤홀불매 죽로하령령
淸燈澹斜月, 薄帷張寒廳.　청등담사월 박유장한청
躁煩息中動, 希靜無外聆.　조번식중동 희정무외령
窅然玄虛際, 詎知有身形.　면연현허제 거지유신형

(≪淸閟閣全集≫ 卷8)

* 隱几은궤 - 안석案席에 숨다. 책상에 앉다
* 泠泠령령 - 물 맑은 소리. 바람 맑은 소리. 음성이 성한 모양. 신선한
모양. 찬 모양
* 薄帷박유 - 수를 놓은 얇은 장막
* 躁煩조번 - 마음이 초조하여 가슴이 답답함
* 息中動식중동 - 마음속의 움직임(번뇌)이 그치다

* 希靜희정 - 매우 고요함. 작은 소리도 없이 조용함

* 無外聆무외령 - 밖에서 들리는 소리가 없다

* 窅然면연 - 멀다. 아득하다. 정신이 멍한 모양

* 玄虛현허 - 현묘하고 허무함. 하늘. 허공

* 詎거 - 어찌. 몇

* 身形신형 - 몸. 육신

[예찬倪瓚] 1301-1374. 자는 원진元鎭, 호는 운림거사雲林居士, 유하생幼霞生이며 상주常州 무석無錫인이다. 평생 출사하지 않고 초야에 묻혀 지냈고, 원대 말엽 시단 영수인 양유정楊維禎과 고영顧瑛 등과 교유하였다. 원대 순제順帝 지정至正 15년(1355)부터 천하가 혼란하니, 강호를 유랑하다가 생애를 마쳤다. 명대 고기륜顧起綸은 ≪국아품國雅品≫에서 예찬에 대해서, 「고아한 풍모와 정결한 언행은 우리 명나라 은둔자의 으뜸이 된다.(高風潔行, 爲我明逸人之宗.)」라고 기록하였다.

그의 시는 화가의 기풍이 담겨 있어서 청신하면서 '시 속에 그림이 있는(詩中有畵)' 특성을 지니고 있으니, 오포암吳匏庵은 그의 시를 평하기를, 「덕이 높은 선비 예찬의 시는 원나라 사람의 화려한 풍격을 벗어나서, 도연명과 위응물의 담백한 정취를 지니고 있다.(倪高士詩能脫去元人之穠麗, 而得陶韋恬淡之情.)」(≪元詩卷初集≫)라고 하였다. 저서에 ≪청비각전집淸閟閣全集≫이 있다.

✳ 해 설

예찬은 원대 4인의 대화가 중의 한 사람으로, 화풍은 천진하고 유담하여 「쓸쓸하고 한적하며, 맑고 밝으며 담백하다.(蕭瑟寒寂, 淸曠淡雅.)」라는 평가를 받는다. 이것은 운명에 대한 비탄도 아니고, 대자연에 대한 항쟁도 아니며, 다만 추구와 화해의 심미적인 정취가 담겨 있다는 뜻이다. 그는 회화만이 아니라, 시 또한 그의 화풍처럼 초연하게 속세를 벗어나, 내심의 염담恬淡(고요하고 맑음)으로 들어

가려는 시도니, 예찬의 이 시는 공적空寂(우주와 만물이 그 실체가
모두 공허함)에 대한 체험이다.

제1연의 '隱几' 즉 '자리에 기대어'는 시 제목의 '夜坐' 즉 '밤에 앉아
서'와 서로 상응한다. 텅 빈 소한관에 시인은 홀로 한가로이 앉아 있
는데, 잠도 오지 않아, 창밖 대나무에 이슬이 내리는 소리까지 들린
다. '泠泠' 두 자를 통하여 시인은 너무 한적한 절간의 정취를 정밀
하게 묘사한다. 이어서 시인은 청각뿐 아니라, 시각적으로도 섬세하
게 그 느낌을 묘사하니, 제2연에서의 묘사는 맑은 등불이 서쪽으로
지는 달과 어울려 비추고, 싸늘한 대청에는 장막이 드리워져 있다.
이 분위기는 더욱 고적감을 자아내고, 심지어 망아忘我의 경지에 들
게 한다.

제3연에 이르러서, 시인은 번잡한 세속을 초탈하여 '希靜'이란 시어
를 써서, 공적空寂의 심성을 극대화한다. ≪노자老子≫에 「보아도 보
이지 않으니 이름하여 '이夷'(마음의 편안함)라 하고, 들어도 들리지
않으니 이름하여 '희希'(희소함)라 한다.(視之不見名曰夷, 聽之不聞
名曰希.)」라고 하였으니, 시에서 '希靜'은 진연塵緣 즉 '세상과의 번
거로운 인연'과 멀리 떨어진 시인의 심사를 의미한다. 그래서 명대
스님 덕청德淸이 말한 바, 「여기 사람의 마음을 사물에 두지 않기만
하면, 사물이 어찌 사람을 거리끼겠는가? 사물이 이미 사람을 거리
낄 수 없거늘, 사람이 또 어찌 사물을 거리끼겠는가?(斯但情不附物,
物豈碍人? 物旣不能碍人, 人又何碍于物耶?)」(≪憨山夢遊全集≫ 卷1)라
고 하였듯이, 시인도 '물아무애物我無碍'(사물과 내가 거리낌 없음)
의 심경이다. 그리하여 제4연에서 '망아忘我'의 경지를 체험한다.
이 시의 주제는 불심에서 나오는 평담하고 유원悠遠한 의경意境을
노래하고 있다.

[예찬倪瓚] 거미줄에 떨어진 꽃蛛絲網落花

떨어진 꽃 거미줄에 걸려 있어
촉 땅 고운 비단 한 결이 붉네.
비단 창살 밖에 비치더니
다시 푸른 못 속에도 비추네.
쓸쓸하게 지는 햇빛을 그리워하고
넋을 잃고 산들바람에 끌려다닌다.
옛사람이 꽃다움과 더러움이 뭔지 물었거니
본래 다 텅 빈 것을 어찌 알리오.

蛛絲網落花주사망락화

落花綴蛛網, 蜀錦一規紅.　락화철주망 촉금일규홍
旣映綺疏外, 復照碧池中.　기영기소외 부조벽지중
含凄戀餘景, 散魄曳微風.　함처련여경 산백예미풍
昔人問榮穢, 詎識本俱空.　석인문영예 거식본구공

(≪淸閟閣全集≫ 卷8)

* 蛛絲網주사망 - 거미줄 집
* 綴철 - 잇다. 매다
* 蛛網주망 - 거미집
* 蜀錦촉금 - 촉의 금강에서 실을 빨아 짠 비단. 상등上等의 고운 비단을 가리킴
* 綺疏기소 - 고운 비단을 바른 창

* 散魄산백 - 넋이 흩어지다. 넋이 나가다. 정신이 어수선함
* 曳예 - 끌다. 끌어당기다
* 微風미풍 - 산들바람. 살살 부는 바람
* 榮穢영예 - 영화와 더러움. 영욕榮辱 : 영예와 치욕
* 詎거 - 어찌
* 空공 - 속이 빈 것. 사실이 아닌 것. (불교) 세상의 모든 것은 인연에 따라 생긴 가상假相이며 영구불변의 실체가 없음

�֎ 해 설

선가禪家에서는 「무릇 가지고 있는 형상 모두가 어이없고 헛된 것이다. 일체의 형상을 떠나버림이, 이름하여 곧 부처의 도리다.(凡所有相, 皆是虛妄 : 離一切相, 卽名佛理.)」라고 하니, 이 시에서 떨어진 꽃이 거미줄에 걸려 살랑대는 모습을 보면서, 시인은 만사 만물이 다 '공空'이라는 선리를 설파한다.

시의 앞 4구에서, 시인은 어여쁜 꽃이 거미줄에 걸려 있는 모습을 멀리서 바라보니, 마치 촉蜀 지방 금강錦江 유역에서 생산되는 고급 비단에 수놓은 붉은 꽃 같다. 그 거미줄에 떨어진 낙화는 비단 창문으로 바라볼 때, 마치 꽃무늬를 수놓은 비단 망사 같다. 연못을 내려다보니, 물가에 그 거미줄의 낙화가 그림자 지어서 드리워져 있다. 여기까지는 평범한 일상에서 볼 수 있는 자연 물상을, 시인은 사실대로 묘사하고 있다.

그러나 시의 앞 4구가 비교적 가시적인 객관적 경물 묘사라면, 뒤의 4구에서는 불심에서 우러나는 시인의 주관적인 감흥을 표현하고 있다. 시인은 자기도 모르게, 저녁 무렵 심란한 마음으로, 그 거미줄에 맺힌 꽃에서 자신의 삶을 조명해 본다. 그래서 시인은 처량하게 눈물 흘리고, 석양빛을 아쉬워하며, 마치 그 꽃이 자기 신세와 같다는 감상에 젖는다. 꽃이 곧 나요, 내가 곧 꽃이다. 거미줄에 매인 꽃에서 시인은 인간은 세속에서 탈피하기 어려운 존재인가를 스스로

묻고 있다. 그 물음에 대한 대답은 명료하다. 그것은 즉 고금을 통해서 모두 '공空'일 따름이라는 것을. 시인의 이런 감회가 천년 가까이 흐른 오늘날에도 바로 어제 일처럼 공감되는 까닭은, 참선에서 감오感悟되는 진심 때문이 아닐까.

[고계高啓] 지둔암支遁庵

한가한 등불 아래 산달 뜨길 기다리며
멀리 서운관 문을 두드리네.
천년 오랜 석실은 닫혀 있고
고승은 아직 돌아오지 않았네.
희미한 등불 누런 잎 아래에 드리우고
옛 발자국은 푸른 이끼에 남아 있네.
책상다리하고 참선하는 그림자 안 보이는데
학이 텅 빈 산에서 울고 있네.

支遁庵지둔암

閑燈待月嶺, 遠叩棲雲關.　　한등대월령 원고서운관
石室閉千載, 高僧猶未還.　　석실폐천재 고승유미환
殘燈黃葉下, 古跡靑苔間.　　잔등황엽하 고적청태간
不見跏趺影, 鶴鳴空此山.　　불견가부영 학명공차산

(≪明詩別裁集≫ 卷1)

* 支遁庵지둔암 - 서진 시대 고승 지둔支遁(314-366)의 이름을 따서 지은 암자. 지둔은 25세에 출가出家하여 백마사白馬寺에 머물며, 현리玄理를 탐구하여 반야학般若學 6대가의 한 사람이다. 그는 '색즉시공설'色卽是空說을 주장하였다
* 月嶺월령 - 달이 뜬 산봉우리
* 叩고 - 두드리다. 조아리다. 묻다

* 棲雲關서운관 - 구름이 깃든 문. 여기서는 문 이름
* 石室석실 - 돌로 만든 방. 여기서는 지둔암을 지칭
* 千載천재 - 천년
* 跏趺가부 - 책상다리하고 앉음. 불교도의 좌법坐法

[고계高啟] 1336-1374. 자는 계적季迪, 호는 청구자靑丘子, 장주長洲(지금의 강소성江蘇省 소주蘇州)인이나, 원적原籍은 발해인이다. 16세에 시명詩名으로 향리鄕里에서 명성이 났고, 장우張羽, 서분徐賁 등과 북곽십우北郭十友라 불렸다. 홍무洪武 3년(1370) 한림원편수翰林院編修가 되고, 그해 7월에는 호부시랑戶部侍郎이 되었다.

그의 시에 대해서 ≪사고전서총목제요四庫全書總目提要≫에 「무릇 옛 문인의 장점을 함께 갖추지 않은 것이 없다.(凡古人之所長, 無不兼之.)」라고 평하였다. 문장은 수일秀逸하면서 조탁이 없고, 재기가 호방하면서 부허浮虛하지 않아 명대 초기 문인 중 최고로 평가받는다. ≪고태사대전집高太史大全集≫이 있다.

✠ 해 설

이 선시는 '일체는 곧 하나一切卽一' 즉 만물은 다시 적멸寂滅로 돌아간다는 불학佛學의 진제眞諦를 게시해준다. 시적인 면으로 보면, 이 시는 한 편의 절묘한 시임에는 의심할 바가 없다. '待月嶺'(산달 뜨길 기다림), '棲雲關'(서운관 문)은 암자의 고결함을 묘사하고, '閑'(한가함)과 '遠'(멀음)은 속세에 떨어지지 않음을 츤탁襯托(가까이 덧붙여서 기탁함)하고 있다. 그리고 넓은 공간감과 '千載' 2자가 투시하는 영원한 시간적 감각이 하늘의 이치를 담은 한 폭의 그림으로 조성된다. 그런 중에 '殘燈'(희미한 등불) 밑 낡은 의자에 '跏趺'하고 좌선해야 할 스님은 보이지 않는다. 그 만나지 못한 실망감을 시인은 제4구의 '猶未還'(아직 돌아오지 않음)과 제6구의 '古跡'(옛 발자국)으로 표현한다. 비록 가부좌한 스님 모습은 볼 수 없지만, 시인

은 학이 우는 '空山'에서, 불성을 깨닫고 불경에 진입하여 적막한 초
탈감을 체득한다.

이 시의 의경은 왕유王維가 〈신이오辛夷塢〉에서, 「나무 끝에 맺힌
연꽃이, 산속에서 붉은 꽃이 피네. 동굴 문 고요히 아무도 없는데,
어지러이 피었다가 지네.(木末芙蓉花, 山中發紅萼. 洞戶寂無人, 紛
紛開且落.)」라고 한 바와 같이, 만물은 생겨나고 사라짐을 이어가니
(生滅相續), 모든 일체一切 즉 '땅·물·불·바람이 다 빈 것四大皆
空'이라는 점을 강조하고 있다.

[이동양李東陽]　악록사에서 노닐며游岳麓寺

높은 산봉우리에서 초강 강가 바라보니
길이 꼬불꼬불 몇 번이나 돌아가나.
소나무 삼나무 사이 두 가닥 오솔길
온 산에 비바람 쳐 스님이 춥겠다.
모래톱 잔풀은 하늘 끝 멀리 이어지고
지는 해 외진 성을 강 끼고 바라본다.
계북이며 상수 남쪽 다 눈에 들어오고
자고새 우는 소리에 홀로 난간에 기댄다.

游岳麓寺유악록사

危峯高瞰楚江干, 路在羊腸第幾盤.　위봉고감초강간 로재양장제기반
萬樹松杉雙徑合, 四山風雨一僧寒.　만수송삼쌍경합 사산풍우일승한
平沙淺草連天遠, 落日孤城隔水看.　평사천초련천원 락일고성격수간
薊北湘南俱入眼, 鷓鴣聲裏獨憑欄.　계북상남구입안 자고성리독빙란

(≪懷麓堂集≫ 卷3)

* 岳麓寺악록사 - 녹산사麓山寺로 지금의 호남성湖南省 장사長沙 서안
西岸 악록산岳麓山에 있는 절
* 危峯위봉 - 높은 산봉우리. 가파른 산봉우리
* 瞰감 - 내려다보다
* 楚江干초강간 - 초강 물가. 초강은 호남성 장사長沙 일대를 흐르는 강.
초나라는 춘추전국春秋戰國 시대에 호남 지방을 중심으로 있던 나라로

영邸을 도읍으로 하고 진秦나라에 망함(BC ?-223)

* 羊腸양장 - 양의 창자. 꼬불꼬불한 길
* 第幾盤제기반 - 몇 바퀴 돌다. 길이 꼬불꼬불하여 여러 번 돌아가는 모양
* 松杉송삼 - 소나무와 삼나무
* 雙徑쌍경 - 두 가닥 샛길, 지름길
* 平沙평사 - 평평한 모래톱. 모래펄
* 連天遠연천원 - 지평선에 하늘이 닿아서 멀리 있는 모양
* 隔水看격수간 - 장사長沙는 상강湘江 동안東岸에 있고, 악록사는 상강 서안西岸에 있어서, 강을 사이에 두고 바라본다
* 薊北계북 - 지금의 하북성河北省 북부 일대
* 湘南상남 - 상수湘水의 남쪽. 상수는 광서성廣西省 흥안현興安縣에서 발원하여 호남성湖南省 동정호洞庭湖로 흘러 들어가는 강
* 入眼입안 - 눈에 들어오다. 눈에 잘 보이다
* 鷓鴣자고 - 꿩과에 딸린 메추라기 비슷한 새
* 憑欄빙란 - 난간에 기대어 있다

[이동양李東陽] 1447-1516. 자는 빈지賓之, 호는 서애西涯, 시호는 문정文正이며, 호광湖廣 다릉茶陵(지금의 호남성湖南省 다릉茶陵)인이다. 명대 영종英宗 천순天順 8년(1464)에 진사 급제하여 50년간 조정 관리로 생활하며, 한림편수翰林編修, 한림원시강翰林院侍講, 한림원시강학사翰林院侍講學士 등을 역임하였다. 효종孝宗 홍치弘治 5년(1492)에는 예부우시랑禮部右侍郎 겸 시독학사侍讀學士에 발탁되고, 홍치 8년에는 본관직문연각本官直文淵閣으로 기무機務에 참여하였고, 만년에는 권환權宦 유근劉瑾이 조정을 전횡하니 은거하여 학문에 매진하였다.
명대 중기 저명한 정치가로 현상賢相에 오르고, 성화成化 후기(1485)부터 정덕正德 초기(1508)까지 문단의 영수로서 수많은 저술 활동을 하였다. 문집으로는 ≪회록당집懷麓堂集≫, ≪회록당속고懷麓堂續稿≫, ≪회

록당시화懷麓堂詩話≫ 등이 있고, ≪대명회전大明會典≫, ≪역대통감찬요歷代通鑑纂要≫, ≪명효종실록明孝宗實錄≫ 등의 편찬에 참여하였다. 이동양은 다릉파茶陵派의 영수로서 당송唐宋 문학의 회복을 주창하여, 명대 문단의 복고주의운동을 활성화하는 역할을 하였다. 청대 장정옥張廷玉 등의 ≪명사明史≫(卷181) <이동양전李東陽傳>에, 「명조가 일어난 이후로 재상으로 문장의 영수인 관리는 양사기 이후에 이동양뿐이다.(自明興以來, 宰臣以文章領袖縉紳者, 楊士奇後, 東陽而已.)」라고 하였다. 시 풍격은 우아하며 유려하고, 그의 시론은 격조를 주장하며, 이백李白, 두보杜甫, 한유韓愈, 소식蘇軾 등을 추숭하여, 후에 이몽양李夢陽과 하경명何景明 등의 시론을 정립시키는 길잡이가 되었다. 시의 담원미를 강조하여 왕유王維와 맹호연孟浩然을 가까이하고, 청대 왕사정王士禎의 신운설神韻說의 근거를 제시하였다. 시론가로서 ≪회록당시화≫를 저술하였는데, 그 시화의 요점을 보면 시의 격률과 성조를 중시하여,

　율시의 기승전합은 구법이 없는 것은 아니지만, 빠져들어서는 안 된다. 구법에 빠져들어 짓게 되면, 곧 버팀목처럼 굳어져서, 사방팔방으로 원활한 생동감이 없게 된다.
　律詩起承轉合, 不爲無法, 但不可泥. 泥於法而爲之, 則撑拄對待, 四方八角, 無圓活生動之意.(제30칙)

라고 하여 시의 구법을 중시하지만, 얽매이는 것은 삼갈 것을 강조하였다. 그리고 시의 시교론을 지향하여 시의 근원을 ≪시경詩經≫에 두고, 유가의 '온유돈후溫柔敦厚'를 시교의 기본사상으로 인식하였으니, 그의 시화 제1칙에서 이르기를,

　시는 육경에 들어있는 것으로서 특별히 하나의 교화가 되며, 무릇 육예 가운데에서 음악이 된다. 음악은 시에서 시작하여 음률에서 끝난다. 사람의 음성이 온화하면 음악의 소리가 온화하다. 또한 그 소리의 온화함을 얻음으로써, 감정을 잘 도야하고, 마음의 뜻을 느끼어 표현

한다. …

詩在六經中, 別是一教. 蓋六藝中之樂也. 樂始於詩, 終於律. 人聲和
則樂聲和, 又取其聲之和者, 以陶寫情性, 感發志意. …

라고 하였다. 위에서 '시詩'는 공자孔子가 편찬했다는 《시경詩經》을
말하며, 그 내용이 백성을 교화하는 소위 '시교詩教'에 의미를 두었다. 이동
양의 시화는 시의 작법과 사상 면에서 성당 이전으로 복고하여, 전통적
인 시의 흥취와 율격을 회복하자는 데에 주안점을 두고 있다.

✳ 해 설

호남성 장사長沙에 있는 오랜 사원인 악록사, 일명 녹산사麓山寺는
진晉 무제武帝 진시秦始 4년(268)에 창건되었다. 절 문에는 「한나
라 위나라 최초의 명승지며 호남에서 으뜸가는 도량이다.(漢魏最初
名勝, 湖南第一道場.)」라는 대련對聯 글귀가 걸려 있는 호남에서 가
장 오래된 사원이다. 사원 내의 장경각藏經閣 앞에는 천년 넘은 나
한송羅漢松이 좌우로 각각 한 그루씩 서 있어서 송관松關이라 부른
다. 절 옆에는 백학천白鶴泉이 흘러 사철 마르지 않으며, 샘물은 맑
고 시원하고(淸洌) 매우 달아서(甘甛) '녹산제일방윤麓山第一芳潤'
(녹산에서 가장 향기로운 물)이라는 칭호를 지니고 있다. 그리고 사
찰 주변은 고목이 울창하고 악록산 봉우리를 빙 둘러서 난 길을 따
라서, 오르면서 멀리 바라보면, 가까이는 모래톱에 돋은 옅은 풀밭
이 보이고, 지는 해 속에 펼쳐있는 외진 장사 성곽이 다가온다. 그
리고 멀리는 계북薊北 지방과 상수湘水 남쪽까지 시야에 아득하게
들어온다.

말구에서 시인은 자신의 외면당한 신세를, 난간에 기대어 홀로 서
있는 모습으로 비유한다. 그는 유근劉瑾에 의탁하여 출사하였으나,
여의치 않아서 고향인 호남성 다릉茶陵에서 멀지 않은 악록사를 유
람하였다. 시 제2구에서 '양장羊腸'같이 꼬불꼬불한 산길을 내려다

보는 심정에서 인생길이 어렵다(行路難)는 고심을 토로하고 있다.
인간사가 고해苦海인 삶 속에서 겪어야 하는 역경을, 청정한 불문佛
門을 시제로 기탁한 시인의 심정에 공감한다.

[당인唐寅] **나이 칠십의 노래**七十辭

나이 칠십은 예부터 드문데
내 나이 칠십이니 기특하다.
앞의 십 년은 젊었는데
뒤의 십 년은 쇠약하고 늙었다.
그 중간은 겨우 오십 년인데
그 반도 밤중에 지나갔다.
세어보니 겨우 이십오 년 이 세상에 사는 것
얼마나 많은 세상 풍파와 괴로움 겪었는가.

七十辭칠십사

人年七十古稀, 我年七十爲奇.　인년칠십고희 아년칠십위기
前十年幼少, 後十年衰老.　　　전십년유소 후십년쇠로
中間止有五十年, 一半又在夜裏過了. 중간지유오십년　일반우재
야리과료
算來止有二十五年在世, 受盡多少奔波煩惱. 산래지유이십오년재
세 수진다소분파번뇌

(≪六如居士集≫ 卷3)

* 古稀고희 - 예부터 적다, 드물다, 희소하다. 두보杜甫 <곡강曲江> 시
의,「외상 술 마시고 늘 갈 곳이 있으니, 사람이 칠십 년 살기가 예부터
드무네(酒債尋常行處有, 人生七十古來稀.)」에서 유래
* 幼少유소 - 어리고 젊다

* 衰老쇠로 - 쇠약하고 늙다

* 止지 - 오직. 단지. 겨우

* 算來산래 - 계산해 보다. 세다

* 在世재세 - 살아 지내다. 세상에 있다

* 受盡수진 - 다 받다. 모두 겪다

* 多少다소 - 얼마. 적다

* 奔波분파 - 빠른 물결. 파도가 닥쳐오듯이 앞을 다투어 감

* 煩惱번뇌 - 욕정 때문에 심신이 시달림을 받아서 괴로움. (불교) 마음
이 미혹하면 번뇌煩惱, 번뇌를 해탈解脫하면 보리菩提란 말, '번뇌즉보
리煩惱卽菩提'의 번뇌煩惱

[당인唐寅] 1470-1523. 자는 백호伯虎 또는 자외子畏며, 호는 육여거사
六如居士, 도화암주桃花庵主, 도선선리逃禪仙吏 등이며 오현吳縣(지금
의 강소성江蘇省 소주蘇州)인이다. 유명한 서화가로서 시는 유우석劉禹
錫과 백거이白居易의 영향을 받았으며, 소주의 사계절의 풍물과 일상생
활을 제재로 한 작품이 많고, 세월과 세태를 한탄하는 작품도 적지 않
다. 축윤명祝允明, 문징명文徵明, 서정경徐禎卿 등과 함께 오중사재자
吳中四才子로 불린다. 특히 산수화에 뛰어났다. ≪육여거사집六如居士
集≫이 있다.

❋ 해 설

이 시는 잡언체雜言體의 고시古詩며, 압운押韻(시에서 운을 씀)도
일운도저一韻到底(한 가지 운으로 시 전체를 압운하는 것)가 아니
니, 제1연은 상평성上平聲 '지支'운의 '기奇'와 '미微'운의 '희希'를 쓰
고(支운과 微운이 통용), 제2연부터 끝까지 상성上聲 '호皓'운의 '로
老'와 '뇌惱', 그리고 '소篠'운의 '소少'와 '료了'를 썼다.(皓운과 篠운
은 통용) 한나라 〈고시古詩19수〉 중에 「살아가는 나이 백 년을 채
우지 못하는데, 오래 천 년의 근심을 품고 있네.(生年不滿百, 長懷

千歲憂.)」라고 하니, 생사병로生死病老의 현상은 인생에서 어찌할
수 없는 과제다.

위대 조조曹操는 〈짧은 노래短歌行〉에서 「술을 마주하고 노래 부르
니, 인생은 얼마인가. 비유하자면 아침 이슬과 같으니, 지난날 고생
이 많았네.(對酒當歌, 人生幾何. 譬如朝露, 去日苦多.)」라 하였다.
인명은 잠깐이라는 인식을 말한 불경 ≪사십이장경四十二章經≫의
일단을 본다.

   부처님이 여러 출가한 승려에게 물으시기를, 「사람의 수명은 얼
   마일까?」 대답하여 말하기를, 「며칠입니다.」 부처님이 말씀하시
   기를, 「너는 불도를 깨닫지 못했다.」 다시 한 승려에게 물으시기
   를, 「사람의 수명은 얼마일까?」 대답하여 말하기를, 「먹고 마시는
   식사하는 시간입니다.」 부처님이 말씀하시기를, 「너는 불법을 깨
   닫지 못했다.」 다시 한 승려에게 물으시기를, 「사람의 수명은 얼
   마일까?」 대답하여 말하기를, 「한번 숨 쉬는 시간입니다.」 부처
   님이 말씀하시기를, 「옳도다. 너는 불도를 깨달은 자라 말할 수
   있다.」 하였다.
   佛問諸沙門 : 人命在幾間? 對曰 : 在數日間. 佛言 : 子未能得道. 復
   問一沙門 : 人命在幾間? 對曰 : 在飮食間. 佛言 : 子未能得道. 復問
   一沙門 : 人命在幾間? 對曰 : 呼吸之間. 佛言 : 善哉. 子可謂道者矣.

[하경명何景明] 초당사草堂寺

예전에 고승전 읽었는데
이젠 명승지의 그 모습을 보네.
절이 추운데 노송과 측백나무 서 있고
전각은 오래되어 단청이 벗겨졌네.
보배로운 사리탑엔 그림자 드리우고
쓸쓸한 누대에서 불교 역경을 묻네.
저무는 봄날 수레를 멈추고
수풀 밖으로 걸어 나가네.

草堂寺초당사

昔讀高僧傳, 今看勝地形.　석독고승전 금간승지형
院寒留檜柏, 殿古落丹靑.　원한류회백 전고락단청
寶塔參遺影, 荒臺問譯經.　보탑참유영 황대문역경
駐車春日暮, 散步出林扃.　주거춘일모 산보출림경

* 草堂寺초당사 – 섬서성陝西省 호현戶縣 규봉산圭峰山 북쪽에 있는 사
원으로, 중국 불교 삼론종三論宗의 조정祖庭이다. 후진後秦 3년(401)에
창건되었다. 삼론종은 중론中論·십이문론十二門論·백론百論에 의거한
논종論宗으로, 아무것에도 구애받지 않는다는 사상을 주장
* 高僧傳고승전 – 남조南朝 양대梁代 석혜교釋慧皎가 지은 14권의 책.
동한東漢 말부터 양대 초까지의 고승高僧 257인의 사적事迹을 기록

Ⅳ. 원元·명明·청淸 선시　447

* 勝地승지 - 명승지. 여기서는 초당사
* 檜柏회백 - 노송나무와 측백나무
* 丹靑단청 - 빨간빛과 푸른빛. 채료彩料. 채색하여 그린 그림
* 寶塔보탑 - 초당사에 오색찬란한 옥석玉石으로 만든 요진삼장법사姚秦三藏法師인 구마라십鳩摩羅什의 사리탑舍利塔이 있다
* 荒臺황대 - 구마라십이 불경佛經을 번역한 누대 터
* 林扃림경 - 수풀 밖. 임외林外

[하경명何景明] 1483-1521. 자는 중묵仲黙, 호는 대복산인大復山人으로 하남성河南省 신양信陽인이다. 명대 효종孝宗 홍치弘治 15년(1502)에 진사 급제 후에 중서사인中書舍人이 되었고, 무종武宗 정덕正德 11년(1516)에는 이부원외랑吏部員外郎에 이어서, 섬서제학부사陝西提學副使를 지냈다. 섬서에 머무는 4년간 경학과 유학에 몰두하여, 병을 얻어 귀향한 지 6일 만에 사망하였다.
시문은 이몽양李夢陽과 명성을 나란히 하였고, 모의복고설模擬復古說을 주장하였으며, 이몽양, 서정경徐禎卿, 변공邊貢, 강해康海, 왕구사王九思, 왕정상王廷相 등과 창화하여, '명전칠자明前七子'로 불린다. 문집으로 ≪대복집大復集≫이 있고, 별도로 ≪옹대록雍大錄≫ 36권을 지었다.

�֎ 해 설
시인이 시제로 삼은 초당사草堂寺는 중국 불교 삼론종三論宗의 조정祖庭으로서, 후진後秦 3년(401)에 창건되었다고 한다. 구자국龜玆國 명승 구마라십鳩摩羅什이 강경하고 역경하였으며, 원적圓寂한 유서 깊은 절이다. 시에서의 보탑은 높이가 2.3미터고 탑신은 8면 12층이다. 탑은 1500년이 지난 지금도 온전하게 보존되어서, 중국 중요 불교 문물의 하나다.
제1구의 ≪고승전高僧傳≫은 양대 석혜교釋慧皎가 지은 불교계의 소중한 전적으로, 그 내용은 역경譯經, 의해義解, 신이神異, 습선習禪,

명률明律, 망신亡身, 송경誦經, 흥복興福, 경사經師, 창도唱導 십문
十門으로 구성되어 있다. 후세에 모방본들이 이어져서, 당대 석도선
釋道宣의 ≪속고승전續高僧傳≫, 송대 석찬녕釋贊寧의 ≪송고승전
宋高僧傳≫, 명대 석여성釋如惺의 ≪대명고승전大明高僧傳≫ 등이
나왔다. 시인은 고승을 사모하며 ≪고승전≫을 읽고, 보탑도 둘러보
고, 역경하던 황폐한 누대의 터에서는 고승과 문답하는 광경도 상상
해 본 것이다.

[서위徐渭] **서하사에 머물며**宿棲霞

숲 우거진 서하산 사원은
스님들이 다리 꼬고 참선하기 좋은 절.
큰 솥에 죽을 끓여 배불리 먹고
작은 암자 산 곳곳에 흩어져 있네.
낮에 ≪백첩≫을 보며 반야암 둘러보고
밤에 청정 불법 꿈꾸며 ≪법화경≫ 베개 삼네.
언뜻 깨어나 큰 소나무에 비바람 세차니
냇물로 세 발 솥에 차 달이는 소리인가.

宿棲霞숙서하

叢林委宛是棲霞, 最稱沙門此結跏.　총림위완시서하 최칭사문차결가
大鑊煮糜千衆飽, 小庵散住一山賒.　대확자미천중포 소암산주일산사
晝看白帖過般若, 夜夢靑蓮枕法華.　주간백첩과반야 야몽청련침법화
一覺長松風雨急, 錯疑澗水響鐺茶.　일교장송풍우급 착의간수향쟁다
　　　　　　　　　　　　　　　　(≪靑藤書屋文集≫ 卷11)

* 棲霞서하 – 서하산의 서하사. 지금의 강소성江蘇省 남경南京 동북쪽
에 있음. 산 서쪽 마루에 남조南朝 때 지은 서하사棲霞寺가 있다
* 叢林총림 – 수풀. 큰 사찰. 출가인出家人이 모여서 거주함이 마치 숲
속의 나무 같다 하여, 불경佛經에서 비구승比丘僧이 집단 거주하는 큰
사원을 '총림'이라 함
* 沙門사문 – 출가인出家人. 불제자佛弟子. 석자釋子

* 結跏결가 - 결가부좌結跏趺坐. 스님이 좌선坐禪할 때 양다리를 겹쳐 앉음
* 鑊확 - 발 없는 큰 솥. 고대 발이 없는 솥(鼎)으로 남방인은 '鑊'이라 함
* 煮糜자죽 - 죽을 끓이다
* 賒사 - 넓다. 멀다. 아득하다. 요사遙賒
* 白帖백첩 - 《백공육첩白孔六帖》의 약칭. 《백씨육첩白氏六帖》은 백거이白居易가 지은 책으로 송대 공전孔傳이 30권을 이어서 짓고 《후육첩後六帖》이라 하였다. 두 책을 합하여 《백공육첩》이라 통칭한다. 이 책은 당대唐代 이전의 고적古籍 자료와 당송唐宋 시문詩文을 수록하고 있다
* 般若반야 - 여기서는 서하사에 있는 반야암般若庵을 가리킴
* 靑蓮청련 - 푸른 연꽃. 청정淸淨한 불법佛法을 비유
* 法華법화 - 《법화경法華經》. 《묘법연화경妙法蓮花經》. 연꽃(蓮花)을 부처가 설법한 청정미묘淸淨微妙에 비유하여서 나온 명칭
* 一覺일교 - 곧 잠에서 깨다. 한순간에 깨다
* 錯疑착의 - ~라고 착각하다. 잘못 의심하다
* 鐺쟁 - 세 발 달린 솥

[서위徐渭] 1521-1593. 초명初名은 문청文淸, 고친 자는 문장文長이다. 호는 천지산인天池山人, 그리고 일명 전수월田水月이며 산음山陰(지금의 절강성浙江省 소흥紹興)인이다. 20세에 제생諸生이 되고, 여러 번 향시鄕試에 응시했으나 불합격하였다. 잠시 절민총독浙閩總督 호종헌胡宗憲의 막객을 지냈다.
평생 시문과 서화만을 대하며 살았고, 광일하고 낭만적인 성품이다. 《서문장삼집徐文長三集》, 《서문장일고徐文長逸稿》, 《서문장일초徐文長佚草》, 그리고 희곡으로 《사성원四聲猿》, 《가대소歌代嘯》 등이 있다.

※해 설

강소성 남경南京 동북쪽에 있는 서하산棲霞山은 중국의 저명한 불교 성지로, 그 산에 있는 서하사는 남조南朝 제齊나라 영명永明 원년(483)에 창건되었다. 절에는 산문山門, 천왕전天王殿, 대불각大佛閣, 장경루藏經樓, 섭취루攝翠樓 등이 있고, 뒤에 있는 산 벼랑에는 많은 불감佛龕이 자리 잡고 있다. 시의 제4구는 이들 불감을 가리킨다. 소박한 암자에는 큰 솥에 죽을 끓이고, 온기에는 다향도 짙다. 낮에는 ≪백공육첩白孔六帖≫을 대하고, 밤에는 ≪묘법연화경妙法蓮花經≫을 암송한다. 잠잘 때는 청정한 불법의 불국도 꿈꾼다. 설사 비바람이 세차게 쳐도 깊은 좌선의 경지에 몰입한다.

제6구의 '靑蓮'과 '法華'는 대승大乘 불교의 근본 경전인 ≪법화경法華經≫ 즉 ≪묘법연화경妙法蓮華經≫을 말한다. 서역승 축법호竺法護가 정법화경正法華經의 이름으로 번역한 후(286년), 구마라십鳩摩羅什이 다시 번역해서 '正'을 '妙'로 해석하여 묘법연화경으로 하니, 천태종天台宗의 근본 경전이 되었다. 이 경전은 석가여래가 인간과 같은 수행자이기 전에, 이미 우주 전체의 지존임을 밝히고 있다. 이 경전은 법신 사상을 강조하였으니, '法身'이란 부처는 오래전에 성불하였고 인간으로 태어난 석가모니 부처는 일시적으로 인간의 모습을 하고 중생구제를 위해 나타난 것이다.

그 본체는 완성된 구원의 실지 본성인 구원실성의 법신이다. 석가모니는 무한한 시간 이전에 이미 성불하였다. 법화경에서 묘사되는 석가모니 부처의 모습은 인간으로 이 땅에 온 화신 부처의 모습이라기보다는, 온 우주의 법상法相, 곧 천지인天地人 삼계三界를 다스리는 보신報身 부처의 모습에 가깝다. 이 경전에서 묘사되는 석가모니 부처의 모습은 진실로 초인적이면서 불가사의한 삼계지존三界至尊의 모습으로 묘사된다. 이러한 석가모니 본불의 묘사를 다음 법화경의

〈견보탑품見寶塔品〉과 〈여래수량품如來壽量品〉의 일단에서 본다.

그때 부처님 앞에 칠보탑이 있는데, 높이가 오백 유순이며 세로
넓이가 이백오십 유순이라. 땅에서 솟아 나와서 공중에 머물렀
다. 여러 보물로 장엄하게 다듬어지고, 오천 개의 난간에 감실이
천만 개라. 무수한 깃대로 장엄하게 장식하였다.
爾時佛前, 有七寶塔, 高五百由旬, 縱廣二百五十由旬. 從地涌出,
住在空中. 種種寶物, 而莊校之, 五千欄楯, 龕室千萬. 無數幢幡, 以
爲嚴飾.(〈見寶塔品〉)

그때 보탑에서 큰 소리가 나며 탄식하여 말하기를, 「거룩하다 거
룩하다, 석가모니 세존이여, 능히 평등한 큰 지혜로 보살에게 불
법을 가르치신다. 부처님이 지키고 생각하시는 묘법연화경을 대
중을 위해 설법하신다. 그렇습니다 그렇습니다, 말씀하시는 것은
다 진실입니다.」하였다.
爾時寶塔中, 出大音聲歎言 : 善哉善哉, 釋迦牟尼世尊, 能以平等大
慧, 教菩薩法. 佛所護念, 妙法華經, 爲大衆說. 如是如是, 如所說
者, 皆是眞實.(〈見寶塔品〉)

그때 세존께서 모든 보살이 세 번 청하여 그치지 않음을 아시고,
일러 말씀하시기를, 「너희들은 주의하여 들어라. 여래의 비밀과
신통의 힘을 일체 세간과 하늘 사람 및 아수라들은 다 지금 석가
모니 부처님이 석씨 궁궐에서 나와서, 가야성에서 멀지 않은 도
량에 앉아 아누다라삼막삼보리를 얻은 것이라. 그러나 선한 남자
들아, 내가 실제 성불한 지 벌써 무한하고 끝없는 백천만억 무량
의 수 나유타 영겁이니라.」하였다.
爾時世尊, 知諸菩薩, 三請不止, 而告之言 : 汝等諦聽, 如來秘密, 神

通之力, 一切世間天人, 及阿修羅, 皆謂今釋迦牟尼佛, 出釋氏宮, 去伽倻城不遠, 坐於道場, 得阿耨多羅三藐三菩提. 然善男子, 我實成佛已來, 無量無邊, 百千萬億, 那由他劫.(〈如來壽量品〉)

위에서 '가야성伽倻城'은 인도 남부에 있는 부처님이 도를 이룬(成道) 땅이다. 그리고 '아누다라삼막삼보리(阿耨多羅三藐三菩提)'는 범어(梵語) 'anuttarasamyaksambodhi'를 음역(音譯)한 것으로 '더 이상의 위가 없는 적절하고도 동등한 깨달음'이란 뜻이다. 부처님의 최상의 지혜, 부처님의 지덕智德을 칭송하는 칭호다.
서위가 이 시에서 표현한 불심의 요체를, 위의 ≪법화경≫ 본문을 통해서 더욱 깊이 이해할 수 있을 것이다. 시란 제한된 자수字數와 운율에 의해 함축되어 창작되지만, 그 언외적인 함의含意는 시어로다 표현하였으되, 그 숨은 뜻이 그지없음을 새삼 공감한다.

[전겸익錢謙益] 벽운사碧雲寺

단청대 대전이 층층이 높아
옥에 새긴 난간을 이어 오른다.
절 가까이 자비의 물결이 장례 터를 덮었고
절 안 향불은 선방 등불 옆에 탄다.
공덕비에 '원재'라 크게 새겼는데
노승에게 시끄럽고 번다한 세상일 묻노라.
부처께 예불 마친 스님이 세 번 탄식하고
홀로 담쟁이 샛길 헤치며 외진 등나무 가리킨다.

碧雲寺벽운사

丹靑臺殿起層層, 玉瀉雕欄取次登. 단청대전기층층 옥사조란취차등
禁近恩波蒙葬地, 內家香火傍禪燈. 금근은파몽장지 내가향화방선등
豐碑鉅刻書元宰, 碧海紅塵問老僧. 풍비거각서원재 벽해홍진문로승
禮罷空王三歎息, 自穿蘿徑挂孤藤. 례파공왕삼탄식 자천라경주고등
(≪初學集≫ 卷2 ≪還朝詩集≫)

* 碧雲寺벽운사 – 지금의 북경北京 수안산壽安山 동쪽에 있는 절. 원대
지원至元 26년(1289)에 창건함. 원래 명칭은 벽운암碧雲庵
* 玉瀉雕欄옥사조란 – 옥으로 장식하여 조각한 난간
* 禁近금근 – 궁궐 가까이. 여기선 절 가까이
* 內家내가 – 내궁內宮. 내궁은 육궁六宮의 총칭. 육궁은 후비后妃가
거처하는 궁전. 여기서는 절 안쪽

* 禪燈선등 - 참선하는 방 등불
* 豐碑풍비 - 큰 공덕비
* 鉅刻거각 - 크게 새기다
* 元宰원재 - 우두머리. 수상. 으뜸
* 碧海紅塵벽해홍진 - 푸른 바다와 붉은 티끌. 시끄럽고 번다한 인간 세상. 속세
* 空王공왕 - 석가여래의 존칭. 스님
* 蘿徑라경 - 담쟁이 사이로 난 오솔길
* 孤藤고등 - 외로이 서 있는 등나무

[전겸익錢謙益] 1582-1664. 자는 수지受之, 호는 목재牧齋 또는 몽수蒙叟로 강소성江蘇省 상숙常熟인이다. 명대 만력萬曆 38년(1610)에 진사급제하여, 청대에 예부우시랑禮部右侍郎을 끝으로 귀향하여, 만년을 음풍영월로 보내며 후학을 양성하며, 시문 창작과 두보杜甫 시 주석, 그리고 경학 연구에 몰두하였다. 제자인 구식사瞿式耜의 <≪초학집初學集≫ 목록서目錄序>의 일단을 보면,

학문이 더욱 넓어지고 사상이 더욱 깊어지고 기개가 더욱 두터워지니, 당송대부터 금원대까지 정신을 모아 열중하여 미세한 것까지 섭렵하여, 정도가 갖추어지자, 그 누구에게도 뒤지지 않게 되었다. 시문을 다듬고 논리를 지키며 문장의 요체를 높였다.

已而學益博, 思益深, 氣益厚, 自唐宋以迄金元, 精蒐營魄, 攝合於尺幅之上, 方執橫鶩, 而未知孰爲先後. 修詞持論, 崇尙體要.

라고 하였다. 삶은 격정과 낭만으로 점철되어 있으니, 명조의 멸망과 청조의 건국을 몸소 겪으면서, 일시적인 굴종이 있었지만, 그것이 오히려 그의 충절심을 강하게 하였다. 그의 시는 박학과 시대적 변화, 그리고 연정 등이 조화를 이루어 다양한 풍격을 보여준다. 애국 사상도 있고,

전원으로 돌아가는 낭만성도 있다. 그의 시학 사상은 ≪시경詩經≫ 이후의 전통 맥락을 추구하여, 송대 엄우嚴羽의 '시선일치詩禪一致' 사상을 반대하였다. 우산시파虞山詩派에 동참하고 유가적인 시학을 주장하여, '시유본詩有本'(시는 근본이 있음) 학설을 내세웠으니, '本'이란 곧 유가 경전의 가르침의 '本'을 의미한다.

※해 설

수안산壽安山에 세워진 벽운사는 엄숙하면서 우아하고, 주변 환경이 그윽하고 아름답다. 절에는 육진원락六進院落이 있고, 주요 건축물로 미륵불전彌勒佛殿과 대웅보전大雄寶殿, 금강보좌탑金剛寶座塔, 나한당羅漢堂, 수천원水泉院 등이 있다. 금강보좌탑은 한백옥漢白玉으로 섬돌 층계를 만들어 조형이 매우 우미하다.

시인은 이같이 미려한 사찰의 전각들을 둘러보고서, 백옥 장식한 금강보좌탑도 올라가고, 미륵불전과 대웅전에선 스님을 모시고 예불을 올리기도 하였다. 시 전체가 사찰의 모습과 엄숙한 분위기를 섬세하게 묘사하고 있다. 그리고 시의 제6구와 말연에서 노승과 인간삶을 논하고, 노승의 탈속하고 참선하는 성불의 자태를 근엄하게 그려놓고 있다. 스님이 세 번이나 탄식하고, 홀로 서 있는 등나무를 가리키는 그 속 깊은 의미가 어디에 있는지를 헤아려보게 된다.

[오가기吳嘉紀] **눈 오는 밤 종소리 들으며**雪夜聞鐘

눈 내려 종소리 멀리 가기 어려워도
조용히 사는 나그네 깨울 순 있네.
목메어 우는 소리 흐르는 샘물 같아
잎이 져 메마른 숲이 온통 하얗구나.
문을 여니 종소리 은은하게 들리고
눈에 가득 고색이 창연하네.
오래 서 있어 눈과 귀 차가우니
몸이 문득 메마른 돌이 되누나.

雪夜聞鐘설야문종

雪鐘聲難遠, 猶能醒靜客.　　설종성난원 유능성정객
哽咽如泉到, 衰林盡爲白.　　경열여천도 쇠림진위백
開戶覓餘音, 滿目太古色.　　개호멱여음 만목태고색
立久耳目寒, 身忽爲枯石.　　립구이목한 신홀위고석

《陋軒集》卷3)

* 難遠난원 - 멀지 않다. 가까이 있다
* 靜客정객 - 조용히 있는 나그네. 은거하는 사람
* 哽咽경열 - 목이 메다. 목메어 울다
* 衰林쇠림 - 늙은 나무숲
* 覓멱 - 구하다. 찾다
* 太古色태고색 - 아주 오랜 옛날 색깔. 본래의 빛깔. 여기서는 흰 눈빛

* 餘音여음 - 소리가 그친 뒤에 여파로 남아있는 음향
* 滿目만목 - 눈에 가득 차다. 눈에 보이는 것 모두

[오가기吳嘉紀] 1618-1684. 자가 빈현賓賢, 호는 야인野人이며, 태주泰州 동도東淘(지금의 강소성江蘇省 동태東台)인이다. 명대 숭정崇禎 (1628-1644) 연간에 주시州試에 참가하여 제1등을 하였다. 청대에 이르러는 출사의 뜻을 접고 바닷가에 거주하며 빈곤을 달게 여기면서 교학과 교유를 일삼았다. 특히 명대 유민 냉사미冷士嵋, 손지울孫枝蔚 등과 교유하여 서로 창화하면서 자신의 집을 누헌陋軒이라 이름 지었다. 시인 왕사정王士禎이 양주揚州 추관推官으로 있을 때, 오가기와 친교하였으나, 오가기는 빈곤과 병고로 졸하였다. 오가기의 후반 삶은 평민 신분으로 해변 염민鹽民 생활을 주시하여 작품 속에 그 삶의 고난을 기술하였다.
육정륜陸廷掄은 <≪누헌집陋軒集≫ 서序>에서, 「대단하도다, 오가기는 시로 역사를 썼다. 비록 두보가 <병거행兵車行>을 짓고 원결이 <춘릉春陵>을 읊었으나, 어찌 오가기보다 더하겠는가?(甚矣, 吳子之以詩爲史. 雖少陵賦兵車, 次山咏春陵, 何以過?)」라고 기록하고 있다. ≪누헌집≫이 있고, 사적으로는 왕무린汪懋麟의 ≪오가기년표吳嘉紀年表≫가 있으며, ≪청사고淸史稿≫(권484)와 ≪청사열전淸史列傳≫(권71)에 전기가 있다.

✖ 해 설
청대 주량공周亮工은 〈오야인의 누추한 집 시서吳野人陋軒詩序〉에서 서술하기를, 「나의 제자 승주 오개자가 말하기를, 『… 오가기 시 두루마리를 펼치면, 마치 눈얼음 움집에 들어가는 것처럼, 싸늘한 두려움을 느끼게 한다.』라고 하였다. 아아, 오개자의 몇 마디 말이 오가기의 시 서문이라 할 수 있다.(余門人升州吳介子曰 : … 展賓賢詩竟卷, 如入氷雪窖中, 使人冷畏. 嗟乎, 介子數言, 可序野人詩矣.)」

라고 하였다. 이 글은 오가기의 시 풍격을 단적으로 집약해서 평한 것이다. 그는 평생 청나라에 항거하는 투쟁에 참여하였고, 청나라가 세워지자, 은둔하며 그 한을 품고, 교육과 유민과의 교유로 지낸 사람이다. 그런 삶 속에서 겨울 눈 내린 밤에 절의 종소리를 들으면서, 자신의 신세와 심정을 시로 읊었다.

제1연은 종소리가 눈이 쌓여 멀리 들리지 못하는 것으로 묘사하여, 나그네 즉 시인의 마음을 더욱 무겁게 하고 잠도 못 이루게 한다. 이런 시적인 묘사는 초당대 낙빈왕駱賓王의 〈매미를 노래하며詠蟬〉에서 「이슬 짙게 깔려 날아가기 어렵고, 바람이 세니 우는 소리 쉬이 가라앉네.(露重飛難進, 風多響易沈.)」 구절과 의미가 상통한다.

제2연은 종소리를 더욱 실감 나게 묘사한다. 시인은 그 종소리가 목 메어 우는 것(哽咽)처럼 느낀다. 그리고 시인의 눈에는, 잎 지고 가지만 남은 나무에 눈꽃이 맺힌 광경이 전개된다. 샘물이 흘러내리는 소리(聲)와 나뭇가지에 쌓인 눈의 하얀(白) 색으로 묘사한 기법은, 송대 소식蘇軾이 왕유王維의 시를 평한 「왕유의 시를 맛보면, 시 속에 그림이 있고, 왕유의 그림을 보면, 그림 속에 시가 있다.(味摩詰之詩, 詩中有畵 : 觀摩詰之畵, 畵中有詩.)」(≪東坡志林≫)에 속하는 작시 상의 회화법이다.

제3연에서 시인은 그 종소리를 더 잘 듣고 싶어서, 창문을 열고 두리번거리는데, 눈앞에 전개된 온통 백색의 수풀, 시어처럼 흰 눈빛을 '太古色'이라고 표현하고 있다. 여기서 시인은 짙은 불심을 자아낸다. 탈속의 정화를 '太古色'으로 비유한다. 제4연에 이르러서, 시인은 오래도록 우두커니 서서 종소리를 들으며, 아득한 설야雪野를 응시한다. 그러니 눈과 귀에 찬(寒) 기운을 느끼며, 마른 몸이 돌처럼 굳어진다. 시인은 여기서 자신의 빈궁과 고독을 간접적으로 대변한다. 그의 시는 전고典故가 적고, 구어체의 백화시白話詩처럼 순박하면서 사실적이다.

[여류량呂留良] 오공사에서 매화를 보며悟空寺觀梅

바닷가 초승달이 먼 하늘에 기울고
썰물 지는 공허한 소리 백사장에 울리네.
짧은 옷소매 한가로이 걷어 올리고 할 일 없이
형산의 들판 절간에서 매화꽃 구경하네.

悟空寺觀梅오공사관매

海門瘦月遠天斜, 潮退虛聲吼白沙. 해문수월원천사 조퇴허성후백사
短袖閑又無事乎, 荊山野寺看梅花. 단수한차무사호 형산야사간매화

(≪呂晩村文集≫)

* 悟空寺오공사 – 절강성浙江省 해염포海鹽浦 서남쪽 형산荊山에 있는
절
* 海門해문 – 해구海口. 바다 후미진 곳
* 瘦月수월 – 초승달
* 潮退조퇴 – 조수가 물러가다. 밀물이 나가다
* 吼후 – 울다. 아우성치다. 큰소리치다
* 叉차 – 깍지 끼다. 엇갈리다

[여류량呂留良] 1629-1683. 일명 광륜光輪, 자는 용회用晦, 호는 만촌
晩村이며, 별호는 치재노인耻齋老人, 여의산인呂醫山人, 동해부자東海夫
子, 남양포의南陽布衣 등이다. 나이 들어서 승려가 되어 내가耐可라고
개명하고 자를 불매不昧, 호는 하구노인何求老人이라 하였다. 절강성 숭

덕崇德(지금의 절강성 동향현桐鄕縣 숭복진崇福鎭)인이다. ≪여만촌문집呂晩村文集≫, ≪동장음고東莊吟稿≫, ≪참서慚書≫ 등이 있다.

✵해 설

시 제목을 '오공사에서 매화를 보며'라고 하였으나, 시에서는 매화의 고매한 운치는 묘사하지 않았다. 오히려 형산荊山의 사원 주변 경치를 노래하고 있다. 그러면서 시인 자신의 짧은 옷소매 차림으로 할 일 없는 안일한 처지를 묘사하고 있다.

이러한 매화 구경과는 직접적인 연관이 없는 시어 구성이지만, 그 시어에서 표출되는 언외言外적 선취禪趣에는 매화라는 화초가 구심점으로 자리매김하고 있다. 그래서 '瘦月'과 '遠天'은 우의寓意며, '썰물 지는 공허한 소리(潮退虛聲)'는 기해사己亥事를 암시한다. 기해년 사건은 실패한 사건으로, 청 세조世祖 순치順治 16년(1659)에 정성공鄭成功과 장황언張煌言이 일으킨 북벌항청北伐抗淸을 말한다. 그리고 제3, 4구에 담긴 뜻은 시인 자신의 자책을 토로하는 것이다.

[굴대균屈大均] 영산사에서 샘물 소리 들으며靈山寺聽泉

산봉우리에 샘물 가까이 흐르는데
벌써 몇 봉우리 거쳐 온 소리 같네.
가을 경치에 달빛이 차고
하늘엔 밤기운이 서려 있네.
골짜기 초입에 졸졸 흘러내려서
강 마을까지 찰랑찰랑 흘러가네.
바위 옆에 밤새도록 앉아 있느라
선방 문을 미처 닫질 못했네.

靈山寺聽泉영산사청천

一峰流未遠, 已作數峰聲.　일봉류미원 이작수봉성
月向秋光冷, 天從夜氣生.　월향추광랭 천종야기생
潺潺當峽口, 滴滴到江城.　잔잔당협구 적적도강성
石畔終宵坐, 禪扉掩未成.　석반종소좌 선비엄미성

《翁山詩外》卷3)

* 秋光추광 - 가을 경치
* 夜氣야기 - 밤의 깨끗하고 조용한 마음. 밤 기분
* 潺潺잔잔 - 물이 졸졸 흐르는 모양, 그 소리. 비가 오는 모양
* 峽口협구 - 골짜기 입구
* 滴滴적적 - 물방울이 떨어지는 모양
* 江城강성 - 강가 마을

* 石畔석반 - 돌 가. 바위 언저리
* 終宵종소 - 밤이 다하다
* 禪扉선비 - 참선하는 방 문

[굴대균屈大均] 1630-1696. 원명原名은 소융紹隆, 자는 옹산翁山, 또는 개자介子며 번우番禺(지금의 광동성廣東省)인이다. 16세에 남해현南海縣 생원이 되고, 18세에 진방언陳邦彦의 반청反淸 투쟁에 참가하였다가 실패하자, <중흥대전서中興大典書>를 상소하고 부친이 위독하여 귀향하였다. 청대 순치順治 7년(1650) 청대 군대가 광주廣州를 포위하자, 삭발하고 스님이 되니, 법호를 금종今種, 자는 일령一靈 또는 소여騷余라 하였다. 그 후에 오월吳越 등 각지를 유랑하며 반청 활동에 참여하였다가, 강희康熙 22년(1683)에 정성공鄭成功의 손자 정극상鄭克塽이 청조에 항복하자, 실망하여 고향인 번우로 귀향한 후 은거하였다.
그의 문학은 영남삼대가嶺南三大家의 으뜸으로 추대되며, 시풍이 웅방雄放하고 기위奇偉하여 마치 일사천리一瀉千里 같은 풍격을 지니고 있다. ≪옹산시외翁山詩外≫ 18권이 있다.

�֍ 해 설
이 시는 선취가 넘치는 오언율시다. 시인이 만년에 귀향하여 은거하던 가을밤에 홀로 바위 옆에 앉아서, 잔잔히 흐르는 샘물 소리 들으며, 달빛 아래 밤의 정적을 만끽하면서, 세속을 초탈하여 자족自足하는 삶을 읊고 있다.
제1연은 시 제목의 샘물 소리를 듣는 '聽泉'에 초점을 맞추고 있다. 샘물이 산봉우리를 돌아서 흐르며, 졸졸 내는 소리는 마치 여러 봉우리를 거쳐 흘러간 듯이 느끼는 원근감에서 시인의 깊은 감수성을 본다. 제2연은 계절이 가을의 저녁임에 초점을 두고 있다. 시인은 '冷'자로 싸늘한 가을밤의 달빛을 형용하여, 시에서 가장 빼어난 묘사를 보여준다. 가을밤의 싸늘한 감각을 '冷'자 하나로 함축시켜, '秋

光'과 '夜氣'의 청량하고 정밀한 세계를 극대화한다.

제3연에서는 제1연에 이어 샘물 소리의 실제적인 생동감을 더욱 부각하고 있다. 가을밤의 정적감과 샘물의 생동감이 조화를 이루어, 당대 시불 왕유王維의 〈새가 냇가에서 울다鳥鳴澗〉에서 「달이 뜨니 산새들 놀라네.(月出驚山鳥.)」라는 시구처럼, 소위 '이동사정以動寫靜'(동적인 것으로 정적인 것을 묘사)의 회화적인 묘사법을 쓰고 있다. 제4연에서는 샘물 소리의 경청과 사원의 정경을 그려내고 있다. 바위 옆에 밤새도록 앉아서 듣고 있는 졸졸대는 샘물 소리에, 우리도 저절로 세상 잡사를 떨쳐버리는 돈오頓悟에 들어가 볼 수 있을 것이다. 시인은 항청抗淸 실패로 인한, 실의와 은둔을 이 시를 통해서 잠시나마 잊으려 한 것이 아닐까.

[정섭鄭燮] **욱종 스님께 드리다 2수**贈勖宗上人二首

엄화계 냇가에 상투머리 튼 소년이
연잎 따서 스님 가사 만들어 걸쳤었지.
석양이 깃든 먼 데 물소 한 마리
산머리에 열 이랑의 노을을 심었구나. (제1수)

贈勖宗上人증욱종상인

罨畫溪邊髻尚髽, 便拈荷葉作袈裟. 엄화계변계상좌 변염하엽작가사
一條水牯斜陽外, 種得山頭十畝霞. 일조수고사양외 종득산두십묘하
(其一 ≪鄭板橋全集≫ 卷3)

* 罨畫溪엄화계 - 냇물 이름
* 髻尚髽계상좌 - 상투를 틀어 올리다
* 荷葉하엽 - 연잎
* 袈裟가사 - 장삼 위에 왼쪽 어깨에서 오른쪽 겨드랑이 밑으로 겹쳐 입는 중의 옷
* 水牯수고 - 검은 암소. 물소 암컷. 거세한 수소. 여기서는 본래의 일, 수행자를 비유
* 十畝霞십묘하 - 열 이랑의 노을. 노을이 자욱이 낀 모습

맑은 시, 엷은 구름, 둘 다 사심이 없어
사람들 절로 청춘인데 불경 소리 절로 깊네.
마침 국화꽃 피는 중양절 지나

온 산 붉은 낙엽 져 쌀쌀한데 스님을 찾았네. (제3수)

詩淸雲淡兩無心, 人自靑春韻自深.　시청운담량무심 인자청춘운자심
好待菊花重九後, 萬山紅葉冷相尋.　호대국화중구후 만산홍엽랭상심

(其三 ≪鄭板橋全集≫ 卷3)

* 韻운 - 시. 운율. 여기서는 불경 암송 소리
* 重九중구 - 음력 9월 9일 중양절重陽節
* 萬山紅葉만산홍엽 - 모든 산의 붉은 나뭇잎. 늦가을에 온 산이 붉은
잎으로 덮인 모습
* 相尋상심 - 찾다. 방문하다

[정섭鄭燮] 1693-1765. 자는 극유克柔, 호는 판교板橋로 강소성江蘇省
흥화興化인이다. 시서화詩書畵에 능한 삼절三絶 시인이다. 건륭乾隆 원
년(1736) 진사 급제하여 산동성山東省 범현范縣과 탄현灘縣의 지현知
縣을 지냈다. 양주揚州에 오래 기거하여 양주팔괴揚州八怪 중 한 사람
이다.
시는 담백한 묘사를 구사하여, 청신하고 진솔한 풍격을 지니고 있다. 따
라서 그의 시는 청정하고 담백하며, 탈속적인 사상을 표현하고 있다. 그
는 항상 산수에 정감을 부치고, 풍월을 노래하고, 대자연에 도취되어,
내심의 상처와 비분을 토로하면서, 아울러 민생의 질고를 잊지 않았다.
≪정판교전집鄭板橋全集≫이 있다.

�֍ 해 설
정섭이 건륭乾隆 원년(1736) 44세 늦은 나이에 진사 급제하여, 득
의만만한 마음으로 〈가을 해바라기 돌 죽순 그림秋葵石笋圖〉을 그
린 후에, 그 위에 작시하여 「모란은 부귀하니 꽃 중의 왕이며, 작약
은 조화로우니 재상 모습이라. 나 또한 시드는 해바라기로 진사라

부르니, 따라서 붉은 계수나무 관을 쓴 장원 사내라네.(牡丹富貴號 花王, 芍藥調和宰相樣. 我亦終葵稱進士, 相隨丹桂壯元郞.)」라고 써 놓았다. 그러나 바라던 관직을 얻지 못하자, 서산西山과 향산香山을 유람하면서, 무방상인無方上人, 청애화상靑崖和尙, 욱종상인勗宗上 人 등 선승들을 만나서 창화하며 지냈다. 49세에 비로소 산동성山 東省 범현范縣의 지현知縣이란 작은 관직을 맡고서, 산중 생활을 떠 나기 전야에, 이 시를 지어 욱종 스님과 작별 인사를 하였다.

여기서는 이 시의 제1수와 제3수를 골라서 풀이하였다. 제1수는 욱 종 스님의 소년 시절 일을 묘사하고 있다. 시인과 욱종 스님은 동향 同鄕의 죽마고우竹馬故友다. 그림 같은 산천에서 같이 어울려 놀며 성장한 절친한 친구다. 욱종 스님은 어려서부터 연잎으로 가사를 만 들어 몸에 걸치는 놀이를 했다. 지난날의 그런 자태가 이미 고승이 된 욱종 스님을 지금에 와서 회고할 때, 이미 불문佛門으로의 귀의 歸依라는 인연因緣은 숙명적이었다는 점을 암시한다.

제3, 4구에서는 정섭다운 한 폭의 시 속의 그림(詩中有畵)을 담아내 고 있다. 석양이 물든 저녁에 물소 한 마리가 냇가에서 물놀이하는 데, 뒷산에는 저녁놀이 자욱이 산머리를 감싸서 붉게 물들어 있다. '水牯'는 본래 면목, 본래의 마음을 의미하니, 선가禪家에서 깨달은 후의 수행을 상징한다. 불성佛性에서 마음의 소[心牛]다.(≪五燈會 元≫ 南泉普願 참조)

제3수는 눈앞의 욱종 스님을 묘사하고 있다. 스님의 모습은 「헤매다 가 참선하여 성불의 경지로 돌아오고, 성불의 경지로 돌아와서 불법 을 깨달아 얻다.(返迷歸極, 歸極得本.)」(≪涅槃經集解≫)라고 한 그 자체다. 스님은 이미 깊은 참선에 몰입하였으니, 제1구와 같은 오묘 하여 말로 표현할 수 없는 화경化境(교화하여 바르게 되는 불심의 경지)을 묘사한 것이다.

제2구는 속세의 인간들은 살기에 바빠서 삶의 진미를 깨닫지 못하

고 허무한 시간을 보내는데, 스님이 오직 성불의 경지에서 득도의
길을 추구하고 있는 진면목을 묘사한다. 시인은 제3, 4구에서 스님
과 작별하기 전에, 문안하는 시기와 향산香山의 절 경치를 묘사하고
있다. 중양절이 지나고 산 전체가 붉은 낙엽으로 물든 늦가을 저녁
에 욱종 스님을 만나서, 시인 자신도 스님과 함께 공감되는 선취를
만끽하고 있다.

찾아보기

류성준柳晟俊

서울대학교 중문과를 졸업하고 같은 대학원 중문과에서 문학석사, 국립 타이완(臺灣)사범대학 국문연구소에서 문학박사 학위를 받았다. 공군사관학교 중국어 교관을 거쳐서, 계명대학교 중국학연구소장, 미국 하버드대학교 방문학자(Visiting Scholar), 한국중어중문학회 회장, 한국외국어대학교 동양학대학 학장, 한국외국어대학교 중국연구소 소장, 중국 베이징(北京)대학 객좌교수, 한국외국어대학교 대학원 원장, 국제동방시화학회 회장, 중국 지린(吉林)대학 초빙교수를 역임했으며, 제48회 삼일(三一)문화상 인문사회과학 부문 학술상(2007)을 수상하였다. 현재 한국외국어대학교 명예교수다.

역저서 : ≪들판에 불을 놓아≫, ≪중국현대대표시집≫, ≪北京의 아침≫, ≪楚辭≫, ≪중국唐詩연구≫, ≪淸詩話연구≫, ≪王維詩比較研究≫, ≪初唐詩와 盛唐詩 연구≫, ≪당대 大歷才子詩 연구≫, ≪중국 시학의 이해≫, ≪中韓詩學研究的交融≫, ≪중국 現當代 시가론≫, ≪중국 시가론의 전개≫, ≪新羅와 渤海 漢詩의 당시론적 고찰≫, ≪懷麓堂詩話≫, ≪한국 漢詩와 唐詩의 비교≫, ≪淸詩話와 朝鮮詩話의 당시론≫, ≪중국 시가와 기독교적 이해≫, ≪중국 唐宋詩話 解題≫, ≪東軒, 한시와 노닐다≫ 등 100여 권이 있다.

논문 : 〈王維詩論에 의거한 申緯詩의 비교연구〉, 〈晚唐 張祜시 시고〉, 〈초당 崔融과 그 시고〉, 〈韓君平시의 풍자와 비전의식〉, 〈敦煌寫本 王梵志시와 그 윤리의식〉, 〈崔致遠과 羅隱의 시 비교〉, 〈초당 李嶠와 그 詠物詩 考〉, 〈≪明詩綜≫ 所載 고려 문인시 고〉, 〈筆寫本 李白詩諺解本의 구성과 그 시의 예거〉, 〈만당 皮日休와 黃巢亂의 상관성〉, 〈≪滄浪詩話≫의 시 창작론〉 등 200여 편이 있다.

중국 선시禪詩 108수

초판 인쇄 – 2024년 10월 18일
초판 발행 – 2024년 10월 28일

역저자 – 류 성 준
발행인 – 金 東 求
발행처 – 명 문 당(창립 1923년 10월 1일)
　　　　서울특별시 종로구 윤보선길 61(안국동)
　　　　우체국 010579-01-000682
　　　　전 화 (02) 733-3039, 734-4798
　　　　FAX (02) 734-9209
　　　　Homepage www.myungmundang.net
　　　　E-mail mmdbook1@hanmail.net
　　　　등록 1977.11.19. 제1-148호

■